U0137554

谨以此书献给

为兴建黄河三盛公水利枢纽工程、开挖总干渠、开挖及扩建疏通总排干付出辛勤劳动和汗水的建设者和劳动者们！

长篇纪实文学

河套脊梁

李德军 著

远方出版社

图书在版编目（CIP）数据

河套脊梁 / 李德军著. -- 呼和浩特 : 远方出版社，
2017.12

ISBN 978-7-5555-0999-8

Ⅰ．①河… Ⅱ．①李… Ⅲ．①纪实文学－中国－当代
Ⅳ．①I25

中国版本图书馆 CIP 数据核字 (2017) 第 290267 号

河套脊梁
HETAO JILIANG

作　　者	李德军
责任编辑	王　叶
责任校对	王　叶
题写书名	邢　秀
封面设计	宋刘宇
版式设计	赵永艳
出版发行	远方出版社
社　　址	呼和浩特市乌兰察布东路 666 号　邮编 010010
电　　话	（0471）2236470 总编室　2236460 发行部
经　　销	新华书店
印　　刷	北京中科印刷有限公司
开　　本	170mm×240mm　1/16
字　　数	380 千
印　　张	23
版　　次	2017 年 12 月　第 1 版
印　　次	2018 年 2 月　第 1 次印刷
标准书号	ISBN 978-7-5555-0999-8
定　　价	45.50 元

如发现印装质量问题，请与出版社联系调换

序：书写家国情怀，讴歌民族精神

巴特尔

内蒙古作家协会会员李德军同志把自己创作的三十多万字的反映二十世纪五六十年代河套人民在河套地区兴建三盛公水利枢纽工程、开挖总干渠、开挖及扩建疏通总排干的长篇纪实文学《河套脊梁》的样书送来，希望我作序。二十年前，我在乌拉特后旗任旗委副书记时，李德军是旗委宣传部的干事，负责《乌后通讯》的编辑工作，直到我离开乌拉特后旗很长时间以后，他仍然按期给我寄送《乌后通讯》，让我能及时了解乌后旗的情况，感受到第二故乡的温暖。

黄河从内蒙古高原上奔腾而过，冲积出沃野一片，河套平原就这样诞生了。但是，要在这片土地上五谷为养，春种秋收，过上安逸的生活，却还要靠人类自己的双手来打造桑田，建设家园。二十世纪六七十年代河套水利发展史上的三大工程——兴建黄河三盛公水利枢纽工程、开挖总干渠（二黄河）、开挖及扩建疏通总排干工程，就是河套人民和广大水利工作者用勤劳和智慧，拦河筑坝，驯服黄河，让黄河造福人民、唯富一套，谱写的一曲人与河相生相克、相依相伴、相辅相成的壮丽诗篇，形成了延续至今的"敢想敢干、苦干实干、干成干好"的巴彦淖尔市的"总干"精神。

在这个过程中，多少人付出了汗水、付出了青春、付出了辛劳甚至付出了生命，才有了后人的岁月静好、五谷丰登，才有了"八百里米粮川"的富庶之地。我们怎能忘记那些奋斗的人们奋斗的过程和奋斗的事迹呢？该书将河套大地上发生的这三大工程真实地记录下来，让世人和河套儿女永不忘却，铭记在心，使之成为永恒的记忆。读过之后，确被当年那些为河套地区的发展而做出巨大贡献的建设者们的壮举而震撼，对那片土地上的人们曾经的奋斗和付出生出深深敬意。

作者李德军是一名公务人员，也是一名生在河套，长在河套，热爱文学的业余文学作者，曾两次被内蒙古自治区文联、作协选派到河灌总局进行"深入生活，扎根人民"挂联体验生活采风活动。他以一名河套人的责任和文学人的情感，在公务之余，不辞辛苦，深入各地，追踪采访，研读史料，走访了当年奋战在这三大工程上的建设者、劳动者及他们的家属后人，掌握了大量的第一手材料，收集了上百万字的各种资料。历三年寒暑，方得成书，其精神和付出，令人钦佩。

书中运用了大量的笔墨记叙和描绘了那些个当年奋战在这三大工程中的鲜活人物，记录了那些至今提起当年都无怨无悔的普通劳动者、建设者，一群可敬可佩、可歌可泣的河套人！由此想起一句话，大意是社会之所以能够前行，就是因为在每个时代都有一群默默付出的人们，他们才是社会的脊梁。

这部长篇纪实文学作品将家国叙事和民族叙事有机地融合一体，弘扬了社会主义核心价值观，不仅表现出以爱国、创业、奉献和牺牲为主题的主旋律，还通过选择现实生活中真实典型的人和事，展示了时代风采的中国精神。作为文艺工作者，书写家国情怀，讴歌民族精神，是我们永远的使命。

习近平总书记指出，社会主义文艺，从本质上讲，就是人民的文艺。文艺给人们以价值引导、精神引领、审美启迪，"文章合为时而著，歌诗合为事而作"，在当下人们多重物质、少尚文学的情况下，每一位文学人都应该牢记习总书记的教导，不忘初心，牢记使命，深入生活，深入实践，从火热的社会实践中汲取营养，提炼本质，永远保持对文学的热忱和钟情，用手中的笔，更好地讴歌时代，讴歌那些可歌可泣、可尊可敬的伟大劳动者和建设者。

作为文艺工作者，创作是自己的中心任务，作品是自己的立身之本，要静下心来、精益求精搞创作，把最好的精神食粮奉献给人民。衡量一个时代的文艺成就最终要看作品，推动文艺繁荣发展，最根本的是要创作出无愧于我们这个伟大民族、伟大时代的优秀作品。衷心地希望扎根河套大地，热爱家乡人民，钟情文学创作的李德军同志，在以后的日子里，为河套、为家乡写出更多更好的作品。

（作者系内蒙古自治区政府参事、内蒙古自治区文联名誉主席）

二〇一七年十二月于呼和浩特

目　录

引 言

为了成为永恒的记忆

一

你晓得，

天下黄河几十几道弯咧，

几十几道弯上，

几十几只船咧，

几十几只船上，

几十几根杆咧，

几十几个艄公来呀把船来搬。

…………

我晓得，

天下黄河九十九道弯咧，

九十九道弯上，

九十九只船，

九十九只船上，

九十九杆根杆，

九十九个艄公把船来搬，

九十九个艄公把船来搬。

…………

一曲《黄河船夫曲》，把我引进了九曲黄河十八弯的黄河"几"字弯顶端的河套平原上。漫步行进在河套平原上，走进旗县、乡镇、村庄、农舍、牧区，与旗县、乡镇、村社干部、农民、嘎查牧民交谈四五十年前二十世纪的五六十年代，发生在河套地区兴建三盛公水利枢纽工程、开挖总干渠、开挖及扩建疏通总排干的三大工程，与叔叔、阿姨、大伯、大娘、兄长、姐妹促膝谈心，畅谈八百里河套的过去、现在和未来。

过去的河套是"野兔卧在枳机滩，野鸡飞在红柳滩"的不毛之地。一九三五年，著名记者范长江沿中国的西北一路采写行走，写出了关于西北的所见所闻《中国的西北角》一书。他在书里这样描写河套：

> 黄河到磴口，转向东北流。照目前河水冲刷的情形，巨流已直指磴口后方而来，冲成一大弯曲。如不修堤排水，恐磴口将成河中孤岛。
>
> 路旁随处有野鸡"咯咯"之叫声，颇易动人情怀。在此沙窝草滩相间之道上，我们常常看到一种特殊的旅客，他们大半是送粮小贩，从绥远西部运贱价的粮食到宁夏转卖。他们总是结成二三十人的大都，每人有一头以上的毛驴，所以毛驴合起来也有三四十头。他们因经济的困难不能住店，亦无力买草饲养他们的毛驴。因此，他们总是随身带好自吃的干粮，走疲了，大家选个草场，放驴吃草，他们自己就倒在草中睡将起来。睡醒了，吃干粮，赶起牲口又走。于是，走疲了睡，睡好了又走，并无一定的站口，更无所谓昼夜。此种办法，既经济又卫生，更可以表示西北人艰苦卓绝的生存斗争能力。
>
> 后套中一大特色，即天主堂，总堂在三圣宫。临河西境乌拉河至磴口之间，尽为天主堂势力，甚有"天主国"之称。此间种地农民，非入天主教不能种地。事实上（非法律上）这一带的居民尽为教徒。教堂为唯一可以指挥民众之机关，神父为最有支配民众力量的首领。
>
> 在三圣宫时，看过教堂的"国语教本"，是他们教会自己编印的……里面是汉字。教本里说，中国之所以穷，由于实业不发达。实业不发达，由于大家"懒"，即是"不知振作"云云。
>
> 事实是否如此呢？我们试问天津、上海破了产的工厂，是不是因为我们工人整天在工厂里睡觉弄糟的呢？还是因为关税在外人手里，保护不了自己幼稚的工业，活活被外国的工业品打倒的呢？

三圣宫天主教堂的"国语教本"里编印的教材与清末官吏姚学镜在《五原厅志略》里所描写的"河套人是好吃懒做的闲散之人"的论调如出一辙。那么河套人真像他们所描写的那样吗？请跟随我在河套的童年记忆，看看河套的过去是怎样的生产生活状况。

从晋、陕、、甘、豫、冀等地走西口过来逃荒的人们来到河套地区，房无一间，地无一垄。他们用碌碡碾压土地，裁成坷垃，还骄傲地自诩为"坷垃垒墙墙不倒"，盖起了自己用来栖身的房屋。房屋就是俗称的三十六眼窗户的坷

垃泥巴墙土房，转动着户枢不蠹的门轴吱吱呀呀开门。三十六眼窗户上糊裱着瞅不见人的麻纸，还常年经受着风雨侵蚀、虫蛀雀咬、西北风丝丝刮的严重考验。面朝黄土、背朝天地耕耘着这里的土地，用以延续着活着就得吃饭、就得脚踩着这块土地生存的博弈。

再用麦秸拌土、和泥抹在土坷垃泥巴墙上，这便有了河套的农谚："人活脸，树活皮，墙头就活得一把麦柴泥。"这就是当时人们在河套大地上的居住环境。

在一九四九年前的旧社会，当时的河套大地流传着这样的顺口溜，说河套有三件宝，即"坷垃垒墙墙不倒，大姑娘养娃娘不恼，嫖客翻墙狗不咬"。

这在二十一世纪的今天看起来有点难登大雅之堂，俗不可耐。听起来感觉话有点糙，确实有点给当时的河套人脸上抹黑的味道。但是，从那个时代过来的河套人就会有无奈的尴尬。因为，河套这片土地是蒙、汉、回等民族杂居的地方，而汉族当时大多是走西口过来逃荒的饥馑的人们，食不果腹，生活难以为继，往往是吃了上顿没了下顿，民谣曰：

白天穿，黑夜盖，天阴下雨毛朝外；
天阴下雨毛朝外，娶不上老婆到梁外（指今鄂尔多斯市）；
前吊羊皮，后吊毡，走起路来像簸箕煽；
前露尿，后露蛋，后面还露得两个屁股蛋。

所以，大多是住宿简陋，日出而作，日落而息，能填饱肚子就是最大的满足。谈医疗条件，结婚之前的婚前健康检查纯属是无稽之谈，是遥不可及的奢望而已。同是作为女性的母亲，对已长大成人的女儿的婚事更是寝食难安，对女儿托付终身的小伙子的身体状况是否满意、放心，且当时又是战火连绵的年代，健康的小伙子被国民党抓去当壮丁的又是习以为常的事情。在战火纷飞的年代，饱尝战火洗礼的小伙子的身体状况又是如何呢，不得而知。所以，河套地区传播的"三宝"，与其说是父母的无奈选择，不如说是生活的艰辛与尴尬处境的真实写照。作为父母，他们朴素地认为，姑娘生育了孩子，是小伙子身体健康、生育能力健全的试金石，也是在当时简单、粗糙、落后的生产生活方式下的不二选择。

家里养的姑娘能怀上孩子，说明与姑娘相处的小伙子的身体健康，作为父母，可以考虑将女儿的终身托付给这位身体健康的小伙子。所以，才会演绎出"大姑娘养娃娘不恼，嫖客翻墙狗不咬"的诙谐调侃说法，生活的无奈和尴尬处境可窥见一斑。

这与前套伊克昭盟诙谐幽默的山曲里唱的:

> 河南乡的后生耍不起,
> 揣上两颗山药蛋打伙计。

是否有异曲同工之意呢?都是无奈与尴尬的处境,贫穷还闹出了滑稽的笑料。

中华人民共和国成立前,河套一大家子父母子女都挤到一个家里住,儿女比较大了,也还在一个炕上,甚至三代同室,四代同室。两三个人盖一个被子、铺一个褥子,没有的就用毛毡或皮褥子代用。大部分人家会铺着芦苇席,上面铺一块油布,还有的人家就在土炕上直接铺着被褥睡觉的。

那时,交通不发达,出行几乎全靠步行。女人、老人有时骑一头毛驴和马匹,再远一些的,就套上称之为"二饼子牛牛车"或者花轱辘车出行。走起来相当的慢,一天只能走二三十里路,人们出行,视几百里为愁事。民谣曰:

> 二饼子牛车慢悠悠,甚时候才能到包头;
> 夏天带上冬天的衣裳,一天带上两天的干粮;
> 有奈出自无奈,赤脚板板跑倒余太。

中华人民共和国成立前,河套大地多为农家,境内盛产糜黍,一日三餐,以吃糜米为主,早晨糜米酸粥。所谓酸粥、酸饭,是以糜米之汁盛于罐中,放在灶台,使其发酵变酸,而后放入糜米。做饭时捞置锅里,焖至半熟,取汁不尽则成稠粥,其酸味绵长。酸粥夏天食用,生津解渴,吃时佐以腌酸菜之类当作就饭菜。那时流传着顺口溜:酸不过浆米罐罐,亲不过老婆汉子。

中华人民共和国成立初期,河套农民大多穿着平纹布、海潮蓝布,河套民谣为证:

> 海潮蓝一身,红裤带一根,大底鞋一蹬,到区公所登记结婚。

走西口过来的逃荒的人们,自然形成"十里一村,五里一户"的一个服务网,如张毛匠圪蛋、杨碾房、张油房等。

进入二十世纪中叶前后,住人的房屋内,过年用枳机捆绑成刷子,蘸上大白粉粉刷圪垃泥巴墙。横一遍,竖一遍,望着粉刷成豆腐块的墙面,容易满足的河套人脸上洋溢出灿烂的笑容。把毛主席的画像挂在正北墙上,点上一盏煤

油灯，家里唯一的家具便是红躺柜，贴上大福字便有过年的喜庆气氛了。

日子稍好一些的人家，便将当地栽种的柳树，用锯子锯倒，湿木晒干，雇佣当地的木匠打起了红躺柜，一面放米面，一面放衣服、被褥。红躺柜上画着"喜鹊登枝""狮子滚绣球"等图案，被勤劳的河套人家擦抹得油光锃亮，别有一番家的味道。

可以说，当年的河套人家是"一门一窗，人走炕光，门背后立着半截水缸，一脚就踏在了炕上"。一般只有冬、夏两季服装，夏穿土布衣裤，脚穿实纳帮大底鞋，或者"牛鼻子鞋"；冬季穿毡鞋，俗称"毛嘎蹬"，穿的衣服是"两季一身，烂了打个补丁"。更有穷者，终年一身衣裤，破烂不堪。

家里的地面还是踩踏瓷实的土地面。扫地的时候，不洒水，会起尘土；洒水，地面又和成泥了。那个时候，谁家要是铺个蓝砖或者红砖地面，便感觉是过上了上等人家的生活，出来给人一种趾高气扬的感觉。

内蒙古著名作家肖亦农在获得鲁迅文学奖的长篇报告文学作品《毛乌素绿色传奇》一书里，描写过一位日本的环保女作家专门采访毛乌素沙漠的情形：

> 初夏时分，女作家来到毛乌素沙漠，女作家戴着一个大口罩，用来过滤沙尘，采风路上不时用湿巾擦脸。上厕所，找到一座旱厕，匆匆跑进，然后青头紫脸地跑出，脸涨得就像个熟茄子，蹲在地上，张着嘴哇哇地干呕着。稍停一下，她连连摇头说："太可怕了！太可怕了！"……

日本女作家看到的旱厕，河套大地上的农家从十九世纪到二十一世纪的今天，有的人家还在使用着。河套大地这样的厕所比比皆是，随处可见，河套农家人感觉已习以为常。旱厕里的粪便还会被当农家肥使用，这就是河套大地农家人的生活质量与水准。

而河套大地上的女人，从走西口过来到二十一世纪的今天就与河套的男人一样，在田间地头干活，与男人平起平坐。但是，她们爱美的心理与日本女作家一样，她们同样深知：女人的容颜保养是女人一生的责任和义务！"女为悦己者容"等这些再简单不过的道理她们了然于胸。所以，她们既要创造美好的新生活，又要用"世上只有懒女人，而没有丑女人"的哲理时刻鞭策自己，将自己的容颜看得无比珍贵。

所以，二十一世纪的今天，河套大地农家的女人出去干农活，也都围着厚厚的围巾，既防沙尘，也防夏天太阳的暴晒。即使是酷暑难熬的暑天也是如此，如日本女作家一般，也是戴着一个大口罩。但是，干起活儿来，巾帼不让须眉，男人干活累了还可以抽一支烟歇缓一下；而河套的女人，不仅在田间地头干活是行家里手，家里也被打理得井然有序。用河套女人的话来说，把两条腿的人和四条腿的牲畜照料得周到有加。

中华人民共和国成立初期，河套农家根本用不起水泥，于是河套人自己发明了一种称之为"纸金泥"的涂抹炕沿的材料，即把麻纸捣碎，用胡麻油和焖糜米饭的米汁拌在一起，把这种纸金泥当作水泥材料一样涂抹在炕沿上，再用胡麻油渣擦抹得既光亮又瓷实，宛如水泥一般坚硬。这种材料比水泥更有优势的是，冬天坐在炕沿上人体不会感觉发凉、发阴，反而会让人感觉越来越热。用当今的流行语来说是，既绿色又环保。过年了，勤快的人家则会用胡麻油渣或者焖糜米饭的米汁涂抹一下，其光亮无比外表宛如当今的烤馍一般金黄瓷实。

河套农人使用的纸金泥，跟魏晋南北朝时期的十六国之一的夏国，史称"赫连夏"，采用的"蒸土筑城"的做法比较相似，即把熟石灰、白黏土用糯米汁搅拌，蒸熟后浇筑，用熟土堆砌。现在矗立在鄂尔多斯市乌审旗境内的统万城，当地人称之为"白城子"的白墙，历经一千五百多年的历史巍峨不倒。

过年，买不起毛笔、墨汁用来写对联（河套人称之为"对子"），河套人就用锅底黑、黑豆水，再有的识字不多的人家，就用碗底拓几个印子，以圈代字，就这样来书写对联，也算过年了。

蒸玉米窝窝，买不起白砂糖，就采购糖精代替白砂糖，让发甜的玉米窝窝哄骗吃不上油水的人们的胃口；蒸馒头买不起小苏打，河套大地盛产的芒硝，（河套人称之为"马牙碱"），白茫茫无人踩踏的优质无土质的芒硝，便是厨房厨师蒸馒头廉价的发酵粉；参加完葬礼丧事穿戴的白孝布，多以锅底黑、墨汁、黑豆水煮染成青黑色，可以当家里的衣布用。至于家里大的穿完小的穿，"新三年，旧三年，缝缝补补又三年"，不仅仅是雷锋独创的专利，当年河套的农家谁家没有这个苦辣酸甜的经历？所以，那个时代结婚的人们，结婚必备的三大件便是缝纫机、自行车和手表。因为，在物质匮乏的年代，这三大件是家庭须臾离不开的家庭必备用品。

但在那物资紧缺的年代，购买物资尤其购买这些家庭必备的三大件都是凭票供应，又怎么才能购买回来呢？睿智的河套人"魔高一尺，道高一丈"，想出了解决问题的办法，即采购自行车的零部件，自行组装自行车。于是，河套

7

人购买回了"飞鸽"牌的自行车大架、"永久"牌自行车的轮胎等零部件进行组装，一辆辆组装的杂牌自行车出现在了河套的乡村道路上。聪明的河套人凭借着吃苦耐劳的精神，改善着自己的生活质量和环境。河套人出行困难，先是有"二饼子"牛牛车或者花轱辘车，再后来是木匠用木头打制的、以橡胶轮胎代替"二饼子"轮胎的"胶车""套半车"。这些交通工具不仅被用作田间地头的拉运工具，也会拉着河套地里种植的米、面去供销社兑换烟酒糖茶等日用品，或者拉着人们去公社赶交流，看大戏、二人台演出，这也是河套人享受生活的惬意安排。在没有粮食加工厂的时代，石匠打磨石磨，两块磨石拼起来就是磨米面的磨盘，磨盘就是最原始的加工粮食的设备。这里出现了一个像电视栏目《正大综艺》里提出的问题：拉磨的毛驴农人为什么要把毛驴的眼睛给蒙上呢？答案便是，要想让毛驴老老实实地干，就必须把毛驴的眼睛给蒙上，让它什么也不知道。否则，毛驴就不会好好拉磨，会停下来的。毛驴也会转晕的，还会偷吃磨盘上正在加工的粮食。磨好的黄豆还可以加工制作豆腐，卤水点豆腐在河套人家也是一绝。在一切都是凭票供应的时代，有的人家根本就买不起白砂糖、赤砂糖，河套人家就把甜菜切成丝，放在大锅里熬制甜菜糖，用油糕蘸着甜菜糖吃，这也是河套地区招待客人、过年时制作的特色食品。而加工油糕的黄糕米，就是河套人用碓杵、碓臼捣制河套种植的黍子加工而成的。

河套的农家一边用碓杵捣糕米，一边还得唱着儿歌哄孩子入睡：

娃娃睡，娘捣碓，
捣下糠糠喂鸡鸡。
喂大鸡鸡下蛋蛋，
下了蛋蛋卖钱钱。
卖下钱钱买糖糖，
买上糖糖给娃娃。
娃娃卧在沙滩上，
一会儿长成大和尚。

加工的黄糕米不仅可以烹制油糕，还可以烹制油糕圈圈。过年了，孩子们去拜年时就会对主人说："好过年，尝尝你家的糕圈圈甜不甜。"

在此不一一列举了，一切都是河套的主人对原始的生产生活方式及生存条件的不断改善、不断创造的结果。在这里笔者进行简单的列举和还原，不可能一一呈现出来。借此说明，河套人向往并创造美好的新生活，并不是偶然发生的某一件、某几件，而是自始至终从来都没有停止过。他们从二十世纪七八十年代所追求并向往的"三十亩地一头牛，老婆娃娃热炕头"的理想生活，到"楼上楼下，电灯电话；耕地不用牛，点灯不用油"的生活；从土坷垃泥巴墙的土房到"穿靴戴帽"的石灰石抹墙的房，河套人"玻璃窗大正房，花花被子垛半墙"，生活质量明显有了变化，再到一砖到顶的砖瓦房，与城市人一样都用上了现代的家用电器，有的人家还有自家的小轿车……

河套人什么苦没有吃过？什么累没有受过？但是，河套人创造美好新生活的脚步却从来没有停止过。河套人并不是像二十世纪二三十年代三圣宫天主堂"国语教本"里所编印的以及姚学镜所描述的"河套人是好吃懒做的闲散之人"的论调，河套人也不是"不知振作"之人。如果真是像他们所描写的那样，二十一世纪的今天，河套大地巴彦淖尔市全市人口一百七十多万人，又怎么能生存下去呢？又怎么能生存得了呢？

二

从走西口过来逃荒的人们来到河套这块肥沃的土地上便安营扎寨住了下来。他们从黄河上捞挖引水渠，通过草闸节制引水灌溉。黄河水大发生洪涝灾害，人们流离失所，无家可归，为了糊口度日，便四处逃荒。

童年有记忆时，父母给我讲述，河套地区发生了洪涝灾害，全家往东土城逃难。全家人肩背担挑，仅有的家当就全部带上了。

越是贫穷，男尊女卑的封建思想越为严重。生下了大胖小子就显得尊贵，若是生了女儿就显得卑下。为了生存，河套人被迫送儿送女的现象更是屡见不鲜，见怪不怪。

与我母亲一母同胞的二姨，家里儿女多，生活所迫，被迫送走了两儿一女。在回山西省河曲县老家时，又生下一个女婴，被迫放在外面的一个高坡处，用树梢给搭了一个遮阴避雨的简易微小的"茅草屋"，以后的事情就无从知晓了。二姨家被迫送人的两儿一女长大以后也能理解父母的所作所为，与他们的生父母都有联系。这是走西口过来的河套人无奈的选择，他们还总结出"送人的都是聪明、有出息的"说法。不知是自我解嘲、自我安慰，还是事实确实如此，

没有结论。

河套地区四处逃难的人们随处可见。我家逃难时仅有六七岁的二姐随着全家逃荒的人流担着担子也紧随其后。父母常常会吓唬二姐，走得慢了就会送人换粮食吃。机灵的二姐，虽然只有六七岁，还穿着家里做的实纳帮子的布鞋，硬邦邦得硌脚。但是，二姐担着担子却紧跟逃荒的父母人群，从不掉队。硬邦邦的鞋将二姐的脚磨破了，起泡了，直致磨出了老茧，再以后把脚后跟的肉都磨平了……

等我长大以后，常常听二姐絮叨说，她没有脚后跟，脚后跟的肉都磨平了，穿鞋拖拉不住鞋。也许，正是因为二姐的头脑灵活，才没有被生活所迫的父母送人。父母也回忆说，二姐眨巴着机灵、可爱的大眼睛，父母也就没有做出狠心送人的决定。

父母随祖父母走西口来到河套地区生存，他们生活在杭锦后旗原小召公社坚强大队第二生产队。父母生育了十个孩子，存活了我们兄弟姐妹八个，一大家族，生活的窘迫自不待言。小的时候，家里吃得玉米窝窝、高粱米粥、山药丸子等，这些是每天的主要饮食，附之以糜米饭、酸粥，少量的白面。

作为家庭主妇的母亲，最愁的便是家里来亲戚、客人，没有拿出手的饭菜。"巧妇难为无米之炊"啊！母亲回忆说，听说要来亲戚、客人，母亲几天前就犯愁了，嘴里不停地絮叨着，拿什么招待亲戚、客人。来了亲戚、客人，能用自己家的老母鸡下的鸡蛋，吃上一顿炒鸡蛋油烙饼，或者腌猪肉炒山药丝便是上等的招待客人的饭菜了。特别是给哥姐提亲的贵客，母亲愁坏了，以致睡卧不安，茶饭不香，唉声叹气……

在青黄不接的过完年的三四月份，就是上年存下的旧粮吃完了，当年的新粮还没有收获打下。但是，家里的粮食，用母亲常念叨的一句口头禅："即将米面瓮朝天了！"即到了家里快断炊的时候了，无奈的母亲，为了一大家子人的嘴巴，只好厚着脸皮去亲戚、邻居家借粮、借油。而可以借出粮食、油的人家，也只能是家里儿女少的家庭，再或者是当年没有操办过婚丧嫁娶事宴的人家。否则，也只能是张空口，借不来粮食、油、肉的。

记得小时候，刚进入春天，家里吃得没油了，母亲拿着一个大碗去大姑家借猪油。母亲回来絮叨说："大姑将猪油虚虚掩掩地给挖了一碗。"而全家大小人七八张嘴要糊口，日子过得捉襟见肘，吃了上顿没下顿。作为家庭主妇的母亲，难免絮絮叨叨地说大姑一番："多么抠门、小气，借个猪油虚虚掩掩的，而不是瓷瓷实实的……"

进入二十一世纪，在吃穿不愁，饮食讲究健康、环保、绿色的今天，一碗猪油根本是区区小事，不足挂齿的事情。可在二十世纪七八十年代的河套，从母亲与大姑姑嫂之间互相揶揄、絮叨中就可以看出，一碗猪油对全家人的生活又是何等的重要，何等的来之不易。

二十一世纪的今天，据统计数据显示，中国人每年在餐桌上浪费的粮食价值高达二千亿元，被倒掉的食物相当于两亿多人一年的口粮，足以养活南非黑人一年的生活。

其实，二十世纪七八十年代，还是生活不宽裕，物质匮乏，那时的人家谁家的生活又能富余在哪里呢？谁家都是节衣缩食、敝帚自珍地过日子，把日子当岁月来过的。只不过是没有操办什么婚丧嫁娶的当时看起来是大事情罢了，所以，家里的粮食才会有少量的富余。当时流传的一句顺口溜："年好过，日子难过。"把日子过成饥荒了就难过了。

父母受男尊女卑狭隘的封建思想的影响，他们认为，女儿总是要嫁人的，出嫁了就成了别人家的人了。

父母的这一思想影响到了对女儿供养上学念书的问题上了。儿子供养上学，而姐姐、二姐却连学校的门都没有进去过。姐姐、二姐走向工作以或做生意后，没有知识文化给她们的工作生活都带来了诸多的不便，就连阿拉伯数字和自己的名字都是在工作生活、做生意中自己揣摩逐步认识学会的。

其实，这种男尊女卑的思想在当时的河套地区普遍存在，绝不是仅仅是我们一家，绝不仅仅是我的父母有这一思想。与姐姐、二姐同龄的女孩子没有供养上学的河套人家比比皆是，她们可怜地成了那个时代的"睁眼瞎"，无法改变命运对她们的安排。

在当时的生活现状下，也不是父母有意不供养女孩子上学，是当时人们的生活都难以为继，填饱肚子都成问题，哪里还有余钱供养孩子上学？也不是那时上学学杂费高，而是家里家外一大家子的农活儿需要人来打理。到了二十世纪七八十年代，河套人家的生活状况有了明显好转，所以，家里将三姐送进了学校上学，直至念到中学毕业。

二姐没有去学校上学，家里一堆繁重的农活，父母让二姐去伺候坐月子的姐姐，宛如大人般伺候。

家里家外一把好手的二姐出嫁时，母亲偷偷地在背地里落泪，父亲则拉住姑爷二姐夫的手，无不后悔且自责、惭愧地说："没有供养念一天书……"声音哽咽了，父亲泪流满面，引来了全家人的潸然落泪……这是父母的无奈，是当时河套地区残酷的现实生活的真实。

三

河套大地，就在我生长的地方，我家房屋的西面、北面都是整片整片闲置的碱滩不能耕种，村里的村民称为"大西滩""大北滩"。下过雨后，便泛起了白茫茫的盐碱，约有千亩之多。"滩"，在河套人眼里就是不能耕种的土地。

家乡的大西滩、大北滩不仅不能耕种，而且每年春天、夏天，河套人想掏苦菜喂猪，可碱滩连苦菜都不长；到了冬天，河套人想割点芦草喂牲畜，连芦草都不长，说是不毛之地绝不是夸张的形容。远远望去，白茫茫的一片，湿得进不去人。而上小学途中经过大西滩、大北滩，土路翻浆，泥泞不堪。养路师傅只好将翻浆的地段挖出一个个的小坑，第二天一个个小坑里都积满了水。

上了中学，去了公社，去往公社的沙石公路是陕白路，到了春天公路也无可避免地要翻浆。养路工人如法炮制地在翻浆的地段挖下一个个的小坑，似有以毒攻毒的效果。而且，还要在公路两旁堆上一堆堆的小土堆，随时准备铺垫翻浆的路段。骑自行车或者驾驶机动车辆不得不绕行公路上的一个个都已经出水的小土坑。公路上了挖了这一个个的小土坑后，公路翻浆影响行车的状况才有所好转。养路工人的这一举措，估计可以放在电视栏目《正大综艺》里，给电视观众提出一个有悬念的奇妙问题来：公路上为什么要挖出这一个个的小土坑来了呢？

这就是我童年成长的地方，我家的西面、北面以及紧邻坚强二队东面的坚强一队的西面，也是一片盐碱滩，种不成庄稼。而盐碱地生长着一种当地人叫"碱蒿蒿"的野生植物，我们这些每天都要出去掏苦菜的学生娃，总会捋回点碱蒿蒿给猪吃。可是，这碱蒿蒿连猪都不肯吃。母亲说，连猪都嫌咸了。这种情况在当年八百里河套平原的乡村里程度不同地都存在。

我家的大西滩、大北滩邂逅了一场雨后，在存下雨水的地方，更是比其他地方有过之而无不及的浓浓的白茫茫的盐碱，即芒硝。这时候正是村里的皮毛匠忙活的时候，他们便趁人们未踩踏芒硝的时候铲回芒硝，因为芒硝对他们的皮毛匠生意能派上用场。

皮毛匠，在河套的农村，将宰杀后的牛皮、羊皮，放在几只大水缸里，用芒硝来清洗这些羊皮、牛皮上的油脂、血渍，然后做成白茬子皮袄、皮裤、皮坎肩以及牲畜拉运的皮绳等皮制品。

大水缸沤制的羊皮、牛皮，放上一定比例的芒硝，在水缸里沤制上几天以后，其味难闻，令人作呕，但芒硝却被皮毛匠酣畅淋漓、廉价地使用在了在清洗皮张上，达到了物尽其用的效果，也让河套大地上盛产的芒硝有了用武之地。

二十一世纪今天的河套平原，灌排配套以后，真正实现了"四海无闲田"的境界，摇身一变成了可以耕种的好土地了。河套的土地经过灌排配套，使盐碱地实现了华丽的转身。现在，广袤的河套大地上，哪里还能寻找到不能或者弃耕不种的盐碱地？

二十世纪，河套大地上广泛用的碌碡辗轧坷垃盖房的时代，盐碱地上的坷垃都难以辗轧，辗轧的坷垃都容易碎。泥瓦工说："碱坷垃上不了墙。"盐碱地已经到了百无一用的地步了，不仅寸草不生，而且用于河套人垒墙、盖房的土坷垃都难以辗轧成型。

这就是河套大地过去土地的情形，也是留给我童年最深刻的印记。作家肖亦农说："每个人都有自己的童年情结，因为童年世界是单纯的，童年眼光是绿色的。"

童年的记忆让我永生难忘。童年吃的玉米窝窝、高粱米粥、山药丸子、酸粥也会在岁月的流逝中忆苦思甜地被想起，让人不能忘却！

从河套大地上发生的天翻地覆的变化，河套人向往美好生活而发明创造的一件件纯朴的代表民风民俗的物品中可以看出，河套人从来都不会被房无一间、地无一垄所羁绊、所束缚。二十世纪五六十年代，河套儿女在党和国家的关怀下，在各级水利技术人员的奋斗下，兴建三盛公水利枢纽工程、开挖总干渠、开挖及扩建疏通总排干工程，也是河套儿女改天换地改造大自然的一次又一次的伟大实践。

四

作家肖亦农在《毛乌素绿色传奇》一书里叙述道："二十世纪二十年代，法国考古学家桑志华、比利时考古学家德日进在河套被称之为前套的伊克昭盟萨拉乌苏流域发现了人类的上门齿，亦称'铲形牙'。据人类学家魏敦瑞考证，六七十万年前的中国北京猿人，一百万年前的山顶洞人以及商代人上门齿都是铲形牙，现在的中国人亦具有铲形牙。这是中国人独有的生命密码，称之为'中国牙'。国内外许多考古学家的考证都证明，世界上其他人种不具备铲形牙，所以繁衍生息的河套人是国内外公认的中华民族的祖先。"

二〇〇六年，鄂尔多斯市博物馆宣布，根据最新的对"河套人"生存的砂岩地层所做的科学测定，认定"河套人"的生存年代应在七万年前，一下子将"河套人"的生活年代向前推进了三点五万年。这个认定，使"河套人"声名鹊起。

如果"河套人"生活的年代是七万年前，就与"非洲夏娃"起源说毫无关系。这一结论，支持并佐证了现代人类起源的"多地说"，破解和诠释了"我是谁"这个人类生命学的百年难题，同时，也印证了中国人的纯正。从七百万年前至今，铲形牙像中国印一样烙刻在了中华民族身上，生生不息。所以，可以得出结论，中国人正是从我们河套走出去的！这让所有的河套人都感到骄傲与自豪！

河套人，无论是前套的鄂尔多斯市人，还是后套的巴彦淖尔市人，都在河套这片广袤的土地上刀耕火种，改造自然。在顺应自然规律的同时，从没有停止过对大自然的敬畏和改造，他们用勤劳的双手创造着美好的生活，建设着美丽的家园。

五

河套地区得益于黄河水的浇灌，土地肥沃，这里的土地用二十世纪七十年代时任巴盟盟委书记李贵同志意味深长的话形容就是："河套这地方种甚收甚；收甚，甚好吃。"

生活在这样的土地上，勤劳勇敢的河套人民不满足"两饱一倒，吃饱躺倒"的小农经济狭隘思想的生活。蹚着齐腰深的冰冷的黄河水，每年的三四月份，千人以上的民工如纤夫拉船一般，把黄河水引来河套地区自流浇灌。这样的多口引水、无坝自流的灌溉，从黄河自流引水的渠道口最多时曾达四十多条，因受到黄河主流摆动不定的影响，引水口也不可能固定，水位、引水流量均不能保证。洪水时，流量大；枯水时，引水不足或引不到水，不可避免地会出现"水大流漫滩，水小引水难"的被动局面。到了冬季，只得再次发动民工用白茨等打草闸用的生产资源打住自流灌溉的引水渠。这样无形之中就会造成引水渠道清淤频繁，为此河套灌区的百姓苦不堪言。河套人就是用这样的方法物竞天择地去耕种河套的土地，日复一日、年复一年地生活在这里。因无法改变命运的安排，河套灌区农牧业生产的发展受到严重制约。

如何驯服黄河，收放自如地灌溉利用黄河水，造福河套人民？河套儿女殚精竭虑地思考着、准备着……

二十世纪五六十年代，在国家水电部、黄河水利管理委员会的高度重视下，各级水利工程技术人员经过十年的酝酿，曾多次实地勘察、设计、论证，准备截流黄河，有效利用黄河水。经过艰苦奋斗，艰难施工，八百里河套大地上一首制灌溉黄河水终于由梦想变为了现实。三盛公水利枢纽工程经过广大工程建设者的精心构想、勘察设计、施工、建设，终于将奔流不息的黄河水成功合龙截流。流淌在河套儿女心中激动的心情宛如那滚滚的黄河水一般，在他们的心中欢腾着，宣泄着，那份喜悦、那份甜蜜无以言表。

人们站在冰冷的黄河水里捞挖自流引水渠，落下了严重的静脉曲张等关节疼痛的疾病，但他们也喜在脸上，甜在心里。因为，他们认为这是河套人应有的职责与担当，八百里阡陌纵横的土地需要黄河水的浇灌，近五万名建设者日夜奋战在三盛公水利枢纽工程的工地上。他们克服施工条件差、作业艰苦、黄河截流经验不足等困难，勘察、设计方案经过多次论证、修改，又聘请原苏联水利专家实地帮助指导，每一步都做到了精益求精，科学论证。同时，充分尊重群众土法治理黄河的做法和经验，发扬他们的首创精神。土洋结合，力求科学合理施工，在国家三年经济困难时期，成功合龙截流黄河。三盛公水利枢纽工程是当时截流利用黄河水的全国第二大工程，河套灌区从此再无干旱之虑，实现了有效、有序、有利使用黄河水。

筹建三盛公水利枢纽工程的总负责人、黄河工程局局长兼党委书记、内蒙古自治区水利厅副厅长李直是三盛公水利枢纽工程实施中的杰出代表。他曾在兴建黄杨闸时协助绥远省水利局局长王文景，在社会秩序混乱中，面对土匪抢劫毫无惧色，四处奔波，协调联系，保证了黄杨闸一九五二年的按时建成放水。正是他的突出贡献和表现，在筹建三盛公水利枢纽工程时被组织上委以重任。走马上任后，他风尘仆仆赴施工工地部署开展工作，路过家门都没有回去看上老母亲一眼，大有"大禹治水，三过家门而不入"的豪迈与决绝。

筹建三盛公水利枢纽工程可以说是一张白纸绘蓝图，一切从头开始，百废待举，施工设备、组织施工的干部以及技术人员都毫无着落。李直立即赴京，请示水利部副部长李堡华，李堡华副部长指示由三门峡工程局给予支援。李直又马不停蹄地奔赴三门峡工程局请求援助，而三门峡工程局领导面对本局当时的艰难处境，面有难色，没有答应、承诺。李直又辗转奔赴武汉，再次找到了在那里参加中央会议的李堡华副部长，同时，意外见到了也是参加中央会议的内蒙古自治区领导乌兰夫同志。李直欣喜若狂，向领导陈述了赴三门峡工程局请求援助未果的难处。

中央会议结束后，李堡华副部长亲自带领他赴三门峡工程局搬兵求援。于是，三门峡工程局在本部门面对困难的情况下，派出马超、韩金城等工程技术及管理人员赴三盛公水利枢纽工程组织领导施工，直至三盛公水利枢纽工程完工。同时，还支援了技术干部和技术工人，并负责培训了施工技术工人两千多名，这些培训回来的技术人员成为三盛公水利枢纽工程施工的骨干力量。

李直为了三盛公水利枢纽工程的开工建设，既有刘备委曲求全、三顾茅庐的谦逊，也有薛丁山不辞辛劳、三请樊梨花的真诚去拜师求将，同时，又借鉴诸葛亮的草船借箭的工作方式方法，将其发挥到了淋漓尽致的地步。他争分夺秒，以只争朝夕的精神，又奔波于上海、北京、天津、大同和大兴安岭之间，联系施工用的轻轨、水泥、木材和计划外定做加工的启闭机、拦河闸闸门等材料、物件。这是在国家三年经济困难时期组织施工筹建的三盛公水利枢纽工程，面对的困难和窘迫是可以想象的。作为总负责人的李直，一头扎到工地，一干就是四年，其劳累、艰辛、甘苦和紧张是不言而喻的。施工四年中，有两个春节他没有回家过年，一直坚守在施工的工地上。甚至连他的老母亲病重，后在呼和浩特市病故都没有回去看上一眼，尽点送终尽孝的义务。"自古忠孝不能

16

两全"，在三盛公水利枢纽工程施工总负责人李直的身上得到了悲痛伤心的上演。在施工中，李直与干部、技术人员同甘共苦，从不搞特殊。施工中，内蒙古自治区高层领导有的提出自古以来未有人截流过黄河，对大坝能否顺利截流产生疑虑；有的领导认为，截流黄河是"隋炀帝挖运河，劳民伤财"，如果截流不成功，影响了河套地区土地的灌溉，提出了责任应由谁来负的种种质疑和责难。李直列席了由杨植霖书记主持召开的内蒙古党委常委扩大会会议并汇报了工作。参加内蒙古自治区常委会的领导有王铎、奎壁、王再天、王逸伦、胡昭衡等常委，政府副主席高培增以及内蒙计委、包头、巴盟、伊盟的党委书记等领导，可谓全区高层领导云集的党委常委扩大会。李直在常委扩大会上庄严地立下军令状，保证完成截流任务。常委扩大会散会后，杨植霖书记叮嘱李直说："这可是承担着'杀头'的任务啊！"

李直在三盛公水利枢纽工程截流进入关键时期，顶住来自各方面的压力，面对质疑与责难，毫不退缩，毫不犹豫，挽狂澜于既倒，扶大厦之将倾，将自己的身家性命都压在了三盛公水利枢纽工程截流上了。在各种运动接踵而至的那个年代，他冒着可能被追究政治责任的风险，承诺黄河一定能截流。俗语说"艺高人胆大"，作为枢纽工程总负责人的李直这胆量又来自于哪里呢？是来自于对党无限忠诚、对人民全心全意服务的赤胆忠心的高尚的共产主义道德情操，来自于对截流合龙工作攻坚克难、胸有成竹的敬业奉献精神，来自于河套地区人民要驯服黄河的千年梦想的使命感驱使力量。他在三盛公水利枢纽工程施工中，将运筹于帷幄之中，决胜于千里之外的大将风范淋漓尽致地展现在了枢纽工程工地上，留给后人不尽的思念与追忆。

李直同志即使在"文革"住牛棚受审期间也牵挂着三盛公水利枢纽工程。期间，有人告诉他，三盛公水利枢纽工程可能出了问题，拦河闸上下没有水位差，可能是水从河底把枢纽工程淘空了。他的心立马又悬了起来，好像自己又身临其境置身于三盛公水利枢纽工程的施工现场。后经黄委会的技术人员检查说，枢纽工程没有什么大碍，他一颗悬着的心才放了下来。他一生工作直至离休，无时无刻不在关心着三盛公水利枢纽工程的运行情况，只要有人提到三盛公水利枢纽工程，他就情绪高昂、感慨万千……三盛公水利枢纽工程成了他一生的荣耀和在"文革"住牛棚受审期间精神摧残不垮的重要的精神支柱。

三盛公水利枢纽工程将汹涌澎湃的黄河水拦腰斩断，成功截流合龙，之后河套儿女用五年左右的时间开挖总干渠灌溉农田。历经半个多世纪的风雨兼程，三盛公水利枢纽工程巍然矗立在汹涌澎湃的黄河上，如今已成为国内著名的集灌溉、发电、旅游观光为一体的水利设施和风景名胜区。

六

先人们在开发河套平原中认识到"农以水为命，水以渠为先"的浅显道理，所以，配套三盛公水利枢纽工程，开挖黄河总干渠灌溉农田亦成为必然。

从一九五八年八月二十五日开始施工到一九六一年，开挖黄河总干渠的施工人员采取"边开挖、边利用"的施工方法，先开挖了临时断面，后扩建到施工的标准。黄河总干渠是河套的儿女们通过锹挖、肩挑、背背、车拉，一锹一锹挖出来、一担一担担出来的。施工人们宛如《论语》里所描述的："一箪食，一瓢饮，在陋巷"一样，他们安贫乐道忍受吃稻稗子面、玉米窝窝俗称的"小高楼"带来营养不良、干肠密结的生活艰辛，住着"土窖子"、瓜茅庵等简易的工棚，忍受着阴冷潮湿、风沙侵蚀雨淋的艰难困苦，克服着重重困难。他们有着愚公移山的不屈精神，采取"农忙小搞，农闲大搞，忙闲结合，不误农时"的原则，利用五年左右的时间，基本开挖出了总干渠。总干渠由于渠道长，断面大，输水能力强，能通过五百多个立方米每秒的流量，所以，人们亲切地称之为"二黄河"，这也是小时候母亲常给念叨着的河套人开挖的一条"天河"。

"二黄河"叫起来既亲切又骄傲，听起来让人感到鼓舞。二黄河的开挖，通过总路线、大跃进、人民公社三面红旗的飘扬与鼓舞，经过劳动人民的双手，将"黄河百害，唯富一套"的历史论语，改写为"黄河百利，富及全民"的溢美之词，当时巴盟提出的口号是实现电气化、机械化、自动化。

二黄河的开挖，发生在三年经济困难时期，国家提出要"超英赶美"，粮食要"上纲要""过黄河""跨长江"，物资匮乏，人民生活水平贫穷窘迫。但是，参与开挖总干渠的民工们不屈不挠，顽强奋战，为了使黄河水早日截流，河套大地灌溉早日受益，时任巴盟水利局局长的康玉龙、工程师陈靖邦因地制宜地提出了总干渠的开挖缩窄断面的设想，即宽度缩窄，长度缩短，缩短战线，集中施工。在具体施工中，就像民工们所说的，渠背变渠壕，渠壕变渠背，工程师梁九顺根据他们提出的意见进行了设计。方案最终经内蒙古当时称之为人委即人民政府的批准同意后，决定总干渠四闸至五闸以下暂缓开挖，将五原县与乌拉特前旗施工的民工调往二闸以上进行施工，从而实现总干渠的及早灌溉、及早受益的前瞻性目标，以后再逐步完善扩大总干渠的断面和长度。施工中坚持固定人数常年搞，常年施工。黄河总干渠前后经历了十年左右的时间，完成了总干渠的开挖配套。

黄河总干渠是中央、内蒙古自治区列入的重点投资项目。内蒙古党委高度重视工程的实施，密切关注着总干渠工程的进展情况。总干渠首次行水，渠道两侧渗漏严重，渗漏水浸泡了磴口县附近地区的部分农田与房舍。当地群众给总干渠编了一句顺口溜：

> 东有黄河西有沙，铁路公路中间插，总干渠泡的房倒塌，左思右想没办法。

当巴盟盟委上报给内蒙古党委，总干渠由于放水造成了渠道渗漏，内蒙古党委立即研究决定，对因渗漏造成受损的群众进行赔偿。赔偿清查工作组逐村逐户进行损失调查，包括农田、房舍，甚至场面、鸡窝都做了详细登记。同时，自治区水利厅决定，在渗漏严重的总干渠段落左侧开挖截渗沟，并修建多座与干渠交叉工程。工程于一九六四年完成，总干渠渗漏问题得到有效解决。

这就让老百姓从中体会到了社会主义制度的优越性，那是在中国共产党领导下开挖的总干渠工程，而不是从前国民党时期的水利施工。之前，就像黄杨闸的施工，向老百姓征收了大量的钱财和粮食，结果只做了老百姓称之为的一个"饮马坑"、一个"坑人坑"，工程就不了了之了。黄杨闸施工是当地老百姓心中的一道伤疤，只要看到水利施工，内心就隐隐作痛。老百姓给总干渠施工由于渗漏信口编的顺口溜也是情有可原，应予以理解。老百姓从中看到了共产党组织实施的总干渠工程的不同之处，不会虎头蛇尾，实施半拉子工程，而是自始至终、善始善终地实施，让老百姓放心、满意，能产生出经济效益的富民工程，这样老百姓才能积极拥护并投身到工程建设中来。正是总干渠工程凝聚了老百姓的人心，所以，总干渠的施工在那样的艰苦条件下，广大民工不讲代价、不计报酬地去参与施工，其根源就在于总干渠的施工反映的是老百姓的心声。

七

河套的土地得到了总干渠充分饱和的灌溉，河套人也大有"水从地头过，

不浇意不过"的深浇漫灌思想。特别是在小麦收割后的秋浇，更是浇得沟满地平，当时是从"打好秋浇保卫战"的战略高度去重视的。巴彦淖尔盟的盟委机关报《巴彦淖尔报》曾刊发《社论》，要求各地高度重视秋浇工作，绝不能有松劲厌战、麻痹大意的思想。再加向友邻地区的银川学习，一九五八年至一九五九年，河套地区在没有排水条件的情况下，盟里倡导种起了水稻，更让地下水位直线上升。河套地区的盐碱化相当严重，粮食减产，水利一度成了水害，河套地区农民自编的顺口溜说：

> 份子地，班禅召，马二圪卜，崔三壕，过去种上西瓜长斗大，种
> 上糜子一人高；自从种上稻子后，现在成了大碱壕。

大面积地试种水稻，导致在隆冬的季节，河套大地的土地上，到处是白花花的冰滩，而且到次年的春耕开始，冻冰才能消融，土地呈盐碱滩状，潮湿得种不进去。

当时，全盟提出的发展农业生产的口号是：

> 学大寨，赶昔阳，每年增产两亿粮，三年誓把"纲要"上。

而到了第二年农业生产发展上不去，全盟的粮食总产量还没有超过一九五六年的水平，这时的老百姓又给编出了顺口溜：

> 要问今年怎么样，又是赶上气候不正常。

河套广袤的土地打不出粮食，反而埋怨起气候了，全盟上下继续找客观原因。其实是河套的土地得到了总干渠大量的、充足的灌溉，但是，当时的河套土地有灌无排，灌溉进去，盐碱排不出去。老百姓形象地形容"河套的土地吃得进去，拉不出来"，土地得了"水臌症"。河套有一首民谣：

> 六七八九地如筛，十月十一月藏起来，二三四五一地白；冬天白
> 茫茫，春天水汪汪，秋天不打粮。

数据显示，一九七五年以前的八百里河套川有五百七十万亩耕地，三百一十万亩的耕地有不同程度盐碱化，其中五十万亩因盐碱化严重而弃耕，而且每年还在以十六万亩土地出现盐碱化的速度递增。

面对土地是"冬天一片冰滩，春天一片碱滩，夏天一片水滩，昔日的米粮川变成了盐碱滩"，有的公社、大小队还需吃返销粮的现状，二〇一二年，巴彦淖尔市电视台制作电视纪录片《丰碑》时，采访了当年在巴盟工作过的、从内蒙古自治区原政府副主席岗位上退休的傅守正同志。他介绍说，全盟大约有百分之六七十的生产队在吃返销粮，有的甚至是倒分红的严重生地步。河套地区的老百姓形容土地是"镶边秃子"，给土地编的顺口溜是：

> 一亩种成七分半，"镶边秃子"真难看。

河套大地不进行一场"土地革命"，河套人民难以过上好日子。于是，一九七五年，河套大地上发生了一件震撼了巴彦淖尔盟全盟上下，震惊了内蒙古自治区乃至全国，影响到了至今四十多年的河套大地上的男女老少、妇孺皆知的大事件——扩建疏通总排干工程。

河套地区的排水工程，即总排干工程，于一九六五年八月十五日就开始施工开挖。河套地区的土地经过一首制截流工程，总干渠灌溉，乌加河作为总退水出路，由于多年分段堵水灌溉，逐渐淤高，退水不畅，淹地、阴地、土壤盐碱化现象严重。实行了一首制引水后，直接供水乌北灌溉，这个时期，改造乌加河的条件已经成熟。

把乌加河正式列入改造利用计划的是"五七"计划，当时要利用乌加河河道作为总排干沟。一九五八年，黄委会水利设计院正式进行了技术设计，施工时，内蒙古水利勘察设计院对改造利用进行了适当的修改。修改方案中，选定总排干沟西至袁家坑，沿乌加河东入乌梁素海，是排水沟道的主体部分，裁弯取直进行施工。全河套灌区于一九六五年集中大批劳力开挖了总排干沟，至一九六六年因"文革"被迫停工，进一步的开挖也不得不草草收兵。在总排干沟上面，五原县最早开挖了六、七、八排干，其他排水干沟也未来得及开挖，尚未形成完整排水系统。

一九六五年开挖总排干时，由于是小断面开挖乌加河，当年设计规模是按照一九七〇年浇灌四百万亩良田、亩产四百斤的标准进行设计的。起点、格局不高，缺乏前瞻性的运筹考虑，而且组织的民工队伍力量不足，工地民工不到三万人。在巴盟治碱工程处指挥部的领导下，成立总排干工作组组织施工，断断续续开挖了将近两年的时间。在实施排水中，由于多年的淤澄、堵塞，造成排水不畅。一九七五年沿阴山一线发生了严重的山洪灾害，总排干的排水渠变

成了灌溉渠，给当地人民群众的生产生活带来了严重的损失，于是，扩建疏通总排干工程被提上了重要的议事日程。

八

一九七五年的十一月七日，由时任巴盟盟委第一书记李贵为总指挥的全盟扩建疏通总排干工程总指挥部成立并召开誓师大会组织实施。李贵书记在当年的临河县份子地公社和平大队红龙园生产队施工工地上做了重要动员讲话，并亲自下工地与民工一起劳动。扩建疏通总排干工程盟、旗、公社、大队四级书记包括小队的五级干部都上了总排干的工地，民工人数最多时达到十五万人，还不包括拉柴、送煤、磨面、送粮的后勤保障人员。

成千上万的民工挑着箩筐，扛着行李，从几十里、上百里远的地方，日夜兼程，浩浩荡荡开上了工地。拉运人员、物资的车辆有拖拉机、大胶车、小胶车等川流不息，昼夜不停，车轮滚滚，人潮如涌，很有革命战争时期的大兵团作战的气势。从十一月三日动员到七日开工，仅四天的时间就上去七万民工，很快出现了一个党政军民齐出动、四级书记带头干、五级干部上前线、男女老少齐参战、全民大战总排干的动人场面。在西起杭锦后旗的太阳庙公社，东至前旗乌梁素海的四百里长的总排干工地上，白天红旗招展，人山人海，机器轰鸣，炮声隆隆；晚上灯火通明，施工日夜不停。尽管气温下降到零下二三十度，但广大民工战严寒、斗风霜、挖冻土，干得汗流满面，场面热气腾腾，充分显示了大家根治盐碱化的雄心壮志。工地上既有人民公社的社员、国营农牧场的职工、解放军指战员，也有广大工人、学校师生、街道居民和各行各业的职工干部；既有来自不受益地区的农民，也有来自草原放下羊鞭的牧民。在后方，人们也是夜以继日地为工地准备物资，前方需要什么，后方就积极支持什么。许多干部、职工、学生、居民纷纷捐款捐物，为疏通总排干出力。

工程以预料不到的速度迅速向前推进，驻地部队、磴口县、中后旗和潮格旗，只用一个月的时间就完成了三个月的施工任务。全部工程一千一百五十多万土方，如果一方方地连接起来，长达一万一千五百多千米。一九七五年扩建疏通总排干工程施工中，人们在战线长、气候严寒、困难诸多的情况下，完成这样大的工程，其盛势之大，河套地区前所未有；其影响深远，河套地区的儿女有口皆碑，无人不晓，无人不知；其意义重大，河套地区灌排配套，科学灌溉，福泽子孙后代。

九

决策扩建疏通总排干工程，当时的巴盟盟委书记李贵就是杰出的代表。李贵是河套地区临河县人，对这里的一草一木有着深厚的感情，也对这里的百姓赖以生存的土地状况了如指掌。看着河套地区广袤的土地却打不出粮食，被白花花的盐碱所侵害，百姓们吃着返销粮，过着倒分红的食不果腹的日子，犹如守着金饭碗讨饭吃的尴尬处境，作为盟委书记的李贵心里格外不是滋味。

一九七五年，全盟境内下了三十多个小时的暴雨，沿阴山一线一片汪洋大海，淹没了三百多户农户，土地被泡在洪水里，受灾的老百姓住到了总排干的渠背上。特大暴雨导致总排干大出口的乌梁素海都决口了，一场百年不遇的的山洪给阴山沿线的人民群众生产生活造成了巨大损失。空有的总排干排水功能反其道而行之，不仅不能顺畅排水，反而需要人民群众投入大量人力、物力进行防洪，以免洪水肆虐泛滥，危害百姓。面对这样的艰难境地，作为盟委书记、百姓主心骨的李贵心急如焚，这样的处境已经把河套人民逼到了死胡同，不痛下决心根治河套地区的盐碱害，河套人民生活根本没有出路。

在巴盟的工作期间里，李贵的工作目标就是把农业搞上去，让农民富起来。他说："要让农民吃上手扒肉，即想吃哪部分就吃哪部分，且都可以买到。"他经过调查，发现制约巴盟经济发展的最大问题是土地盐碱问题，而造成土地盐碱化的主要原因是灌多排少，有灌无排，农业生产广种薄收。

当时我们国家尚处在"文革"后期，但是还没有彻底结束，批林批孔运动还搞得热火朝天。造反派分子天天在搞运动，就在李贵书记之前的盟委书记，就是由于运动搞得无法正常开展工作而被迫调走的。作为盟委书记的李贵深知，解决好人民群众的温饱问题，把生产建设搞上去才是他的职责所在。面对造反派分子，他同时也看到了百姓乞求过上温饱日子的期盼眼神。作为全盟班长的李贵，带领盟委一班人，顶住唯生产力论等各种压力，冒着有可能会被扣上各种"帽子"，甚至遭到"棍子"无情鞭打的危险，开始发动号召全民奋战总排干工程。

李贵书记不是没有领教过这种无情摧残。"文革"期间，他任呼和浩特市市委第一书记，"文革"开始后，李贵在内蒙古第一个被罢了"官"。他是继

改组北京市委后，第一个被"罢官"的省会城市主要负责人。在长达七年的时间里，李贵遭到了常人难以想象的摧残，戴铁链、挂木牌，被踩在地下，无数次地批斗游行，被关进监狱成为囚犯。妻子也受到连累，被关了起来，当时是被确定为"呼和浩特市群众专攻总指挥部第一号通告"的专政对象。李贵到一九七一年秋天才被放了出来，被下放到呼市西郊机床厂劳动改造。一九七二年不再去机床厂劳动，拖着个"犯走资本主义道路错误"的尾巴，降职到包头市委任第五把手的书记，后又被任命到巴盟盟委第一书记。面对曾经遭受过如此打击的不公命运，他毫无畏惧与退缩，不怕被再次整倒，义无反顾、毅然决然地做出了抉择。巴盟盟委经过全盟上下民主论证，科学决策，用李贵书记生前的话说就是"用行动证明是否正确，不对的马上就改正。"盟委大胆集体做出决策，充分利用河套地区冬闲的三个月的时间，广泛发动群众，大干一冬天，扩建疏通总排干工程。同时，在施工中认真抓好"三性"和"三力"，即群众性、广泛性、科学性和指挥力、执行力、支持力。总排干工地上显现出了既轰轰烈烈又扎扎实实的劳动场面，施工取得了明显成效。

五原县和胜五社是原李贵书记下乡蹲点的村社。开挖总排干时，李贵与司机、秘书一起工作生活的住宿点是在房东白留柱的家。现在是白留柱的儿子白喜民居住的家中，李贵下乡生活工作的情景跃然于眼前。一栋低矮的二十世纪六七十年代河套所有农村农民都居住过的土坷垃墙垒起的三十六眼窗户的坷垃泥巴土房中，一盘土炕，一个红色且油漆斑驳脱落的呈正方形的四条腿的炕桌上放着李贵书记曾经看文件、报纸、资料等所用的老花镜，还有算盘、笔和一本《新华字典》，土炕上放有李贵书记及秘书、司机三人再简单不过的被褥，李贵书记的黄色棉大衣以及开会、来宾接待才穿着的黑蓝色呢子中山装上衣；土炕上还盘有秘书、司机及李贵书记三人共同起火做饭的土炉灶，屋里中间支放着当年总排干施工时用于取暖的火炉子。

院子里堆放着当年李贵书记下乡蹲点时与当地农民一起下地劳动所使用过的胶车、套半车、镂、犁、耙、铁锹、箩头以及废旧的自行车等。此外，还有全盟开展全民积肥运动时，李贵书记亲自去农户家收尿的两只尿桶。当年陪伴李贵书记蹲点劳动回来歇息乘凉，一起长大的柳树已枝叶繁茂。

来到李贵书记下乡蹲点处，看到李贵书记曾经下乡蹲点使用过的物品、工具，我们仿佛看到了李贵书记肩扛西锹或者锄头和农民群众谈笑风生从农田里走了回来；看到了他为根治盐碱害，开挖总排干的全民大会战发动起来意气风发的脚步；看到了他为把全盟的全民积肥运动轰轰烈烈、有声有色地开展起来，作为盟委书记的他，亲自带头提着泛着浓烈尿骚味的尿桶挨家挨户去接尿沤肥的从从容容，淡定自若。榜样的力量在这里骤然凝聚、浓缩，人格的魅力在这里悄然彰显、绽放。一桩桩、一件件，睹物思人，对往事的回首，历历在目。朴素的生活、简陋的住宿，才彰显其人格魅力的伟大。

十

鉴于之前开挖总排干不符合排水要求，以致淤积废弃的教训，所以这次扩建疏通要求总排干的深度要比总干渠深得多。而且考虑到河套灌区的流沙地貌，总排干的坡度必须要比总干渠的坡度宽得多。为了彻底排水，要做百年大计工程，总干渠通到哪里，总排干渠就要通到哪里，这样一来，挖总排干的工程就相当于当年开挖总干渠工程量的四倍。当年在总排干施工中从事过测量、质量检查工作的工程技术员刘义回忆道："扩建疏通总排干工程要比开挖总干渠需要更大的决心、更大的勇气、更坚强的毅力、更多的施工方法去实施，总排干能建到这样低水位运行，确实来之不易。"

全盟上下参战总排干，当时已经成为一种时尚，成为一种与"不到长城非好汉"一样的至高无上的感觉。无与伦比的的荣耀感、自豪感在总排干工地的每个民工身上体现了出来、焕发了出来，成为一种风向标，引领着河套地区的人们争先恐后地朝着总排干的工地涌来，就仿佛当年人们向往延安党中央、毛主席的所在地一般心驰神往，有一种不上总排干工地就愧为河套人的感觉。所以，总排干工地不分男女老少，只要能扛动锹头、拿动箩头的全部涌向了总排干的工地，就连全盟的中、小学生都参与到了总排干的施工当中。临河县的中、小学生把自己节衣缩食积攒下的舍不得花的五分钱、一角钱，共计二百五十多元钱都捐献到了工地上，用来购买工地需要的手套和雨靴等施工工具。有的中学生上去总排干工地体验生活，回去激情飞扬地写作文，抒发心中的思想感情，书写心得体会。

巴彦淖尔市著名作家陈慧明老师，在二〇一五年采写的关于开挖总排干的纪实文学《一千里水路云和月》的作品里，曾眼里含着泪水、固执地弯下腰，

亲自脱下段振东的袜子，目睹了这双由于开挖总排干造成残疾的双脚。当年由于开挖总排干住在阴冷潮湿的菜窖里三个月，即使铺上麦柴潮气也会浸透上来，他的腿、脚落下了静脉炎的病根。工程完工后回到家里，他疼得坐卧不宁，睡眠不安。有时疼痛得一顿要吃八九片的索密痛。段振东的双脚十根脚趾，已经失去了六根，左脚只剩下最小的那一根脚趾，其余则不复存在了；而右脚的大母脚趾也不复存在了，中间残存的三根脚趾宛如连体婴儿一般难舍难分地粘连在一起。可以想象，这双脚对于他的劳作、生活带来了多少艰难与不便。段振东说，这四根残存的扭曲的脚趾，有时就失去了平衡、支撑身体的功能。段振东的后半生都奔波在求医问药中。期间有人提醒他，让他办理一个残疾证，那样会享受政府补助，他也没当回事；还有人建议他带着残脚和病身子去找政府提条件、要资助，段振东就更不以为然了。段振东掷地有声地说："总排干是一件正儿八经的事，现在已经证明了不挖不行，我不能去找政府的麻烦……"

笔者在乌拉特前旗走访了解到，前旗原革委会副主任史宗斌，扁桃体发炎，吃不下东西，静脉曲张很严重。他由于带头下水干活，得了湿疹病，一抓就出血，浑身上下都是血迹斑斑，衣服和皮肉粘在了一起。群众让他回去治疗，他不回去；公社党委做出决定让他回去，他不回去；没办法，旗委书记孟春来亲自下命令让他回去治病。他只回到公社输了一天的液，第二天大夫拿着输液器到了病房时，他已经返回了工地。史宗斌的儿子在工地上把胳膊摔成了粉碎性骨折，后来由于皮肤感染化脓，高烧四十度，昏迷不醒。史宗斌把小孩放在医院安顿好后，就要回工地，小孩的姑姑拽住他的胳膊不让走。史宗斌说："我在这里只能照看我的一个儿子，工地上我领着四千余名民工，正是施工的关键时候，我是指挥员，我不能离开岗位！"在场的所有人都被他的这一举动感动得哭了……

上中学时，我们就学习了著名作家魏巍的《谁是最可爱的人》一文，在抗美援朝战争中，上甘岭战役志愿军战士的英勇顽强、不怕牺牲、保家卫国的崇高形象深深印在了脑海里，他们被认为是当时最可爱的人，是值得学习、一生崇拜的偶像。在中越自卫击战中，那些身居在"猫耳洞"的英勇反击的战士，是二十世纪八十年代是最可爱的人。那在和平年代，在我们河套地区，河套儿女义无反顾地投身到三盛公水利枢纽工程、开挖总干渠、开挖及扩建疏通总排干这项改变家乡面貌的伟大事业中，身体受到了这样那样的伤害，有的甚至献出了自己年轻宝贵的生命，但他们却无怨无悔，从没有想过要给政府添麻烦。

在总排干全民大会战中，全体民工谁也没有想过要攀比谁上不上去工地，或者攀比上去工地谁干得多与少。大家争的不是谁干得少，而是谁干得多，然后向干得多的看齐、学习，就怕自己落后了，偷奸耍滑反而会被人瞧不起……

这又是一种什么样的精神境界呢？他们难道不是河套大地二十世纪六七十年代河套人民身边的最可爱的人吗？我心中由衷地敬佩他们！他们就是当今最可爱的人，也是鲁迅笔下所说的，最不应该忘却的人。河套人民心中已经为他们树立起了一座丰碑，他们的精神是让后人敬仰的、不朽的、最宝贵的精神财富，也是河套人民不断开创美好生活、建设美丽巴彦淖尔的动力源泉之所在。

总排干施工只用了两个多月的时间就胜利完工了，它以惊人的速度和胜利的事实，对一些墨守成规的人进行了有效教育，它也是对广大干部群众的一项严峻的考验。

十一

不管时间过去了多久，不管十五万人奋战总排干的事迹是否会被历史的滚滚红尘所湮没，也不管过去的老传统，吃着现在人看来是忆苦思甜饭，人工开挖总排干被日新月异的新科技所替代，被迅猛发展的高科技、高智能所淘汰，但在一九七五年扩建疏通总排干中做出突出贡献的人们永远不会被河套大地上的人们所遗忘。如逝去的花季少女陈改玲；"支干"好少年郝玉柱；失去一颗眼球的赵换世；临河县"一炮黄尘"的书记李凤梧；二道桥公社"泥腿子书记"的徐秋生；磴口"偷土"勇士的苏玉祥；磴口县过早去世的书记巴图以及总排干施工时不能戴着白帽、只能与汉族一起吃饭，现在由于静脉曲张不能跪着，只能爬着做礼拜的回族伊斯兰教徒马赞工；跳在冰冷的渠里用两腿挡坝的崔保红以及六旬老人的盟委书记李贵同志亲自在总排干担土等突出贡献者。他们当中有的献出了宝贵的生命，有的身体出现了肢体残疾，或者得了静脉曲张、关节疼痛等疾病。但是，全盟奋战总排干在全盟人民的心中是那样的恒久，那样的久久回味，那样的津津乐道，那样的根深蒂固。河套人民"不思量，自难忘""吾心安放是吾乡"的情结没有被历史的潮流滚滚向前所淡忘、所湮没。不管总排干的施工是多么的难以想象的艰难，甚至超过了人身体所能承受的极限，让当今的新新人类感到不可思议，广大民工仿佛孔子《论语》里所讲到的"饭疏食，饮水，曲肱而枕之，乐亦在其中矣。"的标准严格要求自己，以苦为乐，

精神富足，其乐无穷。

在当时的那个以阶级斗争为纲的特殊的年代，有些做法现在看来是侵犯公民人身权利的，如捆绑游排干、批斗等过激的行为和做法，让人感到难以接受。但是，凡是参加过那场大会战的人们，凡是笔者走访过的人们或者他们所留下的回忆录、施工感受、心得体会等全民奋战总排干的片言只语也好，诗歌、散文抒发感情也罢，都没有丝毫的埋怨，哪怕是一刹那间的在脑海里萦绕一下也好，大家都是异口同声地称赞道："河套地区灌排配套搞好了，百姓的吃饭问题解决了，这样才能考虑其他的经济社会发展问题，其中李贵书记功不可没。"这就是全盟人民发自内心的心声！

河套地区在巴盟盟委以李贵为第一书记的正确决策下，这种敢为人先、敢于做第一个吃螃蟹的人的精神是值得钦佩的，值得称道的，也是值得永远铭记的。决策磅礴宏大，士气势不可挡，领导率先垂范，把毛泽东思想的充分发动群众、相信群众，大打人民战争的战略战术思想灵活运用到了扩建疏通总排干工程中。一切依靠人民群众，取得了扩建疏通总排干工程的伟大胜利。原国家水电部部长钱正英视察后评价说："扩建疏通总排干工程是河套地区的伟大创举！"

经过扩建疏通总排干，使人们对排水的认识有了一个质的飞跃，为以后河套灌区治理盐碱化，改良土壤找到了一条科学的途径。"七五"期间，总排干又向世界银行贷款，开始了由机械化作业的第三次总排干开挖，实现了总排干沟低水位运行，畅通无阻。总排干与红圪卜扬水站组成了一个整体，实现了总排干排水、泄洪、有效治理盐碱化的最终目标。

李贵书记就是按照毛泽东主席提出的农业八字"宪法"——"土、肥、水、种、密、保、管、工"，认真细致地研究了河套地区的土地盐碱化问题。河套地区的全民积肥运动和扩建疏通总排干的全民大会战，就是李贵书记运用毛泽东主席提出的农业"八字"方针的成功范例。经过改良、灌排配套的河套的土地粮食产量翻番，由亩产三百斤，上升到四百斤至六百斤，二十世纪七十年代实现了上"纲要"、过"黄河"的目标。

而二十一世纪的今天，巴彦淖尔市是国家发改委在全国唯一立项建设的规模化优质小麦生产基地，也是春小麦的主产区之一。每年有一百多万亩的优质春小麦播种，河套的"雪花粉"面粉享誉国内外。

现今的巴彦淖尔市全市正上下打造"水、绿、文化"三篇文章，可以想象，如果没有前人完成河套水利史上的这三大工程，巴彦淖尔市有何资本去发展这引以为豪、给子孙带来福祉的三篇大文章？又有何底气去发挥优势，建设美丽、富饶的巴彦淖尔，去憧憬着塞上江南、绿色崛起的巴彦淖尔人美好生活的梦？

巴彦淖尔市拥有巨大的潜力，蕴藏着巨大的潜能，在市场经济的大潮中奋力一搏，跻身于内蒙古经济社会发展的前沿地带，发挥优势，已建设成为经济社会协调发展的崛起大市。曾经的巴彦淖尔，人民的温饱都难以为继，又何谈发展壮大？又如何去建设美丽、富饶的巴彦淖尔？巴彦淖尔过去、现在的发展得益于黄河水的灌溉，这是毋庸置疑的；巴彦淖尔打造"水、绿、文化"三篇文章以及将来的大发展也无可辩驳地依赖于黄河水的浇灌，这是每个河套儿女在心里犹如儿女一生感激父母养育之恩一样的默认与期许。

十二

当你站在波涛汹涌的黄河水"几"字弯的顶端，一座被誉为"万里黄河第一闸"的三盛公水利枢纽工程，犹如龙飞凤舞的"龙"头一般，引领着动若脱兔的总干渠里咆哮的黄河水，浇灌着八百里河套平原的广袤土地。它仿佛人体大动脉一般，流淌在期待黄河水滋润浇灌的河套平原的沃土里，又被静若处子的仿佛人体大静脉的河套总排干兼容并蓄，回归了黄河。享受着总干渠和总排干灌排配套滋润的河套人民，畅想着打造"北方羊城""草原水城"的梦想，书写着"水、绿、文化"三篇文章的辉煌，深感作为一个河套人的骄傲与自豪。

徜徉在三盛公水利枢纽工程、总干渠和总排干这样一个既有黄河水截流、一首制灌溉，又有河套灌区内灌排配套的水利建设系统里，你不由得发自内心地赞这样一个伟大工程的构想者、设计者、建设者以及那些有的留下名字、有的甚至连名字也没有留下的劳动者的杰出贡献和辛勤劳动。他们完成了一个平凡而伟大人生的超凡脱俗，把他们的智慧、心血和汗水无私地奉献给了河套大地这片亟待甘霖滋润的土地。他们由此而铸起的伟大的丰碑矗立在河套大地的广袤土地上，镌刻、铭记在每个河套儿女的心中。

当你沿着总干渠或者总排干及分排干等河套灌区的任何一个渠沟的河畔上惬意而悠闲地散步时，漫步在被黄河水浇灌的河套大地的田间地头时，欣赏着渠系纵横交错密如网，滋润着绿色葱茏的庄稼时，你一定会被兴建三盛公水利

枢纽工程、开挖总干渠、开挖及扩建疏通总排干的无数前辈们的奉献精神所感染，一种撞击心灵的震撼力量在心中翻江倒海般地涌动。

我们是站在前人的肩膀上，嗅着他们还未来得及清洗的汗臭，捧着他们汗流浃背擦汗后的毛巾，分享着前辈们艰苦奋斗留下的胜利果实，在他们光环的照耀下，心中感到无与伦比的兴奋和自豪！

脚踏与触摸着河套灌区渠系两岸的一草一木，仿佛近距离感受着无数劳动者曾经一扁担、一箩筐丈量土地的余温，看到他们曾经用青春和汗水绘就的河套米粮川的美景，深深地被他们流传千古、福泽万代的在艰难困苦中的奉献精神所感动。

黄河三盛公水利枢纽工程是全亚洲最大的有坝引水灌区，河套灌区也跨入了全国三大灌区的行列。河套灌区的灌溉面积二〇一五年达到一千二百多万亩，其中鄂尔多斯的灌溉面积从无到有，促进了乌兰布和沙漠的开发利用，保证了包钢的生产用水。

一九三五年，范长江西北之行来到河套地区，极目远眺广袤的河套平原，兴趣盎然地写道："黄河冲击平原上，丰腴可爱……不减塞外风光。"他曾预言："将来一定可以供大规模屯田之用。"今天近二百万的河套儿女可以骄傲而自豪地告慰范公："您当年曾经站在河套平原上的预言，现在已经无可辩驳地实现了！"

宛如人体大动脉的总干渠和人体大静脉的总排干错落有致地分布在河套大地上，各种配套渠沟十万零三千六百一十一条，长度达六万三千八百六十三点九千米。有人计算，河套人开挖的渠沟可以绕地球赤道一圈半，挖出的土方垒成一米宽、一米高的土坝，可绕地球赤道三十三点七圈。总干渠每年为河套灌区引入黄河水五十至六十亿立方米，总排干及十大分排干近四十年累计排水量达一百八十亿立方米，排盐碱达三千三百多万吨，河套大地年年丰收在望。

走西口过来的河套人翘首期盼治理黄河水的急切愿望和朴素心愿锻造了他们的职责与担当。于是，河套儿女千年的梦想在建设者和劳动者的手中变成了共享成果的现实，谱写了一曲一劳永逸的千年梦想的赞歌，共享着在黄河水滋润下的甜美与芬芳！

范长江在《中国的西北角》一书里赞扬道："西北人有艰苦卓绝的生存斗争能力！"范公的这一结论，在河套几代人的身上得到了完美的印证和实践。

一条河承载了多少人的艰辛付出和顽强拼搏，一条河记录了多少人的苦辣酸甜和点点滴滴的发展轨迹，一条河传承了多少文化底蕴和发展脉络，一条河圆了多少人向往着河套大地八百里米粮川的梦想与追求；一条河维系着巴彦淖尔一百七十多万人的拼搏与福祉，一条河把巴彦淖尔装扮得妩媚妖娆，一条河让睿智的巴彦淖尔人魂牵梦绕！

综上所述，将发生在黄河"几"字弯顶端河套大地上的这三件震撼河套地区的大事全景式、纪实性地反映出来、记录下来，笔者深感使命光荣，责任重大，深感肩负这一使命的分量有多重，唯恐自己笨拙的笔触不能淋漓尽致、精彩绝伦地完美呈现给河套大地的主人及子孙后代。

在那激情燃烧的岁月里，在那气吞山河、改天换地的劳动场景下，每一位建设者不畏艰难，不惧粗茶谈饭，不顾风餐露宿、天寒地冻等恶劣的施工环境，积极响应伟大领袖毛泽东主席发出的"要把黄河的事情办好！"的伟大号召，以毛泽东主席的不朽诗篇"敢上九天揽月，敢下五洋捉鳖"的大无畏的无私奉献的精神，与天奋斗，其乐无穷；与地奋斗，其乐无穷；与人奋斗，其乐无穷！改造了河套大地上的山川与河流，谱写了一曲子子孙孙都应该铭记的壮丽凯歌。每一位参与者的历史功勋都应该被铭记，并成为永恒的记忆，他们在河套大地上挺起了不朽的民族精神的脊梁！

序 章

在世界上，人工开挖的三条大运河有京杭大运河、苏伊士大运河和巴拿马大运河。

在中国，还有林州动工于一九六〇年，动员勤劳勇敢的三十万林州人民，苦战十个春秋，仅仅靠着一锤、一铲、两只手，在太行山悬崖峭壁上修成了全长一千五百千米的著名的红旗渠。

还有……

在二十世纪五六十年代，在河套大地上也兴起了宛如人工开挖红旗渠一样，在黄河的"几"字弯顶端的八百里河套平原上，河套人民掀起了驯服黄河、拦河筑坝，人工开挖总干渠以及配套排水的开挖、扩建疏通总排干的宏大工程。

仿佛人体大动脉的总干渠和人体大静脉的总排干等灌排体系配套错落有致地分布在河套大地上，成为一百七十多万河套儿女有口皆碑、常说常新的永恒话题；成为河套儿女引以为荣，外界走进河套平原，认识了解巴彦淖尔的窗口门户之地；也是成为河套儿女无论是发家致富，还是走出家门、雄踞天下可依可靠的物质基础和情感归依。

曾在一篇散文里读过这样的句子，描绘黄河在河套平原上的歇脚驻足："是谁，在万丈黄锦缎上绣出一片绿叶？是谁，把一个飞针密线缝制的荷包挂在腰间？"这样优美多情的句子，把奔腾的黄河滋润浇灌河套平原描绘得美轮美奂，无以复加。

也有人将"几"字弯顶端的这段黄河，以其富庶的资源和诱人的开发前景形容为河套平原上的"金腰带"。与这条金腰带相连，在"几"字弯的顶端有一块河网密布纵横的肥沃土地，像一顶皇冠镶嵌在黄河经纬度最高的地方，那就是被历史上誉为"天下黄河，唯富一套"的内蒙古河套平原。

纵观沃野千里的河套灌溉历史，也是一部悠久的治水历史，河套灌区的十大干渠都经历了从"河化"到"渠化"的演变。

河套平原历史悠久，早在公元前二世纪汉武帝时期就进行开发，但河套水利全面连续开发，乃是近代的事，前后经历了一百五十多年的历史。

河套灌区，在行政区划上绝大部分属于内蒙古自治区西部的巴彦淖尔市，包括磴口县、杭锦后旗、临河区、五原县、乌拉特前旗五个旗县和乌拉特中旗、乌拉特后旗的山前农业区。另外，还有包头市郊区的部分土地，现有灌溉面积达一千多万亩，总人口近二百万人受益。农村人均灌溉面积达七亩之多，黄河在境内的流经段落长三百四十千米。

《辞海》中对"河套"一词的解释是："指内蒙古自治区和宁夏回族自治区境内，贺兰山以东，狼山和大青山以南，黄河沿岸地区。因黄河由此形成一个大弯曲，所以称之为"河套"。以乌拉山为界，东为前套，西为后套；又旧以黄河以南，长城以北的地区称前套，与黄河北岸的后套相对称。"

河套之名在历史上并无定称。在春秋战国时代，由于有北方少数民族楼烦、林胡、匈奴等在这一带活动，所以，被称为"胡地"。河套地区俗语"走胡地，随胡礼"也许就是从这里萌生的。

秦统一后，在这里设置郡县，称为"河南地"，即泛指黄河（北河）以南的土地。河套的称谓，是从明代以后开始的。

在古代，黄河主流走北河，南河是支流。清朝道光以后，黄河主流和支流互换了位置。到后来北河上部逐渐淤断，断流后上游段形成乌拉河，下游段形成乌加河，南河就正式演变为黄河了。

在清代，随着农垦事业的发展，后套因地势平坦、土质肥沃，遂被称为后套平原。后套平原的大规模开发，到清光绪末年，水利开发初具规模，形成八大干渠。民国期间进一步修整和扩大，形成十大干渠，成为著名的后套灌区。

一九五四年六月，绥远省建制撤销，并入内蒙古自治区。原绥远省陕坝专员公署改为一级政权，称为河套行政区，从此后套灌区改称河套灌区。

一九五八年六月，河套行政区又与巴彦淖尔盟合并，建立巴彦淖尔盟，设于磴口县三盛公镇，而河套灌区之名一直沿袭下来。

河套平原的自然条件决定了没有灌溉就没有农业，灌溉有黄河水资源可资保证，但却深受风沙、浇水、盐碱地等自然灾害的威胁。

黄河河套段因气温原因，每年十二月中旬要冰冻，第二年三月中旬自上而下消融解冻，开河流凌形成凌汛。凌汛期间，河中窄弯处最易扎结冰坝，壅高水位，溢岸串决，发生水灾。建国初期，当巨大的黄河冰凌阻塞"几"字弯河道时，周恩来总理深夜打电话询问情况，并派飞机炸凌排险，疏通河道。以后在凌汛期，都是炸开冰坝，以消除壅高水位的现象。

一九七五年八月五日，河套地区突降罕见的暴雨，引起狼山六十多条山沟山洪同时暴发。其中，乌兰补隆沟洪水流量达四千立方米每秒，历时三十多个小时。这场山洪不但淹没了总排干以北地区，也溢过总排干淹没农田达十九万多亩，损失粮食近两千万斤及牲畜九千多头，倒塌房屋七万余间，还破坏了很多水利工程。国家派出飞机进行救灾，国家领导人乌兰夫曾率领慰问团深入河套受灾地区进行慰问。

河套平原土壤适宜于种植，史称为"土皆膏腴"，增产潜力巨大。到了近代，从三湖河灌区一带的民谣中便可窥见一斑：

> 三湖湾，地板宽，可惜到处是碱滩，一年收获一点点，老婆娃娃没吃穿。

河套地形是西高东低，南高北低。历史上北河湮灭，改流南河，才有可能利用自然地形，沿西南东北走向大规模地开渠引水灌溉。南北河的变迁与河套平原水利开发有很大关系。北河断流后，这一段天然的河道仍然保留着较深的河槽，为河套灌区提供了一个优良的总退水通道，即乌加河，之后改造的总排干沟。

古河套地区，是汉民族与北方少数民族交错居住的地区，也是农业与牧业交替发展的地区。河套的开发始于秦始皇时期的"北假"地区。"北假"地区就是今天我们的内蒙古河套以北、阴山以南的夹山带河地区。秦代，为了保证北击匈奴三十万大军的粮草供给，利用黄河沿阴山奔流，以及良好的地下水补给及气候条件，移民十万人口开发"北假"地区，攻取"河南地"，并沿黄河设置三十四县，当时河套地区系九原郡。

汉武帝时期，发动巨大民力，兴修水利。匈奴南下，汉武帝派卫青、霍去病多次征战，打败匈奴，取得胜利，为发展朔方、五原郡地区的农垦水利提供了条件。西汉时期，三次从内地移民一百四十五万人，设置郡县，巴彦淖尔分为朔方郡与五原郡。

唐朝时期，河套地区的农田水利，同全黄河流域一致，在开元、天宝与元和年间有显著发展。《中国古代史》里说，河套地区是"振武，天德良田，广袤千里"，河套平原的大片农田被开垦种植。

明代后期，河套地区主要是蒙古族的驻牧地区，口内的农民以"雁行人"

的办法，春来秋回流动垦种土地，犹如当今内蒙古大草原上牧民冬盘与夏盘倒盘放牧一般进行垦种。

在清朝的康乾中期，由于清朝开始实行的"奖励垦荒"政策和康熙皇帝时期的禁止汉人进入河套进行垦种相矛盾，在这种情况下，"雁行人"的规模有所扩大，汉人到河套明来明去。所以，在这个时期，小规模的垦荒耕种和小范围的开发水利是始终存在的。

清朝继康熙后至道光中期的一百多年内，来河套谋生的"雁行人"继往开来，逐渐演变为开发河套水利的三股力量。第一股力量是清公主的"欲治菜园地"，第二股力量是为打鱼而来的"朽楺取水"，第三股力量是来河套做蒙古生意的"就河引灌"。

虽然说清朝中期以前的河套水利开发只是星星点点，但却揭开了近代河套水利开发的序幕。这一序幕，曾经经历了长期的酝酿准备过程，跨越了两三个世纪，从"雁行人"演变为开发河套水利的三股力量。

清朝道光年间是近代河套水利开发的起点。道光修改康熙时期规定的不准汉人进入河套垦种的禁令，招商垦种，导致来河套谋生的人络绎不绝。道光三十年，即公元一八五〇年，北河断流，南河成了黄河河道，这对河套水利开发极为有利。它既使河套平原上若干沼泽化地段有条件疏干，便于开垦，又可以利用河套地形，布置渠道，自南而北从黄河上开挖渠道，引水灌溉。这一时期开创了河套水利开发的新纪元。

首先开挖的是今临河以北、以西的最早的一条干渠——缠金渠。缠金渠长不过十五里，口宽不过一丈，就是后来永济渠的前身，史上称为是为河套水利开发的一次奠基礼。从此以后，众多地商竟相在广阔的河套平原上展开了开渠的活动。至光绪末年以前正式形成了八大干渠，即历史上有名的永济渠（缠金渠）、刚济渠（刚目渠）、丰济渠（中和渠）、沙和渠（永和渠）、义和渠（王同春渠）、通济渠（短辫子河渠）、长济渠（长胜渠）、塔布河渠。另外，还有黄河上直接开挖了三十一道小干渠。到宣统三年，即一九一一年，河套新开垦土地已是"阡陌相望，年复一年"，在水利开发方面形成大小干渠近四十道。大者灌溉千顷以上，小者灌溉几十顷至百顷以上。共灌田一万多顷，平均每人耕地三十六亩，为社会生产了大批粮食，可以说，河套水利灌溉已初具规模。

清末，正当河套水利以前所未有的速度蓬勃发展的时候，丧权辱国的《辛

丑条约》的签订，巨大的庚子赔款，清政府被迫让贻谷办垦，实行官办水利。官办水利是具有历史意义的一次改革举措。

商人与开渠种地结合，地商便应运而生。地商在清末短短几十年内，很好地完成了河套近代水利开发的第一阶段任务，是值得称赞、称奇的，从而也产生了地商经济。

在清末河套水利开发中，王同春作为地商的杰出代表是被社会公认的。他以精通从黄河上开渠引水灌溉而出名，成为当时的"水利大家""工程专家""开渠大王"。当时，开挖渠道没有任何科学仪器，王同春用十个柳编水斗涂成白色，悬挂在木杆上，每隔几十丈，立一白水斗，以此测定开渠的坡度。首先历经八九年，完成义和渠的开挖；同时自修完成沙和渠、丰济渠两条干渠，设计和施工都由他独自负责；集资合作开挖刚济渠和新皂火渠两条干渠；参与指导开挖永济渠、通济渠、长济渠、塔布渠、杨家河五条干渠。上述渠道，经过历年的修挖和调整，前后形成河套灌区十大干渠的基本骨架，王同春也成为河套富甲一方的"河套王"大地商。

王同春生前勾画的《复兴后套计划渠图》，曾设想把河套的各大干渠从西到东挖两道连环渠，以便调剂上下游渠道的水量余缺，这也可认为是日后开挖总干渠的思想萌芽。他还主张将乌加河黄河故道疏通，再由王六子壕挖通退水，以期一劳永逸；同时，善于选择引水渠口。他利用"吸水法"，形成"上引下拉"，能够保护"流水畅旺"；另外，有一套测量地形的土技术方法。如在黑夜中，他叫人点上三盏灯，放在地面的一条线上，然后他爬在地上，一段一段地倒换观测地形高低，并打桩标记，以决定渠道开挖的深浅。

王同春同蒙古族人民团结治水，奠定了近代河套水利开发的基础。出现他这样一个重要的治水人物不是偶然的，劳动群众进行大规模水利开发和生产实践活动是他成功的基础，这仍然符合辩证唯物主义和历史唯物主义的基本原理。

姚学镜在河套地区办垦期间，对河套水利有一般接触，对渠道的实际调查及整修诸事，也只有一般的参与。但却在《五原厅志略》中最早绘制了河套渠系图，为后人保留了一份原始的渠道资料，有较高的史料价值。

辛亥革命胜利后，中国迎来了北洋军阀长达十七年的黑暗统治，河套水利陷入极度荒废的状态。

当时中国社会处于半封建、半殖民地化，西方帝国主义侵略势力以传教的形式与封建买办结合起来，逐渐渗入河套地区。在河套地区霸渠霸地，搜刮民脂民膏，在河套的西部曾建立起教堂十四处。范长江在《中国的西北角》一书里也写道："教堂于宗教之外，兼办水利、农业以至于保安等工作，种地的农民不入教就不能种地。"

而在东部因受到王同春的抵制，五原、安北一带基本未设教堂，从而使河套东部的水利开发较西部快了二十年。

在水利困顿时期，河套水利在艰难中前行。原因是，在没有官办水利的地区，少数地商仍在发挥积极作用。如杨家河的开挖就是这样，地商想碰碰运气；另一方面，教会处于自身发展的需要也得挖渠，如集资挖黄土拉亥河。教会同意地商开挖杨家河，既是教会的一些妥协，也是对教会直接有利的事情。还有一些新的垦户的农户，为改善浇水状况，自愿集资合作开挖一些小渠，还不受官办水利的影响。

过去的河套地区处于极度封闭和通讯手段落后的情况下，河套水利不被外界所知晓。近代河套水利开发历经七八十年之后，才被引起重视。

民国十八年，即一九二九年四月二十八日，绥远省政府建设厅召集第一次"包西"各渠水利会议。会议经过建设厅一年的筹备，由厅长冯曦亲自主持会议，这是河套水利史上一次重要的会议，促成了河套"水利中兴"的局面。

河套水利在绥远省建设厅接管的十年内，出现了"水利中兴"的大好局面。除对水利管理整顿外，对原已大部分淤积的干渠，除每年经常性的岁修外，大规模的整修先后进行了两次，大大改进了各个干渠的引水、输水、配水和灌水的状况，使灌区得到了改善。在这期间，群众开挖的私渠有民兴渠、三大股渠、合济渠。除公私两种渠外，还开挖了屯垦干、支渠三十多条，由屯垦部门自挖自管，对河套水利贡献不小，有效地促进了农业生产的发展。

灌区出现"水利中兴"的局面，主要是因为当时政治局面稳定，清除了杂牌军势力，特别是傅作义将军一九三一年兼任绥远省主席，加紧剿匪工作，为生产发展提供了有利条件。

一九三二年至一九三八年间，阎锡山控制山西和绥远两省，编制《绥西屯垦计划纲要》，抽出四千多兵力，垦殖河套土地六十万亩，这在当时是闻名全国的一件新鲜事。屯垦同样是以水为先，开挖了小干渠二道、大支渠二条和一些田间工程，基本上属于土法配套和灌区改善性质。凡过去渠中带"惠"字的，一般都是屯垦队所挖，用指挥开渠的营、连长名字的一个字加一个"惠"字连缀而成。此外，还创建了打坝用的草闸工程，聘来一批专业人才，如"川惠渠"和"华惠渠"，就是由技士王文景经过勘测设计施工的，这是河套灌区第一批经过正式的测量和设计的渠道。屯垦水利举办的时间不长，范围也不算大，但对原始的河套灌区来说是有示范作用的，影响较大。

建设厅接管合同灌区期间，主要着重考虑抗旱，设法多引水，没考虑防洪，及时控制水量，使灌区水量失去平衡，渠道决口增多，淹地面积扩大。

从一九三七年"七七"事变爆发，河套水利遭到日本侵略者的破坏，傅作义领导的五原战役抗击日军的"引水阻援"，对水利工程造成了严重破坏，但却书写了"五原大捷"的辉煌战果。

一九四〇年至一九四一年，傅作义针对河套粮食供应不上，以及由于战争造成的水利瘫痪的现状，明确提出"民养军，军助民，军民合作发展粮食生产"和"治军与治水并重"的口号，开创了河套水利史上军事水利建设的先例。部队十万兵工修渠，而且是兵工的食宿自行筹备，减少了地方负担。他还规定，凡水利工人，一律免征兵役，不抓壮丁。同时，邀请水利专家王文景回来恢复水利管理机构，制定整修方案，举办农田水利贷款，督促群众修渠，开展军事水利建设，保障了军民粮食供应。

一九四三年，傅作义发动兵工修渠。为纪念"五原战役"开挖起名的复兴渠，是河套最晚的一条大干渠。用科学方法勘测设计，由军队开挖的黄杨接口工程，整修乌拉河和杨家河。同时，完善草闸技术和全面推广应用，也是军方水利建设的主要成就之一。在河套当时没有钢筋、水泥的条件下，这些建筑是过渡性的临时建筑，最适合于自流灌区推广应用，简便易行。它是灌区人民的一项伟大创造，水利技术人员王文景和程瑞棕对创建草闸贡献最大。

抗日战争胜利后，一九四六年，绥远省水利局在局长王文景的主持下，编制出台《后套灌溉区初步整理工程计划概要》，经省政府批准，又经设在河南开封的黄河水利委员会的实地勘测，治理方案的总原则是一致的，后经中央水利部和黄委会同意，四首制方案酝酿成熟。

四首制方案确定以后，以省水利局局长王文景牵头成立了施工机构。多次召集会议，自筹资金，经过两年施工，在一九四九年的秋天，只在黄济和杨家河两渠口附近高信信圪旦先后开挖两个基坑，即后来人们说的"饮马坑"和"坑人坑"两个坑，后"都因工款不齐而被迫停工"，但这两个基坑成为历史的见证仍然被保留下来。《黄杨闸工程计划书》中也提到，只备料百分之二十五的工程材料，工人集体逃跑，经济力量不够而停工。

王文景，这个出生在旧社会的知识分子，大半生从事水利事业，热爱水利，他放弃大城市优裕的物质生活，来到荒僻边区和抗日前线的河套工作，实属不易。他忠于水利事业，敢于担当、致力于造福河套人民的精神更是难能可贵。他创建草闸、合并渠口和开挖复兴渠等都是科学技术和群众经验相结合的产物。特别是四首制计划的制订，更是以他为主、汇集集体智慧的成果。一九四九年，王文景又积极主动报请上级人民政府审核续建黄杨闸，为发展河套水利事业可谓不遗余力。他从实际出发修理防洪堤，最终取得成功，受到河套人民的称赞。一九五五年，王文景因病去世，他献身河套水利事业的精神永远值得河套人民怀念。

一九四九年，中华人民共和国成立，绥远省和平解放。绥西地区即河套地区，于一九五〇年元月相继建立人民政权。

黄杨闸工程是连接杨家河、黄济渠、乌拉河三大引水口的进水闸和分水枢纽，计划引水量一百四十立方米每秒，灌地二百八十万亩，还附建渠首泄水闸。为尽快筹备施工，省政府重新组建黄杨闸工程处，赵家璞为处长兼总工程师。配备技术人员，在李直副局长率领下奔赴河套灌区现场筹备施工。

中央水利部高度重视黄杨工程闸，将其列为部管项目，同时派人到实地查勘，同意按原计划进行。但要求按一首制引水方案进行修改设计，尽可能与将来尚未选址的一首制引水枢纽和总干渠工程结合起来，并派出水利专家陈子颙作为技术专员常驻工地帮助设计与施工。经研究，对黄杨闸的选址做了较大移动，放弃已开挖的闸址基坑，将新闸迁到到距离旧闸址两千米处。这样，不仅可以结合以后的总干渠线，还解决了引水连接问题。在原闸址大幅度移动和两大渠口急于改建的情况下，边修改边设计边施工，仅凭《黄杨闸工程计划书》和五万分之一的军用地图作为依据进行施工。技术资料和施工经验不足，调查研究欠缺。建成后，水利专家赵家璞在回忆《黄杨闸工程》一文中写道：

> 边设计边施工，资料不足，不符合基建程序，黄济渠预留过闸船
> 孔过小，大的船只过不去。在总体布置上，乌拉河渠口过偏，引水角
> 为九十度，处于环流顶端，进沙多，进水少，影响灌溉。三盛公枢纽

工程和总干渠建成通水后，将乌拉河口上移，引水问题才得到解决。

黄杨闸工程于一九五〇年五月正式开工，参与施工的干部、工人近万名，于一九五二年五月十日胜利完工，黄杨闸改称解放闸。在河套地区建成这样大规模的钢筋混凝土水闸，还是第一次。它已不是原本设想的"永固石闸"，而是一座较大型的钢筋混凝土渠首建筑。

黄杨闸作为"一首为体，四首为用"的工程实践，至二十世纪四十年代中后期，虽然努力实践，终未能如愿以偿。中华人民共和国成立后，很快变成了现实。实践证明，四首制方案有很大的局限性，黄杨闸的建成，只能解决自流引水下的防洪和控制水量的问题，解决不了低水位时的防旱问题，这在一九五三年的抗旱中已得到证明。解决河套灌区的根本出路还是一首制，这就是黄杨闸的实践意义所在。

一九五〇年春，绥远省人民政鉴于历年洪水灾害，特别是一九四八年八、九月份的重大洪水灾害和一九五〇年春开河凌汛的严重灾情，决定沿黄河两岸修理防洪堤。防洪堤的定线，是由王文景亲自主持进行的。施工队一万多人进入现场全线施工，完成了西山嘴至黄杨闸二百二十五千米的水准测量和二十多个黄河大断面测量。

一九五〇年修建的防洪堤任务，虽然远没有完成，但为以后修堤打下了基础。一九五四年又动员二万名农民抢修一个月，使灌区内全线堤防基本建成。从此河套灌区黄河左岸有了一条防洪工程设施，基本免除了河水为患的威胁，灌区农民付出了巨大劳力。二十一世纪的今天，我们的黄河大堤"沿黄"柏油公路也已建成，经常会在"沿黄"公路上举办环自行车赛等重大赛事活动，"沿黄"公路已成为一道景观，成为浏览、俯视河套平原的一个绝佳平台。

一九五〇年至一九五二年期间，在河套灌区，黄河水利委员会进行过"宁绥灌溉工程"的查勘和筹建工作。宁绥灌溉工程，就是对古老的宁夏灌区和绥远后套灌区进行集中治理，以后套灌区为主。从查勘、设计到施工，查勘组写出了《查勘总结报告》，报告最后认为，宁绥灌溉工程应以先做三盛公水利枢纽工程为宜。

一九五一年，水利部正式批准黄河水利委员会成立宁绥灌溉工程筹备处，"作为后套一千万亩耕地建筑新式渠系的工程机构"，办公地点设在陕坝镇。筹备处技术人员认为任务艰巨复杂，建议在十至二十年的长期计划来建设后套。

一九五二年，黄委会与绥宁两省政府磋商后，决定暂时撤销筹备处。

宁绥灌溉工程的查勘与筹建，前后有三年的时间，但在河套水利开发历史上具有承上启下、继往开来的意义，在灌区治理的指导思想上有重大发展。从清末王同春提出开挖"复兴后套连环渠"至民国期间王文景提出发展"四首制"的方案，再到二十世纪五十年代初"宁绥灌溉工程"筹备阶段，发展到实行拦河闸一首制的规划。这一治水方略思想的形成，是几代人努力奋斗的成果和智慧的结晶。同时，在河套水利历史上，河套人第一次提出了排除地下水的重要设想，初步制定出建立排水系统的技术方案。

一九五三年，河套灌区遇一场大旱，为几十年罕见。黄杨闸处在上游也只能引水二十立方米每秒，只能由黄济渠、杨家河与乌拉河三条大干渠进行轮灌。东部各渠口除永济渠引进少量水之外，基本上都不进水。至六、七月份，小麦还未浇头水，灌区群众心急如焚，黄河的枯水量只有二百三十六至三百四十六立方米每秒。全灌区先后动员一千八百多名干部，组成二百个抗旱工作组，组织群众开辟水源，节约用水。

绥远省提请水利部派出了技术人员同灌区总局局长张子林带领苏联专家拉普图列夫等人参加，历时两年零半个月，自上而下，有领导、有组织地发动群众开展抗旱斗争，在河套灌区历史上还是第一次。

各渠劈宽引水口断面，形成喇叭口，争取多引水。有的渠口几近断流，在苏联专家和解放闸工程处总工程师赵家璞的指导下，紧急采取杩槎打坝的办法，连夜堵打套河，第一次腰斩"黄龙"。

在一九五三年抗旱中大挖引水渠的基础上，河套灌区于一九五四年有意识地进行各大引水口的合并调整工作，主要是将沿河十个大小引水口调整归并成解放闸、永济闸、丰复闸、义长渠四大引水口，与原来的四首制方案基本相符。实行引水口的合并，便于引水管理和抗旱节水。一九五三年，各干渠实行草闸并口，不流冬水，并在闸前开挖泄水渠，防止引水渠淤积。引水口合并后，当年就节省分散洗挖引水渠工程费和人工各百分之三十以上，还用于集中控制洪水进渠，当年减少决口二十六次，减少受灾面积百分之六十七。

在引水渠口调整合并之后，灌区内部的一些干支渠也相应调整了灌域，成为解放闸、永济、丰复、义长四大灌域，拥有四大引水系统，下接十大干渠。当然，还有一些小干渠口，如旧合济渠、民复渠等暂还未能全部合并，仍从黄河上直接引水或从附近干渠借水浇地。各个渠道管理机构也进行了调整，共计成立的解放闸、永济、丰夏、义长四大灌域管理局，取消了原来的各专渠办事处。

河套灌区从历史的长河中走来，历经风雨，几番沉浮。从开挖八大干渠、十大干渠以及"复兴后套连环渠"思想的提出，从四首制方案的提出，到计划实现一首制灌溉，历经坎坷。在艰难中负重奋进，在曲折中砥砺前行。中华人民共和国成立以后，河套灌区完成了一个历史性的飞跃，即从一九四九年以后至一九六○年实现一首制引水灌溉的旧灌区，过渡到一九六○年以后，实现了三盛公水利枢纽工程的有坝引水灌溉的新灌区，从而实现了造福于河套人民的目的。实践证明，一个全心全意为人民服务的政党和凝聚在她周围的亿万干部群众是历史的真正创造者，巍巍的阴山可以做证，他们是河套大地的脊梁！

第一部分
万里黄河第一闸的构想与实施

第一章 兴建三盛公水利枢纽工程的时代背景

二十世纪五十年代，人们从原始、简陋的黄河"几"字弯的顶端上直接开挖自流渠口灌溉，无工程控制，引水无保障，明显不能满足河套地区人民的灌溉用水需求。捞挖引水渠口或重新开口引水，工程量动辄数百万立方土方以上，耗时一个多月的时间从黄河口直接引水。清洗渠口到底有多艰难，经历过那个时代的人都会有痛彻心扉的感悟。站在冰冷的渠水里开挖引水渠口、用草闸控制水量，灌溉黄河水的艰难与困境，凡经历过开挖自流引水渠口的民工的身体上都程度不同地留下了伤痛。关节疼痛、静脉曲张等身体疾病伴随着他们的一生，给他们的生产劳作和生活带来诸多的不便，被病痛缠绕的他们一生都不能轻轻松松舒心地生活。捞挖引水渠成为灌区百姓的一大负担和苦差事，也成为他们一生的痛苦记忆。改造原始的、简陋的引水灌溉方式已成为大势所趋，人心所向，是河套人民都翘首期盼、拍手称快的事情，也是河套人民千年的梦想。

笔者走访了曾是乌拉特前旗水利局局长、后调任河灌总局担任总干渠管理局局长、现退休在家的李秀岩老人。二〇一五年，李秀岩已经是八十七岁的耄耋老人了。

在总干渠未挖通引水渠之前，河套灌区是从黄河套子中寻找自流口。李秀岩在前旗时曾与义长局局长殷山子在锦绣堂挖引水渠。当时条件极其艰苦，记得当年刚过完春节，大年初五他们就带领民工到黄河边上挖引水渠口。施工期间住的是渠坝上搭建的草棚，每晚为方便民工第二天施工，李秀岩带领村干部要到齐腰深的渠里放水，每晚都要施工一至两小时。由于天气寒冷，在刺骨的冷水中施工后，回到工棚后很久身体冰冻得都无法入睡。

引水渠口一般是在黄河弯道的水流湍急的部位开挖，因为只有这样，才便于引水。捞挖引水渠口一般要去一千人左右。做草闸，用落叶松、枳机做闸口闸板，引水口下面排水，昼夜轮流值班，配有手摇电话，一干就是一个多月。自流引水渠口一直流到冬季才关渠口，过多的水流量则排到了乌梁素海。

二〇一五年,笔者又走访了前旗黑柳子公社原公社革委会副主任的徐国歧。徐老,二〇一五年,八十八岁。一九五四年参加工作的他,曾在三湖河水利局上班。

徐老刚参加工作时,和各公社的民工参加过开挖总干渠和以前的自流引水工程。每年的四月十一日左右,他都会去三湖河口的黄河岸边,与一千多民工一起穿着内裤,站在冰冷的黄河水里开挖自流引水口,引黄河水灌溉。民工"三、

开挖总干渠施工者、乌拉特前旗水利局退休干部徐国歧(右)

四班"倒着挖,因为民工站在冰冷刺骨的水里,时间久了,身体会受不了的。

徐老不善言谈,生性老实善良。领导安排在哪里,就干在哪里,从不挑剔,也毫无怨言。"五一"劳动节放水几乎是每年的惯例。期间,一千多民工,还要对去年流了一年多的河道进行清淤,老百姓称之为"洗渠"。否则,河道堵塞、淤澄,灌溉不畅通。民工挖自流引水口和清淤,给半斤粮的补助。到了秋浇完毕后,再发动民工打住自流引水口,一般需要两至三天的时间才能打住。

二〇一七年,笔者走访了家住乌中旗乌加河镇宏丰村东风组的赵满仓。二〇一七年,赵老,八十一岁。

赵满仓老人回忆起捞挖自流引水渠说,在没有开挖总干渠之前,十几岁的他每年都要和队里的男青壮年去大黄河捞挖引水渠。在杨家河、永济渠、义和渠等渠口都捞挖过引水渠。那时人们用简易的白茨、枳机等做草闸,用以堵打黄河的引水渠,下面的各大干渠也是用这种草闸堵打引水进行灌溉。草闸设备简陋原始,灌溉效率自然低下,也显得人们捞挖引水渠口异常艰难。广大青壮年赤脚、光腿站在冰冷的泥水里捞挖引水渠,在那个时代是没有抽水设备的,都是人工用柳斗来舀水。河套地区的人们每年过完年就准备捞挖引水渠了。所以,赵满仓老人的关节疼痛、静脉曲张的老毛病难以根除,这都是年轻时代捞

挖大黄河引水渠留下的后遗症。

家住杭后旗头道桥联丰九队的杨文江在谈到捞挖引水渠口时不无感慨地说："在冰冷的泥水里，广大民工在大腿上抹上凡士林油，用以抵挡刺骨的冰冷。但是，两三次后，凡士林油就被泥水冲走了，时间久了大腿冻得都失去了知觉……"

在三盛公水利枢纽工程及配套的黄河总干渠没有兴建开挖完成以前，河套大地上的男壮劳动力大都参加过捞挖引水渠口，其艰难辛酸、其甘苦难以用语言来形容。河套地区从前就是这样艰辛地灌溉土地，灌溉黄河水的艰难严重困扰着河套人民的生产生活。这里的土地要养活这里赖以生存的农民，这里的农民又要幻想着河套的土地上能多打出粮食，给国家、社会上缴更多的粮食。河套土地上的主人以及管理河套灌区灌溉的上至国家水电部、黄河水利管理委员会，下至河套灌区的水利系统的工程技术人员，都在思索着这一困扰着河套灌区发展的瓶颈制约问题。三盛公水利枢纽工程就是在这样的历史背景下被构想并付诸实施的，最后梦想变成了现实，造福了河套灌区的百姓。

工程规划艰辛出笼

二十世纪五十年代，国家水利部响应毛泽东主席发出的"要把黄河的事情办好"的伟大号召，针对黄河的水害给当地百姓生产生活带来的损害，决定改造黄河，变害为利，趋利避害，建设黄河，造福人类。

一九五五年四月间，由国家水利部副部长李葆华、张含英率领的包括前苏联专家组在内的黄河考察团出发了。考察团从兰州、银川沿黄河而下，不知疲劳、长途跋涉至河套灌区，先后考察了三盛公水利枢纽工程的坝址以及河套灌区的解放闸、永济渠、丰复引水渠、义长引水渠等水利设施，以便研究解决河套灌区的引水问题。考察团考察后，经过多年的构想，准备实施黄河截流工程，兴建黄河拦河闸，最大限度地造福人类，这一宏大的枢纽工程被提上了国家层面的议事日程。

同年五月，水利部派出北京水利勘察设计院开始进行河套灌区的规划。经过一年多的辛勤工作，水利勘察设计院拿出了《黄河流域内蒙古灌区规划报告（初稿）》，同时，也拿出了一首制、二首制方案供兴建黄河拦河闸时选择采用。一首制即在黄河干流上兴建三盛公水利枢纽，以灌溉引水为主，其下布设总干渠一条，承担河套、三湖河、萨拉齐等灌区的输水任务，其主要内容就是围绕兴建三盛公水利枢纽工程而展开的；二首制灌溉是将三盛公枢纽总干渠渠尾截止到中滩，另在昭君坟附近建一个引水枢纽，灌溉包头市和萨拉齐灌区。最后经研究，决定采用一首制引水方案为最后的黄河拦河闸的截流方案。同时，对拦河闸的坝址就磴口渡口堂与三盛公坝址也进行了分析、对比和筛选，最后一致选定三盛公作为黄河截流兴建拦河闸的坝址。

规划中三盛公水利枢纽工程的主要任务是以灌溉为主，结合航运和工业用水。三盛公枢纽工程兴建成功后，灌溉发挥了巨大作用，也显示出了灌溉的巨大潜能，工业用水问题也得到了有效解决。

北京勘察设计院做出的规划由于是一九五七年做出的规划，后来一般被称为《五七规划》。该规划成为改造河套旧灌区、建设河套新灌区的基本依据。

河套灌区是在中华人民共和国成立以后恢复和扩建的基础上发展起来的，此时河套灌区正式进入有计划、大规模的改建时期。《五七规划》充分地吸收了一九五二年《黄河水利委员会查勘宁绥灌溉工程总结报告》及成立的原宁绥灌溉工程筹备处的工作成果，规划方案正式确定实行一首制引水方案。水利部虽然没有审批，但在当年十月正式行文，批准兴建三盛公水利枢纽工程，并指定由黄委会设计院承担三盛公水利枢纽、北岸总干渠和河套总排干沟以及以上建筑物的设计。从此，北京水利勘察规划设计院正式将三盛公枢纽工程的规划设计移交给黄委会水利设计院。

一九五七年十月，水利部正式批准兴建三盛公水利枢纽工程。年底，水利部副部长钱正英专程赴河套地区三盛公枢纽工程实地进行考察。内蒙古自治区水利厅副厅长郝秀山陪同考察，进一步考察、了解和核实三盛公水利枢纽工程的施工，并研究解决存在的问题。

三盛公水利枢纽工程，是被国家确定的列入根治黄河水害、开发黄河水利和对黄河实行阶梯式开发的大型项目之一，也是内蒙古境内综合开发黄河水利规划第一期工程的重要组成部分。一九五八年十二月，黄委会设计院首先完成了三盛公枢纽工程初步设计方案。枢纽工程位于磴口县原三盛公镇（一九五八

年改为巴彦高勒镇）的黄河干流上，上距包兰铁路三盛公黄河大桥八百米。拦河引水工程横跨河身，由拦河闸、拦河坝、北岸总干渠进水闸、沉沙地、沈乌进水闸、南岸总干渠进水闸、总干渠跌水站及库区围堤等项目工程组成，是一座以农牧业灌溉为主，兼有局部通船和发电效益的水利枢纽工程。

当三盛公水利枢纽工程批准进行设计之后，内蒙古自治区领导和有关部门积极行动，开始尽快筹备施工。当时，自治区人民政府主席乌兰夫为此曾向周恩来总理亲自汇报，得到总理支持，使工程很快得到国家计委批准。自治区人民政府副主席王逸伦带领有关业务人员赴京与水利部副部长钱正英协商三盛公枢纽工程的施工问题。最后决定，由自治区负责施工，由三门峡抽调一部分技术人员前来支援，并先拨给五十万元经费作为前期费用，抓紧筹备。

一九五八年二月，黄委会设计院组织由测绘、地质、规划设计人员组成的勘察设计工作组赴内蒙古工作。三盛公枢纽工程设计由林显邦工程师任组长、龚时旸工程师任副组长。三月，黄委会设计院又组成以韩培诚副院长为首的由测量、地质、规划设计人员参加的查勘组，对河套灌区及三盛公水利枢纽工程机械全面开展调查、勘测工作，自治区水利厅设计院院长蔡子萍等工程设计人员陪同。

一九五九年五月十三日，水利电力部工作组和前苏联专家柯尔理夫·勃列索夫斯基·赫赴三盛公枢纽工地审查设计。一九五九年八月，水利部正式行文批复：同意三盛公枢纽工程洪水标准按 II 级建筑物，即百年一遇洪水设计，千年一遇洪水校核，拦河闸与北岸进水闸抗滑稳定安全系数按 1 级，正常高水位为一千零五十五米。同年十一月，水电部又批准行文，同意黄委会设计院与黄河三盛公工程局共同完成的《三盛公水利枢纽工程初步设计（修正）说明书》。

一九五八年八月，为兴建黄河三盛公水利枢纽工程，经国务院七十三次会议通过，批准成立黄河内蒙古自治区水利建设委员会，自治区副主席王逸伦任主任，自治区水利厅厅长周北峰、农牧部部长常正玉为副主任。同时成立自治区黄河灌区工程局，作为三盛公枢纽工程的施工机构，水利厅副厅长李直任局长，并兼任党委书记，云祥生为副书记，何生岫为副局长。一九五九年上半年，两万多人的施工队伍正式组建，水利厅指派水利专家赵家璞为技术总负责人。后来，李直作为水利厅副厅长常驻工地，巴彦淖尔盟派出盟领导杨立生、李桂芳参加施工领导，施工队伍从四面八方涌到工地。

李直，内蒙古水利厅副厅长、枢纽工程总负责人。一九一七年十一月十日出生，河北保定人。一九三七年参加革命，同年加入中国共产党；一九四九年调入绥远省新解放区工作；一九五〇年任绥远省水利局副局长。曾协助绥远省水利局局长、给河套水利事业做出杰出贡献的王文景同志开展水利工作。李直在河套解放后第一个闸——黄杨闸建设期间，做出了突出贡献，保证了黄杨闸一九五二年的按时放水。在三盛公水利枢纽工程施工时，李直被组织上委以重任，兼任新组建的黄河工程局局长兼党委书记，枢纽工程总负责人，为枢纽工程的兴建付出了辛勤的汗水和心血。

枢纽工程的原设计方案设计完成后，三盛公水利枢纽工程总负责人李直曾专门向水利部副部长李堡华做了详细汇报。李堡华副部长认真听取汇报后建议，在黄河当中打钢板建闸困难很多，如果大坝下移，在黄河岸滩上施工，然后导流，这样会给施工带来很多好处。李直连夜给工地施工技术人员打电话，指示对拦河闸坝址下移进行勘察。最后，经施工技术人员的勘察研究决定，拦河闸的设计闸址原在黄河路桥下游三百米处的黄河正身，将闸址略下移三千米，争取到了合适的施工场地，避免了在黄河中打桩施工的困难。在施工中尽可能地偏向左岸滩地，以利施工期间的黄河行水。这一决策不仅有利于施工安保，同时还为上游河段创造出了人工环流的条件。

设计方案因地制宜也有多处修改，力求符合实际。李葆华副部长、自治区主席乌兰夫等领导都参加了枢纽工程设计方案的讨论。另外，对原设计方案还有两处重大修改，一是原设计在渠口修建沉砂池，根据实际情况决定不建。沉砂池设于总干渠进水闸下游右岸，东至黄河滩地之间，以六条沉砂条渠组成，渠长三千米。计划从进水闸引水入条渠，经过沉淀后，再将清水从跌水闸附近泄入总干渠，然后把条渠内的沉砂用水冲入黄河。这是黄委会委托泥砂研究所代为设计的。后经在工地仔细研究，大家一致认为工程操作繁杂，管理困难，功效不尽可靠，决定可预留位置暂缓施工。在枢纽工程的施工中，通过采取一些简便可行的工程措施，尽可能地减少直接进闸的泥砂量。二是将拦河坝由混凝土浇筑改为土料堵筑，土法上马，柴捆截流。这一条是由技术总工程师赵家璞提出来的，可以节省投资和促使工程提前竣工。

一九五八年春天，内蒙古黄河三盛公水利枢纽工程招收了一千多名学徒工到三门峡工程局代培学习，作为三盛公水利枢纽工程施工的各种技术骨干。与

此同时，由三门峡工程局支援派出的书记、局长、总工程师、技术处长各一人以及必要的施工技术人员和行政人员，参加兴建三盛公枢纽工程的领导和施工。后因水利部工程局在施工尚未开始之际把总工程师调走，因而，黄河三盛公枢纽工程的施工技术责任，就由内蒙古水利厅直接承担。

当时黄委会专门成立了三盛公水利枢纽工程设计小组并及时完成了枢纽工程的初步设计，即《黄河三盛公枢纽工程方案比较简要说明书》和《黄河三盛公灌溉工程引水枢纽扩大初步设计》。一九五八年，设计小组由郑州转来三盛公枢纽工程工地。当临近施工之际，工程方案仍在随时改变，给施工造成了很多不便和困难。如三盛公一首制的引水枢纽工程规划，其北岸进水闸总干渠的渠线，对原规划进行了修改完善。除满足河套灌区输水外，还要经过包头，延长到萨拉齐，解决沿线全部黄河灌区的灌溉，各闸的引水和输水干渠都按此规模进行制定。

一九五八年，内蒙古黄河灌区工程局更名为内蒙古黄河三盛公工程局，并在包头市青山区成立，成立后在包头段总干渠进行施工。后来考虑到全部总干渠土方工程和沿渠建筑物工程量过大，在缺乏施工机械、单凭人工施工的情况下，短期完工确有困难。于是决定，总干渠下段在二闸以下暂缓施工，并把黄河三盛公工程局从包头市迁移至三盛公枢纽工程工地，集中精力专注于三盛公枢纽工程的施工。

一九五九年六月，黄河三盛公水利枢纽工程正式动工修建，与之配套的黄河北岸总干渠进水闸即二黄河进水闸同时兴建。黄河总干渠于一九五八年八月二十五日，由黄河三盛公工程局组织巴盟各旗县进行开挖。总干渠按一首制开挖，从三盛公水利枢纽工程开口引水，灌溉河套平原，再伸向包头以东土默特旗，巴盟段一百七十八千米。一九五九年十二月，伊盟南岸总干渠开始施工，在三盛公枢纽工程的右侧建闸引水。

在枢纽工程施工当中，有人提出包头市昭君坟黄河主槽和两岸有适宜的建闸基础，施工简便可靠，建议把黄河灌区一首为二首引水。这既解决了总干渠渠线太长、管理不便等困难，还可压缩引水总干渠和沿渠各建筑物的工程量。在争议不决的情况下，决定除三盛公枢纽工程和各渠进水闸工程仍按原方案施工外，二闸以下总干渠工程暂不考虑。

在二闸建筑施工期间，水利部派来一位副总工程师到工地，研究总干渠规划问题。他按照水利部首长的意见，考虑到三盛公引水总干渠正式施工，特专程来工地传达当时全国各地已成为灌区的行水经验。这位副总工程师建议，在可能的范围内，设法降低干渠水位。当时二闸正在施工，闸底板砼工程正在紧张的浇筑阶段，工地领导经与工程局党委紧急协商，决定把二闸闸底板降低二十公分，使总干渠相应降低。施工技术人员遵照水利部副总工程师的意见绘草图，连同施工指示，由黄河工程局派人连夜将施工图纸送往工地。这些变动和决策，虽已成为过去，但都从设想变成了现实，经运行的实践证明，对三盛公枢纽工程的建设都大有裨益。

一九五九年六月二十九日，三盛公水利枢纽工程开工不久，内蒙古党委召开三盛公水利枢纽工程会议，由王铎书记主持，会议议定：

> 黄河三盛公枢纽工程两年完工，于一九六一年"五一"国际劳动节放水。一九五九年计划完成枢纽进水闸的土建工程、筑堰土方工程和拦河坝部分基础开挖以及砂石料的储备工作，如条件可能，应争取加快施工进度。总干渠土方工程及三盛公枢纽大桥以上之库区围堤，包给各有关盟市、旗县的任务本着"农闲大干、农忙小干"的精神，遵照完成施工任务。

> 一九五九年下半年，根据施工任务的要求，枢纽工程共需民工五千五百人，除现有二千五百人外，如内蒙劳动局、所劳力一时不能如数到齐，巴盟仍应多上一些人，以免影响施工进度。待劳动局的劳力调剂齐以后，巴盟多上的劳力还可抽回。带劳动力的干部由地方按百分之一点五派干部领队，带队干部列入工程局编制。民工的口粮按每人每月四十八市斤（外有二斤机动粮）的标准执行。区外民工由国家供应，区内民工由自己带够公社的供应标准，不足部分由国家按标准补助。运输器材、牲畜饲料方面，马匹每天不超过五市斤，牛每天不超过三市斤，牲畜饲料由巴盟就地解决。铁路运输由海勃湾车站附近引出的七百公尺义线，材料已解决。需呼铁局派人开展勘测设计定线、材料运输和铺轨工作。路基土石方施工，由工程局负责。从三盛公车站到枢纽工地，所需两千米铁轨问题由内蒙水利厅、呼市铁路局以内蒙党委的名义与铁道兵司令部联系解决。围堰工程方面，所需柳枝共计八百万市斤，巴盟已解决二百万市斤，尚缺六百万市斤，由伊盟解

决，要求在第三季度全部完成。

至此，三盛公水利枢纽工程施工规划的出笼，让河套人民千年的梦想得以实现。经过十年的酝酿，水利工程技术人员的艰辛努力和不懈奋斗，又聘请前苏联专家对规划进行了审核，后因中苏两国关系出现了紧张状况，前苏联撤走专家，工程施工全部依靠国内的水利技术人员——黄委会水利技术人员完成了规划设计任务，可谓一波三折，规划几易其稿。规划倾注了他们辛勤劳动付出的心血和汗水，是全体水利技术人员智慧、汗水和心血的结晶。

施工准备马不停蹄

三盛公水利枢纽工程施工人员按照内蒙古党委的要求，精心准备。首先进行施工的是黄河北岸总干渠进水闸，而后依次是沈乌干渠进水闸、南岸进水闸、拦河闸的施工，最后是拦河土坝库、区围堤、导流堤、下游防洪堤等土建工程的施工。

一九五八年开始组织施工队伍，场地布置，筹备施工物资及施工机具。黄河工程局当时编制七百八十一人，下设一、二、三大队。施工人员除北京水利勘测设计院和三门峡工程局调进一部分技术人员外，全由内蒙古水利厅和巴盟从各旗县抽调。万余名施工工人由当地招募而来，还有一些社会上盲目流动的闲散人员。

枢纽工程物资准备，总负责人李直马不停蹄地奔波于上海、北京、天津、大同和大兴安岭之间，联系协调解决施工用的轻轨、水泥、木材等物资、材料。施工所需的沙石土料，来自于本地区。沙料取自于枢纽工地南岸，砾石取自于海勃湾，块石取自于巴彦淖尔盟乌拉特前旗

三盛公水利枢纽工程施工拉运

刁人沟，黏土取自于北岸进水闸下游的天兴全村，土料取自于工程附近的滩地及台地上。

黄河工程局的职工从枢纽工程的南岸伊盟用船搬着椽杆，经过湍急流动的黄河水，把砂子费尽九牛二虎之力人工搬运到北岸。如果正好赶上黄河的洪峰期，黄河工程局用广播紧急通知抢运砂子，广大黄河工程局的干部、职工连夜起来抢运砂子，往北倒运，否则就会出现汹涌的黄河水将施工用的砂子冲走的危险。那样，职工的辛苦付出就会前功尽弃，付之东流。黄河每次洪峰期都要淘渠堤的，工程局的干部、职工每次都要与黄河进行搏斗。也不管什么时候，只要黄河水咆哮泛滥浪淘渠堤，工程局的不管是领导还是普通干部、职工，都会责无旁贷、争分夺秒地抢运砂子，誓与砂子共存亡。据原黄河工程局的职工胡景生回忆，枢纽工程施工期间大约抢运砂子十几次。抢运时，不管天气是刮风下雨，还是冰雹雪霜；也不管是正在酣睡的午夜，还是雄鸡报晓的黎明，只要出现了黄河水浪淘渠堤的险情，干部、职工就义无反顾地投入到抢运砂子的战斗中。工地上没有任何一个人胆敢胆大妄为找借口，或者推脱而耽误砂子的抢运，抢运砂子就犹如夏季农田收割小麦龙口夺食一样刻不容缓。工地上抢运砂子的六七百号人，浩浩荡荡，你来我往，有用大箩头背的，也有用蛇皮袋系住四个角背的……大家都在积极上进，争分夺秒，抢运砂子的场面甚为壮观。最后，还是人定胜天，战胜了黄河的洪峰期，从南岸搬运过来的砂子分毫未损，都被用到了三盛公水利枢纽工程的建设之中。

在枢纽工程的施工中，从三盛公车站铺设专用铁路线，总长三点二千米。在枢纽工程施工机构进入工地之前，适值包兰铁线路完工，三盛公车站就在附近，在三盛公车站和铁路桥施工场地，施工期间曾设有开阔的堆料场。经与铁路部门协商，铁路部门全部移交给黄河工程局使用，这给施工筹建工作创造了极大的便利条件。

当年，三盛公水利枢纽工程施工的黄河工程局的职工全部都住在铁路施工的场地，有效地解决了枢纽工程职工的居住问题，极大地方便了枢纽工程的施工。每个住宿工棚能住六七十号人，睡的是大通铺，从住宿到工地每天往返七八里路。

为了配合枢纽工程工地施工，机械厂、木材加工厂、钢筋加工厂、发电厂等都很快地在枢纽工地建立起来。这些厂子虽设备简易，但选址合理，配备紧凑，工作联系方便。

据当年机械厂车间的技术工人陈凤林回忆，车工车间当年就一台直径十五厘米的车床，虽然设备简陋，但是，他们想方设法配合工地完成施工期间交给的工作任务，千方百计找寻车铰链等工地所需的材料、物件。

工地上，同时在安全地带设立了工地医院、行政管理部门以及商店、邮局、洗理店等服务网点。在场内部，除铁路专用线直通拦河闸施工现场，可将大批水泥、石料等物资送往工地外，还修建了一条公路，通向各施工企业和行政管理区。场内公路与陕磴公路相接，可直接对外辅助运输，也可与沈乌闸相通，这些都极大地方便了工地上的施工。

枢纽工地的拌合系统布置在进水闸与拦河闸下游约一百二十米处，设有两条轻便轨路与施工现场相通。因到拦河闸浇筑量大、强度高，共设容量为四百公升的拌合机七台，容量为八百公升的拌合机八台。

枢纽工地的动力供应，如施工机械、工地照明和企业用电，主要靠近三盛公电厂供电，电量为六百千瓦。为防止停电，特在工地装设二百千瓦柴油发电机一台，一百千瓦、二百千瓦的汽油发电机各一台，在施工中，电厂和工地密切配合，从而有效地保证了施工。

枢纽工程于一九五九年四月开始整修场地，修建大型临时设施、内外交通道路和筹集器材等。

六月三日，三盛公水利枢纽工程正式破土开挖北岸进水闸闸基，标志着枢纽工程正式开始施工。

三盛公水利枢纽工程建设者哈达

首先开挖北岸进水闸闸基，一方面由于其位于河滩地，无须围堰，工程较简单；另一方面，也是为了便于锻炼施工队伍，主要是锻炼刚从三门峡培训学习回来的工程技术人员，考验工程施工实力，为枢纽工程全面施工探索经验。

北岸进水闸的施工，既锻炼了施工队伍，考验了施工队伍应对施工风险和挑战风险的能力，也收获了丰富的施工经验，为以后围堰、浇筑、合龙、截流积累了最可宝贵的经验，从而有效地保障了三盛公水利枢纽工程的顺利进行。

在三门峡工程局培训学习回来的工人师傅哈达，二〇一五年时，七十六岁。身高一米八七，身体结实，大块头，标准的哲里木盟东北汉子，蒙古族。当年不会说汉话，汉字认识得也很少，学习起来很吃力、很费劲。后来，通过努力，死记硬背汉语，练习写汉字，培训中间考了八十七分，最后结业考了九十七分。由于语言不通，哈老下了很大苦功，培训用翻译讲课，汉语的表达水平逐步提高了。哈老在三门峡培训学习的是电铲班，一九五九年三月二十八日结业后到三盛公枢纽工程工地工作。

刚到三盛公枢纽工地时，一片荒凉，工程一切从头开始。哈老当时就住在铁路桥施工时民工住宿留下的工棚里。所谓电铲班，其实根本没有电铲可用。工程处机械化程度不高，不像三门峡水利工程，都是引进前苏联、德国的进口设备。但是，三盛公枢纽工程在黄河工程局广大干部、职工及民工们的艰苦奋战下，工程进度加快。一九五九年十一月二十六日，巴盟盟委给内蒙古党委报告了黄河三盛公水利枢纽工程进度情况：希望三盛公水利枢纽工程提前到一九六〇年完工，即提前一年的时间完成。

内蒙古党委统筹考虑施工进展情况，认为巴盟党委提出的三盛公水利枢纽工程提前到一九六〇年五一放水，时间安排上过于紧张。为了保障枢纽工程的百年大计，科学施工，三盛公水利枢纽工程还是按照原设计的时间，于一九六一年五月份进行合龙截流。

黄河工程局第二、三大队的一千八百名职工，三大队党总支在小队、厂、班内抽调了党员、团员、青年突击手、先进生产者等一千二百名优秀职工，组织了"群英队"，召开了誓师大会。

"群英队"在党支部的带领下，在短短的二十多天的竞赛中，红旗手标兵不断涌现，高工效跃进指标连连突破。安装班小组为"争上游，实现全班满堂红"，在突击卸砂中，由于火车往返时间不定，团员和青年突击手有时从天黑一直干到次日上午九时才休息。每次卸砂都要跑出去多次看火车过来没有，从没有因为砂子没有卸完而耽误过一次火车正常运行。吊运班在三十三分钟内卸完六十吨砂石。青年突击班的十一名青年，八分钟卸砂三十吨，提高工效一倍以上。

黄河工程局退休工人师傅哈达介绍了施工时卸火车皮上的石头、砂子的情况。去采矿厂卸石头，火车皮拉过来，在站里只能停留二十分钟，每一节车皮能装石头五十至六十吨，七八个工人卸货速度要迅速、及时，不能拖延，以免

耽误行车。卸石头时，工人们就在车站附近静候列车的到来，哨子一吹，便出去准备卸。每次卸车都要跑出去两三趟看货车来了没有，唯恐耽误了卸车时间。

黄河工程局推土班的青年虽然还承担了三百名职工的炊事员工作，但他们还抽出了十六名青年支援卸砂工作。同时，及时保证了职工的吃饭问题。进水闸挖围堰需要大量柴草，由于运输工具不足，柴草一时供应不上，全体职工又马不停蹄地立即奔向三十多里的柴草地点，人工背运，既节约了开支，又保证了工程进度的需要。

枢纽工地上的各个部门的广大职工、干部积极开展着工程施工的各项准备工作。虽然施工条件有限，各项工作千头万绪，但是，大家发扬吃苦耐劳的精神，顽强地克服困难，将工作开展得有条不紊。笔者在赴自治区水利厅走访当年从北京大学毕业支援三盛公水利枢纽工程建设的工程技术人员庞伟时，庞老介绍说，当年他们北京大学毕业的四名大学生支援三盛公水利枢纽工程建设，其他三名都调回去了，只有他留下了，一直默默无闻地支援着枢纽工程的施工。当时，他住在磴口县三盛公附近的一间破烂不堪的简易房子里。房子里还生长着一棵活着的柳树，最初是一根用来支撑房顶的柱子，这根用来起支撑作用的柱子居然还活了。说起这件事来，庞老和老伴都大笑不已。

广大施工人员，没有条件，就积极地创造条件，努力改善施工环境和条件。从领导到普通工人同甘共苦，任劳任怨，默默奉献，彰显了工人阶级大干社会主义的豪情壮志，他们将自己的青春年华无怨无悔地奉献在了三盛公水利枢纽工程的建设之中。

第二章　围堰施工　创造条件

围堰工地竞赛异常活跃

一九五九年十月二十八日，三盛公水利枢纽工程拦河闸的围堰工程正式动工。

拦河闸工程全长三百三十米，十八孔中有十五孔位于黄河主流河床中。所以，拦河闸的施工，必须先修筑围堰，迫使主槽河水让位，再排水后进行施工。

三盛公水利枢纽工程围堰施工场面

围堰工程施工时正值严寒季节，黄河水流汹涌，河床善冲易淤，围堰施工难度很大。再加运输工具缺乏，块石不能满足需求量，施工中只得采用当地群众利用草土筑围堰的土办法建围堰。草土结构，富有韧性，可随河床变形而逐渐沉实，适应软基筑坝；柴埽方法简单，易于操作，施工中充分利用冰道运输，在冰面卷埽开展作业，加速了施工进度，缩短了工期。

枢纽工程围堰工地上两万七千多名民工，按照工程局党委提出的"超定额、出满勤、高工效"的要求进行红旗竞赛，保证完成上游围堰二百六十四米。

全体民工们在"大战寒冬，同冰河搏斗，为十二月修筑起围堰，向一九六〇年元旦献礼"的号召下，生产定额一破再破，纪录日日刷新。有三百名民工荣获了"超定额、出满勤"红旗手；在实现车子化的运动中，制作并采用手车、斗车运土，平均比人担土提高工效四倍，大大节省了劳动力。

虽然是黄河冰冻的季节，在截流黄河的围堰工地上，红旗迎风招展，千余名职工在黄河的北岸，同寒风、同封冻的黄河进行搏斗。工地上连与连、班与班、个人与个人之间进行着劳动竞赛。一条伸向黄河心脏的围堰渐渐地接近对岸沙滩，广大职工为了向一九六〇年元旦献礼，日夜不停地奋战在工地上。

夜幕降临，黄河两岸被灯光笼罩着。工地上川流不息的人群，四处扬起了劳动的歌声。晚上休息的时候，热爱生活的民工还写起了诗歌，如冯爱魁写的《锁住黄龙听使唤》：

> 数万民兵齐上阵，
>
> 生龙活虎战寒冬。
>
> 发誓修通"二黄河"，
>
> "劳武"结合立功勋。
>
> 锹头银光土涌浪，
>
> 人担车拉似梭忙。
>
> 移土开渠筑河坝，
>
> 锁住黄龙听使唤。

"跨进一九六〇年的红旗手，反右倾、鼓干劲、生产记录日日新；乘飞机、乘火箭，高速度跨进一九六〇年。"这是黄河三盛公工程全体职工干部发出的

三盛公水利枢纽工程施工墩柱

战斗口号，也是大家奋战枢纽工程的行动誓言。

农村各人民公社派来支援修筑三盛公枢纽工程的民工同志，激战在截流黄河的围堰工地上，战胜了零下十八度的严寒。

围堰工程，在一九五九年六月二十九日，由王铎书记主持召开的内蒙党委召开三盛公水利枢纽工程会议上确定，需要柴草八百万斤，实际柴埽修筑围堰共用柴草六百万斤，土方十二点五万立方米。

一九六〇年春节前夕，奋战在枢纽工程工地的建设者们没有放假，自治区党委书记王铎带领内蒙古党委、人委春节慰问团到达三盛公水利枢纽工地进行慰问。

一九六〇年元月二十七日下午，工地上召开了慰问全体职工广播大会。王铎代表自治区党委、人委向寒冬腊月奋战在枢纽工程工地的全体职工表示了关怀和慰问。王铎号召大家继续鼓足干劲，力争上游，开展红旗竞赛，大干一、二季度，凌汛前完成沙石和大围堰工程，力争在六月底以前胜利完成拦河闸的兴建任务。慰问团带来了上级党组织的关怀和鼓励，全体建设者对春节不放假继续施工都表示理解和全力支持。一切听从党的召唤，召之即来，来之能战。大家纷纷表示，以在工地上艰苦奋战的优异成果来报答党的关怀和慰问。

围堰分上围堰、下游围堰和侧围堰三段，由黄河左岸西南直伸东北河床。围堰施工时在黄河上游左岸从滩地生根缓缓进行，修建挑水顺坝逐渐伸向河身，尽可能防止河水阻冲，挑水堰头基本到闸基外缘之后，就可以略向下游折转延伸，使堰身形成顺水草坝。围堰全长一千二百四十米，宽十二米。万名建设者大干两个月，围堰工程于一九六〇年二月二十八日胜利合龙闭气。围堰修筑成功，为保证拦河闸基坑开挖和排水创造了施工条件。

三盛公水利枢纽工程围堰施工场面

三盛公水利枢纽工程施工的艰难一览无余，就是在这样的施工条件和环境下，广大建设者义无反顾地投身到建设社会主义的洪流中。施工竞赛精彩纷呈，花样百出；劳动号子声此起彼伏；奋战在工地上的广大建设者个个摩拳擦掌，人人汗流浃背，没有被繁重的施工任务所吓到，没有因工地几乎是一

穷二白的施工条件而屈服。他们个个意气风发，精神抖擞，斗志昂扬。工地上虽然施工环境和条件艰苦，但他们的精神生活却无比丰富，他们心中充满了诗情画意，朝气蓬勃地生活在工地上。他们深知刚刚从旧社会脱胎换骨走向新社会的艰难不易，同时，他们也深深懂得这是改造山川河流、给百姓造福的伟大工程。所以，工地上广大建设者无怨无悔，领导安排到哪里，就干到哪里，克服一切困难，以社会主义建设者主人翁的姿态积极投身到工程建设中去，在施工中不断历练自己，把自己锤炼成社会主义的建设者，把无悔的青春挥洒在三盛公枢纽工程的工地上。

从走访的当年的工程建设者得知，广大建设者不分男女，人人奋勇争先，以落后为耻辱，以争当先进为无上光荣。在那挥洒青春的岁月里，他们满怀豪情地建设社会主义，为波澜壮阔地建设社会主义的大厦添砖加瓦，抒发自己建设社会主义的豪情壮志，他们无愧于是那个时代的民族精英！

井点排水突出重围

阳春三月，祖国的南方已是春暖花开、鸟语花香的季节。枢纽工程所在的黄河岸边，仍是春寒料峭、一片乍暖还寒的景象。寒风在空中呼啸，冰冻覆盖着大地。枢纽工程的两万多名建设者，不畏寒冷，克服困难，顽强奋战，筑起了为拦河闸工程服务的草土围堰，转入了闸基开挖。

拦河闸闸基开挖，深度要求达到黄河河床以下六至七米，比黄河水位低十米左右。而且基坑开挖地三面临水，渗透相当严重，对基坑的开挖相当不利。因此，基坑开挖首先要排除渗水，降低地下水位，克制流沙。

在闸基开挖过程中，首先碰到的困难是地层冻得结实。施工人员坚持苦干、实干加巧干，采用爆破等施工方法，掏开了封冻的冻土层，加快了工程进程。

拦河闸闸基挖渠时，因河床地质从上到下由极细沙、细沙、粗沙、砾石组成，透水性强，基坑四周渗透严重。为坚决排除渗水，克服流沙，避免塌方，巩固围堰，大家紧紧依靠群众，发动群众，决定采用井点排水的办法进行施工。

在拦河闸基坑采取分块施工，共设置了井点系统四十套，按二级井点布置。

但因井点设备复杂，器材缺乏，没有专业制造厂家，一时难以大量置办。枢纽工程工地凭借水利部的支持，调来一批器材和相应的真空泵，由工地自行配套制造出二十套井点排水设备，有效地控制了流沙，保证了基坑开挖。

井点施工，在内蒙古地区还是首次，相关人员经验不足。在部件缺乏的情况下，施工工地技术人员经过共同努力，充分发挥施工人员的聪明才智，集中大家的智慧，简化了结构形式，利用代用品，解决了许多问题。但因枢纽工程范围大，实际需要的井点设备与原设计不适应，不得不在施工中，临时分块开挖，缩小范围，以减轻井点抽水的负担。

三盛公水利枢纽工程井点施工场面

三盛公水利枢纽工程建设的首批职工之一胡景生，一九四〇年出生，在一九五八年应聘成为内蒙古水利厅工程总队的学徒工，一九五八年八月赴三门峡水利枢纽工程处机车班学习半年。

胡景生刚参加工作时年仅十九岁，正值兴建三盛公枢纽工程，工作异常艰辛。枢纽工程施工人员开始都住在铁道兵团施工时遗留下的简易土坯房里。后来，施工工程人员又用当地称之为"干打垒"的办法或者自己打土坯建工棚，因陋就简，不断创造、完善生产生活设施和坏境。

刚参加工作时，胡老负责枢纽工程闸基坑井点的抽水。工人们用六寸的水管倒班抽水，这样抽完水便于工地施工。

拦河闸基坑面积大，基础底部与河面相差悬殊。在当年全凭人力施工的情况下，由于排水沟效果好，基本保证了基坑干涸的作业场地，加快了施工速度，保证了工程质量。

当年三盛公水利枢纽工程建设者胡景生

工地木工队在技术革新、技术革命的"双革"运动中也为开挖运土赶制出了一千辆胶车、板车和手推车，实现了运土车子化、车子轴承化，再加上采用"蛇退皮"开挖法和装卸车快速法，大大加快了闸基坑开挖进度。

枢纽拦河闸的开挖，是建成拦河闸四大关口的第二大关口。基坑开挖是为拦河闸的施工创造条件、打好基础性工作的重要一关。施工人员深知这一粮草未动、兵马先行工作的重要性，在取得围堰工程胜利的基础上，及时投入紧张的基坑开挖工作中。经过三个月的紧张施工，到六月十六日开挖工程已基本结束。这一工程的开挖十分艰巨，共开挖土方达三十八万五千立方米，全靠人工开挖，人担肩挑，胶车、板车、手推车配合运土开挖出去。民工们采用分块开挖及快速装土、卸土法，加快了工程进度，一度出现了日挖基坑八千立方米的最好纪录。由于基坑开挖都是人工开挖，不仅工程量大，而且地下水位高，流沙

三盛公水利枢纽工程开挖基坑

层也大，给施工带来了很多困难。但民工们展开了与泥水的搏斗，艰苦奋战，掀起了"大战二十天，基本建成拦河闸"的红旗竞赛活动。到六月十八日基坑开挖已基本完成，工地上呈现出"英雄攻破流沙阵，枢纽工地红旗飘"的轰轰烈烈的劳动场面。

第三指挥部六连民工王秉章创造了运距一百七十米、十九小时担土十七点六方的新纪录；六连立即掀起了一个"学、赶、超王秉章"的高工效运动热潮；第八指挥部的八连二排刘希喜创造了一百五十米的运距担土七点五方的纪录后，紧接着第二天，该连三排的梁明清，又创造了一百八十米运距担土十二方

的最高纪录。

　　黄河工程局第八指挥部妇女连的九位好姐妹，以三辆车创造了在二百五十八米的运距上人均运砂石四方的最高纪录，超过定额的二点七倍。她们运砂石装得满、跑得快、路上不撒、抓时间、比干劲，她们表示，天天运输四方，并朝五方指标奋斗。

　　经过艰苦奋战，基坑开挖工作圆满结束，同时，施工中进行了基础处理。施工的几处地质情况基本相同，均为流动性的粉细沙。为保证基础稳定，施工人员将北岸进水闸用木板桩围封，木板桩桩厚十二厘米至十五厘米，长五至六

三盛公水利枢纽工程开挖基坑

米，木板桩平面总延长二百五十七米，并对闸底板基础进行换土处理。换土深度以达砾质沙层为止，防止流沙液化并增加地基承载力。

　　北岸进水闸闸基开挖到设计底板高程标准时，开始打木板桩。打桩前在桩顶扣箍，打木板桩自下游向上游推进，木板桩施打方法包括："龙门架"打桩机打桩法、"串心砣"打桩法、水冲法与混合法等。

　　工人师傅胡景生与推土班的师傅参与了打木板桩施工。为了防止流沙冲刷基坑，大家用落叶松方木桩公母槽一个挨一个地并排打进闸基坑的迎水面。

　　为了完成这项艰巨的任务，公母槽的两边各安排十五个工人在钢丝绳上安装滑轮，滑轮上吊上打夯用的方铁块。方铁块是一个直径为四十厘米的秤砣型的大铁块。他们一天三班倒打夯，打了二十多天才把公母槽打完。打夯时有人

在喊着号子，两边的人用力拉绳子，把木桩打进去。要把六米长的桩子打到地面只露出十至二十厘米，这样才能起到保护作用。

　　建设工地就是战场，施工工人们每天犹如打仗一般奋战在工地上。一个战役一个战役地攻破，一个流程作业一个流程作业地完成，稳扎稳打，步步推进，将每一项作业都做得精益求精、一丝不苟。"百年大计，质量第一"的观念深深印刻在广大建设者的心坎里。他们不仅是社会主义的建设者，而且也是社会主义伟大历史征程的书写者，他们在三盛公水利枢纽宏伟工程中书写了人生中最辉煌的一笔！

第三章 劳动竞赛 搞好浇筑

工程浇筑质量是生命

枢纽工程各闸基础开挖扎实处理好后，开始进行混凝土浇筑。在整个枢纽工程施工中，混凝土的浇筑工程量大，技术要求高。三盛公水利枢纽工程施工期间，一般每十天要了解一次施工进度；而混凝土浇筑期间，每天都要了解一次浇筑进度和工程量。由此可见，浇筑工作的重要性和关键性，从中也可以看出施工中人们把工程质量当作生命一样来看待，来不得半点马虎。

为保证工程质量，混凝土的配料设有专人负责，出料口有检验人员进行抽检。现已从河灌总局退休的刘义老人，当年是枢纽工程建筑物资的检验员，他向我们介绍了有关枢纽工程物资材料检验的情况。

三盛公水利枢纽工程建设者、河灌总局退休干部刘义

当时的质检工作全是手工操作，没有什么先进的设备和仪器。质检组重点是对混凝土和浆砌石部分质检。当时凡是混凝土使用的块石、砾石、砂子必须粒径符合要求、表面洁净。特别是对块石、砾料要求更为严格。浆砌石主要是对石料和砂子质量的检查，不能有一块沙岩混入，形状要求必须有两个平面，务必洗净粉尘。砂子务必达到要求粒径以及洗去杂质和灰尘，不能有尘土，经筛选才能使用。一次筛选不行，两次、三次，直到达到标准要求为止。对混凝土的级配，都要经过地磅称后才能使用；砂浆水灰比要符合要求，

拌合均匀。砌做时务必保证灌浆饱满，表面平整，体积满足要求。施工员、质检员必须详细记录，不能有任何差错；钢筋网除检查各种质量合格证外，还要检查网的规格和绑扎牢固性。枢纽工程多为大体积结构，都用点焊，只要不漏点就可以了。凡是做完的混凝土工程都必须进行初凝、中凝、终凝的强度检查，必须达到设计要求，否则返工重做。一般的情况下，只要中凝合格，终凝都能满足要求。

于一九九九年退休的刘义老人，回忆起质检工作时说，虽然质检工作简单、重复、枯燥、烦琐，但却是枢纽工程建设中十分重要的环节，也是严把质量关的重要关口。三盛公水利枢纽工程运行五十多年，混凝土没有破损、剥落，浆砌口也无破裂、塌落现象，整个工程仍是那样的坚固，说工程质量是工程的生命绝不是空谈。

枢纽工程总负责人李直与工程技术人员日夜驻守在工地，监督指导施工，严把质量关。

施工中，配料、拌合、运输、浇筑等各项工作紧密配合，施工质量和效益不断提高。混凝土浇筑高峰时，日浇筑量达二千四百立方米；在拦河闸闸底板浇筑时，最高速度月浇筑量为二点七三万立方米。混凝土施工采用机械拌合，轻轨斗车或双轮胶车和人工运料。通过人工与漏斗入仓，并用插入式振捣器捣实。混凝土浇筑工程从一九五九年十月开始到一九六一年结束，共浇筑混凝土七点三六万立方米，绑扎钢筋二千二百吨，模板组立四点六四万立方米。

虽然气候寒冷，但是为了三盛公水利枢纽工程的早日建成，枢纽工程工地混凝土在冬季照常施工。施工技术人员在当时的技术条件下，尽可能地采用技术条件保障冬季工程的施工。在拦河闸机架桥浇筑中采用蓄热法和电气加热法，沈乌闸进水闸采用了蓄热法和暖棚法，南岸进水闸采用混凝土土法施工，冬季混凝土施工共计四千二百万立方米。

混凝土浇筑施工中，指挥部发动群众大搞劳动竞赛。枢纽工程第四和第九指挥部，为了进一步推动高工效运动的深入开展，保证在一九六〇年六月底基本建成拦河闸工程，分别召开了民工和干部大会，对在施工中成绩突出的先进集体和先进个人进行了表彰奖励。

第四指挥部，经过两天的时间，在群众中评选出一百三十二名先进生产者和一个"红旗连"、一个"卫生、学习模范连"，大会上对先进生产者除分别给予奖励和口头表扬以外，还树立了八名标兵，对先进集体奖励了流动红旗。

第九指挥部，经过群众的评选，奖励了六十九名劳动模范，其中，六人获得一等奖，六十三人获得二等奖。

在那特殊的经济困难年代，对于广大施工人员与民工来说，一次大会上的口头表扬，足以使他们干劲倍增，信心百倍。枢纽工程施工中，即使有物资奖励，也是很微不足道的奖励，但这极大地鼓舞了他们的干劲，他们以苦为乐，乐此不疲。工程质量是枢纽工程的生命，每个施工建设者的心坎里都谨记这一理念，并将其落实在施工的各个环节里。每个施工人员，既是工程建设者，又是质量监管者，因为他们是建设社会主义的主人翁。

工程浇筑同洪水争先

混凝土的浇筑，按照工程量，仅拦河闸一项就要浇筑混凝土七千五百八十多立方米。当时距离黄河洪水到来只有半个月的时间了，在这半个月的时间里，必须保证二千多方的浇筑，才能使工程竣工赶在洪水的前面，保证安全度过汛期。在当时设备不足、经验缺乏的施工情况下，每天只能完成一百一十多立方米，浇筑日进度跟不上。面对这种情况，三盛公枢纽工程成立的五人小组加强领导，巴盟关保副盟长深入工地，坐阵督战；工程局党委书记、局长等领导日夜坚守在生产第一线，分兵把口，就地指挥，动员令一个接一个地传到工地各个脚落。在"一切为了浇筑"的口号下，工人们立下了"与时间赛跑，同洪水争先"的豪迈誓言。队与队、组与组立即展开了挑、应战竞赛，一场誓守日浇筑二千方混凝土的大战在三盛公水利枢纽工程工地上上演。

黄河工程局混凝土队的第二、四、七连是一台班，每班八小时，各管一道工序。这三个连为了进一步加快拦河闸的混凝土浇筑工程，采取分兵把口、三环密切配合、互相监督的办法，展开了热烈的环节竞赛活动。在环节竞赛中，七连担任供料的任务，三连担任斗车运输的任务，四连担任混凝土熟料运送当年任务。从开展竞赛以来，这三个连的全体同志，你追我赶，不甘落后，显示出了轰轰烈烈的劳动战斗精神。

　　红色五月，奋战在黄河枢纽工程工地上的两万多工人，为实现五月底基本建成拦河闸底部工程和十二孔闸墩浇筑任务，保证五百万亩良田不受干旱，工人们争分夺秒，日夜奋战。

　　为保证工程顺利进行，各级领导轮班日夜坚守阵地，与工人们劳动在一起。从三门峡工程局支援三盛公枢纽工程建设过来的党委副书记马超同志，不辞劳苦，奔走在各个工地上，以普通劳动者的身份参加劳动，领导生产。马超副书记的爱人齐晓萍要生孩子了，但由于工地上工作繁忙，他离不开，爱人只能独自一人去医院生产。爱人齐晓萍走到半路上就分娩下一个男婴，后来马超副书记就直接取名叫马路生，这在三盛公枢纽工程的施工工地上被传为佳话。团委书记郭子卿同志，是从内蒙古下派到巴盟的年轻培养干部。三盛公水利枢纽工程开始施工，他被选派到了枢纽工程工地锻炼，培养他的才干。他们为使工地实现车子化，日夜奔忙，开动员会，组织施用，总结推广。仅在短短的几天内，工地上便出现了两千辆车子，奔跑在各个工地，有力地促进了工程进度。

　　黄河工程局党委发出"争分夺秒，加强协作，向浇筑台班日产二百方进军"的号召后，承担浇筑任务的混凝大队四指挥部的全体指战员纷纷响应，提出浇筑任务道轨分段专人负责，保证斗车不出轨等有力措施；拌合机工人保证来多少料吃多少；四指挥部推斗车由三人改为两人，提高工效百分之三十；"东一号"拌合机每三分钟出一台料，夺得冠军。浇筑工效节节上升，工人们发出誓言：浇筑向日产一千方的新纪录冲击。基坑工地上的民工们决心放下扁担推车子，革新已成为风气。民工们日夜抢修车道，加工车辆。第一指挥部十一连已实现车子化，日运土三方多，比手工操作提高工效两倍。

　　钢筋队提出了"抢时间，赶任务，保证混凝土浇筑"的战斗口号，在绑扎完第九块底板钢筋时，开展了组与组、人与人的同工种一条龙竞赛活动。大家争分夺秒，仅用五天时间就把底板下游的钢筋绑扎完了，保证了混凝土浇筑的顺利进行。

　　在枢纽工地上，一团火红，新的胜利一个接着一个，混凝土闸底板浇筑已经进行了第四块。在当时的施工条件下，尽管施工人员不知疲劳、加班加点地施工。但是，无论是浇筑量还是完成任务方数，还远远达不到要求。时间紧迫，必须要洪汛前完成拦河闸放水任务，这是关系到是否能截流放水的关键。在这紧急关头，一支由四十多名干部和两千多名青、壮年组成的的混凝土浇筑大队产生了。这支朝气蓬勃的队伍，在第一次的战斗中，就把班产量由过去的二百七十四方提高到四百二十二方，奋战的民工们胸怀大志，千方百计向日产五百方挺进。在生产条件落后的情况下，劳动者这一因素却在简单的生产关系中起着决定性的作用。生产力决定生产关系的矛盾运行规律被施工技术人员娴熟运用和掌握，施工工地上闪耀着辩证唯物主义的真理光芒！

钢筋加工厂是保证混凝土闸底板浇筑的一个不可缺少的部分。这个加工厂的职工为了加快工程进度，保证按时浇筑，将技术革新搞得热火朝天。青年电焊工马振环苦心钻研，制成了一台对焊机，用二百五十瓦以上的电源带动，衔接时间只用了几十分钟，大大缩短了操作时间，提了工效三倍以上，解决了大号粗头钢筋的对焊问题，他还表示将继续创新，努力让对焊操作自动化。二班工人何学明，大胆地用二等钢筋和废机器的一些零件制成了断锉机，并用土办法革新了一种轻便的运钢筋的车子，大大提高了工效，工地上这种主人翁的施工精神到处显现了出来。虽然施工条件艰苦，但工地上却呈现出一片勃勃生机，宛如战争年代一样，让人们看到了胜利的曙光。

枢纽工程局的领导同志和各指挥部、专业队的领导干部，采取分片包点的方法，分别指定强有力的环节干部奋战在各个工序上。

由于工程局各级领导干部深入第一线抓重点、主攻关键和带头跟班劳动，以生产领导生产成了环节干部和基层干部领导生产的主要方法，从而迅速地在群众中掀起了一个"出满勤、超定额、抢进度"的竞赛热潮。不仅如此，由于领导干部深入第一线，施工中的许多问题得到了及时解决。如混凝土浇筑方面是工程的重要环节，但也是较薄弱的环节。李直副厅长，党委副书记、工程局局长何生岫，副书记马超、王信，副局长韩金城等领导深入现场指挥后，立即发现现场指挥不灵和各个环节的脱节现象以及机具修理跟不上等问题，这些问题往往造成窝工，影响进度。针对这些问题，领导干部们及时地采取种种措施，加强了现场指挥，各个环节也及时一齐扣紧，各个击破。同时，他们还动员工程局所属厂、队帮助修理机具。由于采取了这些得力的措施，窝工现象大大减少，混凝土浇筑迅速由日进度六百立米提升到九百立米，混凝土浇筑的缓慢局面得以迅速改变。

工人们夜以继日，对于一天中的每一分钟都抓得很紧。在施工方法上，采取边挖基、边立模、边扎钢筋、边浇筑的快速流水线作业法，并成功创造了枳机笆模板，克服了材料不足的困难。在广大工人的奋战下，浇筑日进度成倍提

高，由原来的一百一十方，提高到三百方、五百方、八百方，前后突破了两千方的指标，创造了日浇筑两千一百方的最高纪录。在全体建设者的奋战下，拦河大闸墩及全部底部工程胜利竣工了。工人们兴高采烈、手舞足蹈豪迈地唱道：

> 今天是人民的江山，人民说了就算，
> 叫高山变成了河道，高山就变成河道，
> 叫洪水站住，洪水就不敢瞎跑！

混凝土的浇筑施工打了一个漂亮仗，极大地鼓舞了工地上建设者的士气和斗志。工人们也由此积累了施工经验，为以后打更大的施工漂亮仗奠定了基础。建筑工人个个斗志昂扬，豪情满怀，对以后的施工充满了信心，大家憧憬着三盛公水利枢纽工程建成后的河套大地上的美景，向往着美好新生活的到来。

遵照内蒙古党委关于组织力量突击完成黄河三盛公水利枢纽工程的决定，以及王铎书记、自治区水利厅副厅长郝秀山亲自视察枢纽工程的指示精神，一九六〇年四月十一日，巴盟盟委特向内蒙古党委提出突击完成枢纽工程的措施如下：

一、枢纽工程突击施工方案是为解决抗旱及枢纽工程在黄河汛期的安全，采取积极的措施，在汛前突击完成。

拦河闸共十八孔，决定在五月底完成十二孔，六月底前全部完成。为配合黄河在枯水期时的灌溉问题，利用目前所做的围堰工程截流，通过进水闸将水引入总干渠，解决抗旱灌溉引水问题，所以，加速拦河闸施工为一切工程的重点。

与上述工程相适应的右岸导流堤工程十四万立方米、左岸铁桥以上库区围堤工程十万立方米土方，另需堵打黄河柴草至少七百万斤，所需搬运劳力也是很大，应一并在五月底以前完成和集结完备。

二、劳动力安排。本着大搞"双革"，开展"红旗"竞赛活动，管理好民工的生活，大力提高出勤率和工作效率。按照郝秀山副厅长的计划安排，提前完成枢纽工程，最低限度必须新增劳力四万零八百人。因此，决定在呼、包两市调运劳力二万人，乌盟动员民工还有二千人，共计二万二千人投入工程。这些民工必须于四月二十五日前如数到齐才能完成各项工程按计划完成。巴盟再动员一万五千人，于四月二十五日开工，在二十日以内完成进水闸总干渠闸上左岸导流堤及铁桥以上库区任务，共计土方八十二万方。巴盟计划在春修工程基本结束时，逐步于四月二十五日至月底将民工调上来，剩余春修民工返回公社投入农业生产。

三、以上工程按期实现以后，在五月中下旬，黄河流水达到二百个流量左右时，即组织枢纽工程民工部分力量进行堵打黄河，以解决巴盟灌溉区抗旱用水，其他渠口处就不考虑堵打黄河。这样尽量全部集中到枢纽工程方面来，既解决了抗旱用水，也促进了枢纽工程进度。同时，又能够在黄河汛期全部完成枢纽工程，如此，几个方面都有好处。

四、加强枢纽工程组织领导及解决干部问题的办法是，做好四万多民工的政治思想工作，必须配备足够数量的干部，才能加强领导。目前在干部紧张的情况下，枢纽工程增加的二万民工需配备干部四百人。解决办法是，工程局调运提拔一百人，水利厅在下放干部中调动调剂一部分人，伊盟调派五十人，巴盟调派二百人，剩余的请内蒙解决。此外，巴盟动员一万五千人的民工，需干部三百多人，由巴盟水利局及各旗县总干渠施工指挥部负责调派解决。另外，根据黄河工程局反映，工地上有内蒙下放来医生、护士十八人，为加强对民工的医疗卫生工作，加上王铎书记当面指示，留一部分人完成施工医疗任务。

一九六〇年五月四日开始浇筑闸板和渌漫净水地，其后就是过水堰和闸墩。由于砼浇筑量大，预埋件是整个工程的关键部位。技术要求高，砼配料设有专人负责，出料口随时有检验员抽样检查。施工时，当时水位持续上升，汹涌的黄河水威胁着施工的安全，须加紧浇筑，让底部砼工程赶在黄河汛前完成。枢纽工地领导同志深入现场，轮流昼夜值班。内蒙古水利厅技术人员绝大部分住在工地，协助施工。

正是由于各级领导、工程建设人员高度重视，积极备战，施工准备充分，所以，施工效率节节攀升。砼施工高峰时曾达到日浇筑量二千四百米的最高纪录，六月底大体积砼浇筑工作基本完成。

经过一个多月的日夜奋战，施工人员连破挖基、抽水、回填、砌石四关，于一九六〇年八月十六日胜利完成十八个闸墩、四千四百六十九方混凝土的浇筑任务，为提前建成拦河闸奠定了良好的基础。

枢纽工程是一项工程量大、项目复杂的大型综合水利工程。仅拦河闸就包括有混凝土的底板、静水池、浆砌、铅丝石垅、抛石和铺盖、回填等八个单项工程。同时，水下工程也十分艰巨，不仅项目多，而且建在流沙层上。加上多项工序之间互相联系，互相制约，技术复杂。当年施工人员、现住杭后旗联丰九队的杨文江回忆说，枢纽工程施工中，仅使用豆丝一项就消耗大约直径三米的一大卷，可见，钢筋的绑扎繁冗庞杂。但枢纽工程在建设者的奋战下，在三个月内连续攻破了基坑开挖、抽水、浇筑、回填、砌石等五大类工程，在一九六〇年八月十五日胜利完成了拦河闸浇筑全部工程后，于十六日又胜利结束了闸墩浇筑。

三盛公水利枢纽工程人工搬运柴草

拦河闸的公路桥于一九六〇年十月十七日正式开工浇筑，至一九六〇年十一月十四日，钢骨水泥大桥已胜利完成浇筑任务。内蒙党委书记王再天视察枢纽工程时感慨地说："一桥飞架南北，天堑黄河变通途。"

沈乌闸是一九五九年十一月下旬开始的施工，因为近在铁路上游，施工器材供应、人员调动比较顺利。一九六〇年五月，主体工程完工。南岸闸闸址近在河岸边边缘，施工场地狭小，一九五九年十二月初开工，一九六一年元月主体工程完成。两项工程都是经过了较长时期的冬季施工，施工经历了一定困难。施工时，由于当时精力都放在重点工程上，故闸门和机械安装等安排生产施工日程都比较晚，但都没有耽误工期。

拦河土坝工程，与拦河闸一样，同为挡水建筑物，起着拦挡水流壅高水位的作用，以保证枢纽工程各闸的正常引水，是枢纽主体工程之一。拦河土坝工程施工近一年的时间，分秋季、冬季、截流期和截流后全面完工四个阶段。秋季，由于正在流水的小套河和河滩地泥泞不堪，不易施工。在冬季，因地面结冻，取暖土不易，施工中采用了冻土筑坝的方法。但在黄河冰封前流凌期，筑好防止冰凌冲击的坝体和淹没滩地为主要前提工作。冻土筑坝，利用百分之二十的冻土配合暖土填筑坝体，要求冻块仅能填筑坝体的背水部分。但由于在施工中操作掌握不严格，出现了集中堆冻块架空坝体等现象，于是进行了大量的返工，返工土方达六十八万方，影响了施工的进度。

　　土坝施工中期采用分层碾压的方法，用拖拉机进行碾压。原黄河工程局的工人师傅胡景生就是开着推土机在三至四米的大坝上进行碾压，碾压的密度有专人负责监测。用高二十至三十厘米、直径三十厘米的铁桶，刮平土面，过秤，检测碾压大坝的干硬度。如果碾压没有达到标准，就要重新碾压，直至质检合格。枢纽工程各项工作都精益求精，科学严谨，一丝不苟，铸就了枢纽工程百年大计的辉煌！

　　施工工地争分夺秒与洪水争先的劳动竞赛场面展现在我们的面前，工地领导面对即将临产的妻子都没有时间陪伴去医院生产，人们紧张施工的场面可窥见一斑。这也从另一侧面看出工地施工的千头万绪，工地宛如旋转的陀螺一样，一刻不停地忙碌着。大家千辛万苦地建设着宏伟的枢纽工程，坚持"舍小家，为大家"，一切以工程第一、黄河截流为重。每一位工程建设者发出的光和热成就了三盛公水利枢纽工程，使其巍然矗立在汹涌澎湃的黄河之中。

第四章　截流合龙　扬眉吐气

黄河截流两套方案在工地博弈

在拦河闸、拦河土坝工程完成后，施工人员便着手准备进行黄河的截流工程。工程进入截流准备阶段，自治区党委高度重视截流工作，要求枢纽工程工地每两天要向自治区党委书面报告截流工作进展情况，雷打不动。根据巴盟水利局上报的枢纽工程的情况，巴盟盟委为了两全之策，要求一定要保证河套土地的按时灌溉。所以，施工人员在全力以赴做好枢纽工程截流工作的情况下，两手准备河套土地的灌溉。不过自流引水灌溉也不能完全弃之不用，一切要根据枢纽工程截流的形势发展而定。鉴于此，巴盟水利局于一九六一年元月十七日给巴盟盟委就黄河枢纽工程进展情况做了专题汇报。根据盟委指示，一九六一年的水利引水工程，还需从准备两手来考虑。根据这一指示，巴盟水利局根据自流引水方案工程量的计算，分析后一致认为，集中力量把枢纽工程搞上去。从堵打黄河高接水源引水，一方面，可减少自流引水大量的工程量，即使在黄河枯水的情况下，引进二百三十个流量时，可浇三百九十四万亩地；在引进三百个流量时，可灌溉五百万亩的农田。但最主要的是将黄河拦住后，水位高，水量稳定，灌溉水量主动，可以避免群众争水、抢水、浪费水量，形成旱涝不均的现象。另一方面，可以消除广大干部群众害怕黄河水小而发生干旱的顾虑，同时，在黄河汛期时候也可减少大量的防汛工程。如一九六〇年的防汛紧张时期，仅总干渠动员五千多民工，防汛半个月，浪费不少劳力、物力，还可减少自流引水口引水的关口工程量和柴草。一句话，自流引水灌溉是没办法的办法，是退而求其次的灌溉办法，人们仍然还是希望集中力量把枢纽工程截流搞上去。

一九六一年元月二十日，黄河工程局、巴盟行署联合行文，以李直、李桂芳联合签署的文件向内蒙古党委报告黄河三盛公枢纽工程当前的建设情况。行文认真分析了一九六一年河套灌溉土地的情况，着手按照两手方案准备进行河套地区土地灌溉：

　　第一手方案是集中力量把枢纽工程突击搞上去；第二手方案是枢纽工程在春浇时完不成，采取自流引水的办法。同时对两手方案做了比较分析，并提出了可操作性的意见。巴盟水利局党组对第二手方案做了较详细的分析研究，黄河工程局完全同意。集中力量搞把枢纽工程突击上去是上策。因为第二手方案，据巴盟水利局党组报告中估算，必须由四月五日至五月初上三万人，突击一个月，用柴草一百七十万公斤。这也是临时解决问题，其效果远远不如第一手方案。枢纽工程建成后，这笔人力、物力是白白消耗了，总干渠土方还不包括。更重要的是用第二手的人力、物力可突击完成第一手方案，也许还有余。总之，方案集中力量把枢纽工程建成，可高接水源，水量稳定。在枯水季节，可多灌溉农田约二百五十万亩至三百一十五万亩，减少工程量，可少用劳力约七十六万工日，少消耗粮食一百余万斤。我们的意见是下决心搞第一手方案，除劳力、粮食进行妥善安排外，铁路运输、石料、柴草也应立即抓紧跟上去，建成枢纽保证春浇用水。

对于枢纽工程的施工进展情况以及面临的诸多问题和困难，内蒙古党委高度重视。一九六一年二月三日，自治区党委召开常委扩大会，专题研究枢纽工程截流问题。会议由杨植霖书记主持。参加会议的领导有：王铎、奎壁、王再天、王逸伦、胡昭衡等常委；政府副主席高培增以及内蒙计委、包头、巴盟、伊盟的党委书记等；自治区水利厅副厅长郝秀山、李直等列席会议。当时正值三年自然灾害，国民经济处于困难时期，各地贯彻截流十

三盛公水利枢纽工程开挖围堰土坝

二条，枢纽工程工地上的民工大量下撤。从三盛公水利枢纽工程工地回来的同志汇报，巴盟的民工上不去，不给运输石头，不给送柴草，枢纽工程问题很多。有人对枢纽工程建设埽捆截流产生了疑虑，产生了意见分歧。有的同志认为，

黄河自古以来就没有人截流过，认为枢纽工程是"隋炀帝挖运河，劳民伤财"，如果截流不成功，影响了河套地区的灌溉，责任谁来承担。所以，若截流不成功，应做两手准备，以便自流口接通总干渠，及时灌溉。同时决定，包钢的运矿石与枢纽工程截流运石料产生了矛盾，究竟是包钢生产还是枢纽工程截流，亟待统一认识，统一思想。

作为枢纽工程总负责人的李直在会上汇报了工作，分析了截流伟大工程的重要性和必要性。同时，庄严地立下了军令状，保证按期完工，不误灌溉。内蒙古党委常委扩大会经过认真研究讨论，坚持了多数人的意见，做出了坚决保证截流的决定。同时，要满足施工要求，解决施工中的困难，包钢生产应为截流让路。会上成立了以王铎为首的高培增、权星垣参加的三人领导小组，负责协调枢纽截流物资供应及运输问题。散会时，杨植霖书记口头叮嘱枢纽工程总负责人李直说，这可是承担的"杀头"的任务啊！

常委会扩大会议后，针对枢纽工程截流目前存在的问题，内蒙古党委召集巴盟、伊盟和包头市委书记、内蒙人委农牧部及交通、商业、物质、粮食、水利等负责同志开会研究了黄河工程施工问题。根据内蒙古党委二月三日做出的关于枢纽工程四月下旬或五月上旬截流的决定，经过讨论，分别责成有关单位保证完成具体问题。

> 枢纽工程现有巴盟民工六千零七十七人，由巴盟负责立即从停建的基建工程的工人中把民工顶替下来，并上够八千人，不能减少。同时，决定把包钢现有马上可以抽调的二千人调去，由包头市布置，黄河工程局、内蒙粮食厅转移粮食指标；施工和工程局的重体力劳动（壮工）过去定量每月五十二斤，现在仍按过去定量五十二斤执行。民工没有菜吃，为了保证民工健康，决定补充些豆子，标准由巴盟掌握，原则上与乌达煤矿工人平衡；乌前旗现已运到车站一百万公斤草，并要求在三月半再运一百万公斤，共二百万公斤。伊盟在五原县对岸已打草六十至七十万公斤，在临河县对岸有四十至五十万公斤，要求五原、临河两县负责将上述两地已打下的柴草在三月十五日前运到五原县和临河县沿线车站。杭后旗在铁桥上下、黄河两岸负责打五十至七十万公斤柴草，并直接运到工地。巴彦高勒市在铁桥附近一带力争打五十万公斤左右柴草，并负责运到工地。从巴盟商业部门收购的枳机

调出五十万公斤，由巴盟组织运输，以上共计四百多万公斤柴草。短途运输由包头市、巴盟指定专人负责组织有关旗县进行装运，要求三月中旬都运到车站，火车装卸由黄河工程局负责。

安装闸门缺三十一吨钢板和五百立方米木材，这两项物质由内蒙物资厅拨给；钢铸件一百七十吨，由包头市负责，在六月七日包钢安排生产，铸造原材料由物资厅供给，要保证三月底完成任务，以保证四月截流需要。

运输问题。铁路运输从二月八日起到四月底止，由呼铁局固定二台机车和六十个五十吨的敞车车皮运片石，同时捎运柴草。此外，另拨十个车皮专运柴草。海渤湾卵石运输，应由铁路局一并安排，火车运输由铁路局负责，装卸由工程局负责。柴草的铁路运输任务由张鹏云主持，与水利厅、呼铁局再研究一次，务求落实。为了加强领导，要求呼铁局、巴盟、包头市、内蒙古水利厅、黄河工程局各派一名处长级干部组成运输指挥小组，负责协调检查执行情况。

物资问题。三月至五月，枢纽工程需汽油八十吨、柴油一百一十五吨、机油二十吨，由内蒙商业厅负责直接拨到黄河工程局。炸药问题，由内蒙物资厅先解决三十五吨，汽车、柴油机零配件由内蒙商业厅安排解决。工人过春节，决定慰问每个工人半斤肉，争取一斤菜，由内蒙水利厅出钱，巴盟采购。为了加强工地具体领导，决定由杨力生、李直、李桂芳、云祥生、郭建功组成工地领导小组，杨力生为组长、李直为副组长。以上决定的执行情况，由工地领导小组每周做一次书面报告。

为顺利完成枢纽工程截流，根据内蒙古党委的通知精神，三盛公水利枢纽工程指挥部成立了五人领导小组。即由巴盟盟委杨力生书记、行署副盟长李桂芳、水利厅副厅长李直、伊盟副盟长郭建功、黄河工程局书记云祥生组成，杨力生为组长，李直为副组长。在五人小组的领导下成立了设有黄河工程局党委书记、局长、巴盟水利局局长等组成的截流工程总指挥部，负责解决截流工程遇到的一切问题，领导干部具体分工，分兵把口，突出重点。总指挥部下设办公室、安全救护保卫办公室、防火三个办公室和十一个作业组。巴盟责成李桂芳副盟长、内蒙水利厅责成李真副厅长驻现场指挥；采石厂和一闸工程由黄河工程局王信坐镇指挥；二闸工程由韩金城、巴盟水利局殷山子坐镇指挥。水利厅及巴盟水利局抽调局、处长等技术干部一百五十余人，具体协助工作。以上安排部署大大加强了干部力量，有力地推动了工作。指挥部办事机构深入发动群众，抓思想，大讲形势，讲粮食政策，大力宣传截流工程十二条，明确完成枢纽工程的伟大意义。施工中，大抓工具革新。根据冬季施工的特点，突现冬季取土、运土的高工效。准备炸药百吨、冰爬犁三千个、车子六千辆，实现了取土爆破化、运输冰道化、车子化，改进后的冰爬犁由原运土两筐，改进了结构现状，载重量提高了三倍。冬季施工，具体安排了工棚及取暖设备，督促各旗县做好施工的自带粮食、蔬菜等工作，并督促办好民工伙食。

内蒙古党委要求巴盟上一万五千人的民工，工地上只有八千三百四十三人左右，包括二闸及总干渠人数，只占内蒙党委确定人数的百分之五十六。民工上不来、上来的又逃跑的，造成工效低、工作时间短等的主要原因是粮食及副食供应不上。民工带的粮食每天按八两，有的每天按六两带的，甚至有的大队根本不给民工送粮。

工地上由于粮食供应不上，民工每人每天吃粮食最高的是一点二斤，一般的是一斤，有的不到一斤，副食品供应不上，大部分工地一点菜也没有，吃饭时喝渠水。杭锦后旗一带的民工每一天吃一斤粮，个别的三天吃一斤，再加天气冷，工作时间很短，一般在六至八个小时，出勤率低，工效不高。五原县民工工效低，民工情绪低落，出现了消极怠工现象。

旗县职工干部认为粮菜供应不上，实际问题严重，但不敢说话。由于营养不良，已有人发生浮肿病的现象。据统计，杭后旗已有三百多人，五原县二百多人，约占工地民工人数的百分之十以上，因吃

三盛公水利枢纽工程制作埽捆

糠、碎稻稗子面，无菜无油，大便秘结，造成民工逃跑现象严重。土坝原计划

一九六〇年十一月完成，时间已经超了两个月，而任务尚未完成一半。工期拖后问题会很多，施工形势非常紧迫，若不扭转，不能按时截流放水。

铁路运输石料问题经与呼铁局临河办事处多次研究，一九六一年元月份，石料运输计划是六万方。临河办事处每日两列车安排了月计划，但执行情况差。主要是机车损坏问题，不能出车。

自一九六〇年十月二十八日动工以来，枢纽工程得到了巴盟各旗县、人民公社运草送柴的大力支持。当各旗县接到运送柴草的通知后，像大抓粮食入库一样，妥善安排了劳动力。前旗旗委书记、旗长亲自动手召开电话会议，做了部署。任务层层下达，落实到各个管理区，并组织了车辆运输。水利局局长也亲自到各个公社，巡回督促，大大加快了柴草的收购和运送。各旗县妥善安排劳力，积极运送柴草，沿途运送柴草车辆络绎不绝涌向铁路沿线，支援三盛公枢纽工程。

枢纽工地上存在的这三大问题困绕着枢纽工程的顺利进行，三大问题的能否得到有效解决是关系到能否实现在一九六一年四月截流、五月放水，保证数百万亩农田的灌溉。鉴于此，由黄河工程局牵头，联合几家向内蒙古党委报告，提出解决问题的意见：民工问题，主要是粮食供应问题，巴盟下决心设法上民工一万五千人，并加强各旗县对民工的领导，解决民工吃饭和副食供应问题。

根据内蒙党委决定，粮食供应标准为每人每日一点七斤(按公社吃粮标准带粮，不足部分国家补助)，每人每日最低能吃到半斤至一斤菜（由公社供应），每月吃到一斤肉。距离截流放水尚有一百天，总共需粮食三百万斤、蔬菜一百万斤、肉三万斤，已得浮肿病的民工按内蒙决定给二斤黄豆或肉进行补充营养，以缓解浮肿病情。

铁路运输石料问题，主要是机车问题，解决办法是请呼铁局给临河办事处安排一至两台较好机车，固定下来，循环拉运，保证完成任务。

根据枢纽工程冬季施工水上作业的特点，目前水上运输、集土、筑坝正是有利时机。同时，五月必须放水，工期只有三个半月时间，任务已很紧迫，必须一鼓作气，做好截流放水工程。如民工休假回家过年，一散人马，至少二十天，失去冬季水上施工的有利时机。拖后工期，不能按期截流放水，影响全年农业生产。所以，报告中提出，工地民工不回家过年，但要做好春节慰问工作。除工地做好思想政治

工作外，要求当地旗县公社领导干部组织慰问团，在春节前亲自赴工地进行慰问。与民工一起过年，并安排好在工地过年的民工家中家人的过年工作，让民工安心地在工地过年。同时，应使民工在工地过年生活高于当地公社标准，一般要求每人二斤肉、四斤菜和其他副食。

报告中同时建议，内蒙最好也组织一次慰问，发些慰问金和副食。春节按法定休假，休假期间按规定，发工资补助费每人六角。同时开展文娱活动，假日里使每个民工看一次电影和戏。这样使工人和民工安心在工地过年，不致因想家而使施工受到影响。

这份由黄河工程局等几家联合签名上报的报告中，措辞严厉、态度强硬地指出，如上报的问题不能及时解决，工程不能按期完成，粮食消耗大，民工生活情况恶劣，大量逃跑，甚至造成死亡，打了消耗战，工程上不去。开河后，黄河流量以三百每秒立方米计算，水位低落，巴盟至少有巴彦高勒市二十万亩、临河县四十万亩、三湖河三十五万亩，共约一百万亩及伊盟全部黄河灌区不能灌溉。为了灌溉，有自流口的渠至少要上一万人挖一百万方土，准备一百万斤柴草，做些临时截流工程，至少巴盟有一百四十万亩，包头市、乌前旗有四十万亩，共约一百八十万亩农田不能适时灌溉。同时，枢纽工程目前已做土方工程，还必须维持一定力量进行维护，人还下去不多，为此消耗浪费人力、物力更大。所以，一鼓作气，下大决心，按照原定四月截流、五月放水计划，把工程突击上去是万全之策。

内蒙古党委认真研究了巴盟盟委等几家联合上报的报告，认为按照两手准备的灌溉是无奈之举的方案，也是为了慎重稳妥起见。一方面要确保每年五月十五日左右的按时灌溉，这是每年土地的大致灌溉时间，耽误不得，必须确保灌溉万无一失，另一方面要攻坚克难把枢纽工程搞上去。两套方案，谁是伯仲，孰重孰轻，建设者们心里了然于胸。

面对黄河截流关键时刻，人们提出的质疑，枢纽工程总负责人顶住压力，以"大雪压青松，青松挺且直"的姿态，不却步、不退缩，以科学施工、迎难而上、敢于担当、造福百姓的精神投身到施工建设之中；临危受命，置身家性命于不顾，庄严承诺，无私无畏，全身心投身到枢纽工程建设之中；似有"我自横刀向天笑，去留肝胆两昆仑"的豪迈投身到工程建设中，毫无怯懦、毫不含糊，勇往直前，上下呼号，左右协调，周密部署，确保施工万无一。最后，施工突出重围，攻坚克难，水利工程技术人员一步一个脚印，稳扎稳打完成了黄河截流合龙任务。

在施工中面对两套方案，就会出现两种结果时，建设者权衡"两利相衡取其大，两害相较取其轻"的利弊。施工取得了经受住时间和历史检验的辉煌成绩，给河套人民交上了一份满意的答卷，也无可辩驳地圆满完成了自治区党委书记所嘱咐承担的"杀头"的黄河截流的重大任务！广大建设者的历史功勋将永远镌刻在三盛公水利枢纽工程的历史功劳簿里，其历史功绩和给河套大地上的百姓带去的福祉被汹涌澎湃的黄河水浇灌在了河套人民的心田里。

截流会战向最后冲刺

关于三盛公水利枢纽工程的截流，施工总指挥部首先制定了截流工程方案。方案根据内蒙古党委提出的要保证河套灌区在一九六一年春浇放水的指示精神，经过调查和分析，结合工地现场和往年黄河流量的历史情况，截流工程设计初步确定，一九六一年三月二十日左右截流施工；五月十五日左右合龙截流。确定这一时期，是因为这一时期黄河正处于枯水季节，是截流施工的有利时期。设计是按照黄河十年一遇洪水流量的频率推算进行的，即按照一千立方米每秒的流量标准安排准备及截流进行的。设计方案确定后上报了内蒙古党委。

三盛公水利枢纽工程截流施工场面

内蒙古党委经过研究讨论，提出了三盛公水利枢纽工程截流的指导意见。三盛公水利枢纽工程于一九六一年四月底截留，五月初放水，以保证三湖河以上灌区灌溉。但是枢纽工程目前施工的现状是，按照内蒙古党委以前的要求，巴盟上民工一万五千人，截至一九六〇年十一月二十日，全盟共到工地人数达一万三千九百三十人，十月二十日抽调二千人，修建二闸、电站。根据内蒙党委缩短战线的指示，为保证枢纽重点工程于五月放水，巴盟重新调配力量。四至五闸工程暂时停工，将该工地五原县、临河县七千九百三十名民工全部调到枢纽及二闸工地，并另调临东铁路筑路工人一千二百人到枢纽工程，截至一九六一年元月二十日，共上民工一万人左右。但因天气寒冷，破冻工具不足，后勤供应不及时，民工发生逃跑现象。仅杭锦后旗请假、逃跑的民工就有二千人左右，民工由原来五千人减少至三千人；五原县新调到工地的民工一千三百人，逃跑了一百多人；巴彦高勒市一共四百多人，逃跑了二百多人；临河县在二闸工地一千八人，逃跑一百六十多人。但整个工地实有民工八千人左右，再加上打割柴草民工一千人左右，巴盟工地实有民工约九千人。

劳力的安排方面，黄河工程局原有八千多人，再从工业建筑、农场等地方抽调八千人替代民工完成任务。将各旗县在枢纽工程的民工留下一千人作为骨干，其余的于春节前全部抽回。这样，既加强了农村劳动力，又压缩了城市工矿人口。

枢纽工程截流所遇到的最大的问题就是劳动力的问题。鉴于三盛公水利枢纽工程施工劳动力问题的现状，内蒙古党委一九六一年三月二日发出紧急机要电报《关于抽调基本建设职工支援黄河水利枢纽工程的通知》

1.为了完成三盛公水利枢纽工程截流，必须从现有基本建设职工中抽调八千三百人支援枢纽工程，工作时至六月底全部完工后仍回原单位。

2.具体抽调单位：建设厅直属公司一千二百人、呼市五百人、乌盟六百人、包钢二千人、建工部第二工程局四千人（第二工程局地区留人承担包头段的建设，包头市工程局不抽调人到枢纽工程）。原决定由包钢精简职工中调两千人给水利工程，如因为从精简职工中抽调有困难、不及时，可以从编制里成建制地抽调二千人，待六月份完工后仍回原单位。

3.抽调的人员必须做好组织和政治思想工作，派来的干部亲自领导，在三月十日前到达施工现场，并事先派人到巴盟三盛公黄河工程局报到接洽分配。

4.调出单位必须携带炊具，尽可能携带工具（锹、镐、小推车等），其损耗由水利部门负责补偿，黄河工程局要迅速做好生活和施工的安排。

5.抽调人员的工资，由水利部门按规定处理。

6.调遣费用，由被调部门向水利部门凭单据实报实销。

7.粮食问题，调出地区随带指标，粮食的供应问题由各盟公署粮食局与粮食厅负责解决。调动的一切事务，调出单位和需要单位立即派人联系，请所在盟市将进行情况及时向内蒙党委报告，一直到人员到达现场为止。

巴盟盟委于一九六一年三月六日、十四日、十八日分别召开三次常委会议、书记会议，向内蒙党委报告，坚决执行内蒙党委关于枢纽工程在四月底或五月初截流放水的指示。勤检查、多研究，水利工程的一切工作都围绕截流、放水这个中心来安排。坚决保证不出事故，不发生危险，保证把一切应该浇上的土地全部浇上，即保质、保量、按时完成截流放水任务。但是，从目前施工情况来看，在政治思想工作、物资供应、劳动组织等方面还存在着一些问题。盟委考虑了黄河工程局的第二个方案，即在不影响质量、数量的前提下，把一些可以放在截流后的工作适当推后。为了绝对的可靠，对第二个方案，从领导思想上把它当作第一方案的一个步骤，只作为领导掌握，不向下宣布。按第一方案做工作，但在工作安排和力量部署上，应重点先安排布置当紧的工作。即使将来达不到第一方案，仍然可以确有把握地截流放水。

巴盟盟委抽出杨力生、李桂芳及水利部门的负责干部，从三月十四日开始至截流、放水为止，全力搞水利工程。此外，还从各部门抽调干部支援水利工地，协助工程局党委做好政治思想工作。组织了黄河枢纽工程及总干渠工程检查组，对整个灌域各主要干线全面地进行一次检查。从枢纽开始，一直检查到底，发现问题，及时解决。为了保证枢纽工程进展顺利，巴盟盟委建议内蒙党委。

1.凡是在枢纽工程上有下派干部的厅局，在六月底以前不要往回抽调。

2.短途运输问题，工程局现有小胶车数量不足，而且损坏严重，除请支援一部分小胶车零件如气门针、芯、轴承、滚珠、辐条等以外，还请调配三千至五千辆小胶车。

3.巴盟电厂陈旧，目前只能发五百六十千瓦电，单工程就需四百

千瓦的电，除工程压缩其他的供电以外，今后长期用电仍有问题，请内蒙党委考虑安排新建机组配套问题。

4.柴草的防火问题关系极大，为了确保安全，请求内蒙党委安排一部队来看管。

最后，关于枢纽工程的命名提出如下意见：

（1）枢纽工程命名为：巴彦高勒水利枢纽。

（2）一干渠命名为：包尔套勒盖干渠。

（3）总干渠命名为：黄河总干渠。

（4）各闸分别命名为：一、二、三、四……闸；另外，在截流放水时，建议举行放水典礼，请内蒙党委批复。

一九六一年三月十七日，黄河工程局已向内蒙党委胡昭衡书记及巴盟盟委汇报了工作及存在的问题。根据胡昭衡书记及巴盟盟委的指示，枢纽民工除留一千人左右作为骨干外，其余全部下工地。并指示将截流前的工程量尽量压缩，由巴盟迅速抽调工矿企业、农场的一些基建队伍八千人上枢纽。突击截流前必须做好工作，以解决当前农村劳动力不足及粮食问题等。根据指示精神，经研究，巴盟盟委、水利厅党组、黄河工程党委联合给内蒙党委打报告，报告中提出了需要解决的问题：

1.工人的粮食和副食品供应问题。粮食按内蒙规定，为每人每天一点七斤，最低每人每日能吃到四两蔬菜或二两咸菜（如蔬菜供应确实困难不能解决，设法为每人每日供应一至二两黄豆），每人每月吃到一点五至二斤肉（因没有菜，油供应不上），初步计算，连工程局职工共一万五千人，需要蔬菜七十五万斤、肉十二万斤。

2.到达工地的基建队伍应即明确，并具体研究解决来枢纽工程的运输、时间、任务等问题。来的人员由原班干部带领，以便管理，要求能在一月底到达工地接工。因工期长，不能拖，拖上一个月就要失去三分之一的施工时间，一拖过春节，工程就无法完成。

3.为了保证工程正常进行，杭后旗、五原县指挥部小队长以上干部全部留下，摊子不能散，并留一千名民工（杭后旗留六百名，五原县留四百名）作为骨干，两旗县民工的生活工具和施工工具都要留下来，来工矿企业的基建队伍分别由两旗县进行领导，以保证工地的正常进行。

　　4.在基建队伍调来前，民工不能回去，必须干到春节。还应加强领导，集中力量，利用正是冬季冰上施工的有利时机，提高工效，明确任务，早干完，早回家。杭后旗集中力量，筑大坝土方五万方；五原县集中力量，积土三万方，均应争取超额完成。

黄河枢纽工程五人小组于一九六一年四月十四日召开会议，对截流工作做了安排，并上报巴盟盟委，请求上报内蒙党委。四月十五日，巴盟盟委给内蒙党委并巴图巴根书记发电，报告枢纽工程进展情况：

　　枢纽工程进展情况基本良好。二万一千多名工人的施工队伍劳动效率和出勤率不断升高，有不少同志为了完成枢纽工程任务，在支援工程期间不结婚；有的工人轻伤不下工地；中建二局董文化家里两次催促其回去结婚，领导也同意，但该同志坚决不回去，并说结婚是个人私事，等完成任务后再说；包钢一公司王本海，两个脚趾头被石头砸掉，还坚持劳动；巴盟党校张桂兴，白天宣传，晚上给工人补衣服，极大地鼓舞了工人的积极性。像这类先进事迹还很多，有的单位为了完成任务互相竞赛，互相促进，进一步变为团结互助，共同前进。华建二大队和五原县指挥部的吉兰泰大队，在竞赛中都感到工具不足，影响劳动效率，便把吉兰泰六十辆、华建四十辆车子互相使用。五原县的工人下班，华建工人上班后使用，即换班劳动。华建还提出车子坏了自己部门负责修理，并派出两个人进行修理；华建二大队为了解

三盛公水利枢纽工程截流施工场面

决施工作业面小、窝工问题，采取了分层取土的办法，提高了工效。

　　从总的情况来看，绝大部分单位都能完成或者超额完成任务，个

别单位任务仍很艰巨。因闸门来不了，安装不上就不能及时的导流大坝合龙拖后影响及时放水。具体情况是：拦河闸的闸门已到十七块，闸蔓卫体和五套铸件因不配套不能安装。预计在二十日闸门如能运到工地，可安装十一套，其余七套用空用草袋子堵闸。黄河流量大，四月十五日，兰州八百一十个流量，给截流增加了困难。根据杨力生书记赴宁夏自治区协调支援截流情况看，宁夏农田大量用水时期在五月初，青铜峡库容不大，蓄水三百万方。如四月二十九日截流，宁夏可压二百分水；五月五日截流，宁夏四月二十八日及时放水，压三百个流量。如果包钢用水，采取打土坝的临时办法，提高水位，减少黄河流量，宁夏还可多压些水，他们的渠口可进四百到五百个流量水。根据工程进展和黄河流量情况来看，盟委原决定四月二十日导流，二十九日截流的要求已不能实现。针对这种情况，盟委又做了安排，决定在四月三十日导流，五月五日截流，五月十五日放水。并请内蒙党委解决以下问题：

1. 闸门安装。北京承制的闸门早已出厂，但运不来，不能安装，影响截流。我们准备，如果早运不来也必须设法安装起六孔，其余用草袋子堵闭，需草袋子六万个。除盟里设法解决三万个外，请内蒙给解决三万个，并请迅速解决闸门运输问题。

2. 截流面和放水后的任务还很紧张，放水后还需完成土方一百二十六万方，石方五万二千方、混凝土四千方的任务，要求内蒙支援的九千二百九十九个工人支援到六月底。从呼、包二市支援的二千人还未到，希望督促一下尽快到工地。并要求支援三十辆汽车，以解决目前运输急需的车辆问题。

3. 操作石头和运输柴草等，对衣服、鞋损伤较大，目前，已有一部分民工的鞋烂得不能穿了，影响工效。除巴盟解决外，要求内蒙给解决十三万双鞋，并补助一部分衣服的布票。

一九六一年四月二十一日，黄河枢纽工程五人领导小组给巴盟盟委、内蒙党委报告，内容如下：

当前完成土、石方任务最大问题是劳力少、工程任务大。有的工人因劳动负担过重、营养不足、卫生条件不好等原因已开始发病，并有逐渐发展的趋势。按照内蒙党委决定四月截流，五月放水的要求，盟委决定四月三十日导流，五月五日截流，五月十五日放水浇地的任务不能按期完成。五月五日不能保证截流，十五日前放水的可能性不大，也不可能按时浇地，小麦灌溉将会受到影响。鉴于目前的情况，五人小组的意见是，在五月八日左右导流，十八日左右截流，二十八日左右放水浇地的"三八"方案。

为了使小麦不受旱，能够按时灌溉，鉴于黄河流量大，可利用旧引水渠浇地。

一九六一年四月二十二日，巴盟盟委听取了三盛公水利枢纽工程五人领导小组的工作汇报，盟委及时下发通知，要求做好两手准备。准备利用旧有引水渠口，以保证巴彦高勒市、杭后旗、临河县、五原县、前旗百余万亩小麦和早熟作物的灌溉需要，以便争取时间，使枢纽工程工作落实在更为可靠的基础上。巴盟盟委要求，枢纽工程工作必须千方百计尽量早地截流、放水，为此，枢纽工程上的力量一律不准往外抽调。闸门安装工作，在合龙前十八孔全部安装好，

三盛公水利枢纽工程截流施工场面

在导流前必须安装起十一孔。枢纽工程所需电力，除工程局自有发电能力要充分运用外，巴彦高勒市发电厂要保证在闸门安装和大堤截流期间不发生停电事故。在时间上，巴盟盟委认为，要把时间落实到既积极又可靠的基础上。为此，盟委原则上同意枢纽工程五人领导小组提出的"三八"时间要求，最迟要在六月初放水，不能再往后拖。

拦河闸闸门及启闭机制作和提前安装好，成为截流施工的一个关键问题。通过北京市委协助和制造厂的努力，闸门制作按期完成。

闸门的火车运输问题难以解决，运输要通过北京和呼和浩特两个铁路局，还得需铁道部下达任务。施工指挥部开始派关羽去北京联系，难度很大，自治区副厅长李直亲自前往洽谈联系。李直求见铁道部部长的吕正操，几次因部长忙碌没有见成。抗战期间，吕正操在冀中平原任司令员，李直曾是他的部下。虽只是一面之交，但只能借老部下探望老首长的名义到吕正操家中。见面后，提及闸门运输问题，吕正操当即应允，并指定武竞天副部长安排解决。运输车皮解决后，又发现闸门超过车皮宽度，沿途有障碍无法通过。如将闸门割开重焊，有可能引起其结构变形。于是请求铁道部做特殊处理，允许超宽货物列车通行。请示吕正操部长后，得到批准。将沿途有碍通行的障碍物拆掉，允许超宽列车通过。工程局派人驻守沿途车站，报告列车通过时间，如有延误，及时报告，及时解决。在各方的大力支持下，闸门按时运到了工地。黄河工程局的职工胡景生同志荣幸地承担了此次枢纽工程的闸门安装运输任务。

胡景生，一九五九年三月十五日曾赴三门峡水利工程局培训学习。经过半年的培训，被分配到黄河三盛公水利枢纽工程处，即黄河工程局机电处推土班工作。在黄河工程局机电处工作期间，他曾亲自聆听过内蒙水利厅李直副厅长的讲话。胡老回忆说："李直副厅长是个大个子，很胖。当时指挥部设在三圣公天主教堂的土路广场上，他给两千多名施工人员讲话。讲话声音洪亮，在讲话中激励学员说：'你们是辽河、黄河水利工程的技术骨干，你们在水利战线上将大有作为……三盛公水利枢纽工程承担着八百里河套六百万亩土地的灌溉，工程意义重大。'"

进入一九六一年，由于胡老在三门峡枢纽工程培训时学习的是拖拉机碾压，所以被安排负责三盛公枢纽工程十八个闸门及总干渠进水闸九个闸门的拉运工作。

胡老回忆说，当时他开着"东方红"五十四型拖拉机把闸门从工地专用铁路线拉运到枢纽工程施工处，其他工人因为倒车技术不过硬，不能上车。只有他一人用了七天七夜，完成了拦河闸十八个闸门和总干渠进水闸九个闸门的拉运工作。

当时由于施工时间紧迫，在那七天七夜中，胡老只有在卷扬机起吊闸门和到施工处卸闸门时能半睡半醒打个盹。在闸门拉运到一半进程时，胡老由于实在疲劳难以支撑，所以班组另请一位工人师傅替换拉运，这样他中午可以休息两个小时。但是那位工人师傅由于操作技术还不过硬，在拉运途中发生了撞车事故，所以后来的拉运工作都是由胡老一人独立完成。

这次拉运任务除十八个闸门外，还有二十七个启闭机，五十四个支脚和五十四个脚坐，还有合计每孔闸门四十吨的钢材。因为闸门超长、超宽，是铁路部门用二十一节火车车皮拉回来的，当时在火车站停车待运要收取高昂的停车费。所以黄河工程局党委副书记马超吩咐，要认真负责地加班加点及时地完成拉运任务。

胡老不负众望，一个人完成了闸门的拉运。他得到了水电部安装队的嘉奖，颁发了一个红色奖章，上面写着"先进工作者"。

钢架构件大，闸门宽十六米，净重十七点七吨；不包括支脚、脚座等，单部件重量达七点二吨，还有数百吨的弧形闸门钢架，装卸困难，安装艰巨。

闸门安装质量要求高，安全操作措施严格。拦河闸闸门安装经过三十六天的昼夜奋战，在北岸进水闸放水前完成。北岸进水闸闸门钢架到货较晚，九台弧形闸门的安装，是在枢纽工程拦河土坝截流放水后进行的，是水上作业。

拦河闸十八台启闭机，原设计启闭能力四十吨，因启闭能力不足，后变为六十吨启闭机。启闭机由上海和合肥市两家重型机械厂制造，由黄河工程局机电工程处承担改装、安装任务。

闸门铰座是较重的铸钢件，自治区的工厂没有铸造这样大件的生产能力。铰链轴是锻件，也没有足够大的锻压设备能加工这种轴。具备这种加工能力的只有包钢和一、二机厂，但包钢属于冶金部管理，一、二机厂属于军工企业。为了解决铰座和铰链轴的问题，工程局派出基建处副处长王伦平前去联系。王伦平找到包头市委书记高锦明，高锦明召集这几个厂的负责人协商解决。最后商定，由包钢机修总厂承担铸造任务；一、二机厂分别承担铸件加工，然后由包钢机修总厂组装，所需原材料由内蒙物资厅负责供应。加工期间，工程局派技术处处长胡尚全工程师常驻包头负责技术问题。

沈乌与南岸两个进水闸闸门为钢架平板木闸门，由黄河工程局制造安装；拦河闸与北岸进水闸闸门是钢架木面板弧形闸门，钢架由水电部安排北京市厂家制造，安装由水电部水电总局机电安装队承担。水电部安装队在七天内将十八扇闸门全部安装完毕，创国内闸门安装新纪录。安装队多为年轻人，当吊装的铰座一次就位，螺孔吻合螺栓时，大家为顺利安装而鼓掌喝彩。

枢纽工程闸门等配套设备的顺利安装，有力地保障了截流各项工作的顺利进行。鉴于当时三盛公水利枢纽工程的进展情况以及河套地区的土地需要按时灌溉的现状，枢纽工程五人领导小组组长、巴盟盟委书记杨力生于一九六一年五月七日做了广播电话会议讲话。

杨力生指出，农业丰收是关键，在于不误农时、实时地放水浇灌农田，保证麦田在五月十五日前后以及其他应灌溉的农田都能得到适时的浇灌。所以决定，要千方百计，保证枢纽人坝于五月十五日按时截流放水。

杨力生认真分析了一九六一年的水情。但是，根据往年的情况，五月份有一个枯水期，一九六一年是否会遇枯水期，不好预测。在力争枢纽工程截流放水的前提下，自流引水口有可能要用。所以只有做好工作，才能保证麦田灌溉。

同时，杨力生也认真分析了枢纽工程的进展情况。枢纽工程拦河闸十八孔闸门已经全部安装完毕，拦河大堤已完成三百六十米，还有九十八米正在合璧。引河五月五日导流，进水量六十多个；七日进水一百四十九个，流水正常。枢纽工程已进入决战阶段的倒计时。大堤合龙正在紧张进行，计划五月十五日合龙闭气，并力争提前完成。但是，与上千的流量战斗，缺乏经验，特别是大堤合龙，断面缩窄，工作起来就越困难，任务也越艰巨。

杨力生在讲话中要求，各旗县，赶时间，赶任务，分给谁的谁就必须完成。只准提前，不准推后。因此，盟委要求，各旗县委要拿出一位书记或旗县长到工地坐阵指挥。放水后，还必须加强渠道检查，以免发生危险，要求按时、按量、按质完成任务。如果大堤合龙不顺利，保证不误浇地，就采取第二手办法，即放开临时引水渠口浇地灌溉。

杨力生在电话会议上的讲话，巴盟盟委经过慎重研究考虑，认为首先必须保证河套地区的土地按时灌溉。否则，就是误了农时，老百姓是不答应的。自流引水灌溉那就是无奈之举，所以，对做好自流引水灌溉也做出了科学合理的安排部署。从杨力生书记的讲话中也可以看出，巴盟盟委做出决策的煞费苦心和用心良苦。

拦河土坝和截流是保证完工放水的一项关键性工程。土坝工程的施工，是在黄河右岸滩地上填土筑坝，于截流前达到设计要求。黄河主河道宽度达六百米，作为预留段，计划集中力量截堵，强迫河水经拦河闸改归故道，这段工程就是说的截流工程。

土坝从拦河闸右翼穿越黄河，经右岸滩地到达台地。其中，台地部分长一千五百米，坝线通过的滩地上，有旧道河槽两道。施工当时预留截流段，黄河水面宽四百八十米，黄河于一九六一年三月六日开河，二十四日就从两岸用压埽法，层土、层草向黄河进占。开始，水浅流速缓慢，又恰逢上游盐锅峡水库蓄水，河水流量不大。施工抓住这一难得的有利时机，改用埽捆与草料相配合的办法，加速进占。土坝工程也紧跟向前延伸，很快就把黄河水面束窄到一百二十五米，占领了大量施工领域。

三盛公水利枢纽工程民工们在冰滩上拉运柴草

四月十一日以后，由于河槽两岸码头靠近，盐锅峡水库蓄水期已过。河水流量不断上涨，两坝头前面水流速度增大，实测流量达到一千三百五十立方米每秒，接着停下施工。

在施工期间，由于拦河闸闸门在北京加工，迟迟不能到货，一方面是等待闸门的施工进度；另一方面，利用散料和埽捆维护两岸码头，并趁机利用这一契机，利用沉褥和沉埽进行龙口护底，施工工人加高培厚拦河土坝，给开挖引河和截流积土赢得了充分的时间。

在施工中，观察河水变化形势，沿一百二十五米宽的坝轴线，按上游八米、下游十六米的宽度用沉褥和沉埽进行铺底。

截流施工的主要措施是，埽捆截流，主要采用柴草和土卷成的埽捆筑坝、铺底、进占、堵口。埽捆主要是由柳枝、芦苇、枳机及草料，内卷碎石块土料捆绑而成。按埽捆的长度布置人工，一般每个埽坡二十人。从上边紧紧推卷、牢固、捆扎；用两根五十米的八号铅丝拴着大石头拽下河里，然后用柳笆子铺底；再铺一层芦草、白茨、沙蒿等草本植物；中间用卵石、放土铺起来，卷起来，大约高二米，制作好推到河里。施工中专门有埽工喊号子：

嗨吆——嗨吆——

同志们呢，加油干呢！

工程伟大呢，百年大计呀

马虎不得呢，质量第一呀！

……

　　枢纽截流工程总共推进去埽棒二百多根，铺设沉褥三千多平方米，柴草数百万公斤；埽捆，可根据截流需要，随时装船运往工地。

　　枢纽工程截流时采用平堵施工，一般是由船沿绳索牵引埽船，按指定位置进行。引河开挖，拦河闸施工围堰上游的大片滩地是经黄河行经主槽，所以，必须是在截流前开挖引河，导水过闸，以利河水改线。同时可以分去部分河水，减轻龙口施工负担。引河放水，拦河闸工程的水下部位于五月初全部完工。五月五日拆除围堰，另用大量炸药炸开引河口，把黄河水引进。在开通引河的同时，龙口施工仍在继续进行。

　　截流工程是枢纽工程中直接与黄河主流拼搏的一次关健性战斗。截流与当时、当地具体情况紧密结合来考虑，采用就地取材、柴埽截流的办法进行。河套灌区长期以来就是以柴草结构作为分水、挡水、堵口、筑坝等主要水工建筑。在泥沙河渠截流堵口采取平立堵结合的施工方法，开挖引河可以减轻截流工程的压力，是截流施工克服困难的一项策略性的辅助工程。

　　截流施工是当时工地人们普遍关心的大事。对比枢纽施工现场机具、设备力量，用来对付这有史以来给施工印象极深的波涛汹涌的黄河，确实令人担心。单凭柴草和地方人力就想斩断洪流，更是不堪设想。因此在施工之前，有某建筑部门善意地提出抽调二百辆汽车拉土协助施工。但在实际施工中，由于当时的条件不可能有那么多的车辆，所以，实际施工中没有用到许多的车辆。

　　五月五日开始正式从两岸码头紧急用埽捆沉褥平铺平行进占。河套灌区盛产柴草埽料，可以就地取材。使用埽捆、沉褥截流施工，设备简单，操作容易，更为显著的特点是埽捆柔性大，抗冲击性能大。入水后容易同粉细沙基河床结合，堵水性能好。用埽捆铺底平堵，安全稳定，结合沉褥效果显著。

　　根据黄河河床善淤善冲、摆动不定的特点，以及堵口断面越束窄，底部越冲刷深的特点，施工人员截流因地制宜采用"四结合"的截留办法，即铺底与平堵结合、立堵与平堵结合、埽捆与散草结合以及土洋结合，积极主动向龙口展开从左、右两岸及河床进占的"三围攻"和"二进兵"，即由水、陆两路运输截流材料和物资。截流施工采用的这些方法，达到了省材料、柴草土方、劳动力、时间和工程费用的"五省"，从而也达到了施工安全的目的。

到五月十三日上游水流逐渐减少，截流工程指挥部于下午开会研究决定，十四日早晨开始龙口截流。这是考虑到白天便于操作，也容易发现问题、处理问题。

会后经现场观察，龙口上游水流骤趋平缓，水流形势发展很快。领导小组认为截流合龙闭气的时机已到，不应再拖延。当时，河水无猛涨迹象，龙口上下游水位差实测为六十二厘米，充分显示出平堵截流的优越性。经五人领导小组现场研究决定，于当晚六时合龙。

截流工程开始时，副厅长李直建议，巴盟与黄河工程局分别负责黄河大坝埽棒进占。巴盟负责东坝头；黄河工程局负责西坝头，并在龙口上空拉一缆绳，在正对龙口中心位置的缆绳上拴一面红旗。两岸向红旗前进，开展竞赛，把截流施工搞得热火朝天。在截流指挥部的统一指挥下，各旗县指挥部开展"出满勤、超定额，大搞红旗竞赛"活动，极大地激发了工人的干劲，促使截流工效不断提高。

截流合龙期间，五月一日，国际劳动节，为了迎接导流，工地假日不休息，突击引河开挖及围堰拆除工程。五月二日，枢纽工程五人领导小组召开扩大会议，研究部署截流任务。经研究决定，五日导流，十二日合龙截流，十五日左右放水灌溉。会上大家认识一致，信心百倍。五日，炸开围堰放水，由于闸室较低，进水流速很猛，冲击两侧渠岸，对导流十分有利。六日，自治区领导王铎、郝平南、周北峰来工地视察并与各支援单位负责人座谈，再到截流大坝进行座谈，听取截流指挥部的意见，具体研究了截流的指挥组织、领导干部分工、劳动组合、安全保卫等具体措施，对截流实施可谓一丝不苟。同时，王铎书记还向工地所有截流合龙的人员做了重要动员讲话。十日，王铎书记一行到黄河南岸视察并亲自与工人一起参加劳动，极大地鼓舞了广大截流一线的干部职工，巴盟的党政军领导也在工地督战。连日来，龙口进占顺利；十二日中午，龙口流量八十八立方米每秒，为来水量的百分之十四，龙口宽四十九米，水深两米，黄河截流合龙已有十分的把握。王伦平不顾爱人即将分娩而提前到了工地，守在龙口坝头上观察、劳动、推埽棒，推土垫土。此时，工地上上下一心，"合龙就是一切，一切为了合龙"，形成统一意志。在拦河闸分流后，龙口逐渐缩窄，大坝合龙在望时，大家既兴奋又紧张。当截流两坝端同时推下埽捆截住水流的时候，截流一线全体指战员欣喜若狂，欢声雷动。河套人民的千年梦想终于实现了，汹涌的黄河终于被人民驯服了。黄河截流时，同时扒开围堰，使黄河水分流过拦河闸，以减轻龙口水流压力。截流成功后，黄河水即全部从拦河闸通过。

战斗在两岸码头前哨的职工，斗志昂扬，强烈要求放弃换班休息，誓言黄河不截流，绝不收兵。大家你追我赶，在运草运料的奋战中，一鼓作气。人们永远记住了两岸埽工指挥员——一个名叫李好守、一个名叫徐秀英的施工技术人员。大家奋战到十三日夜十一时，推下了最后一个埽棒，堵住了龙口，斩断了黄河水，实现了截流，工地上一片欢腾。人们群情激昂，与时间赛跑，与体力比拼，成就了黄河的截流合龙。民工们万众欢呼，此起彼伏，人们甚至在心里抱怨欢呼庆祝持续的时间来得太短暂了、太短暂了，久久地不肯离开河岸。当人们看到滚滚的黄河水经三盛公水利枢纽工程拦河闸截流进入北岸进水闸，通过人工开挖的二黄河时，那种激动、那种热血澎拜的心情难以抑制、难以言表，建设者们的视线模糊了，有的激动的泪水夺眶而出……远在呼市的王伦平的家人打来电话，王伦平的爱人生下一个男孩，王伦平为纪念黄河截流合龙成功，给孩子取名叫"小龙"，同时，还即兴赋诗二首：

其一
一声号令堵黄河，
万马奔腾锁龙脖。
千年梦想成现实，
万顷良田泛金波。

其二
风沙冷雨不夜天，
惊涛骇浪只等闲。
只为擒得黄龙在，
不分盈枯润良田。

这次截流工程完工，比内蒙古党委指示要求提前了两天。内蒙古党委接到捷报喜讯，深夜给黄河工程局党委发来贺电，向昼夜奋战在截流一线的全体工人群众表示慰问。截流工程的工地，顿时鞭炮齐鸣，锣鼓喧天，场面经久不息。

　　巴盟、伊盟、乌盟、呼、包市委、黄河工程局党组转黄河工程工地全体民工、全体职工、全体工程技术人员：

　　欣悉黄河枢纽工程于今晚提前截流，致以热烈的祝贺。黄河枢纽工程截流保证了河套平原几百万亩良田的灌溉，为河套地区灌溉一千多万亩的远景规划的实现创造了一个良好的开端。这是巴、伊、乌三盟人民辛勤劳动的结果，是呼、包两市工业和基本建设战线职工支援农业辛勤劳动的结果。我们谨对为黄河枢纽工程贡献了劳动的所有职工、民工、工程技术人员、工程制造设备的同志们表示亲切的慰问，希望同志们再接再厉，为胜利实现黄河工程的全部工程计划而奋斗！

　　枢纽工程截流后，一九六〇年五月十一日至十七日，内蒙古自治区党委第一书记、自治区政府主席乌兰夫视察三盛公水利枢纽工程时，被枢纽工程的磅礴气势所震撼，无不感叹与赞赏，对三盛公水利枢纽工程的精心施工建设给予了高度评价。

截流后的思索与感想

　　三盛公水利枢纽工程从一九五八年开始破土动工，到一九六一年年底主体工程基本建成竣工。它的建成，体现了党中央和中央人民政府对内蒙古自治区水利建设的关怀，充分显示了社会主义制度的优越性。

　　枢纽工程施工中采取土方开挖、基础打桩、混凝土浇筑等工序平行或穿插作业。施工中曾出现两次高潮，一次是拦河闸闸基开挖与混凝土浇筑；另一次是土坝截流工程、闸门启闭机及机电设备的安装。

　　三盛公水利枢纽工程经过近十年的筹备、规划、勘测、设计、初步设计，最后确定设计方案，到成立组织领导机构及具体负责施工的黄河工程局。整个工程倾注了设计院及内蒙古自治区水利厅、黄河工程局等工程技术人员的心血和辛勤劳动的汗水。

　　三盛公水利枢纽工程的完成，结束了河套灌区自流口的时代。它是建设新型大灌区的起点，是实现灌区长远规划、建设一千万亩粮食基地的根本水利设施。就河套灌区来说，它是一项战略性的伟大建设成果，开启了新灌区划时代的伟大意义。

　　该项工程的施工建成，是几万名建设者克服重重困难取得的，从而确保了灌区无干旱之虑。

　　当时正值三年自然灾害时期，国家基本建设项目大量停建，枢纽工程施工条件艰苦，施工非常困难。黄河工程局全体职工没有现成住房，只能住帐篷。然后，自己动手，脱土坯，"干打垒"盖土房。民工住在临时搭建的柳笆抹泥的人字架简易工棚里，睡地铺。国家虽然保证施工粮定量供应，但粮食的品种较差。职工吃玉米面窝窝头、稻稗子米饭；蔬菜供应很少，有时只喝酱油汤。稻稗子米饭吃多了，排便困难；而喝酱油汤使很多人浮肿。工地医院大量发蓖麻油、康复散进行治疗。职工宿舍距离施工现场较远，职工上下班需要步行二千米多的路。职工食堂送饭，但工地临近沙漠，风沙大，露天吃饭，难免吃进沙土。

　　为了按时或提前完工，职工经常加班加点。但没有一个人得过一分钱的加班费。冬季数九寒天的后半夜，人们在黄河冰面上用爬犁从南岸往北岸运砂子，冻得实在难熬，但仍然坚持着干。工地上机械很少，主要依靠人担肩挑或小推车机械施工。各级技术人员经常参加工地义务劳动，如抬土筐、卸水泥、装汽车、拉小胶车等。

　　建设者参加建设的目的，不仅仅是为了挣钱吃饭，更重要的是为了开发利用黄河，使灌区粮食丰收，让灌区人民过上幸福生活。他们期盼着河套大地上千万亩良田的丰收在望。

　　拦河闸闸门的铰座、铰链由自治区首府的工厂进行制造。但是，铰座、铰链都是比较大的铸件，内蒙古区内工厂的最大铸钢加工能力不过半吨。绞轴是锻件，直径较粗，内蒙古区内也加工不了。为此，中央直属企业的包钢、军工企业一机厂、二机厂大力支援了枢纽工程的设备加工，原材料由内蒙古物资厅提供。

　　原材料提供就是基建处的具体工作了。正在这时，身为基建处副处长的王伦平得知父亲于一九六一年二月十七日夜晚去世了。他想回去处理父亲的后事，但是路途遥远，回家需要好几天；不回去吧，没有尽到人之孝子的责任。正当他犹豫不决之时，枢纽工程总负责人李直打来电话，枢纽工程工地急需细钢筋一百六十七吨，月底就要运去八十吨；同时，还要运去混凝土两端的钢垫板二百七十块。正欲请假奔父亲丧事的王伦平，被李直挡了驾。李直半开玩笑地说："这在自治区党委常委扩大会上承诺承担的"杀头"任务不容许你回去啊！"王伦平只得给家里的姐姐、哥哥叙述不能回去的原因，并请哥、姐理解，同时寄去五十元作为安葬费，恳请哥、姐代办父亲的丧事。之后，王伦平起身赴包头市联系办理闸门材料和钢铸件的加工问题去了。

王伦平赴包头市的包钢、一机厂、二机厂联系落实任务的过程也是一波三折。加工钢铸件的生铁还没有着落，又去包钢借了十七吨的生铁，办了借条手续，待枢纽工程截流后从水电部安排的物资指标中扣还。

走访的原黄河工程局职工胡景生介绍了当时的施工处境与环境。当时全国都处于大跃进时期，粮食短缺，早上喝玉米糊糊；中午是麦穗子做的窝头，二两一个，每个人两个；晚上吃的是蔓菁汤。冬天蔓菁冻了就冻着储存，冻着做成汤。麦穗子、稻稗子做的窝头吃进去便秘，职工们很是难受。

有一次，胡老在工棚顶上发现夏天吃过扔掉的瓜皮，就洗干净煮着吃。其他工人们看到了就都过来狼吞虎咽地抢着吃。还有一

当年三盛公水利枢纽工程建设者
胡景生和米秀兰夫妇

次，胡老晚上饿得睡不着觉，起来和工友哈达闲转悠。他俩发现一辆火车呼啸而过时掉下来一棵圆白菜，便跑过去捡起来，连很脏的外皮都没有剥，就在铁轨上砸成两半，掰着叶子分着吃了⋯⋯

和胡老一同招聘去黄河工程局的还有同乡的女同志米秀兰，后来成了胡老的爱人，她也火热地参与到了三盛公枢纽工程的建设中。由于米秀兰操持的是东北口音，被安排到黄河工程局工地做播音工作。她不畏艰辛，安心地和胡老远离家乡在这里扎下了根，把青春和热血献给了三盛公水利枢纽工程以及河套灌区的建设。

在黄河工程局工作期间，由于水性比较好，胡老还救过人。一次他下班后

在黄河岸边钓鱼，一个十几岁的小孩过来大喊"救命"。原来孩子的父亲为了走近路，过河走进了深水区。河水即将漫过头顶，水到了脖颈下面，呼吸都困难。胡老来不及脱掉衣服急忙跳下去，把人救了上来。被救的人上来冻得直哆嗦，跪在地上向胡老致谢，连声说胡老是毛主席、共产党培养的好干部……

还有一次，在胡老二十四五岁时，救过一个叫樊银的黄河工程局的工人。当时樊银下水游泳，遇到了漩涡，在水里乱折腾，眼看着就要溺水了。有人说谁也不能下去救，因为是漩涡，下水救人的人也会有生命危险。胡老不顾旁人的劝阻，跳下去救了人。因为被救者不会水，抓着胡老不放。胡老连救三次，憋住气，沉在水里，将溺水者拉起三次。最后他使出全身力气将溺水者推到河岸边，一位叫李生祥的工人把溺水者拉上了岸。当胡老从水里出来时，由于在水里憋气时间过长，脸都成了青紫色，整个人仰躺在岸上大口呼吸……

胡老介绍说，工人们如此热情地投入到生产建设中，与当时的社会背景是分不开的。建设拦河闸时正处于国家三年自然灾害时期，当时中央倡导自力更生，艰苦奋斗，奋发图强，力争上游，鼓足干劲，多快好省地进行社会主义建设。在建设拦河闸的过程中，职工干部们都表现出了十足的干劲，不分昼夜地工作。不仅周末没有休息，甚至大年三十都在赶工期。大家充分发扬大庆精神，向王铁人学习，最终完成了拦河闸和磴口水电站的建设工作。除此之外，工人们还雷打不动地进行政治学习，主要学习毛泽东同志的著作，尤其是其中的老三篇。在政治学习的过程中，黄河工程局涌现出了宋胜、郑淑琴、高玉葆、张玉英等积极分子，工程局党委在全体职工干部大会上发出向他们学习的号召。

一九六〇年，工地上的汽车、柴油机和水泵都很陈旧，经常出故障，施工三大队临时成立机修班。有一次修理"尼桑"牌汽车的发动机时，汽车在车间里排出了有烟的毒气，在场的汽修人员从中午睡到下午都起不了床。队里发现大家中毒之后，秘书及时通知工程局医务室的医生过来诊断检查，有效地避免了事故的再次发生。

高强度的工作也不可避免地给施工人员带来了无法挽回的损失。技工姜连元用八马力的柴油机皮带带动运输机，由于加班加点操作，过度劳累，徒工黄茂生把一只胳膊卷进皮带里。无独有偶，搅拌机工人张世俊也把一条腿卷进了机器里。

还有一位叫陈黑眼的工人，到施工储存过柴油的柴油罐里打扫卫生。由于柴油废气中毒，晕倒了。胡景生发现这个人怎么进去好半天都没有出来，原来是晕倒在了柴油罐里。胡景生急忙叫工友，把陈黑眼抬了出来，放在平整的场地上躺下，陈黑眼慢慢地才恢复了过来，可见枢纽工程工地施工的艰辛与当初安全生产防护设施的缺乏。

一九六一年元旦前后时间，时任黄河工程局党委副书记的马超同志到三盛公水利枢纽工地的对岸视察工作，由于当时交通不便，只能从冰滩上过河。当车走到河中时，冰滩塌陷，连车带人沉入河中，情况万分危急。危急之中，胡老在推土班起重工张贵学、崔元吉两位师傅的合力帮助指导下，用三角定位的方式，将三根木棍支成三脚架，用吊链将车拉起来，避免了一场车毁人亡的重大事故。

回忆起三盛公水利枢纽工程建设时，胡老深有感触地说："在枢纽工程建设时，一切都百废待兴，所以这批技术工人什么都干过。领导安排做什么，我们就做什么，领导指向哪里我们就做到哪里，毫无怨言。"

胡老在枢纽工程推土班工作时，拉的是平板毛驴车，中间放着枳机编的筒子，到十几里地去拉运，中间上坡有专门负责帮助推车的。黄河工程局的工人拉运都是穿着白茬子皮袄，于是当时是巴彦高勒市的市民形象地调侃说是"秃尾巴白毛驴"在拉运。

在三盛公水利枢纽施工时，当年是自治区水利厅工程技术总工程师的赵家璞在一九八四年的回忆文章里写道：

> 三盛公水利枢纽工程，在土法上马、平堵合龙施工方法上，也有人疑虑万千，持保留观望态度。尤其是当河水几度上涨，无情地给截流施工增加压力的情况下，竟有人产生了极端的思想行动。比如，有个别参加施工的地方领导，对截流失去信心，擅自离开土地，当了逃兵；有的制造谣言，说截流工程没经设计是贸然行事，企图把全部责任推卸于少数技术人员。这种言论由于出自领导同志之口，竟引起部分技术人员的思想混乱，对截流工程产生种种非议；有的说截流土坝码头过低，合龙之际河水猛涨，有漫流危险；有的说一般大渠堵口截流闭气时，上下游水位差多在四五米，何况是黄河堵口呢？凡此种种，或是迷信洋人，看不起自己；或是出于害怕洪水，缺乏与黄河斗争的勇气；再或是对历代祖先与黄河做斗争的宝贵经验缺乏足够的认识。

尤其是拘泥于旧日土法，看不到平堵式法的优越性，不敢与黄河搏斗的思想表现突出。

在以上种种思想的支配下，可以想象，面对黄河被成功截留，有以上种种想法的人，他们情何以堪？不得不由衷地信服、赞叹群众智慧的巨大力量。

赵家璞，河北丰润县人，一九三五年天津河北工学院毕业后到黄河水利委员会工作。一九四七年，受绥远省水利局局长王文景之邀，来到河套灌区参加黄杨闸工程建设，主持施工事宜，任工程处处长。后工程经费不足，物资条件太差，被迫停工。一九五〇年重新续建黄杨闸时，任黄杨闸工程处处长兼总工程师。一九五八年，三盛公水利枢纽工程兴建时，赵家璞作为内蒙古水利厅技术总负责人被派往工地负责施工。他结合灌区群众治黄埽工的经验，对工程设计方案提出了很多修改意见。诸如将拦河坝混凝土坝改为土坝，采用草土围堰、柴土埽捆、沉褥截流以及推广土洋结合、因地制宜、运用科学的施工方法，为枢纽工程完成施工任务和节省工程施工经费做出了突出贡献。他把大半生的时间都献给了黄河水利事业，尤其是在三盛公水利枢纽工程建设中功勋卓著。赵家璞于一九八九年病故于呼和浩特市，享年八十一岁。

赵家璞总工程师在总结这次黄河截流的经验教训时写道：

通过这次截流施工，所吸取的经验教训是极其深刻的。首先是党的正确领导，在紧要关头，党组织伸出鼓励之手，力排众议，指出光明的前途，鼓舞着人们的斗志，使战斗在最前线的人们信心百倍，奋勇当先，以能参加截流的施工感到光荣和自豪。大体上说，这次截流工程在战略战术上是做了充分研究和足够的精神、物质准备的。从开工伊始到截流闭气，从未发生重大挫折和不应有的损失。

截流一开始就能利用枯水期抓住有利战机，占领了前进阵地，给胜利完成施工创造了条件。在这短短的五十天施工当中，停止进占达二十三天之多，这固然是截流施工之所忌。但从全局考虑，并未贻误时机。而且从中取得了巩固后方，有利于开挖引河的施工时间，使能及时分流，减轻龙口负担。

由于劳力过于紧张，充分利用黄河善冲的特性，把引河开挖面缩减到最低限度，节约了大量土方。周密的组织分工，在紧张忙乱的施工场面中，无论水上、陆上，各专业组行动都能有条不紊，指挥若定，这也是取得全胜的重要因素。

同时也应引以为教训的是，个别领导同志持有偏见。对工程技术人员信任度不足和不够尊重等种种表现，挫伤了部分技术人员的积极性，否则施工胜利成果要比已经取得的大得多。比如，在施工初期，负责主持铺底沉埽的工程技术人员认为，灌区柴埽工人初次在大河里和船上施工，应当经过一段实地操作训练，请求工地领导派少数工人参加。而这位领导同志却说："这是国家重点工程，绝不容许你们利用国家投资，由你们借机提高你们个人的技术水平。"这就极大地打击了部分技术人员的积极性，伤害了他们的自尊心，压抑了他们的工作热情。再如，有时施工人员向领导汇报截流施工情况，领导人竟以极不耐烦的态度说："我不懂什么平呀、立呀的，我只知道水尺读数在不断提高。"意思是不相信工程技术人员那一套。在截流施工中，因水流的不断冲淘破坏，工程情况时有变化，必须根据情况，随时采取应变措施。当时有人发现龙口上游土体单薄，慎重地提出在合龙之后，应立即根据在龙口上游大填土，要求土体出水到十米以外，以防危险。可是这位负责人竟自以为是地不予以考虑，反而为了庆贺合龙胜利，号令全线全体员工休假三天。不料翌日狂风大作，龙口段坝前的少量土方顷刻间被风浪淘刷殆尽，情况万分危急。这位负责人也深感情况严重，不得不临时集合大批劳力昼夜抢工。又经三天，坝堤才得以转危为安。从这几个事例中可以看出，施工中的领导人员，如果不尊重知识，不尊重知识分子，甚至不相信科学，该是多么不利于祖国的社会主义建设！

从赵家璞总工程师在回忆文章中可以看出，科技无论在什么时候、什么情况下都是第一生产力论断的正确性。尊重科学、尊重知识，就会焕发出科技的强大生命力。科学来不得半点虚假的成分，既不能崇洋媚外，也不能因循守旧，脚踏实地，按客观规律办事，就不会出现大的偏差，否则，就会出现难以弥补的损失或者发生重大的偏差。

三盛公水利枢纽工程在工程施工期间，黄河工程局曾组织职工和建设者观看了《黄河巨变》纪录片。广大职工和建设者由衷地赞美和热爱母亲河——黄

河，当年的一位叫汉杰的作者写道：

> 黄河，是中华民族的摇篮，她以自己的乳液，曾经养育了这里的无数人民，孕育了祖国悠久的历史文化。然而由于统治者只知剥削人民，不知兴利除弊，使本来可以造福于民的大河，却给人民带来了莫大的灾难。历史上无数次决口，不知有多少肥沃的良田和宝贵的生命，被无情的洪水淹没，害得人民妻离子散，苦不堪言。尽管这样，黄河对人民总还是有着有利的一面，所以，人民对她的态度，正如电影《黄河巨变》里说的："黄河，我爱你；恨你，但又离不开你。"人民所寄予黄河的这种矛盾情感，由于历代统治者的腐败无能，一直未能得到改变。虽然人民也曾希望过改变黄河的本性，然而，多少代，多少人的希望，都像滚滚东流的黄河水一样，一去不复返。只有黄河流到人民的时代，人民的希望才能得以实现。

> 解放后的十多年来，党和人民为了根治河害，造福万代，曾兴建了不少大型水利工程，其中，最大的一个就是影片中集中反映的三门峡枢纽工程。影片在揭示这一工程的建设前景时，首先以震天撼地的爆破声，展开了新的伟大的乐章，显示了人民征服自然的巨大力量。接着以一个又一个波澜壮阔的场面，细腻地描绘了数以万计的建设者，不畏严寒酷暑、不分白昼黑夜，与悬崖搏斗，与恶浪决战的顽强意志和忘我的劳动精神，反映了祖国和人民在党的领导下，移山填海、降龙伏虎的伟大气魄与无穷无尽的智慧和力量。

组织观看纪录片《黄河巨变》，给广大三盛公水利枢纽工程的建设者和黄河总干渠的劳动者带来了很好的启迪和教育作用，这也成为他们在工地上战天斗地的建设中最宝贵的精神食粮。当电影银幕上出现了碧波万顷的人工湖、高楼林立的三门峡市建设的美景时，有谁不愿为三门峡黄河的巨变而由衷地感到高兴和自豪？有谁不愿为三门峡建设者的豪情壮志所感动？有谁不愿把自己的聪明才智和力量贡献给生于斯、养于斯的河套大地这块肥沃的土地，把三盛公水利枢纽工程建设得也像三门峡枢纽工程一样巍峨宏大？

当年建设三盛公水利枢纽工程的胡景生老人，于二〇〇九年七月带着孙子、外孙一家大小人十一口从乌拉特后旗来到了当年建设的三盛公枢纽工程处旅游观光。第一站来到黄河大铁桥，第二站来到发电站，第三站来到了拦河闸。胡老在去旅游观光前，就给孙子、外孙布置下一个任务，要求每人写一篇观后感或者参观游览游记。正在上中学的外孙斯琴在观后随想感里写道："姥爷来到他曾经和姥姥一起战斗过的地方显得无比激动。虽然姥姥走了，但我看到了姥爷脸上灿烂笑容，从给我们晚辈的讲述中姥爷显现出的成就感。当我们看到滚滚的黄河水从闸口奔泄而出，在经过一个大阶梯时，你会看见大大的水花从那里迸溅出来，大朵大朵地集成一片浪花，真是一道迷人的景观……"已经考上大学的孙子胡子昂在《黄河一日游》的作文里写道："看到野性十足的河水被大坝拦住，心里默默地赞叹人类的伟大，让汹涌的黄河造福人类……"孙女莎日娜写道："兴奋不已的爷爷来到旅游点，年近七十岁的他，从导游手里牵来一匹马，一翻身骑在了马上，爷爷曾经在大草上放过马。他突然放马飞奔，我们惊呆了。就在转弯处，马儿回头了，由于惯性把爷爷给摔了下来。爷爷只说了一句：'从哪摔倒，就从哪里爬起来。'爷爷又跨上马背，坚持骑了回来，他像英雄一样让我们晚辈敬佩！"外孙塔娜写道："三盛公水利枢纽工程是姥爷和姥姥收获爱情和勤奋工作的地点，姥爷睹物思人。我看到姥爷眼神人中对拦河闸的情感是那样的深刻，眼神中的思念更是胜过千言万语，这里凝聚他着辛勤挥洒的点滴汗水……"

黄河三盛公水利枢纽工程完工投入使用三十多年后，黄河工程管理局的李建国同志夜游了枢纽工程。以深情的思绪，饱蘸着对拦河闸工程一往情深的笔墨，激情飞扬地写下了夜游三盛公水利枢纽工程的亲身感受：

夜游拦河闸

夜幕，款款地踱着步子，给"万里黄河第一闸"——三盛公水利枢纽工程带来了一种舒心的气息和柔和的色彩，使得轻掩在淡淡天光中的这座大型水上建筑，透出了令人难以描绘的神韵。

坐落在内蒙古巴盟磴口县与伊盟杭锦旗交界处黄河上的三盛公水利枢纽，主体工程由十八孔拦河大闸、九孔总干渠进水闸和圆楼中央控制室组成，其工作桥贯通了一一〇国道。南面有近千亩的果园，闸旁有新开挖的人工湖。整个工程掩映在一片绿树丛林中，形成了得天独厚的旅游景观，吸引了远近游客。

移步于小亭、石凳，头顶便是如伞的树冠，清风拂处，斑驳地映

出天穹，情味别然。假山身着夜衣，似扮演特殊的角色，隐身期间；远处点点灯火的距离兀然近前了，像是轻浮在夜的帷幕上，点缀着假山，又如虚嵌在山体上的明珠，闪烁熠熠，趣味盎然。

人工湖静静地泊在拦河闸的臂弯里，神态安详。排在湖面上的鸭子船，引颈张望，蛙声此起彼伏地从船舷、从水边响起，像在歌唱夜的幽静。

徐步溯流，枢纽上游的京包线黄河大桥上那盏碧蓝色的灯光，宝石般缀在河心，衬着这夜色，给人以冥冥中的神秘之感。此时，这钢铁之躯，温顺如一条沉睡中的巨蟒，夜色，更烘托出其宏大的雄姿。

钢桥与枢纽中间，有一段土坝导流堤（俗称"象鼻子"）延伸入水。这里水面宽阔，蛙声若鼓，河风没遮拦地浸过来，略有寒意，激得那河水也聒噪不休。伫立于此，觉黄河水势更加浩淼了，对岸只是一个遥远的黑魆魆。此时回首，再望拦河闸及与之衔接的总干渠进水闸，两闸宛若母子双龙横卧河上，两首相对，似在静静地等待圆楼中央控制室给它们的指令，又似在嬉戏这座圆形别致的雄伟建筑。二者巧妙地融为一体，相映成趣。

漫步在拦河闸上，我不禁遐思飘荡，这座浇灌着河套八百多万亩农田的大型水利枢纽工程，虽历经三十余年的风风雨雨，仍焕发着勃勃生机，巍然矗立在河套大地上，养育着这里的数百万人民。

夜幕低垂，乘着兴归，让更多的未尽之情在每个人的心底流萦。

笔者曾多次参观浏览三盛公水利枢纽工程，也情不自禁地发出由衷的感叹，信笔涂鸦地也写下了以下感慨，二〇一五年五月十四日发表在《巴彦淖尔日报》上：

三盛公水利枢纽工程设计绘就的是宏伟的蓝图、巨大的工程，其枢纽作用是由十多种工程项目组成的，科学施工，秣马厉兵，共同铸就了"万里黄河第一闸"的辉煌与巍峨。近五万名建设者两年日夜奋战在枢纽工程工地上，那日夜不停的混凝土浇灌，那科学严谨的质量检验程序，那既惊心动魄又斗志昂扬的黄河截流合龙，用沉褥和埽棒截流合龙黄河的你追我赶、争分夺秒永远定格在了建设者喜悦与兴奋、拼搏与奋斗的记忆里。

在目睹了三盛公水利枢纽工程的险峻雄伟后，每个人都会由衷地发出惊叹的目光和钦佩的眼神。"闸锁黄河水，福泽河套人"，这是来自老百姓的心声。这里说巧夺天工还显稚嫩和力量不足，说天堑变通途还有点意犹未尽的感觉，因它的内涵和外延无比丰富和广大，它除了可以有序合理地灌溉整个河套灌区外，还打通了黄河两岸的公路、铁路大通道，其现实意义和深远价值不可估量；用数字归纳法来描绘和形容它的雄伟和险峻，也显以偏概全，有挂一漏万之感！它的背后，凝聚了多少建设者们的汗水与智慧的逆流，改天换地改造的背后又是一种怎样的探索与发现！

今天我们看到三盛公水利枢纽工程巍然耸立在汹涌澎湃的黄河之中，成功地驯服了黄河，造福了人民，实现了河套儿女的千年梦想。但是，当年几万名枢纽工程施工人员，面对黄河截流合龙的各种不确定因素，与黄河搏斗缺乏经验，面对黄河截流可能遇到的各种风险，都需要广大水利科技人员因地制宜，凭借过硬的技术本领去攻克，去战胜，需要他们发扬一不怕苦、二不怕累的顽强拼搏的精神，应对截流中可能遇到的各种风险与挑战。他们没有现成的经验可资借鉴，没有先进的设备、设施去实施截流合龙，而是凭借尊重科学、尊重知识、尊重工程技术人员的首创精神，艰苦奋斗，攻坚克难，胜利完成了黄河截流的伟大任务。

成功截流合龙后，广大施工人员总结的经验是，不管在什么时候、任何情况下，只要坚持党的正确领导，充分尊重群众的实践经验，就会攻克前进中遇到的各种艰难险阻，就会无往而不胜。这也顺应了马克思说的那句经典名言："在攀登科学的顶峰上没有平坦的大道可走，只有不畏艰辛，沿着陡峭山路攀登的人，才有希望达到光辉的顶点。"奋战在三盛公水利枢纽工程上的广大水利工程技术人员、干部、职工、民工不畏艰辛，勇攀高峰，到达了黄河截流合龙的光辉顶点！

第二部分

开挖总干渠的那些事

第五章　开挖总干渠的时代背景

　　北岸总干渠是黄河三盛公水利枢纽工程建成后改建河套灌区的首要骨干工程。它是与三盛公枢纽工程同时进行施工的总干渠工程，由无坝引水过度到有节制闸的有坝引水，能够彻底解决河套灌区人民捞挖自流引水渠口的艰难，也是摆脱灌区旱灾之虑的根本举措。

　　河套灌区，从清末大规模开发到二十世纪五十年代，各干渠均以传统草闸和传统技术由黄河多口自流引水灌溉。引水灌溉对泥沙、水量都缺乏控制能力，遇到洪水、凌汛就造成灾害；枯水期又因淤积而引水困难，这就是百姓所说的"水大流满滩，水小引水难"的引水局面。每年捞挖引水渠口或重新开口引水成为灌区人民的一大负担和苦差事，严重限制了灌区的发展，因此，渠道引水成为灌区发展的严重瓶颈制约问题。总干渠的开挖结束了河套灌区多口自流引水灌溉的历史。总干渠渠线由三盛公水利枢纽工程引水到三湖河先锋闸，全长二百三十千米，担负着河套灌区的引水、配水任务。

　　一九五六年春，黄委会设计院和内蒙古水利厅勘测设计院基本完成设计。该设计规定，近期灌溉面积五百六十七万亩，运景控制灌溉面积一万零七十万亩，由三盛公枢纽引水灌溉。以后又经一九六四年修正规划，支渠以上渠线布置以及建筑物数量基本确定，并不同程度地付诸实施。"六四"规划就是按照"二首制"方案进行施工，这一方案未被采用。

　　之后，设计院又对"连环渠""一首制""四首制"等方案经过反复推敲、斟酌、酝酿，并与"二首制"方案进行对比，最终还是采用"一首制"的总干渠灌溉方案。这就是一九五七年由北京勘察设计院拿出的《黄河流域内蒙古灌区规划报告》，这一规划又称"五七"规划，其主要内容是以在黄河上建拦河大坝、总干渠进水闸为主要工程的三盛公水利枢纽工程；其下布设开挖总干渠，从东向西承担河套、三湖河、萨拉齐等灌区的输配水任务。总干渠布设在黄河以北、包兰铁路以南的中间地带，由三盛公水利枢纽工程引水，灌溉巴盟五个旗县，延伸至萨拉齐灌区。

总干渠上面的一段渠道，按底宽一百一十米的标准断面开挖，可通过正常流量五百六十五立方米每秒，加大通过六百二十立方米每秒。一九五八年，该工程由黄河工程局负责施工，较三盛公水利枢纽工程先完成一步。跌水电站以下至三湖河口一段总干渠都在巴彦淖尔盟境内。

一九五八年十一月十五日，北岸总干渠动工开挖。这一段总干渠，按照原规划设计，从三盛公水利枢纽工程至乌拉特前旗刁人沟长一百七十八千米，沿黄河北岸横贯河套灌区，先由巴彦淖尔盟动员二万八千名民工进行施工，然后在这个基础上，再由包头、呼和浩特市动员民工向东继续开挖，计划在两三年内全线完成。

参照灌区劳动力和工农业生产上的现状，总干渠施工采取分期施工，总干渠设计土方为九千五百万公方，另有各洩水渠渠道土方工程，渠首以上的防洪堤土工程及乌梁素海围堤土方工程，总共将达一点二亿公方，都必须与总干渠土方工程同时完成，是有一定困难的。于是，为适当地调剂劳力，解决生产、施工两不误的问题，计划总干渠分期施工。

从一九五八年秋季到一九六〇年四月，为满足未来五年内发展灌溉的用水要求，总干渠规划设计时确定了施工技术要求，即坚持近期与远景结合，开始按原设计的开口边线堆土培堤。渠断面的顶留部分，暂时作为渠道旱台；。工地地下水位较高，渠道断面又比较宽深，一次完成设计渠槽尚有有困难，所以，实行分块开挖。因为如果按照惯例开挖，由于进度不尽一致，可能造成工程进度参差不齐的状况。分块开挖，目的在于重点划定施工顺序并结合施工季节和排水需要，使部分水方变成干方，难方变成易方。按照灌区地下水位的变化规律，一般是秋季水位较高，十二月至次年四月为冰冻期；五月至七月，地下水位普遍下降，所以拟定开挖层次，并先挖中线，然后用"倒拉牛""蛇蜕皮"等群众总结的开挖经验向两边推进；应用的渠道一律保留，待总干渠能接通放水前再行切断。

总干渠施工工地，由于有较长的保留段和部分地段地表有水，一时不能施工，这些地方暂缓盖工房，并适当集中盖到工程量较大的地方去，将来再迁移。

关于施工民工补助，由于工程属民办公助的性质，所以民工每日补助按二角五分发放，再加民工补助费的百分之五十作为施工补助。同时解决民工烤火、小型工具改革、民工轮换路费、假日工资、病假补助、劳动保护、医疗卫生、工具损坏替换等问题。工日按施工定额计算，如有超额，照额增补。

黄河总干渠就是在这样的历史背景下实施的，是配套三盛公枢纽工程而开挖的引水工程。黄河枢纽工程截流合龙是为了有节制地引水，总干渠便应运而生。当时所处的条件、环境与兴建三盛公水利枢纽工程时的条件、环境一样。河套儿女既要兴建三盛公水利枢纽工程，又要开挖总干渠。虽然，当时全盟的壮劳力有限，还兼顾农业生产。但是在大家的齐心协力下，黄河总干渠以骄人的业绩将灌溉总动脉铺设在河套大地上，彻底改变了河套人民引水灌溉的困难，使严重影响全盟经济社会发展的瓶颈制约问题得到有效解决。

一九五八年组织实施的总干渠工程

黄河灌区总干渠土方工程，由于规模较大，工段较长，工地情况比较复杂，开工期限相当紧迫，且与地方关系比较密切。黄河工程局刚刚成立，施工力量单薄。为使这一工程早日完工投入使用，根据大跃进总路线的精神，采取依靠群众、依靠旗县、从"民办公助"等方面进行施工。坚持民工出工的原则，基本依照受益比例分配，平均负担。

工程西起巴盟磴口县三盛公黄河铁桥以下七百米的引水枢纽，东至土默特旗大城西，全长三百三十四点四七千米。渠线平行的

开挖总干渠施工人员在现场

土屑多为沙性土壤，总的看来开挖是比较容易的。因一九五八年施工时雨水比较多，地下水位还相当高，一般在一点五米以上，且有部分地区地面有积水，给开工初期造成困难。以后随着地下水位下降，泥水方比较多，解决排水就成

为大问题。

一九五八年在进行冬季施工时，五个旗县，一万九千多民工，一百多名干部，在两个半月中完成土方二百零五万立方米，占全盟总任务的百分之四十。全段五个旗县各组织了一个总干渠野战团（指挥部），下设后勤、政治处，并以公社组成施工单位，列为二十五个营（大队）、一百一十七个连（小队）、四百三十四个排、一千三百四十一个班，分别由公社和农场负责干部担任指挥员。指挥部建立党总支（党委），以营连设有支部（总支），再下设党支部。

开挖总干渠的民工们在施工

一九五八年八九月，在农村劳力紧张的情况下，抽调劳力修建民工宿舍、库房、伙房、办公室等。经过一个多月，建起近一万平方米的施工用房，分布在七百里的总干渠旁边，可容纳二万余人。但是，由于时间、劳力、物资不足，都是简易工棚，租借民间住房七间。所建简易工棚需整修，个别还需新建，以免春暖土化发生问题。

各旗县施工干部八十四人，全段共有民工近二万人，包括勤杂工八百九十二人。其中，地主成分民工一千三百三十五人，富农成分民工四百九十五人，管制分子民工五十三人，释放集训人员二百一十五人，劳改犯人一千余人，还有一些右派和其他分子民工。

从民工素质看，年幼、年老、身有疾病的人很多，这也是造成工效不高的一个原因。参加总干渠妇女有八十三人，具体参加挖土的为六十五人，即五原县巴彦特拉"穆桂英"连，妇女驾车推土毫不比男民工逊色，劳动热情高，纪

律好，有的女同志甚至提出了"二黄河"挖不完不结婚的豪迈誓言。

一九五八年施工时，因安全防护措施较差，共发生伤亡、工伤火灾六十多起，严重的有两起。这些事故包括：前旗一连冻楞压死张文明的血的事故；中后联合旗三连发生烧掉工棚三间，烧掉民工被褥衣物共计损失八百余元；中后旗民工还发生了偷拔铁路道钉的；五原县炸伤民工的；临河县发生压伤民工及民工有偷盗行为的；还有民工碰破头、打伤脚的等。

在一九五八年的施工中，工地上开展了社会主义、共产主义教育。民工初到工地思想复杂又混乱，因此存在晚出工、早回家的磨洋工现象。民工病号多，思想问题多。杭后旗红旗营一百人，病号九十四人，其中一部分是装病的，偷跑八人，实际劳动的仅为七人。工地尽力解决民工生活，个别民工没有被子、皮棉衣的都给换上新的；部分没有鞋帽的工地上想办法发给，一般都给买了手套、垫肩；保证民工每月能吃到一至两斤肉、两次白面。公社领导亲自下去慰问，开展评比奖励，极大地鼓励了民工，十方、二十方、三十方的"卫星"不断出现；五原县民工集体"卫星"十九点六四方，永利营"卫星"二十点一五方。个人"卫星"方面，翟治平、王平荣二人一天放出七十二点一方的卫星；王换中三十九点六九方；巴彦特拉"穆桂英"连放出十二方的"卫星"，其中，指挥刘桂梅放出十四点五方，三十六岁的小脚段玉梅个人"卫星"九点五方。工地上一月三战役、十天一"卫星"，已为成普遍的新气象。

工地上总结出大放"卫星"、干部深入参加劳动、开好现场观摩会评比比赛是施好工的较好方法。干部分片包干，长期深入工地，并规定连长和工人同出、同归、同劳动。营长经常深入工区，团部干部要参加一半以上的具体劳动，发给劳动记工册。民工说，干部参了战，土方翻一翻。

工地上工具缺乏，于是大办工厂。抽调铁木翻砂工人三百四十五人，在工地大办铁木加工厂，边制造、边施工。没铁发动群众献铁，没木材就地取材，就地加工。到一九五九年三月三十一日竣工时，制造出手推车五千五百八十四辆，其中，包括磙珠推车、独轮木车、单双轮胶车、双木轮车、铁双轮车、自行车、独轮车等十五种。其中，五原县单人推的独轮胶车、前旗"飞轮"式车子格外好用。另有冰托二十五个、空中运土器一架、木轨车四辆；前旗的木轨车效率最高，每人每日可运土二十公方，且造价不算高，每辆二百余元，使用方便省力，民工满意。民工们编出了这样的顺口溜：

总干渠任务大，箩头担土太慢啦！

一天担土一方多，跑得腰酸肩膀疼，

自从实现车子化，工作效率一天比一天大！

一九五八年是非常年，一天等于二十年，

经过文化大跃进，指战员干劲冲破天，

实现轴承车子化，工程效率翻两番，

筑起二黄河幸福多，真正龙王是人民。

民工创造的挖土方法包括挖楞碱打冻、裁块揭冻皮、盖土保温、深翻保温、倒拉牛、大揭盖、一竿子插到底等十余种。这些方法不同程度地克服了钢铁缺乏、破冻工具不足的困难，增强了民工的信心。

施工中，工地想尽各种办法开展文娱活动，如打篮球、下象棋、顽扑克、听音乐、搞群众剧团、组织看电影等。同时建立了党团学校、"红专"学校、业余学校，以政治、技术、文化、时事等为内容，组织民工利用业余时间开展扫盲学习。所有民工经常进行军事化训练，从而活跃了工区氛围，安定了民工情绪。此外，工地还一并组织钉鞋工人、理发工人和一部分女同志给民工拆洗、缝补衣服，民工的思想顾虑消除了，民工用这样的顺口溜描写工区生活：

从前二人拉，现在一人推。

老人齐出征，病情消减净。

举起铁锤如雷声，猛攻冻方放"卫星"。

生活改善好，心志一天比一天高。

起得早来睡得晚，定向冻方来宣战。

鼓足干劲加油干，力争上游当模范。

大家学文化，轮班都参战。

时刻莫误事，每天五个字。

能文又能武，人人摘盲帽。

上阵带书包，休息常写画。

大家学文化，土方算个啥！

一九五八年施工，在进度方面，计划五千余土方，实际完成二百余方，占计划任务的百分之四十。工效未达到定额，加上工具不足，有的工地粮食断炊。

在计划总干渠第二次开工时，需要保证工地上粮食和燃料够二十至三十天食用。煤炭于四月份备妥，工地要组织人员对民工工棚进行一次性整修检查，

为第二次开工做好准备。

从第一次的总干渠组织施工至今，时间过去了近六十年，我们看到了施工宛如初出茅庐的小伙子，迈着稚嫩的步伐，拖着疲惫的身躯，在一片混沌的世界里进行施工，感觉施工是稚嫩的，不成熟的，感到一种匆匆忙忙上战场的力不从心。施工民工明显感到准备不充足，如从粮食、民工工棚、施工工具以及到民工施工的思想等，都有待在下一次施工中加以总结、提高。"万事开头难"，好在广大民工的思想认识上去了，认识到了开挖总干渠的重要性，认识到改变家乡生产生活面貌的重要性了。开挖总干渠是河套人民在为自己的生存而战，是人们为了摆脱捞挖自流引水渠的苦难而进行的奋斗。所以，从施工组织领导到普通民工，大家都进行了认真的施工经验总结，充分认识到了施工中存在的诸多问题，并决心在下一次的组织施工中总结经验，以利再战！

一九五九年巴盟按照缩窄断面组织施工

总干渠施工指挥部鉴于一九五八年的施工情况进行了认真总结，认为这项工程规划设计的规模要从远景发展考虑，即总干渠完成任务后要求发展灌溉面积一千四百多万亩，比目前的灌溉面积大一倍多；同时还要求各节制闸发电和总干渠通航，因而需求流量达五百六十五立方米每秒。所以渠道设计断面宽、土方多。中央和内蒙古已经批准这项工程，将其纳入重点投资工程项目施工兴建，并争取一九六〇年"五一"基本完成放水灌溉。这样在时间短、任务重，巴盟劳动力缺乏的情况下，如果继续按原设计进行施工，工程将很难完成；如果不施工，又不能适应拦河坝修成的放水要求和灌溉要求。所以必须下决心，抓住夏秋季这一施工的有利时机，节省劳力，避免冬季施工带来的困难。但根据目前的断面设计要求，巴盟近两三年只灌溉四百五十万亩至五百万亩，这样，不需要按远景设计要求施工，就可以保证目前的灌溉要求。鉴于这种现状，巴盟水利局局长康玉龙和工程师陈靖邦经过研究提出建议，修改总干渠施工设计，先按小断面开挖，以后再扩建达到设计要求。建议经上报巴盟盟委、行署、内蒙古党委，最终获得批准。按小断面开挖，意思就是宽度缩窄、长度缩短、缩短战线，通俗地说，就是由原来施工的渠壕变渠背，渠背变渠壕。将总干渠缩窄断面，分期施工，争取一九六〇年"五一"前，由三盛公挖到四闸（天吉太桥），先按五百万亩灌溉面积要求调整渠道断面及土方，完成第一期工程任务；一九六〇年"五一"后再继续完成第二期工程。这样既能满足灌溉发展要求，又能节省劳动力。第一期缩窄断面实施的工程有：

总干渠于一九六〇年"五一"节前完成由总干渠引水供给巴盟引黄的灌区。解放闸、永济、义长、丰复各大灌域用水，三湖河用水除以原引水渠直接由黄河引用水之外，可由乌梁素海支援一部分水量，借用水流量二百五十一秒立方米。

关于劳动力的安排，杭后旗、临河县、中后旗、五原县动员部分劳力，负责开挖四闸以上总干渠土方工程，不负担枢纽工程。由五原县、前旗出劳力担负拦河坝的施工劳力，四闸以下暂不施工。

黄河总干渠施工人员在现场研究对策

总干渠施工巴盟盟委决定，盟一级的由盟委书记、盟长领导施工，各旗县由旗县委书记或旗县长亲临工地指挥，公社、大队以作业区为单位进行施工，按军事化组织团、营、连、排、班。巴盟总干渠指挥部成员：政委刘健（巴盟盟委副书记）、指挥关保（巴盟副盟长）、副指挥李桂芳（巴盟农牧部部长）。

委员共十九人，同时抽调二白四十七名工作人员。巴盟成立总干渠办公室。巴盟指挥部要求各旗县以"大兵团作战，集中力量打歼灭战"的方法，尽快完成大干任务。

总干渠施工测量工作由巴盟水利局技术科和巴盟总干渠工程办公室负责完成，并计算土方。参加测量的人员有郭景泰、李进良、王维周、张树欣、刘义、杨信等技术人员。因测量任务重、时间紧，测量技术人员每人肩上背着水准仪，

拿着塔尺，奔走在渠线上，既要测开挖的深度，也要检查施工渠堤质量，经常是饮食无定，居无定所，早出晚归，群众称他们是"胶皮肚子飞毛腿"。负责临河县、杭后旗工地施工的王维周同志，当时虽然身体患有浮肿病，但他每天坚持往返工地二十余千米，直至工程完工。

总干渠巴盟指挥部于一九五九年四月二十九日至三十日召开了两天的全委会议，会议传达了内蒙古人委的决定，通过巴盟指挥部提出的缩窄断面、缩短战线、集中施工的意见：

> 总用水量二百五十一个秒立方，断面缩窄，进水闸到一闸必须通过流量二百五十一个，渠底宽六十四米；一闸至四闸通过一百五十七个流量，渠底宽三十九米；二闸到四闸下四千米处（义长渠接通）通过九十四个流量，渠底宽二十一米；从原设计计算，纵坡二万分之一，糙率零点零一九，边坡一比二点五，水深四米。民工食米除按留粮标准带足，不足部分提出每月按二十七斤补助；总干渠工程补助零点二五元的开支范围和社会赔偿应明确规定，以便统一执行。

为了便于总干渠的施工，全盟成立了黄河三盛公水利枢纽工程巴盟民工施工指挥部。指挥部下按旗县编为六个营，即杭后旗、临河县、磴口县、五原县、前旗各为一营，中后旗与阿拉善旗为一个营。招收民工编入各旗县，每营编制干部八人，六个营编制干部为四十八人。由旗县公社抽调，营下设连，每连编制民工二百人左右；连下设排、班组织，排、班脱产，由工人选举产生担任，每连设不脱产干部五人。设立党团组织，以便开展政治思想工作，开展技术革新和技术革命竞赛。

巴盟盟委对此进行了批复。

巴盟水利局为了保证施工的顺利进行，同时也为了使各旗县掌握施工的质量技术标准，发布了总干渠施工的工程规格：

> 底宽均为三十米，旱台为十五米，水深二米，渠内边坡和堤内坡均为一比二点五，堤顶宽、填方段七米，纯填方可依据为四米。
>
> 旱台一律不准堆弃开挖余土，重要的渠道及影响秋浇较大的渠道，应当给予保留。
>
> 开挖一律采用"大切坡、倒拉牛"的办法，即先由边线开挖，之

后坡渠底，再由渠底返回渠口，一次挖成；也可采用倒坡方法，先由中线开挖，由渠坡推至渠口，再由渠口推至渠底，一次完成。

总干渠土方工程的特点是：开口宽、挖土深、水方多、土方大、运距远，尤其是各闸以上各段送土均将达一百米以外。这样，旧法提土已经不能适用，必须发动群众，进行工具改革，创造更多挖冻土技术，以减少水方。

巴盟水利局根据一九五九年渠口的形势，分析了一九六〇年的引水岁修工程量，认为比任何一年的工程土方量、柴草量要大许多，可通过开挖总干渠，上接引水口，解决一九六〇年的灌溉问题。这样，一方面实现总干渠施工规划任务；另一方面，又能节省劳力，省工、省时，贯彻多快好省的原则，保证一九六〇年灌溉用水，实现一举多得。国家对总干渠每工投资的零点七五元，加上岁修工程每工补助零点三元，合起来一点零五元。除去工房、工具管理等每工零点二五元外，每工可得到零点八元。再加上采取"三包"施工办法，即包任务、包时间、包质量，提高工效，每个民工争取得到日收入一元，这样通过挖渠还能增加民工收入，减少公社负担，也是一举两得的措施。

为保证总干渠的施工，提高工效，缩短时间，节省劳力，民工的劳动时间必须和挖岁修工程一样，每天劳动十二小时左右。因此，除公社自带粮一斤外，要求国家每天补助民工食米一斤，以保证民工每天吃上"两稠一稀"的饭，只有身强力壮，从早到晚才能坚持下来。如果粮食不能保证，这样繁重的挖土劳动任务，是很难完成的。

二〇一五年夏季，我们采访了已从河套灌区总局项目办退休的刘义老人。他谈到开挖总干渠时介绍说，每个公社都有工程技术人员，水上方的土质好挖，水下方的土质不好挖。开挖总干渠的人们大都浮肿，就连他本人也浑身浮肿，营养严重不良。去卫生所看病，卫生所发给二斤麸子面做的饼，说是吃上就好了。民工们去了也一样，没有办法可治，单位给他们发了三十七斤的粮票。

一九五九年九月十一日至十三日，巴盟指挥部召开了总干渠施工技术人员座谈会，会议以"鼓干劲、反右倾、增措施，带动施工高潮，掀起增产节约运动"为主要内容。各旗县于一九五九年八月二十五日至二十八日相继开工，基本上做到了民工随到随开工，没有大的窝工浪费现象发生，决定大战八十天。

会议要求施工技术人员要参加生产、领导生产，不能指手画脚，要做到"反右倾突破三、四、五，鼓干劲达到六、七、八（土方数量）"，只有尽快实现

工地工厂车子化、工具多样化、磙珠轴承化，消减人担土，才能提高工效百分之三十至五百分之十，才能保证五个月完成四个月的任务要求。集体放"卫星"，营达到十三方、连十六方、排二十方、班二十五方、个人三十方的标准。

鼓励工地大办工厂、"红专"学校。十月十日前实现工地车子化，达到二人一辆车。物资条件好的连甚至排配备一套木板平车，实现每人一张锹，一担笋头的施工标准。

为了保证民工健康，变泥水方为干方，提高工效，加强排水工具，充分利用自然排水和土法排水。一方面，发动群众，因地制宜创制提、排水工具；另一方面，挖通排水沟。

施工中，及时进行奖励表扬，实现所有人的工效普遍提高和巨大的增产节约。要求全盟大放"卫星"、总攻战役两次，即九月十六日至三十日各一次，然后召开现场评比，以后每月一次评比。

一九五九年，总干渠按照巴盟盟委今冬明春水利建设的指示精神，在一九五九年已完成土方工程百分之六十至百分之七十的基础上，其余任务争取在明春二月底完成，三月底保证完成。

从第一次的由黄河工程局组织施工的总干渠，到一九五九年巴盟组织施工的总干渠，我们的河套人民不仅在用自己的体力开挖总干渠，而且是在用头脑、用智慧实施开挖总干渠工程。在施工中，他们活学活用，注重临床实战，一切从实际出发，因地制宜；既不急躁冒进，贪大求洋，也不因循守旧，一切量入为出，量力而行，最大限度地满足目前人民群众的灌溉需求。即使实施的是一项功在当代、利在千秋的伟大事业，也要坚持科学施工，杜绝蛮干行为，一切以百姓可接受的程度、生产力可承受的程度为标准安排施工。一九五九年实施的缩小断面施工，就是切中了施工的要害，深受广大民工们的热烈欢迎和普遍接受，在施工中也取得了事半功倍的效果，有力地促进了总干渠的快速施工，实现了使百姓早日受益的愿望。

巴盟总干渠指挥部组织施工评比出成效

一九五九年十二月五日至十五日，巴盟水利局组织由各旗县、公社参加的三十多名施工领导干部第一次开展施工评比。总干渠指挥部副主任康玉龙亲自挂帅，在全长八十千米的范围内就冬季施工等各方面的情况进行了评比检查。这次评比先从现场检查开始，从四分滩转回三盛公，包括总干渠和包尔套勒盖工程。通过评比，大家认真总结了前段施工的经验和教训。

评比中，大家一致认为，总干渠的施工特点是采取了由窄到宽、由上到下、由浅到深、由小到大、分批分段，先挖通后加深、再加宽、边施工的办法来逐步完成的，各地都比较欢迎。通过评比，杭后旗被评为一九五九年冬季施工红旗单位；杭后旗的光荣公社、临河县的狼山公社、五原县的复兴公社、中后旗的乌加河公社、前旗的红旗公社被评为冬季施工标兵。

民工们在用手推车施工

巴盟水利局局长康玉龙要求大家继续坚持以土为主、土洋结合的施工方针，加速施工进度，力争满堂红，争取一九六〇年三月放水淌青，为一九六二年完成扫尾工程以及达到永久性设计标准继续努力，通过评比掀起了冬季施工的新高潮。

一九五九年十二月，巴盟水利局又组织了总干渠第二次现场检查评比。这次评比中，大家不仅详细地深入现场中观摩了更长的时间，听取了各公社的汇报和经验介绍，而且重点观摩了典型经验，如"一竿子插到底"等多种开挖冻块的方法，还有竹片子、铅丝抬冻块、三角架抬筐等施工方法，这些就地取材、因地制宜的施工方法都是施工中创造出来的。

检查评比中也发现工程质量方面存在问题，如旱台不净、留路或墩台太多等现象仍然存在，要求加以改进。

在开挖总干渠过程中，通过插红旗、立标兵、做榜样，改进施工方法，促进了施工进度的提高。各旗县通过大鸣、大放、大辩论，对施工进度进行评议、优缺点对照，毫不遮掩，取长补短。通过几次施工评比，总结出了几种值得借鉴和推广的经验和做法。

坚持不懈坚持政治挂帅，做好民工的思想政治工作。组织战役、大放"卫星"、奖励先进、开展提高工效运动。杭锦后旗二道桥营，被称之为"挖土英雄"的记银银一人挖土四十七立方米。他们又组织红色青年突击队，打歼灭战，对全营施工推动很大；五原县复兴营连续集中突击挖土。施工方法上前旗采用挖半面；中后旗和五原县采用"鲤鱼钻沙"，不得超过零点五米以上的"黑虎掏心"等这些都是适宜的方法。

"立马分鬃法"，即由中心线向两侧开挖；"蛇蜕皮法"即由中心线向两侧采取分层退台的办法；"倒窖子"办法，即遇到水方，集中力量突击抢挖到设计深度，把水排入坑内，再挖另一段；"黑虎掏心法"，即冻方先打破冻层，由冻层下掏挖不冻土，使冻层成为悬空后用铁锤打下；"跌窖子"，即在渠底下挖几个方格格，方格格与方格格之间就留有了座坝，方格格挖不到底，水就渗出来了，有座坝挡住，水就流不出来，淹不了工地，便于施工。

大力推进工具改革。各工地、各料运土工具八种、破冻工具七种、排水工具六种，但种类和数量都不能满足需要。

通过评比，杭后旗、中后旗比其他旗县的干劲足，工程进度快，评比组一致认为，流动红旗仍插在杭锦后旗的工地上。同时，评比出五个标兵营，即杭后的光荣营、临河的狼山营、五原的复兴营、中后旗的乌加河营、前旗的红旗营，旗县由大会发给红旗，施工营发给奖状。

一九五九年十二月二十四至二十五日，巴盟水利局召开了各旗县、农牧林局长、各灌域局长参加的会议，对总干渠一九五九年的施工进行了认真总结。

会议认为，必须动员一定的民工，坚持总干渠常年施工，早日挖通。总干渠为中央及内蒙列入的投资项目，总干渠工程在一九六一年解决全盟解放闸、永济渠、义长渠等五大灌域都引用总干渠水量。在一九六〇年六月底以前，总干渠按全盟需水要求的断面，基本上挖通由四至五闸以上的河段落。如果能在夏秋之间突击完成，则可以解决三湖河一九六一年的灌溉需水要求。会议一致同意，在春播完成后，麦收前的夏季，利用天暖日长，有利施工的季节，由杭后旗、五原县、中后旗、前旗、五旗县抽调民工四万至五万人，在二十天内采取大兵团作战的方式，突击完成五闸至七闸段落的土方四百一十一万立方。这样就根据缩窄断面设计要求，把总干渠开挖到西山嘴，有条件在一九六一年全部解决全盟的灌溉引水。

一九六○年，总干渠开挖民工生活补助费及管理费，按照内蒙古的通知精神，共增至每个定额工零点九元，较前提高零点一五元。

施工新年来个开门红，元旦不休假。按法定假，每个民工另给过春节费零点三元。春节是中华民族的传统习俗，应当休假，原则上由农历腊月二十六日放假，正月初六复工，在假期每个民工给三天的过节费零点九元。假满后立即复工，由各人民公社、旗、县督促民工迅速返回工地。同时，保证民工粮食供应，凡是国家补助民工粮食，各工地施工指挥部做妥粮食计划，报旗县粮食局，以便按计划供应。凡民工自带粮部分由旗县负责督促各公社、大队组织专门车辆负责做好加工运送，坚决做到工地民工不缺口粮及副食，以保证民工吃饭，使其安心工作。

中央和内蒙古党委对总干渠的施工不仅非常重视，而且高度关注、密切关心着总干渠的施工进展程度以及施工中可能遇到的棘手问题，曾提出以农业为基础，总干渠施工坚持持续跃进的精神。

关于黄河总干渠施工问题，内蒙古党委王铎书记就贯彻落实中央和内蒙古党委的精神曾做过指示。一九六○年四月二日，巴盟盟委经过研究讨论，提出两个方案来解决当前总干渠的施工问题，供内蒙古党委参考。

第一方案：按内蒙古设计院的要求来挖，总土方五千一百八十五万立方米，可通过四百三十七个流量，除完成的土方外，还有四千四百万土方，按通过工效百分之四十至五十计算，需日工九百一十三个。从五月一日开始到十月底一百八十天预计，需日出民工七万五千人。这一方案的好处是可以一次完成设计标准，但劳力过多，巴盟担负不了。全盟总共有劳力二十二万二千五百多人，其中壮劳力只有九万七千四百多人，黄河枢纽工程和维修工程已占用两万余人。如果不抽调七万五千人，就要影响今年的农业生产，不符合中央和内蒙古党委提出的以农业为基础，实现持续跃进的精神。因此，我们的意见是，如果内蒙古党委同意这个方案，请内蒙统一组织劳力，由受益各盟共担。

如果其他盟市不能支援劳力，我们建议采用第二方案。

第二方案：按通过四百三十七个流量，渠道底坡按八千分之一来挖（内蒙要求一万五千分之一），总土方二千八百七十八万立方，除已完成土方二千三万方，需日出工三万个。这一方案的问题是，不能一次完成设计要求，还需一九六〇年冬再加宽一次。但在其他盟市不能支援的情况下，巴盟可以单独负担。

为防万一，准备在旱情严重时刻劈宽黄河，请内蒙从伊盟拨给柴草二百万斤（实际共需五百万斤），另需铅丝四十吨、椽子五千根、二十千瓦发电机二台、探照灯八个。

总干渠施工中通过评比检查、观摩，学习先进的施工方法和经验，从中找出自己在施工中存在的不足之处，推动工地形成后进赶先进、先进更先进的施工模式，促进整个工地形成比、学、赶、帮、超的竞赛局面。

黄河总干渠在实际施工中贯彻坚持了第二套方案，在不影响全盟农业生产的前提下，总干渠坚持常年施工，最后达到了早日受益的目的。第二套方案也是符合全盟的实际的，坚持了实事求是的马列主义、毛泽东思想的理论实践。在实际操作中深受各旗县、灌区人民的认可和支持，从而使总干渠施工获得了成功。

总干渠第一期第一批工程一九六〇年胜利完工

一九六〇年五月一日，总干渠第一期第一批工程经过紧张施工胜利完工，四月二十九日上午在临时渠口放水。盟委书记杨力生、乔桂章，盟委常委、副盟长关保、郭全德，副盟长塔旺嘉布，农牧部长李桂芳以及工业、计委、巴彦高勒市委书记锡林、市长袁昌金等盟市领导同志前往工地指挥施工。杨力生、乔桂章书记还亲自参加劳动，对大家鼓舞很大。经过一个小时左右的突击劳动，一切工作全部准备就绪。

在热烈的气氛中，上午十时整，汹涌澎湃的洪水流进了新修建的总干渠。这时，人们像潮水一样涌向渠背，向着滚滚奔流的浪头点头微笑。

黄河总干渠从一九五八年由黄河工程局组织实施以来，至一九五九年由巴盟负责组织实施巴盟段的施工，后经过巴盟水利技术人员提出的缩窄断面、缩短战线、集中施工的意见，经过巴盟、内蒙古党委的批准。今天巴盟境内的人们终于看到了总干渠灌溉良田，实现了早日受益的目标，心中怎能不感到由衷的喜悦！总干渠的早日受益灌溉，犹如经过十月怀胎的阵阵巨痛，在腹中的漫长煎熬，今天终于破茧成蝶，浴火重生了。巴盟的广大人民群众期盼已久的有节制的灌溉终于实现了，不用再担心旱灾之虑的危险了，它犹如久后的甘露浇灌在巴盟人民干涸的心田一般爽润、甘甜。尽管总干渠的施工还没没有彻底完工，目前只是完成了第一期第一批工程，还需要以后加快施工的步伐，继续努力实施。但巴盟人民终于看到由自己亲自开挖的总干渠可以灌溉良田了，这种喜悦是发自内心的、由衷的喜悦，仿佛经过十月怀胎的煎熬，终于看到自己生出的新生婴儿一般高兴。

随着总干渠第一期工程的竣工，还完成了义长和永济两大干渠的引水灌溉。这期工程的竣工，可以使巴盟四百九十多万亩良田受益，这是巴盟各族人民的大喜事。民工们决心要在"以粮为纲，全面跃进"的方针指导下，鼓足干劲，为农业实现"三化"和提前两三年实现农业发展纲要而奋斗。

《巴彦淖尔报》为庆祝总干渠的第一期第一批工程的胜利完工，特刊发了社论《征服自然　斩断黄龙》：

> 第一期第一批工程胜利竣工放水，全盟有一百一十万亩小麦和七十八万亩的水稻需要在五月底或六月初以前浇完，而且还有一百四十万亩干地和开荒地需要浇灌。

> 希望奋战在工地上的三万七千多名水利大军继续奋战，为第二批工程的开工和工程全面竣工而奋斗。

《内蒙古日报》也于一九六〇年五月四日刊登了《黄河总干渠提前一年放水》的新闻报道：

> 总干渠比原计划提前一年，于一九六〇年四月二十九日早晨放水浇地，使河套灌区的农田灌溉比往年提前了半个多月。

巴盟总干渠的施工始终贯彻执行巴盟盟委、内蒙古党委的方针、政策，特别是中央提出的关于水利建设问题的指示精神，建立了一支常年施工的水利施工队伍。每年冬春季用于水利和农村基本建设的劳动力必须执行中央"三三制"或者"四一制"的规定，即在冬季的一百天用于水利建设和农村基本建设的劳动力（包括基建队伍服务的）只能占农村劳动力总数的三分之一或者四分之一，田间劳动应该占农村劳动力总数的三分之一或者四分之一，副业劳动力应该占农村劳动力的三分之一或者四分之一。同时还规定，从事基本建设的劳动力，无论是常年性的还是季节性的，他们的口粮，原来的定量标准部分由出工单位带足，补助粮食由省、县统筹供应；所有基建工地要严格执行有劳有逸的规定。

巴盟盟委就贯彻落实中央提出的建立一支常年施工的水利施工队伍以及总干渠第二期施工意见向内蒙古党委报告，本着边施工、边建设的原则，逐步实现设计规划。为便于施工，建议组织一支一万五千人左右的常年施工专业队伍。

总干渠第二期工程任务安排如下：杭锦后旗、临河县承担解放闸至黄济渠总干渠段落；中后联合旗于一九六〇年内完成四闸泄水渠任务；五原县、乌拉特前旗于一九六〇年六月以前完成任务总干渠首至五闸任务，下半年完成五闸至七闸工程任务。总的要求：一九六〇年把总干渠挖到四闸，为解决巴盟一九六一年的灌溉任务创造条件。

完成第二期任务，一方面要增兵派将，增加民工劳力；另一方面要实现运土工具"三化"，即推土车子化、车子畜力化、礤珠轴承化以及破冻工具多样化。

内蒙水利厅根据中央发出的"大办农业，大办粮食"的指示精神，以及"水利建设要分期分批，讲究质量，讲究实效"的原则，于一九六〇年九月二十九日下发关于总干渠的施工方案。

黄河总干渠施工民工们住的帐篷

对总干渠工程的施工本着一九六一年五月全线放水受益，分期施工、分期受益的原则，其要点是，施工安排本着先通水灌溉，尽量少做土方的原则，先按扩灌三百五十万亩，达到总灌溉面积一千万亩来施工；在满足这些灌溉面积用水的条件下，尽量缩小过水断面。在施工技术上采取变陡坡降，减少挖深，以缩小断面技术土方。同时，提出了巴盟四闸以上断面缩小的工程质量不好，需要捣背的批评意见。

总干渠的施工任务，仍采取分段包干负责的原则，即将该段土方及经费按预算全部包给地方，要求按时、按质、按量完成任务。将渠道建筑物的施工交给黄河工程局负责；各建筑物所需的民工、短途运输、食物供应及组织领导由分担任务的旗县负责。各盟市的应分配的劳力如下：巴盟一万九千人，包头市九千人，呼市一万人，乌盟二千人。黄河灌区是个整体工程，各地必须按照统一部署，统一步调，按期完成分配任务。应从全面出发，不能光考虑本地区当前利益，从而拖延工程，以致影响下游受益及全灌区发挥效益。总干渠是永久性的重点工程，在施工中必须树立"百年大计，质量第一"的思想，一定要贯彻执行质量、数量并重的原则，按设计要求进行施工。为此，内蒙古水利厅提出了施工技术要求：

1.此次挖的是临时小断面，渠堤土一定要堆放在原设计大断面的渠堤位置上，避免将来捣背浪费工。

2.填方段夯实，一定要控制好含水量和干湿重，要求达到一点五五吨每立方米的要求，并建立好控制质量的制度，由固定专人检查验收。填方段防止冻块集中和大于十五厘米的冻块筑堤。

3.完工段一定要经过验收后，才算交工完成了任务。六个月的时间，四万人要完成六万人的工程任务，需加强组织领导，大搞技术革新和技术革命，采取先进的措施，革新施工工具，提高工效，以节省劳力完成任务。

4.要搞好后勤工作，一定要做到民工到工地无顾虑，工作安心。

总干渠工程第一期第一批施工，虽然是在临时渠口放水浇灌，但这是民工自己施工开挖的总干渠灌溉农田。尽管施工还不配套，施工还需进行，但却极大地鼓舞了广大民工们的干劲，振奋了民工们的信心。总干渠的贯通，将使河

套人民彻底摆脱捞挖引水渠灌溉的艰难历史。所以，巴盟人民从领导到施工的普通民工都无比激动，全盟人民期待着总干渠的彻底交付使用，期待着自己开挖的总干渠可以有节制地灌溉农田，浇灌着河套大地上的肥沃土地。

总干渠二期工程一九六○年十月二十日正式开工

巴盟工段施工指挥部于一九六○年十月九日召开了各旗县市长、各管理局及总干渠负责同志全体会议，会议要求，十月二十日总干渠第二期工程全线开工。

在会议召开的同时，盟水利局抽调二十多名干部进行了总干渠土方工程测量与定线工作，并于十月十五日前已测量、定线完毕，保证了枢纽大坝和巴彦高勒市紧急开工的围堤工程能够于十五日至二十日按时开工。对四至五闸工程进行了重新调整，通过重新测量、定线，杜绝了工段划分上的漏洞。

为了保证总干渠大干一冬春，实现总干渠全线竣工，达到"一首制"灌溉的要求，确定巴盟水利局局长康玉龙及陈靖邦工程师为全线指挥，其他几位副局长、技术员分别负责四至五闸段落、枢纽段落、乌沈干渠段落的施工以及柴草运送。巴盟水利局抽调百分之三十的干部，解放闸二十七人、永济渠十四人、义长渠二十人、乌加河五人等六十多名技术干部以及水校的二十名师生投入到今冬明春的施工中来。以分片包干的形式参加到各施工单位，所调干部必须在开工前三天达到工地。

全盟发动民工一万九千五百人，包括黄河工程局移交巴盟五百人的民工，确保一九六一年四月二十日前，按质、按量完成任务。

第二期开工以来存在的主要问题，一是民工报报到人数仅为百分之四十六点二；二是工地粮食问题，因一九五九年未留出工程粮食，全部分配到户，不易集中，导致复工后出现断炊的现象。另外，目前总干渠工程处于水方渐多的情况，但由于排水工具不足，有些工地虽配备了，但由于油料不足仍不能使用。

一九六○年十二月二十八日，根据内蒙古党委批复的《关于公社化以来兴修水利中平调物资劳动力的补偿办法》，受益区民工每一个定额工日补足零点六元，非受益区每一个工日补足零点九元，已经按上述标准执行的不再补，应由旗县及施工单位清算，逐级核实，逐级上报；最后由内蒙审定，黄河总干渠的民工施工进行了补偿。

巴盟承担北京地区的粮食供应，成为粮食的供应基地之一。计划在四百三十一万亩的土地的基础上，三年内开垦荒地一百万亩，五年内扩大到二百五十五万亩。所以，一九六一年要开挖和劈宽总干渠，并相继开挖一部分总干渠以下的渠道配套工程。

一九六一年总干渠的修建，工程分三类：一是总干渠劈宽加固的工程；二是部分段落的开挖工程；三是总干渠下部分干渠的配套工程。

一九六一年的施工，为保证农业生产有足够的动力，没有从农村发动农民，而是从施工事业队发动六千至八千人进行施工，以节省劳力，加快工程进度。事业队的劳力由内蒙抽调，以每工一点五元计算，共需五百三十二万元。

一九六二年五月，黄河总干渠续建加固工程，灌区干、支渠的整修和田间的水利工程，在小麦播种结束后，于四月十四日相继开工。灌区普遍开展了"以补修为主，新建为辅"的平地打堰工作。临河县委书记李鸿臣亲自到工地，发动民工。灌区各地进一步贯彻"浅浇快输，经济用水，适时适量灌溉"的原则，进一步改良土壤与防治盐碱化。杭后旗为了总干渠的加固，派出八个公社的三千余名强壮劳动力，工效和质量都比一九六一年好；五原县把各个公社、各个生产队的青壮年和其他能够参加挖渠的劳动力全部安排在水利工程上。

黄河总干渠工程是根治黄河、实行阶梯开发的一部分，不仅能从根本上克服原来水小受旱、水大受淹的困难，而且还能够修建大型水电站，综合利用水利资源。所以，黄河总干渠是一项特大型水利工程，总长三百三十四千米，能流五百八十五个流量，群众都自然把它叫作"二黄河"。

"二黄河"叫起来既亲切又骄傲，听起来让人鼓舞。"二黄河"的开挖，通过总路线、大跃进、人民公社"三面红旗"高高飘扬，经过劳动人民的巨手，将"黄河百害，唯富一套"的历史论语，改写为"黄河百利，富及全民"，当时全盟提出的口号是"实现电气化、机械化、自动化。"

黄河总干渠的施工，从一九五八年开始，由黄河工程局组织施工；一九五九年交由巴盟组织全盟各旗县民工进行施工。当时，全盟共有劳动力二十二万二千五百多人，其中壮劳动力只有九万七千多人，黄河三盛公水利枢纽工程和维修工程已占用两万多人，剩余七万多人，还要从事农牧业生产。总干渠就是

河套脊梁

在这样的历史背景下，按照中央提出的从事农村水利基本建设动用劳动力坚持"三三制"或者"三四制"的标准规定。所以，黄河总干渠的开挖全盟动用两万多人进行施工，还不能误了农牧业生产。总干渠施工中，工地上的民工在四五年的时间里，往往一干就是多半年甚至一年，而且几乎在四五年的时间里有的民工每年都要出外工去总干渠工地施工。黄河总干渠倾注了二十世纪五六十年代全盟壮劳动力的心血和汗水，是他们的心血和汗水浇灌出了"二黄河"这一河套大地上的灌溉大动脉。

第六章　全盟总干渠施工风生水起、各具特色

巴盟全盟范围内各旗县开挖总干渠也是风生水起，各具特色。大家积极响应全盟及内蒙古党委的号召，在不误农时、安排好农业生产的情况下，组织强壮劳力参加总干渠的开挖。

全盟各旗县组织实施的总干渠工程，按照全盟的统一部署，按照军事化管理，施工建立野战团，下设施工营、连、排、班。民工施工与军事训练相结合的"劳武"结合，既提高了民工的身体素质，也提升了施工的质量与速度。工地上组织"红专"学校学习，开展社会主义、共产主义教育活动和扫盲活动。工地上五天一突击、七天一"卫星"、十天一战役、半月一整修、一月一评比的满装、快跑大突击。开展了技术大革新，工具大改革的"双革"运动，创造了运土车子化、畜力化，提高了工效。在施工中，民工们因地制宜创造和运用了"倒拉牛""鲤鱼钻沙"等十几种防冻挖土措施，加快了工程进度。

临河县丹达营李国栋被评为全县劳模

一九五九年，临河县总干渠两段共长十六点四千米。在施工中，指挥部采取抓两头带中间，开展观摩评比，现场会议交流。工效上，在原定额四至四点五立方米的基础上，到冻方前提高到六至七立方米。全团平均挖土方达十立方米，得红旗的是丹达施工营，全营挖土日均达十一点六立方米。有的连队一百二十三人，平均每人达十三点二立方米，最高的排达十六点四立方米，个人最高纪录达二十四立方米。丹达营前进大队民兵连长的李国栋，党员、部队复员军人。一九五九年，他带领大队民兵九十人进行施工。施工中，他看到背冻块效率低，劳动强度大，便创新改用木头架子背。因木头架子受力均匀，且又不直接磨压背部，施工日工效由原来的两方提高到四方，他所在的连成为临河全

县工效最高施工连，有利地推动了全县的工具改革，为此李国栋被评为全县劳动模范。

同时，在施工中以枳机绳代替铅丝、麻绳抬冻块、拉车子，每十人每月可节省二点七八元，全县以七千人计算，可节约一千九百四十六元。用笆头抬冻块消耗费用大，丹达营用枳机编笆头及枳机编笆代用笆头，不仅提高了工效，还节约了资源。总干渠沿线工地上有茂盛的大片枳机可供收割使用，使用枳机笆头比红柳笆头方便，可多使用十天。按每担枳机笆头用十一斤枳机，价格零点二三元计算，加民工的工资费用，共需零点五三元。每担笆头二点六元，每两人每月用笆头一担，临河县施工全团三千五百担，以百分之六十计算，每担节约二点六元，每月全团节约九千一百元，俩人抬比俩人担工效高，工地上大力推广这种施工方法。

临河县靳家营也发明使用运土木背架，木背架耐用灵巧，每个比用笆头提高工效零点五倍。每副能顶三担笆头，即节约三担笆头的消耗费用；其他施工营改革平板车的施工，使用效果也明显提高。

临河县工段集中人力、集中开挖总干渠的大兵团作战方法，根据现场情况与民工专长，组织了运土组、打锤组、上土组、铁锹组、爆破组，明确任务，分工合理。在定额上采取强弱分类，以类定量。指标落实到连、排、班及每个人。在十公方土方的基础上，以冻土法为标准再提高二至三立方米，及时进行奖励。

临河县总干渠一九六〇年施工以来，县委书记李鸿臣亲自安排部署，县长王义魁经常深入工地参加劳动，领导带头参加劳动，有效地推动了施工进度。

临河县执行凭票吃饭，定期算账，十天一发工资，根本消除了民工的思想顾虑。如解放镇民工弓银高说，一九六〇年在总干渠上仅四十多天，不但节约了七斤粮食，比一九五九年在总干渠八个月挣的工资还多。临河县这段工程，仅解放镇就节约了粮食一千九百四十五斤，民工得工资最高达六十六元，最低三十一元。

在继续执行"以方定粮、凭票吃饭"的原则下，按上级通知，原每个工日补助粮零点四五两的定量，后改为零点四两。民工工资坚决执行十天一发，杜绝到期不发工资的现象。

在总干渠工地上的解放镇施工营全体民工，在施工中采取了开工早、少挖冻土、劳动与供应紧密结合等方法，在施工中取得了优异成绩，被评为临河县先进单位。

一九五九年十二月二十日,临河县长胜施工营隆盛大队二小队挖冻层下面的不冻土,即"神仙洞",采用"鲤鱼钻沙"的办法,冻皮塌下砸死了民工孟天明。工地上曾多次制止挖"神仙洞"的做法,不听劝阻,造成事故的发生。

总干渠巴盟指挥部曾下发施工安全规程,掏挖深度不超过零点五公尺,工地有布置、没检查,发生了不应该发生的事故。巴盟指挥部将临河县发生的这一事故在全盟总干渠全工段给予通报,引以为戒。

临河县在总干渠的施工中不断总结经验,改革创新,不墨守成规,不走老路。通过积极改进工具,改进施工奖励办法,极大地调动了民工们的施工积极性。只要方法对了头,施工效率就会翻一番。同时,在施工中的安全生产也是刻不容缓的,安全生产防护保护不管什么时候都应该引起重视,否则就会带来血的教训!

临河总干渠的施工既有像李国栋这样勇于创新的好民工,又有像县委书记李鸿臣、县长王义魁这样带头大干的好领导,再加不断改革创新施工方式方法,同时开展增产节约活动,总干渠施工取得了显著成效。

杭锦后旗的王巨才、马大锁被评为特等、一等劳模

杭锦后旗总干渠施工指挥部组成六个营、二十四个连、九十六个排、三百四十四个班。在施工中,采取一次分方,集中劳力,全段开工,并以节段和截半开挖。劳力分布为纵断分散,节段集中。方法上采取先易后难,先搞沙碱土地,以便少破冻层;冬季采取破冻深翻。深翻后,割断土壤毛细管水往上升的作用,致使结冰缓慢,可节省打冻工具。

施工中整修好"三道",即整修好挖土坑道,整修好台道,整修好堤道,便于安全运输土。

在劳动力结合上,初开工时,冻层浅,施工以班组为宜;结冻以后,以排组为宜。随着不断结冻,必须集中劳力,紧张施工。同时,配备好作业小组,有十五人组合,三至四人破冻层,一人破冻块,二人上土,八至九人输土。否

则，组合不当，就可能窝工。提倡固定专人破冻，推广独人推车运土。晚上休工前，翻松开挖表层。

一九六〇年元旦，评出一百名劳动模范。火箭工段开展了好工好干运动，团支部组织五个青年突击队七十二人开展友谊竞赛。活动中，每人放出十二点八立方米的"卫星"，激发了民工的积极性。

杭锦后旗光荣公社副社长王巨才，党员。一九五九年带领民工在总干渠一闸上开挖临时口工程时，他经常与民工们商量，研究提高工效的办法。正当施工进入紧张阶段时，他的一个孩子玩耍掉到水池里溺水夭折了……

王巨才悲痛万分，一个刚强的七尺男儿号啕大哭，悲痛欲绝……一个做父亲的心情是可想而知的，每个人都是父母所生的血肉之躯。"无情未必真豪杰，怜子如何不丈夫"，这时的他不可能不心疼自己的孩子，再强硬的汉子，失子之痛的打击也是致命的。但他强忍住伤心悲痛的泪水，挺起了不屈的脊梁，顽强地与悲惨的命运抗争。海明威的名著《老人与海》里有一句经典名句："一个人可以被消灭，但是不可以被打败！悲惨的命运可以打击他这位刚硬的汉子，但却打不倒他挺直的脊梁，更不可

民工们在开挖黄河总干渠

能打垮他顽强生存的信心和勇气！生活总要继续，日子总还要过，这时他想得更多的是全盟一盘棋总干渠的施工刻不容缓。为了不影响总干渠工地上的施工，他坚守在工地上没有回去，继续施工。在他的带动下，光荣公社提前二十多天保质保量完成了施工任务。王巨才被评为特等劳动模范，他带领的突击队被评为工地施工的"老虎队"。

头道桥公社社员马大锁，在开挖总干渠的施工中由于肯吃苦，遇到泥水方时主动下水施工，工效比别人高一倍，竞赛时被公社评为第一名。有一次施工，马大锁被漏沙卡到了腰部，所幸被民工费了九牛二虎之力拉出来。大家劝他休息一下，他却坚持继续大干。施工中，他浑身有使不完的劲，民工夸他大力大

如牛，始终有不服输的倔强性格。在施工中，他时时处处都能体现出吃苦耐劳的精神。再艰难的施工环境、再难啃的骨头，在他的脚下都变得易如反掌。在他的带动下，头道桥公社的日工效在艰苦的施工环境中由原来的三方提高到四方。马大锁一致被民工们评为一等劳动模范。

杭锦后旗为了防止施冻工冻伤民工的事件发生，给民工购置了手套、棉鞋、袜子、衣服、垫肩、帽子等御寒物品。大部分领导参加施工，实现每人日挖一方土的要求。火箭队提出领导干部深入工地与民工同吃、同住生活在一起，既能了解情况，又能解决问题。

施工中，人数没有按应报到人数到，民工对公社给他们定的级有看法。他们认为，总干渠施工，条件艰苦，应高于农村同等劳动等级，由此出现了个别装病、请假不归的现象。工伤事故不断发生，仅火箭队开工以来工伤事故发生十一起，主要是打峨、打锤碰伤的；部分工段出现粮食供应紧张的问题；个别工段出现借粮吃饭的事情。

杭锦后旗工段在一九五九年的总结中提出，粮食应储备十五至二十天的食用量，每月组织评比。各工段连队十至十五天应评比一次，用评比激励的办法激发广大民工的干劲。

一九六〇年，杭后旗出台了施工民工的工资标准。除总干渠一闸上倒背，为民办公助性质，工资标准为日工一点五元。所得工资统一以百分之二十交大队，其余归民工个人。

工具购置维修方面，小型工具如箩头、担杖、铁锹、垫肩等完全由民工自备、自用、自管，由工管费内发给工具消耗费。

工具消耗标准，应当按照实际参加挖土的，每完成一个定额土方工日发给零点零六元。但是供给民工使用的铁锹、箩头、担杖、锹把与维修工具所用的铁丝等，应当照价或以质论价售给民工，待完工发资归还。民工所带与购置的箩头、担仗，如果从停工互换或者终止施工时，应当由施工单位以质论价收购。

关于民工伙食，不仅要保证日吃一点七斤粮食，而且要有蔬菜，同时供应该吃的油。要求队队办好食堂，队队养猪，改善民工伙食。

杭锦后旗工段经过民主讨论，决定贯彻"渠槽日挖三、四、五方，旱台日挖七、八、九方"的施工定额标准。

民工劳动报酬执行，"多劳多得、卡片计方、旬旬清工发卡"，同时贯彻

"以人定量、以方包粮、多劳多吃、节余后备"的原则，即多挖土多得工资，以十天为期进行清工发资。

贯彻"以人定量、以方包粮"这一政策，每完成一个定额工作量的，供粮一点七斤（自备一斤）。国家按照定额计算，多吃补助粮零点七每工日的部分。工地上坚持宁肯吃到限量标准，也要有节余的粮食，备用在粮食不足情况下，补充发放供应量。

评比标准方面，以百分制规则进行评比。进度、出勤以三十五分为满分；质量工效三十五分，领导干劲五分，生活改善五分，安全卫生五分，"双革"工效十分，竞赛五分；号召全体民工出满勤、超定额，争当一顶几、立功劳；并且以日记方，三天一评比，十天论一次功，每月搞一次论功行赏运动，实行名誉与物质奖励的激励办法。

杭锦后旗这些行之有效的施工办法，既把工地施工搞得轰轰烈烈，又极大地激发了民工们的干劲。施工工地不是死水一池，而是富有朝气一片的生龙活虎的场面，有力地促进了总干渠的施工进度。加上涌现出了像王巨才、马大锁这样实干、苦干的民工，杭锦后旗的总干渠施工取得了显著成效。

杭锦后旗总干渠施工民工一元钱过年永生难忘

二〇一五年夏季，笔者驱车到了杭锦后旗团结镇民治桥村，分别采访了四位当年开挖总干渠的老同志。

民治桥村二社王德义（小名叫王二小），二〇一五年时，八十一岁。老人介绍说，一九五八年冬季开始挖总干渠，他当时住在磴口是补隆公社的一个澡堂子里，实行军事化管理。早上天一亮，太阳还没出来就起来跑步，准备出工。挖二黄河用的工具是大锤、钎、木独轮手推车，也有前面有人用绳拉着车，后面的人推着车施工。一天三顿饭，吃的是

当年开挖总干渠劳动者王德义

玉米窝窝、大白菜、圆白菜、稻稗子面。每个人背上垫着一个用破布、棉花缝制的垫肩，套在脖颈上，用两根布条绳系着。王德义老人脖颈后面正中间现在还留有当年挖二黄河担土留下的筋坷蛋。

一九五八年那年，每月挣二元钱。农历腊月二十八才给放假，当时给炖了

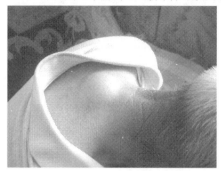

一顿猪肉烩菜、大米饭，大多数人没吃就偷跑回去了。回家都是步行，担着箩头，抗着行李卷、铁西锹，一天一黑夜的时间就回家了。

王德义老人说，那时的人，受过去毛主席、共产党的教导，思想单纯，以老为实，让干什么就干什么，非常听话，好领导，好带工。

王德义脖颈后面的筋疙瘩

一九五九年至一九六○年他又过去挖二黄河了。因为他的父母是地主成分，他是地主子女，更得好好干，接受改造。加上自己还是施工的班长，带着十几个人。木轮车推三车就是一方土，自己推起车来几乎都是跑步。由于干活突出，他被工地上评为劳动标兵。

施工中开展劳动竞赛，插流动红旗。担土都是光着脚，稀泥里不会陷进去。出了水的地里就采取"跌窖子"的办法，光脚卷裤管下去，一鼓作气挖完，再"倒窖子"，这样人就不会陷进去。否则，进去挖泥的人，还没有开始挖，人就会陷进去挖不成了。

在挖二黄河时，曾过来一个外国人，拍电影什么的，让他们民工担的担，挖的挖，推车的推车，排队跑步干，拍了多半天。

当时，杭锦后旗的晋剧团的刘效义、刘效路、"小桃花"等演员还来工地慰问演出过，二人台也来演出过。

民治桥村三社的马永安是退

当年开挖总干渠劳动者马永安

伍军人，原是大发公乡副乡长。为响应支援农业第一线的要求，他毅然回乡支

援农业建设。

一九五八年八月，作为施工民兵营副营长的马永安，带领民工开挖二黄河。三个月领了八元钱。原计划挖一百米宽，实际挖了五十米，二米深，旱台十五米。施工当中打洞、刨冻坡，住着人字木架工棚。柳笆子用泥抹，沙土上铺着麦柴，铺上简单的行李就休息了。每天吃的是玉米窝窝、糜米饭。施工中民工被评为"又红又专"的奖励六元，公社每天给出外工的民工记十分。打冻块用十八磅的大锤打，挖二黄河被评为先进的奖励茶缸、毛巾。马永安是施工营长，脱产带工，组织安排施工，没有参与挖土、担土，总干渠施工比较艰苦的。

民治桥村九社的庄国华老人，二〇一五年时，七十九岁。老人介绍说，一九五八年挖二黄河，实行军事化管理。早晨跑步喊着口号，上至七十岁的地主富农"四类分子"站队跑步去挖渠，他当时是队长。

当年开挖总干渠劳动者庄国华

一九五八年开挖，一九五九年又缩窄了。渠背变渠壕，渠壕变渠背。每个人头上戴着棉布缝制的垫肩，用两根布条绳系着。

在挖二黄河的土地上，民工们互相劳动竞赛、摽劲。家里知道他上二黄河年龄小，三年来便每年都给他炒点放少许肉的面酱让他带上一小罐，他便送给了带工的人，担心自己的年纪小，怕累坏了。

当时吃的都是玉米窝窝、谷米稀饭、萝卜丝丝、稻稗子面稀饭。一九五八年在补隆工地挖，一九五九年在天星泉工地挖。工地上开展发放流动红旗的评比，挖的进度好的给予口头表扬。

从杭锦后旗团结镇（原大发公乡）步行到磴口补隆公社，去时需要两天一黑夜，回来则一天一黑夜就回来了。老人说，民工们归心似箭的心情可想而知！

公社领导周礼明上工地看过民工，他用开玩笑的口气鼓励民工们说："大家加油干，挖通二黄河后，没媳妇的保证你们都能娶上媳妇。"民工们哈哈大笑，疲劳的身心有所缓解。

庄国华老人回忆起开挖总干渠说，虽然挖二黄河苦点、累点，但现在回想起来没有怨言，起码不用下水捞黄河挖引水渠了，民工们都拥护。老人把脖颈伸出来，还留有当年挖二黄河担土压下的筋疙蛋，用手摸了一下，筋疙蛋还挺硬的。

民治桥村一社的高锁才，二〇一五年时，七十九岁。他于一九五八年秋天去挖二黄河。党员、团员每月挣三块，其他每人每月二块，四类分子一块，他三个月挣了九块。从天星泉二黄河工地步行到陕坝时，吃了根油条、喝了一碗豆浆，两个人花了一块钱。十七岁时父亲

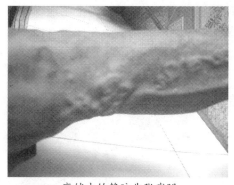

当年开挖总干渠劳动者高锁才

就去世了，挖二黄河时，他因想念五岁的弟弟和母亲，腊月二十八给炖的肉都没吃就往回跑。回到家，母亲欠了人家的粮钱，人家一直在催。母亲答应人家，儿子挖完二黄河回来就还钱，还了七块钱，剩一块钱过年。买了点煤油，不然晚上见面都认不得了，又买了点盐就算过年了。父亲去世了，写对联的纸张也

高锁才的静脉曲张残腿

没有买。这个一块钱过的年，让高锁才老人永生难忘。他常常给儿女们当作忆苦思甜的教育絮絮叨叨地讲起，儿女们说，耳朵上都听起老茧了。

挖二黄河，正月十五月圆时，夜战，晚上玉米窝头吃得饱饱地挖，称之为放"卫星"。施工时，由于是站在冰冷的泥水里挖，站得时间久了，大腿都感到没有知觉了。年轻时代开挖二黄河，因长久施工，大腿便患有静脉曲张的毛病了。高锁才老人卷起裤腿，大腿上静脉曲张的症状清晰可见，宛如浮肿的筋条附着在大腿上一般，有时疼痛得使劲用拳头捶两下……

民治桥村四位当年开挖总干渠的老人，都将进入八十岁左右耄耋之年的老人了，谈起当年的开挖二黄河总干渠，还是那样的一脸兴奋与自豪。尽管当年的施工非常的艰苦，吃、住现在看来是难以想象的简单、简陋和简化，给他们

的身体造成了不同程度的伤害。

　　笔者给他们的生活用"三简"做了一下概括、总结。所谓"简单"，就是吃的是玉米窝窝、稻稗子面、稀饭、萝卜丝丝、蔓菁丝丝，就连河套地区用以吃饭就的咸菜都得从自己家里带，而且一日三餐每天重复都是这样的饮食。每天还得面对繁重的担土、挖渠的重体力劳动，一干就是半年多的时间。一个月能吃上一二斤肉，那是慰问的时候才能改善一下伙食；"简陋"，是说他们开挖总干渠时住宿的简陋、施工工具的简陋等，人字架的工棚，用泥巴抹一下，地下铺着沙土，垫上麦柴就可以当床铺睡觉了。难怪他们年老了以后都有关节疼痛、静脉曲张的毛病，这是日积月累积攒下的身体疾病。给他们的身体都带来了不同程度的伤害，对他们的生产、生活的不便与伤痛是难以言说的。施工工具的简陋就不用细说了，靠的就是一根扁担两个筐，一副肩膀两只手。后来通过进行技术革新和技术革命，实行工具改革，运土实现车子化、滚珠轴承化，施工条件才有所改善；"简化"，指工地军事化管理，喊着口号上工地。吃饭在工地上，随便吃一口，能糊口就可以施工了。当时是国家三年困难时期，食不果腹、衣不蔽体，民工们就是在这样的情况下开挖的二黄河。

　　我们走访的四位老同志虽然感到施工辛苦，但是他们从来没有在队里、公社领导面前，或者在自己的儿女面前说过一句埋怨的话。他们反而认为，二黄河挖对了，河套人民从此再不用捞挖自流引水渠灌溉了，河套的土地从此可以多开荒地种田了……

　　我们又驱车到了杭锦后旗头道桥镇联丰二社的王亮明家中，走访了王亮明老人。老人当时八十三岁，已经是五世同堂的老人了。

　　他于一九五八年开挖总干渠时挖了两个来月。当时，一个身体不太健壮的叫香围成的人，开挖总干渠后不久吐血了，四十多岁就去世了。那时的人好领导，听安排。一九

当年开挖总干渠劳动者王亮明

五九年、一九六〇年王亮明老人就赶队里胶车去了，躲过了挖二黄河。但小渠、小河、总排干他都挖过。

　　老人说，现在的人思想复杂，不好领导。他们村全年一年换了四个村组长，有私心就下去了，不像他们那时集体的东西不拿不占。老人无不留恋当年人们纯朴的思想品质，没有那么多的想法，集体意识特别强。

　　老人的话在笔者心头重重一击，心灵为之震撼。二十一世纪的今天，人们衣食无忧，却思想复杂。过去的人们生活贫困，却没有任何私心和贪念，大家想的都是集体的利益。现在的人生活富裕了却时时处处无不在考虑着自己的一亩三分地，心里想着的都是自私自利的事情。这让曾经一扁担、一箩头开挖二黄河的祖辈、父辈人所不齿！让先辈人感到羞愧！凉了他们辛苦开挖二黄河的心！让他们感到世态炎凉，所以他们怀念贫穷、受饿挨冻时候人们简单的思想。这也让笔者感觉到，无情的道德的鞭子在抽打着现在人的良心，拷问着我们是否应有"为天地立心，为苍生立命，为往圣继绝学，为万世开泰平"的理想境界。

复兴连成为"二黄河"上的一面红旗

　　五原县总干渠工段全长十七点二五千米，一九五八年第一期出动民工二千九百人，一九五九年八月二十五日巴盟组织的施工，全县实行军事化管理。团部在民工上工地时就民工的粮食、工具炊具、燃料、房屋数量与修理情况、灯油、行李、数量、体质、组织编制等进行了细致审查，最大限度把身强力壮的民工安排到施工的工地。

　　五原县将全部工程分为两段，先开挖下游，为上游放水做准备。在施工中，有的工地发生了民工逃跑现象。为统一民工思想，打消民工们的施工顾虑，工地及时召开营以上干部会议，将工地分为三片，全团召开了向总干渠进军誓师大会。团长、政委都做了报告，讲了国内外形势及开挖总干渠的光荣任务、美好远景及民工的报酬问题。

　　誓师大会当场就出现了挑战、应战呼声。民族营一马当先，第一次突击，民工平均效率达到九方土左右。工地水方、冻方多，从沙河营工地往西，地下水位较高，一般在零点八至一点二公尺，抽水设备缺乏，天气寒冷，水结成冻冰，水大无出路，工程进度受到影响。

第二段工程，增加民工。五原县县委亲自部署，民工人数马上补了上来，连同粮食、蔬菜等。工地按劳动力排队，编制冬季施工战斗组二十至三十人，分层包干，指标落实。五日一安排，日日分工，连续突击。大战月亮地，向灯光要土，推动技术革新。

继续开展高工效运动，大搞战役，大放"卫星"，大兵团作战。深入贯彻五天一突击，七天一"卫星"，十天一战役，半月一休整，一月一评比的评比办法。开工以来，共放"卫星"十七次，突击二十至三十次。十二月份开展五日进度连续突击中，全团平均工效均在四方左右，显示了划分战役的成就感。国庆节放出特大"卫星"，全团一千四百二十七人参战，完成土方二万一千方，平均工效十五点一方；更有惊喜成绩的是，全团有四十二名创下了四十方以上的战绩；有六名放出五十方以上的特大"卫星"。最高的沙河营张公茂、燕计小用车子推，平均每人完成五十一点四八方；复兴营有个复员军人，共产党员，身体很瘦，用车子结合笔头，也完成了四十八点一方，提高工效近九倍。

开展红旗竞赛活动，营、连、排、班及个人之间，互相展开挑应战。班及个人每五天评比一次，连、排每星期评比一次，并设立流动红旗，营与营之间每月评比一次。全团开工以来，共观摩评比四次，设立两面流动红旗。复兴营连获三次流动红旗，平均工效五点六方，成为全县标兵单位；甜菜场连获两次流动红旗。在评比中，其他各营也不甘落后，纷纷向先进学习。

同时，组织青年突击队，开展"插红旗、争红旗、夺红旗"的活动，看谁的土方最多，看谁的红旗插得最高。巴彦塔拉营搭了擂台；永利营争夺两小时的红旗，掀起了你追我夺、互不相让的施工高潮。工地将指标任务落实到了战斗小组和个人，以兵对兵、将对将的形式结合为战斗实体。

开展冬季施工以来，改变劳动组合，采取二十至三十人为战斗小组。体力强弱，配搭均匀，集中人力大搞连续突击，这样能保持冬季施工工效不下降或少下降。

结合大搞水利运动为中心的冬季生产运动，以营组成扫盲指挥部，每天组织学习一至一个半小时。施工团部采购棉鞋、手套，工地突破车子化，尽量将木轮车改装为脚轮车。上有车子推，下有笔头担，每人配备两套工具，有效地减轻了劳动强度。

五原县于一九六〇年十月二十日总干渠第二次开工后，组织营、连、排、班开展"夺红旗"竞赛活动，通过开展两次现场评比，评出了上、中、下游单位。随着竞赛的深入开展，各营采取了五天一小评、十天一中评、半月一大评的办法，经过讨论制定了以方定粮、凭票吃饭、定期算账、节约归己等激励办法。

定标准日工土方定额。担土四点五方、人力车六方、畜力车八方，完成这个定额，每人每天可吃到粮食一点七斤左右。永利营以方定额以后，工效由平均二点五方提高到五方，出勤率达百分之九十以上；民族营的民工自动出勤，不用督促；巴彦营采取定任务、不定时间的方法，完成任务就可以休息，粮票统一由小组长掌握，节约归自己，要粮给

开挖黄河总干渠的民工们在施工

粮，要钱给钱，保证了民工吃饱。各公社配备了两套人马，一手抓生活，一手抓施工，工地经常保持十天的储备粮，每人每天供应蔬菜二两以上，住房普遍生了火炉。

据劳动调查，复兴营民工平均工资五十元，最高工效达六十五方左右，且保证民工有充分的休息时间，出勤明显提高；巴彦营炊事员、饲养员在完成本职工作以后，深入工地挖土，有的木工带着工具下地，就地修理、就地劳动。由于政策能够及时兑现，有的工地提出了工资不领全存或少领多存的口号，由营储蓄，避免丢失。工地思想政治教育开展良好，政策及时兑现，促进了高工效。

同时，又开展了"高工效、高速度、高质量"的"三高"立红旗、树标兵活动。全县工效仍保持四点一六立方米。有的工地采取"三因一定"的办法，即根据挖土难易程度、送土距离、劳力强弱确定挖土定额。由于方法科学合理，民工们提出了当天任务当天完的口号，群情激昂。

复兴农业社在开挖总干渠的施工中，组织了一个野战连去挖二黄河。开工以后，复兴公社党委决定，每半个月评比一次。在一次评比中，复兴连扛走了红旗。第二次、第三次一直到最后的第七次评比中，复兴连仍然保持了红旗，往年稳居上游的和胜连不服气，民工们说：

复兴连，大改变，

每次评比都占先，

　　　　我们这次决心大，

　　　　坚决夺回旗一面。

　　复兴连扛走了红旗，公社开展了学复兴、赶复兴的运动，而复兴连不仅自己完成了任务，每次还给其他连帮忙。

　　一九五九年开挖"二黄河"，复兴农业社让李长在去领工。李长在是个复员军人，他知道过去复兴社是有名的"拉圪旦"队。为了摘掉这顶帽子，李长在认真分析了过去落后的原因，主要是对民工生活关心不够，他下定决心要把民工的生活搞好。

　　李长在为了搞好民工们的生活，自己半天劳动、半天当炊事员，亲自抓民工伙食。他三番五次跑回大队催粮和运输副食品，并且把工地上的情况及时向支部书记做了汇报，得到了大队党支部的大力支持。

　　李长在当炊事员以后，不仅他经常想办法、出主意、本着节约的原则调剂民工的伙食，而且在民工出工以后，他勤快地打扫环境卫生，隔一天给民工晒一次被褥，到了收工的时候，就把灯点着，饭端好了；晚上还起床给民工盖被子，民工们的干劲一天比一天高。民工张丑儿的工期早已到期，连里决定让他回去，可是怎么动员也不回去，他坚决地说："挖不通二黄河，我坚决不回去！"

　　工地上的生活办好以后，民工们的干劲越来越高。有一次，营部决定复兴连用三天的时间突击完成七千五百立米的土方任务，每个民工合计三十五立方米。李长在担心完不成任务，而民工们表示，不仅肯定能完成任务，而且还要在两天半就完成。民工们说到做到了，复兴连不仅完成了土方任务，而且在全公社乃至全县都遥遥领先。一九五九年他们连的平均工效是七点七立方米；十一月份，即使在冬季，仍保持在五点五立方米。复兴连真正成为了五原县开挖"二黄河"的一面红旗。

　　五原县的施工方法是领导带头施工，领导生产，完善施工方式方法，创新施工激励政策，激发了民工们的干劲。复兴连又有像李长在这样的带头人，想方设法关心民工的生活，关心着民工们的安危冷暖。广大民工们感到虽然是出来施工，但有一种家的感觉，人人发扬着主人翁精神。这就是生产力中人的因素被充分地焕发了出来，有力地推动了施工进度，五原县复兴连成为"二黄河"施工中的一面旗帜名至实归。

"穆桂英"小组的事迹在全盟工地流传

二黄河五原县的工地上流传着"穆桂英"小组开挖二黄河的感人故事。

在黄河总干渠工地上有五个姑娘，她们从小志气大，说服了家人和干部自愿来到工地。一九五九年十二月五日，这五个姐妹联名向五原县的五千名民工挑战。这五个姑娘来自五原县永利公社光胜大队一小队，她们的平均年龄只有十七岁。十九岁的傅翠兰是大姐，是共青团员，以她为核心的五姐妹组成了"穆桂英"小组。这个"穆桂英"小组后来在总干渠工地上干得在全盟都有影响力，上了报纸，上了广播，成为劳动模范典型在工地上到处流传。

五姐妹各有特点。大姐傅翠兰有文化，办事老练；二姐高素英，性情急躁，事事抢先；三姐张玉芝、四姐郭爱英都还有点腼腆，说话先脸红；小妹妹史爱云，身材高大，从小锻炼在五姐妹中，数她力气大。就怕人说她小，爱和别人比身高、比力气，不比年龄。五姐妹到工地五十六天，爱劳动的美名传遍了五原全县。

在上工地的两个月以前，五姐妹要上二黄河，公社党委书记考虑到妇女的体力和工程的艰巨，不允许她们去。傅翠兰就找党委书记说理、评理。党委书记扭不过傅翠兰死缠烂打的倔强劲，党委书记叫她们去送粮，说能赶车了、扛动粮了，就可以考虑。姑娘们出色地完成了送粮、枭粮任务，又来找党委书记。书记被姑娘们的诚心征服了，才批准年龄较大的大姐、二姐暂时去十五天。可是五姐妹不愿分开，这可把党委书记给难住了，只好批准她们一起去。临行时，书记

当年开挖总干渠五姑娘之一傅翠兰

再三叮嘱，她们到工地可别给添麻烦。大姐傅翠兰笑嘻嘻地回答："咱们不仅不会添麻烦，还要拿回个模范来！"

五姐妹在工地上白天担土，晚上学文化，抽空还给民工缝鞋补袜。五姐妹担心公社动员她们回去，她们一见干部就先说："我们坚决干到底，挖不通二

黄河不回去！"

一九五九年十二月八日，盟里评比团来到工地，姑娘们正在渠底挖泥。一方土，三十担，五姐妹平均每人能担五方半。休息时开玩笑，二姐高素英唱起了河南梆子《花木兰》。工地上的人们都说姑娘们是模范；队长说，这姐妹五个在队里样样劳动早已是模范。

评比团问姑娘们为什么这样喜欢二黄河。二姐说："我们都是青年人，从小长在黄河边，开挖二黄河不是为个人，为的是'楼上楼下、电灯电话、洋犁洋靶'的社会主义早实现……"

听，说得多感人。现在让已经实现了"楼上楼下、电灯电话、洋犁洋靶"的生产生活目标的我们，亲自走访一下，聆听一下她们当时的思想境界，了解一下现在她们的生产生活状况。

于是，二〇一五年夏季，笔者来到了五原县新公中镇光胜四社采访了七十九岁的大姐傅翠兰。五姐妹是从河南移民来到五原县生活的，在当地被称为"河南圪旦"。

一九五九年，十九周岁已经结婚的傅翠兰，与村里的也是从河南移民上来的四个姐妹们商量，认为地里也是干活儿，上二黄河工地去，即总干渠，为开挖二黄河做点贡献。

当年开挖总干渠五姑娘之一的高素英

于是，四个姐妹在傅翠兰的带领下上了总干渠的工地。工地上的民工们开玩笑地用河套的方言说："怎么上来五个女圪泡？是上来吃来了，还是挖土来了？能干动了？把土上得满满的！"五姐妹毫不含糊，干起活儿来，与男民工不相上下。箩头的土尽管上得满满的，但她们五姐妹毫不逊色，巾帼不让须眉，令工地上的男民工都刮目相看。

二姐高素英，当时结婚了，丈夫张新秋也上了工地。

三姐张玉芝，二〇〇〇年去世了，肺气肿，去世时吐血。二姐高素英是三姐张玉芝的嫂子。史春福是张玉芝的儿子，二〇一五年五十五岁，是五原县新公中镇光胜一社的农民。

四姐郭爱英在五十四岁时去世了，笔者采访了她的儿子。郭爱英去世时身体有多种疾病，有好多病是在开挖总干时渠落下的病根。

最小的史爱云，一九五九年参加了开挖总干渠，后来结婚到了呼和浩特市。

大姐傅翠兰向笔者介绍了她们参与开挖二黄河的事。队里用牛车把她们送到五原刘召火车站，坐火车到临河下车，再步行到二黄河施工的工地。

五姐妹和营部住在了里外间的房间里。没有炕，铺的麦柴，吃的是捞饭、山药汤汤和稀粥。一九六〇年吃的是稻稗子面。

一九五九年，挖到腊月二十九才放假。放假时给吃的是猪肉烩菜和大米饭，同样，有的人没吃就跑回去了。施工时，吃不上菜，五姐妹去和附近农民要咸菜吃。放假了，民工们欢天喜地回家。五姐妹好费劲地挤上火车到了刘召，然后步行回到家。

施工时，工地上放"卫星"，突击干活儿。敲着箩头、担杖，虚张声势，互相鼓动，看谁担得快、跑得快，主要是突击出土方。

傅翠兰介绍说，干得好奖励红旗，工地上"三接担"，五姐妹一个组，一个上土的，两个是中间的，两个是后面倒土的。箩头里的黏泥倒不下来，就用担杖敲箩头。

一九六〇年二月份，五姐妹又上去工地了，一直干到天凉了才回来。工地上训练打靶，实行劳动与武装相结合的"劳武结合"。傅翠兰打了五枪，还中了两枪，其余三枪没有上靶。

工地上由于干得突出，傅翠兰被公社评为劳动模范，奖励了一张奖状，一件绒衣；队里还奖励给她一个茶缸，上面书写"劳动模范"。

晚上夜战，没有电，没有灯，摸着黑干。因为白天路走顺了，也能摸着黑干。傅翠兰的肩膀压肿了，压起老茧了，现在经过五六十来年的磨炼，摸上还有硬的筋疙蛋。

最小的史爱云，母亲心疼地给她做了棉袄、棉裤让人捎来工地上，史爱云感动地哭了。作为大姐的傅翠兰安慰史爱云，在工地上干活儿不能哭，让母亲知道了工地苦，会担心的，母亲会担心掉眼泪的。这样的安慰已经是多次了，因为史爱云五姐妹里年龄最小，干活儿劳累时、吃不上有营养的伙食时就会想家、想父母，就会不由自主地会偷偷地抹眼泪。作为大姐的傅翠兰就会宛如妈妈般安慰、劝导一番，说出的安慰话，不管什么时候都接地气、有哲理。傅翠兰安慰说："苦,吃一吃就过去了,没有什么了不起的,苦又不能把人吃死的……"

一九五九年上工地三个月，没有洗过一次衣服，也没有可换洗的衣服。脸能洗一把，裤子烂了，傅翠兰便用一块旧毛巾缝补上继续大干。

可以想象，五个正值青春年华的女孩子，正处于爱美、爱梳洗打扮的年龄。可是，生活的经历不允许她们梳洗打扮，没有爱美的环境和条件。谁不爱美，谁不爱梳洗打扮，更何况还是年轻的女孩子？但生活和劳动的环境使她们无法选择，她们只能去适应这个环境，而不可能去改变当时的施工环境。工地上的每个民工都一样，条件和环境就是那样，女民工也不例外。

采访到这里，笔者向傅翠兰大娘采访提出了一个女性方面的问题：在开挖二黄河时，身处那样的艰苦条件和环境下，你们几个女孩子是怎么处理你们每月的例假问题的？

傅翠兰老人说："在农村当时用草纸；到了工地，由于没钱买草纸，便捡工地上民工扔掉的破烂衣服，拆洗干净了，裁剪成布条子使用，别无他法。工地上，女人来了例假照样干。带工领导也没给放过假，这在工地上都没有搞过特殊待遇。"听后不免让人唏嘘不已！

开挖二黄河的艰难立刻浮现在我们的面前，仿佛处于原始社会般的施工环境，吃草根、穿兽皮的艰难程度。人类已经进化到了二十世纪，但是，我们积贫积弱的祖国，饱尝战争和欺凌，百姓在水深火热中过着日子。到了二十世纪五十年代，又经历了一九五八年大跃进的思想激进的错误，百姓的生活几乎崩溃到了民不聊生的边缘。所以，河套人民开挖的二黄河就是在这样的艰苦环境下施工的，傅翠兰老人的叙述没有夸大其词，一切都是由当时的生活状况所决定的。但是，她们同样挺起了不屈的脊梁，无怨无悔，顽强地战胜了施工中的一切困难，取得了让后人景仰的骄人成绩。

二姐高素英和张新秋夫妇共生育了三个女儿，高素英三十八岁时，即一九七六年农历九月十一日因尿毒症病，英年早逝。

当时，大女儿十二岁，二女儿张凤娇九岁，三女儿六岁。医院诊断，年轻时，受冷、受阴、受累而导致身体发生了病变，继而转为尿毒症。在二十世纪七十年代，奢望一个农村家庭去看好一个尿毒症患者，简直是不可想象的事情。当年生活都难以维计，温饱都无法保障，奢求看好一个尿毒症患者，无异于天方夜谭，在讲一个神话故事一般。高素英撇下三个幼小的可爱的女儿和患难与共的丈夫无可奈何地离开了人世。她只看到了曾经一扁担、一箩头开挖的二黄河浇灌了十几个年头便不得不向母亲河黄——河水做永远的告别了……

毛泽东主席是一九七六年九月九日去世的，当时，病重的高素英已躺在了病床上三四年。当她听到毛主席去世的消息时，还流下了悲痛的泪水。三个不懂事的女儿正欢蹦乱跳地跳橡皮筋，高素英严厉地呵斥并制止了三个孩子说："不要跳了，人都去世了，还跳……"

这就是当年毛泽东思想、共产党培养下的老百姓，永远听党的话，听从队里的安排。党召唤到那里、党指向哪里就干到哪里，毫无怨言，毫不讲代价，永远对毛主席、共产党有一颗感恩的心。不管自己身处何处，身处怎样的境况，生活如何艰辛、病痛如何折磨，朴实的老百姓这颗感恩的心永远不改。

二女儿张凤娇是五原县新公中镇光胜一社的村民，她在家中聊起母亲高素英的事情，但当时自己仅为九岁的孩子，相关的事情知之甚少。在我们的请求下，张凤娇又陪同我们驱车赶到在五原县县城，拜见了在县城孤独居住的老父亲张新秋。

张新秋在妻子高素英离世后，又当爹又当妈，把三个女儿拉扯大。三个懂事的女儿曾劝说父亲张新秋再找个老伴，给她们找个新妈妈。但张新秋担心三个可爱的女儿会因为有了后妈而受到虐待、歧视，毅然断绝了再组合家庭的念想，潜心抚养三个女儿。直至三个女儿都结婚了，有了好的归宿，张新秋才找了一个老伴。老伴和张新秋在一起生活了十来个年头后因病去世，张新秋于是现在又成了一个孤独的老头，二〇一五年时，张新秋七十六岁。

张新秋老人给我们介绍了当年开挖总干渠的情况。一九五九年开挖，收底是五十米，三天放一个小"卫星"，七天放一个大"卫星"。连夜干，没有灯，摸着黑干，晚上十一二点钟才能收工。劳动和民兵训练打靶相结合。工地开展阶级斗争，通过阶级斗争批斗会促进民工的施工进度。

一九五九年，工地上挖到腊月二十九。一九六〇年正月初六，二黄河工地开始施工了。张新秋老人因劳动突出被五原县评为劳动模范，奖励了他一个书写有"劳动模范"的背心和奖状一张。

工地上施工，不冻方的工段从上面往下挖；挖到冻方底处，天气也变冷了，工地变成冻方了，然后再从底部往上挖，每天晚上冻半尺厚。再后来，冻结实了，就用炸药放炮砸，背冻块。工地上，一个叫樊虎虎的民工，被放炮砸伤过。工地上按土方挣工分，在工地上根据土方量由民工评定每个民工的工分，即根据每个民工开挖土方的数量、程度确定工分，如十分、八分不等，大家共同瓜分总工分。从一九六〇年开始，工地上开始挣钱，一个工三角钱。张新秋老人一个月曾挣过二三十元，最高一次挖一天土方，挣了六元钱。

即使在一个工地上干活的高素英与张新秋夫妇，也不可能生活在一起、吃住在一起的，因为工地上没有那么宽敞的条件让夫妻二人生活在一起。夫妻二人只有收工以后，十天半月、甚至是一月见上一面，那也是一定有非常当紧、再或者遇到了非常棘手的困难、问题了，否则，一般情况下是不敢、也不能见面的，见的次数多了，还担心在工地上影响不好了。那个时代的人，出来挖二黄河都不敢跟别人说他们是夫妻。两个人各走各的道，回到家才敢说话，就怕影响不好了。笔者情不自禁地感慨，真是时代不同啊，多么善良、纯朴的百姓啊！纯朴、善良得让人心生敬畏之感。

五姐妹中年龄最小的史爱云，结婚去了呼和浩特市。所以，通过电话采访了远在呼和浩特市的史爱云。

二〇一五年，史爱云七十四岁，一九五九年挖二黄河时年仅十五岁。家里父亲由于砸伤了脚趾头，后来截肢了，没有了脚趾头走不成路，上不了二黄河；大哥是残疾军人，也挖不成二黄河；二哥在海勃湾外地。所以，家里没有壮劳动力，她随四姐妹们上了二黄河工地。

挖二黄河很艰苦，在泥水里捞泥，稀泥黏在箩头里倒不下来。她当时只买了一副手套，手套湿泥戴不成。况且，没几天就磨烂了，再也没钱去买。手冻到都没感觉了，开始流黄水。脚冻了，流黄水，粘在了袜子上。袜子都脱不下来，晚上只能穿着袜子睡觉。

由于一九五八年、一九五九年两年种水稻，造成河套地区地下水位上升，挖不了几锹就出水了。人站在泥水里挖渠，挖时间久了，女孩子身体受阴了，例假都不准时了，后来干脆就没有了例假。

一九五九年，史爱云因病上不了二黄河工地了，其余四姐妹又上去了，史爱云不得不请假去看病。家乡的人称这种没有例假的病为"血干了"，成了"干血涝"病了。结婚了，生育不了孩子。后来，史爱云看好了病，队里周围的小伙子都不敢上门去提亲，担心她不能生育孩子。后来嫁给当时在五原县医药公司上班的比她大八九岁的丈夫。再后来又搬到了呼和浩特市，在家里做了全职太太。三十多年前丈夫就去世了，后来，为了生计，她去呼和浩特市五七工厂当临时工。为了拉扯四个孩子长大成人，又当爹又当妈，史爱云一直没有再婚，一直一个人孤独生活。

史爱云回忆起来开挖二黄河的经历，给她的心里留下了抹不去的阴影。

由于年轻时代身体受到了影响，现在的膝盖骨疼痛，不能走路，必须拄着拐杖。而且每年都要去治疗关节疼痛的专科医院给腿部打针，每年都花费不少的医疗费。上不了街去购买蔬菜等副食用品，都是孩子们给购买齐全了，以保障她的日常生活所需。手和脚一到冬天就浮肿，痒痒得难受，这些都是当年受冻留下了后遗症。

挖二黄河时，工地上的民工多，做饭的锅灶不好，且又是在很大的锅里做饭，民工们吃着半生半熟的夹生饭。现在的史爱云的胃有时疼痛得吃不下饭，她曾去内蒙古首府的大医院做过胃镜检查。现在经常需要吃药，保健胃部。二〇一五年，史爱云又做了一次胆结石手术，花去一万多元。

这就是当时曾轰动全盟的五原县五姐妹"穆桂英"小组开挖二黄河的故事。采访过后，不免让人感叹！多么纯朴的情怀，多么质朴的语言，从没有过豪言壮语，从没有过满腹牢骚，更没有怨天尤人，只是任劳任怨地听从党的召唤，去改变家乡生产生活的落后面貌，去改变赖以为生的黄河水的浇灌途径。身体虽然受到了这样那样的伤害，却从没有过埋怨过政府、埋怨过共产党的领导，反而认为二黄河是开挖对了，改变了河套地区灌溉土地的落后面貌，造福了百姓。她们说的都是感恩的话，感谢共产党的话。笔者对为她们这种崇高的人格魅力肃然起敬，在心中为她们树起了一座不朽的丰碑！

河套灌区老前辈讲述施工时的难忘往事

乌拉特前旗工段从有关部门抽调十九名干部，全团编为十个营，五十五个连、一百二十二个排、二百四十五个班。党团骨干分子，都写出了决心书和保证书。特别是白彦花的一名党员，为了向党组织表达自己的决心，咬破了自己

的指头两次，写了"血心书"，以此表达对开挖二黄河的决心和态度，让在场的每一位民工都深受感动。

许多党团员和群众，意志都很坚定，提出完不成任务不回家。开展"插红旗，树标兵，力争全线第一名"的活动。前旗全团共放过二十多次土方的"卫星"。有的营，早出晚归，很晚才收工。他们的口号是："抓早晨，赶黄昏，一日要顶两日工；大战加巧战，每日保证九分半。"

但总干渠工程浩大，时间长，任务越来越艰巨，特别是后期增加的泥水方和冻方，许多干部和民工产生了畏难、松劲情绪，对工作不安心，要求换班，没病装病，请假旷工现象比较多，给施工带来了许多不利因素。党总支及时召开紧急会议，各个检查，各营、各连也召开了病号会议，以党的精神和总干渠的深远意义晓以利弊，加强思想政治工作，调动民工们的施工积极性。

秋季施工，集中开挖平面渠。一是分工运土，车子运较远的土；箩头从边线开挖，运较近的土；二是上面大分散，下面集中挖。早上一固定，晚上一检查。人挖上层时，面积可适当放大，一直挖到水皮为止，挖以下的水方就必须集中人力进行突击。为了防止"人造"水方，必须早上固定任务，晚上检查完成情况，这样对战胜泥水方和水方变干方创造了条件；三是开挖泥水方，根据挖深的不同情况，可采取"连三赶四"或"连二赶一"的连续突击开挖办法；四是推行"四包一检查"的施工方法，即包任务、包定额、包时间、包工具，检查完成情况。

冬季施工时的做法和体会是，一是深翻保温，就是在大地封冻前，进行深翻三至五米，共翻一千米长、五十米宽，破冻时省劲省力；还可用草、枳机等保温。二是散土散沙保温，就是每晚收工时，将第二天开挖出的熟土或砂子撒在上面，即可保温。

大力开展技术革新。口号是向先进工具要土方，让新式工具武装工地，基本实现了车子化。每二至五人有一辆"飞机"式小车，共到达工地九百一十辆车子。还有木轨车十三部，轮骨水车七部，民工自发创造担泥片二百五十副，抬泥板二十四块，喷泉式水车二部，抬冻块架一百二十副。

前旗党政领导，白彦花、西山嘴营领导不仅带来了慰问品，还带来了电影队、歌舞团等进行慰问演出。民工一听说要下来慰问，连续几天土方放"卫星"，报答党的关怀和温暖。

工地上以连为单位组成集体食堂，保证民工不吃夹生饭，不喝生水。还有副食，个别没有棉鞋、棉衣的协助解决，并配备五名医护人员。工地实行军事化管理，出工、收工整队结合走。早上跑步，这样既整顿了懒散松懈的施工现象，又推动了工程进展。

乌前旗原水利局局长、后调任河套灌域总局所属的总干渠管理局局长的李秀岩，二〇一五年时，已是八十七岁高龄的老人了。他向笔者讲述了当时总干渠四闸以上乌拉特前旗工段的施工情况。

李秀岩，一九四九年从河北省沧州调来内蒙古工作。一九六〇年，又因工作需要被调到乌拉特前旗工作，被任命为旗委委员、水利局局长、党组书记。

当年正值开挖总干渠，李秀岩被任命为前旗段副总指挥。工程指挥部设在西小召公社，前旗地区出动民工及农场劳改犯人，共计三千余人。施工段落从五原县刘召至前旗境内，近五十千米的开挖渠段。从一九六〇年十月至一九六一年四月完成五十千米的开挖渠段任务。

当时的施工的方法是，冬天用黑色炸药炸开冻土层，然后再用铁锹和箩筐将炸开的土担到渠背上。施工组织以公社为单位，由每个公社的带工负责人组织各大队的民工进行施工。当时实行的是"争先进、插红旗、拔白旗"运动。各单位争相

开挖总干渠施工者、河灌总局退休干部李秀岩

比高低、比进度。公社带工负责人、旗指挥部领导和施工技术人员每三天进行一次评比大会，民工按所完成的土方计算发放补助粮。每季度按照完成土方的数量进行一次大评比，参加评比的个人和单位施工成绩优异的能得到如暖壶、搪瓷缸、箩筐、铁锹等小型物资奖励。民工们对评比看得比较重，都怕落后，都想争先。被评为生产进度落后的发给流动白旗，会受到社队领导的批评数落。

李秀岩老人说，工地上大多是批评，例如："让你干点活儿，受点苦，会要你的命吗？"然后风趣地讽刺、挖苦一下，民工们便哄堂大笑了，干起活来

更加卖力，更加吃苦。民工们往往都是太阳没升起来，有能见度就出工了，太阳落下去黑得看不见了，才收工。那时的人思想单纯，受到新社会毛泽东思想、共产党教育的深刻影响，比较听从安排，吃苦耐劳，不计报酬，没有怨言。人们之间的关系简单、不复杂。

李秀岩老人非常留恋那时候的岁月，每年清明回前旗给父母扫墓时，总是要去曾经在总干渠施工的地方看看，转悠一下，回味一下当年开挖总干渠的美好时光。老人说，虽然民工们吃苦了，但心情很愉快。大家都比较平等，因为领导与民工们一样都干活儿，老人认为那是最值得回忆的美好时光。

总干渠给前旗分配的任务刚开始是七十千米，后来又缩短到五十千米，一直挖到三湖河为止。当时，前旗就从各乡镇结集三千名的民工，包括七百人的劳动农场的服刑犯人。

开挖总干渠主要坚持不误农事，充分利用冬闲季节开挖。民工每人每天一点五斤至二斤糜米饭，没有什么蔬菜可吃。晚上喝稀粥，民工们普遍吃不饱，身体浮肿。民工们施工干方好挖的地方，一天可以挖四至五方土；水方的地方挖二至三方土。

开挖的任务从旗县分到公社，再分到大队、生产小队，一直分到民工个人手里。

挖总干渠也用土炭、硫磺、硝铵，自己去配制炸药。在前旗工段就由于炸药施工，冻土块飞起而炸死一个四十多岁的民工。当时工地上炸死了人，也不会有家里人过来寻衅滋事的事件发生。

那些劳动改造的服刑人员，看管他们的部队官兵和施工们会鼓励他们说："好好干，完工以后晚上给你们洗澡……"人们便用大锅烧水，用木制的大澡盆洗一下澡，这便是对施工人员最高的奖赏和犒劳。民工们一听说洗澡便会欢呼雀跃起来，同时，也会大干起来。

前旗总干渠一九五九年施工也发生过一起严重的安全事故。西小召工段第一连三排十四班民工张文明，十九岁，贫农，初小文化，黎明公社复胜大队色楞太湾村人。家里有父母兄嫂，本人未婚。他是为顶替哥哥上了总干渠工地。一九五九年元月六日，十四班与十三班合并拉柴，两个班二十余人，挖冻楞。由于冻块塌方，张文明被当场压死。没几分钟，被工友刨出来以后，两眼出血，口内压出米饭，背后和腰间肉皮被冻块砸成花黑色，前胸肋骨压断三根，右腿、大腿骨被砸断，腰骨窝曲。工地处理善后事宜共开支一百七十元，抚恤金三十元。

施工指挥部对这个血的教训进行了认真的分析总结，认为既有连、排、班长的责任，也有张文明本人不执行施工规程，不听从劝阻的责任。他当时把身子伸进一米多深的冻楞下，是违反操作规程的，应承担违反操作规程的责任。营部政治指导员、连队支部书记、连排长都做了检查。班长给予撤职处分，团长秦永泉、副团长吴裕民做出了书面检查，深刻反省此次事故。

从李秀岩老人的讲述中可以看出，那时候民工们的思想感情是多么的淳朴；繁重的施工劳动，收工回来能洗上一个澡便是最高的奢望，从中也可以体会出施工的艰苦程度。社会主义集体观念深深地扎根在人们的心里，大家视集体荣誉、集体利益至高无上。那时的人们，即使发生了安全生产事故，也不会闹得满城风雨、沸沸扬扬，他们把建设新生的社会主义的理想、信念看得高于人的生命！

中后旗赵满禄全盟总干渠放"卫星"获第一名

中后旗总干渠施工指挥部共编一个营、三个连、十七个排、四十个班。总干渠是民办公助、定额补助，即五方一个定额，记十二分工。

中后旗旗委派出十七名大队书记、大队长下工地，与民工交朋友，齐劳动，调动了民工的积极性。工地上要求五天一"卫星"、七天一突击、十天一战役、半月一休息，平均工效达每个工日八立方米。

在全盟的第三次总干渠评比会后，民工们提出了，"向星星、月亮要土方；学杭后、赶杭后，超杭后、五原、临河，夺得全盟第一名"的口号。

星光队原计划一九六〇年元月底完成的任务提前二十天完成。他们的劳动时间延长到十一个小时，中午不休息进行夜战。晚上灯笼火把，到处是劳动的歌声，二连由下游跃升为集体标兵单位。个人模范赵满禄数次被评为一等模范，开工第一次放"卫星"，获得全盟第一名的"卫星"新纪录四十三点八立方米；第二次"卫星"四十二点六立方米。前后共放十几次"卫星"，也没低于四十二立方米以下；最高一次创下了四十八方的纪录；同时带动三十多名青年放"卫星"，每人平均三十立方米以上，成为个人标兵，赵满禄成为工地上学习的榜样。青年蔺子文向国庆献礼的一次大"卫星"超过赵满禄的纪录，达到四十八

点三立方米，还有超过蔺子文的邢埃明等人，都创造了放"卫星"的新纪录。

工地上还涌现了助人为乐、起模范带头作用的二连四排长的共产党员王双虎，为了提前完成任务，把自己的皮袄让给民工穿，被子也让给民工盖。每天夜间起来给民工生火炉、盖被子。他们排不仅提前完成了任务，还帮助兄弟排挖了一千七百余方土。二连三排长杜八小，每天晚上给民工开会鼓干劲，提前二十天完成任务，还帮助其他排挖了一千六百余方土。还有胡德云、王连云、胡玉旺、赵高先、王四锁等人，每人挖出了平均月四百一十一分的好成绩，带动了民工的干劲。

一九六〇年，中后联合旗实行"以方定粮、凭票吃饭、节约归己"的激励办法。苏独仑农场的张占奎等三人为了提高工效，得到更多的粮食补助，每天下午收工以后，在不影响第二天出工的情况下，坚持一小时以上的劳动，增挖土方一方左右。在正式劳动时间里积极苦干的事例不胜枚举，部分民工已突破三点五立方米定额，最高达七立方米以上。

中后旗还推出了"土方超定额奖励"的办法，就是根据不同的工序，在力所能及的情况下定下不同的定额，超出定额分别给予现金奖励。如上土方，人担六方为基础土方，六方以上至八方者，每超一方奖励一角；八方以上者，每超一方奖励三角。其他工序也根据施工难易程度规定不同的标准，对提高工效有很大的促进作用。

对民工的补助，每半月发放一次，并决定全部发到民工手里，解除了民工的顾虑。

二〇一七年四月，笔者前往当年总干渠施工全盟放"卫星"标兵的赵满禄家乡进行采访。走访了家住乌中旗乌加河镇宏丰村东风组的赵满仓，即赵满禄的哥哥。赵满仓老人，八十一岁。他们的父亲很早就去世了，弟弟赵满禄当时只有六岁，赵满仓八岁。

捞挖黄河引水渠劳动者赵满仓

赵满仓老人回忆说，在开挖总干渠时，一家出一个壮劳力。弟弟赵满禄当时十八岁了，长得高高大大，身体结实，自然上去开挖总干渠了。顶替下的赵满仓老人虽然没有上去总干渠的工地，但是他给工地上送粮食等物资。赶着马车慢慢悠悠地走上四天才能到工地，在当时的临河县新华公社住宿一晚。总干渠开挖了三年，赵满仓老人给工地上送粮食等物资也送了三年，因为他熟悉路。在工地上，赵满仓老人也亲眼看到了总干渠的宏大、渠宽、线长，民工们采用蛇退皮的方法施工。到了冬季施工时，用西锹把土方裁成小块；等第二天冻住了，再一块一块地裁开搬出去，施工比较艰苦。

开挖总干渠时，弟弟赵满禄施工的工地当时在临河县的马场地公社永丰大队六小队。工地上经常组织放"卫星"，以加紧施工进度，起到提高民工施工积极性的轰动作用。赵满禄放"卫星"最好的一次是创下担土四十八方土的全盟最高纪录。担土时，工地上的民工们相互摽劲。中后旗的石兰计、德岭山等公社的民工都慕名过来与赵满禄摽劲放"卫星"。连续十天的大放"卫星"，其他人干不下来，只有赵满禄、谭双锁干下来了。一对叫候挨山、候靠山的弟兄两个与赵满禄摽劲，都没有摽过赵满禄；德岭山公社的一个小名叫刘大的也过来放"卫星"摽劲，也没有摽过赵满禄。

赵满仓老人说，一方土需担土三十六担，弟弟赵满禄放"卫星"最高纪录是四十八方，就需要担土一千七百二十八担土。有时三担土，就需要走二里路，一天下来大概需要走一二百里的路。赵老介绍说，弟弟担土时，根本不是走着，而基本上是光着脚小跑着。他在中后旗施工时是出了名的，轰动了全盟开挖总干渠工程的工地。工地上无人不知，无人不晓，全盟总干渠施工的旗县都慕名过来观摩学习。工地上给弟弟奖励过一身蓝衣服，还有一辆自行车，后来不知什么原因，没有到赵满禄的手里。

赵满禄出外工表现突出，回来队里评的工分高，是十二分。全年是四百五十个工，他都是最高的工，最高的分。

赵满禄在总干渠的工地上施工三年，从一九五八年开始至一九六〇年。别的民工还有替换一下的时候，赵满禄三年来没有一次替换过，一直都在工地上。一年四季都在工地上，在那个时代也没有什么可以替换的衣服。作为从小失去父亲的赵满禄，母亲改嫁到了乌盟，自己就成了孤儿，从小在叔叔屋下生活。施工过年就给放三天假，赵满禄孤苦伶仃一个人，过年放假也不回去，留在工地上看工地。与他一起看工地的还有一个叫谭双锁的小伙子，其出身与他一样，从小也是父亲去世，母亲改嫁，八岁时一天就能捡八担牛粪；十二岁就开始在

队里放牛、放马；十四岁揽长工，与大人们一起在队里干活，受尽了继父的打骂、冷眼相待。所以，苦命相连的两个人，过年都不回家，在工地上看护工地，受到了施工工地上人们的好评。

赵满禄施工住宿的地方是原临河县马场地公社永丰大队一户姓李的人家。这户人家，看中了赵满禄的实干、憨厚，这一来二去就将女儿李秀花许配给了赵满禄。

赵满禄的老伴李秀花回忆说，结婚时，他连一身像样的衣服也没有。里面穿的衬衣、衬裤都是穿的亲戚改制的旧衣服，那时穿衣服都是需要布票的。总干渠施工三年，给赵满禄的身体造成了严重的关节疼痛，静脉曲张的血管有手指粗，都是总干渠施工时苦重、劳累，再加施工、住宿阴冷潮湿造成的。工地上吃的是玉米面。赵满仓老人说："弟弟赵满禄一天就需要吃三斤粮的玉米面；若吃糜米饭，一个人能吃两碗生糜米焖熟的糜米饭，施工全靠粮食来补充人的体力。"赵满禄去世时，患有食道癌。老伴李秀花回忆说："这与工地上饥一顿、饱一顿，再加饭量过大都是有关系的。"赵满禄表现突出，在总干渠施工的第三年，即一九六〇年，在工地上光荣地入了党。

赵满禄在总干渠上因大干、实干、苦干，可谓收获颇丰。工地上的奖状、荣誉都得到了。奖状回来贴在家里的土坷垃墙上，后来不知被哪里的记者拿去拍照没有还回来。还有一些奖品，如用毛线做的毛毯、洗脸盆等。更重要的是他的实干，让他得到了相伴一生的伴侣李秀花。从中后旗到了原临河县的马场地公社永丰大队六小队落户，做了上门女婿，后来还当上了小队的生产队长、永丰大队党支部副书记等职务。

在原临河县生产生活了几年以后，赵满禄又迁移回了中后旗乌加河公社利民大队，一如既往地在队里干活。由于他的勤劳朴实，后来当上了利民大队的牧业队长。他的几个孩子也是随着当时的政治形势给起的名字，分别叫"大平""四清""文化""和平"。

遗憾的是，这位在开挖总干渠时曾轰动全盟的劳模于二〇一四年去世了。

笔者又走访了当年与赵满禄苦命相连一起开挖总干渠的谭有明，小名谭双锁。二〇一七年时，谭双锁七十九岁。谭老在聊到当年开挖总干渠时放"卫星"的热闹气氛时说，当年，大家都年轻气盛，在那个视荣誉如生命的年代，一个小小的口头表扬，民工们的心里乐得像开了花；一张奖状就可以让他们这些当年初生牛犊不怕虎的有志青年拼命地大干、苦干。赵满禄放"卫星"一天能挖四十八方土；谭老挖四十六方土，不相上下，都被评为劳动模范。当年被评为劳模，是一份荣耀。队里演戏时，他们这些劳模会被安排坐在戏台上，面对着台下的观众，他们这些有志青年感到有一种自豪感涌遍全身。总干渠的施工，使谭老练就了一身的壮体力。笔者同谭老握了一把手，感觉老人手上确实有劲，握住手动不了。虽然老人气短，但是手上很有力气。

　　开挖总干渠，方圆一丈，一尺深，算是一个老坑子，一天能开挖十二个老坑子。自己挖，自己上土，自己担土。工地上过八月十五给民工烙月饼，民工们累得连月饼也不想吃了。

　　晚上回来，民工们会借助扭沟沟、扳手腕、老牛驮沙等娱乐活动消遣一下。由于施工时，干活苦重，谭老累下了气短的毛病。医生检查是肺气肿，经常喉咙里有痰。当喉咙里的痰上不来时，谭老就含块冰糖用以化痰。每年谭老都要购买二三十斤的冰糖用来化痰。睡觉打呼噜，就吃甘草片治疗气短。施工中以方定粮，按方数发给施工补助，一方补助二毛五分钱。

　　谭老在施工时被评为劳模，由于要去五原县刘召相亲，把入党的事情给耽误了。谭老现在聊起来，还感觉有一种遗憾。谭老家庭生活困难，他的老伴由于饥饿，一九六○年从五原县来到了中后旗依山傍水生活。后来看中了干活吃苦的谭老，就嫁给了谭老。

开挖二黄河劳动者谭双锁

　　总干渠施工旱台十五米，收底五十米，开口六十米。谭老说："后大套的总干渠、总排干挖好了，过去我们这里都是枳机林。河套过去的民谣说'拴打兔子瓢舀鱼，灶稍圪佬捉沙鸡'。从前仅有土地一千多亩，现在灌排配套，土地增加到了八千多亩。吃点苦不算什么，后辈儿孙的吃饭问题解决了。"这是谭老发自肺腑的话。

　　当年带领赵满禄、谭双锁施工的施工连指导员李忠，二〇一七年时，八十三岁，居住在乌中旗乌加河镇宏丰村团结组。

　　李忠老人于一九五三年入了党，所以在施工时，被任命为连指导员。工地

159

上实行军事化管理，一个施工连二百多民工，下属四个排。民工中四类分子二十多人，工地上要求这些四类分子每天多担土一个小时，以加强自身的改造。李忠老人说，工地上的赵满禄、谭双锁是他们施工连树立的标兵，在中后旗总干渠的工地上有相当的影响力，民工们都以他们俩人为榜样。

李忠老人说，工地上住宿条件简陋，阴冷潮湿，沙土上铺把麦柴就睡觉。一个叫杨万方的民工，由于劳累、潮湿，患了俗称"缩阳"的病，即男人的生殖器缩回肚子里的一种病。犯病时用手都拽不住，是会要人命的一种病。还有一位民工也是由于劳累过度，说不出话来，被迫输液治疗。民工已经开始患病了，不给改善伙食怎么施工？于是，李忠老人想方设法改善民工们的伙食。

从一九五九年开始，由巴盟组织的总干渠施工开始给民工发施工补助费了，一方土补助两毛五分钱。施工带工领导也给同样的补助。由于中后旗的工地上出现了上述两位的病情，所以，带工人员的补助全部给了他们看病治疗了。他们这些带工人员非常担心带工会出事。那时民工生病了，施工指挥部是没有医疗费的，所以，带工人员只有自掏腰包给患病民工看病。

李忠老人在施工中主要负责民工们的伙食安排、后勤保障方面的工作。工地上吃的是糜米饭，为了改善民工们的伙食，李忠给民工们吃上了炖羊肉、猪肉，还给吃上了大米、胡麻油，吃上了炸油饼。

李忠老人说："施工时，虽然没有亲自下工地担土，但是施工中也努力保障工地的物资供应。"有一次，他骑着自行车到三十多里远的四分滩驮上三十多斤重量的炸药往施工工地赶。一路上担惊受怕，心脏跳得像肚里藏着一个兔子似的，担心炸药碰撞而引起爆炸。当李忠老人驮上炸药回到工地时，浑身衣服都湿透了，

开挖二黄河施工者李忠

还出了一身风泛疙瘩病。后来用热水泡，风泛疙瘩病才有所好转。那时候劳动防护用品缺乏，民工施工安全防护不能得到很好的保障。

李老虽然是慢条斯理地在叙述，没有振聋发聩的豪言壮语，但是，透过这些凡人善事，我们感受到了当年施工民工们的精神境界。自掏腰包去给施工中患病的民工看病，担心民工在施工中会出事……这在二十一世纪的今天，那是

要大书特书的焦点访谈事件，是会被大张旗鼓地进行宣传报道的。但是，那个时代的人，却质朴得只知道默默无闻、无私奉献，没有现代人那么多花里胡哨的思想。现代人若说，他们那是傻啊，他们会理直气壮地说："我不后悔！"因为，他们深知前人栽树、后人乘凉的道理。他们干的是造福子孙后代的事情，所以，不管什么时候他们都无怨无悔。

第三部分

开挖及扩建疏通总排干的那些事

第七章　开挖总排干的时代背景

　　巴盟黄河灌区由于黄河三盛公水利枢纽工程已经建成，总干渠已经放水，灌区引水基本得到了控制和保证。但是，由于灌区土壤盐碱化问题尚未彻底解决，影响了农牧业生产的大幅度增产以及旱涝保收、稳产高产和农田基本建设的发展。

　　从全国形势来看，一九六五年调整国民经济的任务基本完成，工农业生产全面发展，整个国民经济全面好转，并且将进入一个新的发展时期。同时，全国已为一九六六年第三个五年国民经济发展计划的实施做好了准备。

　　河套灌区布设在河套大地上的乌加河，是在北河断流以后改称的。在清朝，乌加河一带原系鄂尔多斯部达拉特旗的放牧地，人们就给乌加河起了个蒙古名字为"乌兰加令"，后转称为乌加河，意即"红色的老黄河"或"河的一端"。

　　北河断流在历史上有不同的争论，而乌加河却是河套平原上一段最完整的古河道遗迹。乌加河的上游由于失去水源，从光绪年间至中华民国十七年的五十多年的时间里，因天旱乌加河还曾干涸过几次。能给乌加河补水的，一是黄河上的天然岔流汛期的溢泄的洪水，二是狼山各山沟暴发的洪水。这样的补水加速了乌加河的淤积过程，再加上乌兰布和沙漠这头"红色的公牛"的东侵，乌加河河槽变得越来越浅，排水能力随之减弱。

　　而同样布设在河套大地上的乌梁素海，则是古北河遗留下来的一段河迹湖，也是乌加河的重要组成部分，或被叫作乌加河的出口部分。

　　据《贻谷将军派员测量五加河图》的记载："由乌梁素海至王柳子壕，地极洼下，众流所聚，俗名乌梁素海"且"此处河势平，约十五里"。人们在乌梁素海的南面修了一条大坝，所显示的也只是一段比较宽平的天然河道。可见，乌梁素海的最初出现距二十一世纪的今天也不过近百年的历史。

　　乌梁素海随河套灌区的开发而产生，又随河套灌区的发展而扩大。只要有河套灌区的存在，只要有退水，乌梁素海就会有存在的价值，乌梁素海水域面积的大小由退水量来决定。

乌加河作为总退水出路，由于多年分段堵水灌溉，逐渐淤高，退水不畅，淹地、阴地、土壤盐碱化现象严重。实行了"一首制"引水后，直接供水乌北灌溉，河套灌区改造乌加河的条件成熟。而把乌加河正式列入改造利用计划的是"五七"计划，当时要利用乌加河河道作为河套灌区的总排干沟。

一九五八年，黄委会水利设计院正式进行了技术设计，施工时，内蒙古水利勘察设计院对改造利用乌加河的规划设计进行了适当的修改。修改方案中，选定总排干沟西至袁家坑，沿乌加河东入乌梁素海，全长二百零一点六千米，是排水沟道的主体部分，可以先行施工。这段线路共利用乌加河天然河道和洼地一百零四点二千米，新工段及裁弯取直部分为九十七点四千米，这比原乌加河河道缩短了五十四千米，争取了一定的坡度。在以后的规划设计方案中，规定总排干沟以上分设干沟十二条，总长五百一十千米。在各级沟道上，计划兴建各种尾闸、桥、涵、渡槽和扬水站等建筑物共计二千八百八十五座。

总排干由于过去排泄洪水带入了大量泥沙，淤积十分严重。河床不断抬高，水位比各分支干沟还高，各干沟的水流严重受阻，很难自然排出。一九五六年后，虽然各排干陆续修建了扬水站进行强排，但毕竟排水量有限，不能从根本上解决问题。与此同时，随着耕地面积的增加，用水量与日俱增，加之不合理的灌溉方式和水稻种植的大面积推广，使地下水位逐年升高，土地严重盐碱化，成片成片的土地白白荒废，耕地面积大幅度减少，粮食产量明显下降。最严重的时候，人均耕地六七亩，连自己的口粮也打不够，还得靠吃国家的返销粮糊口。

开挖总排干沟，解决河套地区的排水问题已成为历史的必然，否则，将导致排水不畅，山洪暴发，河套大地无法耕种。开挖以及后来的扩建疏通总排干工程就是在这样的历史背景下实施的。

乌加河在"五原大捷"中功不可没

在长达八年的抗日战争中，国民革命军共分十二个战区，而在所有战区中第八战区打得最艰苦。第八战区内大多是戈壁滩，气候恶劣，条件艰苦。战区范围包括乌兰察布盟、伊克昭盟、巴彦淖尔盟等地。一九三一年一月，傅作义将军率领第三十五军，经山西河曲转进绥西河套地区，就任第八战区副司令长官，兼任绥远省政府主席，从此摆脱了阎锡山的控制。他设立长官部于五原，积极整饬军政。

当时西北流传着进步青年李畏抗战时所创作的抗战歌词：

> 不怕西北遍地冰雪风沙，
> 不怕广漠辽阔无边际。
> 我们爱英挺的大青山，
> 也爱黄河奔流几千里。
> 快起，快快起，
> 蒙汉本是好兄弟。
> 手牵手，消灭日寇，
> 我们的仇敌！

此时包头以东地区都被日军占领，进入冬季以后，傅作义的部队进行了包头、绥西、五原等三个战役。国民党军事委员会给傅作义将军的作战任务是攻击乌拉尔山一带的日军。但傅作义决定攻打包头，因包头为平绥铁路终点站，是日军控制绥西的重要支撑点，也是日军、伪军向宁夏扩展的前进基地。傅作义命令部队假装修筑工事，同时邀请歌舞团进行演出，敲锣打鼓，以示他们的部队装备过年了，给日军造成一种假象，使其疏于防范，而傅作义的部队却在紧锣密鼓的调动之中。一九三九年十二月十五日，傅作义部队在包头城内尚有良知的一些伪军士兵的帮助下，奇袭了包头，然后于二十一日晚，在得知日军大量援军增援的情况下，撤出了包头，向五原方向转移。日军恼羞成怒，放出狂言："膺惩傅作义。"调集了三万多日伪军、一千余辆汽车、数十辆坦克和大量的火炮，分南北两路向河套地区扑来。

傅作义将军分析了战局，决定诱敌深入，然后实施两面夹击。所以，部队边打边撤，日伪军相继占领了五原、临河和陕坝，但却始终找不到傅作义部队的主力，以为"围剿"大获全胜，估计傅作义本人已经逃往重庆了。然而，傅作义部队很快就打了回头，连续收复了临河和陕坝，双方在五原形成对峙。

傅作义决定三月初夺回五原城。因为黄河在春风前后一两天开河解冻，到时候伴有大量的流凌，船只不通，人与马以行进。他们充分利用这一契机，在五原东北乌拉河挖渠放水泛滥，淹没南北两条大路。道路泥泞翻浆，日伪军人马难以行进，失去机械化的辅助，只得束手被歼。在天时、地利、人和的条件下，傅作义将军带领战士们打好了这场名垂千古的战役。

时年四十四岁的傅作义将军正值壮年。他一身布衣，身体消瘦，指挥作战镇定。战斗中他奔波于各个战场，每天奔跑的路程都在百里以上。他的一双布底鞋鞋底总是磨穿，勤务兵天天给他缝补。他还埋怨缝补得不好，勤务兵则怪怨他太费，最后实在没办法缝补就用麻绳绑住。他和他的士兵一样，身上生满虱子，顿顿吃着豌豆，他能把整排以上军官的名字全都叫出来。在他的指挥部里，墙上挂满了白布，白布上写着阵亡官兵的名字。随着战斗的持续，白布整整挂满了三间屋子。深夜时分，面对这些阵亡者的名字，他总是泪流满面。在沙窝的一次战斗中，他的指挥部遭遇了敌机的轰炸，他被掀起的沙土埋住了。卫士把他挖出来后，他让卫士收集马棘和干草在沙窝里点燃起了火堆，让火光把戈壁荒原照亮，他始终充满抗战必胜的信心，态度乐观。这一天沙窝的战斗，正是一九四〇年的除夕之夜，他与士兵就是在戈壁滩凛冽的寒风中乐观地度过的。

日伪军以为傅作义的部队已被消灭，当先头部队突然出现在五原城门刺死岗哨时，日伪军惊慌失措。傅部冲破城门，顽强凶狠地向城内穿插。经过一夜的激战，傅部占领了城内大部分要点，日伪军四处逃散。

在五原城外围，傅部阻击部队冒着日军猛烈的炮火浴血抵抗。日军企图在乌加河上架起浮桥，但始终未获成功。日军增援五原，傅部掘开了从北向东环绕着五原城的乌加河河堤。河水泛滥，道路被淹，日军增援部队无法通过，被迫撤回包头。

逃出五原城的一股日军被当地百姓报告给了傅部。日军过了结冰的乌加河，但无法渡过乌梁素海。绥远游击军的第一支第二团一连连长张汉三化装成伪警察队长前去侦察。张汉三主动提出给他们弄船，然后趁机带着部队围攻了日军。

他们利用五原境内的一条干渠，把部队埋伏在渠壕里。在敌人接近时，一齐投掷手榴弹袭击。但是敌人在走到距离渠壕二百米左右的时候不走了，准备退回去。游击军跃出干渠，奋勇追击。同时，另外的十几个人绕到敌人的后面，这个地方叫十份子。乌梁素海岸边芦苇很多，傅部包围了敌人，展开激战。他们认准了敌人里的指挥官，派枪法好的打死了这个指挥官，敌人顿时大乱。日军有被打死的，有在乌梁素海水里淹死的，傅部最后俘虏了许多敌人，只有二十多人逃脱。

战斗结束打扫战场时，有人搜出了肩章及图章一枚，认出打死的指挥官是侵占五原的指挥官水川伊夫，锋利的战刀上交给了董其武师长。还有大桥少佐等三百名日军，全歼以桑原为首的特务机关，歼灭王英伪军两个师，获战利品颇多。

那个水川伊夫，原本不是军人，他是以地质学家的身份供职于重工株式会社。侵华战争爆发后，他被派到了中国收集和勘查地质情报。日军大本营临时授于他中将军衔并任命他为绥西警备队队长。虽然中将水川伊夫是日军的一个"水货"中将，但是继八路军击毙阿部规秀中将四个月后又一名被击毙的日军陆军中将。战后，连长张汉三直接晋升为上校团长。这是国民革命军发动冬季攻势战役以来少有的胜仗，被中国战史称为"五原大捷"。傅部仅五原战役牺牲官兵近七百人，其中，前仆后继战死的连长就有十七人。"五原大捷"创国民党战区收复失地之先例，各党派团体发电祝贺，战役受到国民革命军委员长蒋介石的高度评价："攻克包头重镇，且能苦守数日……其精神，殊堪嘉尚。"国民政府还将两枚"青天白日勋章"颁发给傅作义。傅作义将军回电说："五原大捷，乃所部全体官兵艰苦抗战、奋勇抗战的功绩，个人不应领此勋奖。"而加以拒绝。

解放战争期间，傅作义主动投诚共产党，率领部队起义，有效地保护了北京历史名城的完好无损及北京二百万百姓的生命财产的安全。中华人民共和国成立后，傅作义历任水利部部长二十多年。同时，他把自己的同胞弟弟也邀请回来，从事水利事业。傅作义部长对建国后全国的水利事业倾注了大量心血。

在这里之所以详细描写傅作义将军在河套境内指挥的著名的"五原大捷"战役，是想告诉河套儿女，河套境内的渠系在历史上不仅单单只是具有灌溉排水的功能，而且在日军侵略时起到了重要的抵抗侵略的作用。掘开的乌加河，后来成为总排干的总排水渠，使日军侵略通行的道路淹没，日军增援的部队无法到达，实现了有效阻挡日军增援的作用，在战役中功不可没。这也应验了古人所说的那句话："水可载舟亦可覆舟。"顺应人民的愿望和历史的潮流，便可载舟；逆历史的潮流背向而行，危害人民，水必然覆舟。河套人民应该永远铭记傅作义将军指挥的"五原大捷"战役及曾经的乌加河在历史中所做出的突出贡献。

一九六五年总排干沟工程正式开工

巴盟盟委、公署根据华北局和内蒙古党委的指示精神，为加快河套灌区的盐渍化治理，提高农牧业生产水平，到一九七○年实现四百万亩良田和亩产四百斤的目标，决定集中力量，从一九六五年开始到一九六六年挖通总排干沟，一九六七年将灌区内主要干支沟挖通，一九七○年前基本达到灌排系统配套，发挥排水效益。

根据巴盟盟委、公署的精神，为完成总干渠配套和部分灌溉系统改建工程，巴盟水利局于一九六五年六月十五日提出开挖总排干具体实施方案。

> 内蒙水利厅设计院已于一九六四年提出了黄河灌区修正规划方案，全部按设计进行总排干沟二百余千米的施工，则需开挖一千三百余万立方米土方量才能挖通总排干沟。若一次性完成，势必影响其他工程的相应开展，或者会影响到其他生产领域的发展。所以，对总排干沟的开挖，确定拟先做过渡性小断面工程。对个别段落进行局部裁弯改线，以尽量节省总的工程量。计划先施工七百五十万立米的土方量，即可挖通总排干，其余工程量拟到一九七○年以后再扩建施工。
>
> 总排干沟先通过乌梁素海排水，按小断面开挖，全长二百余千米。土方约七百五十万立方米，需劳力二百四十三万个。还有过乌北工程，干、支沟工程和乌梁素海退水整理工程及总排干截水沟工程。以上各项工程，除旗县内部受益的干、支等工程，由各旗县自行安排施工外，总排干工程由全盟统一安排施工任务。采取农闲突击和常年施工相结合的办法进行。

为了保证乌加河治理，灌区治碱及渠系配套工程任务的顺利完成，全盟成立黄河灌区治碱工程总指挥部。盟委副书记王健民担任政委，公署副盟长李桂芳担任总指挥，农办主任康玉龙担任副总指挥，下设治碱工程处，各旗县相应成立组织机构。黄河灌区治碱工程处，具体承办全盟黄河灌区灌排彻底整治改建工程。在总指挥部的领导下，各旗县相应成立施工指挥部，调动领导民工，完成各段短期突击性的工程任务。

为了更好地实施好总排干沟工程，全盟从灌区内各旗县生产队抽调一名民工组成了一支常年性的三千人的施工队伍，并命名为盟直属民工队，由全盟治碱工程处直接领导。盟直属民工队完成的工程量，最后仍分别顶各旗县应承担的施工任务。盟直属民工队的组织形式，按旗县每二百人左右组成一个中队，共计十五个中队，中队领工干部均由旗县自行配备。干部人事关系暂转到工程处，由工程处统一管理。盟直属民工队常期施工的民工，所得工资百分之五十归个人，百分之五十交生产队。由生产队按本人平时在队里的劳动所得工分，再加适当照顾给予记工分红。

总排干沟及其相应的过乌北主体工程负担比例，基本上按照各旗县受益及劳力多少为依据进行分担。对于总排干沟以南各干支渠相应的改建配套工程，则分别由各十支渠灌域自行负担。

一九六五年在实施总排干沟工程时，响应"学大寨、树标兵、一带二、一片红"的伟大号召，以达到多、快、好、省的建设要求进行施工。

全盟总排干工程按照盟委和公署的决定，打歼灭战，发动群

一九六五年开挖的排水系统的杨水闸

众长期施工和短期突击相结合的施工方法，农闲大搞，农忙小搞，做到施工和农业生产两不误。为此，巴盟水利局组织起长期施工民工三千零六十人，于一九六五年八月上旬先后投入施工。这是全盟总排干施工中的基本力量，此外，还组织大批短期民工进行突击。长期民工主要参加土方工程，到冬季不能挖土时，转入建筑物工程备料的施工。

总排干沟的开挖施工，组织常年施工队伍，这是按照中央的政策精神组建的施工队伍。坚持常年施工、专业施工，以此提高施工的质量和效益。我们欣喜地看到了全盟迈开了治理盐碱化的步伐，看到了治理盐碱化的曙光。

总排干沟工程施工测量先行

为了配合总排干沟工程的施工，必须提前做好总排干沟工程的测量工作。巴盟水利局当时组建了测量大队，分两队进行测量。测量人员分成不同的工作小组，看仪器、拉米绳、做记录、打桩子等各负其责。

一九六四年六月，已经从黄河管理局调回到巴盟水利局工程技术科工作的刘义，根据巴盟水利局的安排，和文荣纯同志一起带队，完成了对总排干沟主干沟—红圪卜至袁家坑的定线测量工作。

巴盟水利局总工程师陈靖邦详细地交代了总排干沟测量的任务和要求。陈靖邦强调指出："总排干规划线路是在五万分之一图纸上进行的，与实际有许多差异，这次测量要求不完全由图上搬到地上，但也不能差得太多。一定要根据规划和实际，选出一条合理适用的总排干沟线路。"

陈靖邦工程师明确要求，在规划线路左右五千米以内选择，能利用乌加河旧道的尽量利用，把原来乌加河灌域的陈广汉、同义隆、牧羊海等几个水库和洼地尽量留在总排干以北，作为将来山洪的滞留区，以保护总排干不直接受山洪的破坏。同时强调，总排干是排水沟，线路要尽量走低洼处。

这次测量是按照内蒙古水利勘察设计院一九六三年对总排干提出的修改设计意见进行的。长度由红圪卜至袁家坑即现在的广林扬水站共计二百零一点六千米，比原乌加河少了一百五十余千米。过水流量为三十立方米每秒，控制面积为九百六十六点二万亩，最大流量为九十立方米每秒。直接入总排干沟的排水干沟九条，即一、二、三、四、五、六、七排干，皂沙排干和义通排干，自流入乌梁素海，经乌梁素海和王六子壕大退水，在西山嘴扬水入黄河。以后总排干开挖都是按这次既定线路进行的，虽有些截弯，但大的线路未变。

六月下旬，以刘义与文荣纯为领导的由十名技术人员和二十多名临时工组成的总排干沟的测量队伍正式成立。测量组分成控制组、导线组、纵断水平组、横断组及运输工具、木桩的后勤组等开展工作。吃住由后勤人员解决，定线测量工作从红圪卜开始向西自下而上进行。每日进程五千米，每日一出工。早上每人把行李捆绑好放在一起，由后勤人员运往下一个宿营地。饭后各自带上干粮和工具仪器，分组出发，各司其职。晚七时或九时收工，按要求到住宿的村

子，看见插有旗子的房子找到营地。红圪卜至袁家坑有二百千米，测量队大致用了两个月的时间完成了测量工作。每日行程最多的是控制组和导线组。他们为了找控制点、水平点和选择线路，纵横反复行走；其他各组行程少些，但内业工作量多。水平组按三等要求，二等校核，所以水平组工作返工多些。晚饭后，各组整理当日的测量内业工作。内业工作必须在当天完成，并经刘义和文荣纯两位同志检查合格后，才算完成当天的测量任务。不合格的必须返工，落下的工作自行加班加点地赶出，不能影响第二天的正常工作进程。负责内业工作的记录员必须加班加点将当天测绘的数据计算出来，避免缺失。

与此同时，另外一队的测绘是从总排干源头两岸平地上进行的，是由清华大学毕业的巴盟水利局的工程技术人员崔北辰带队进行测量。崔北辰工作认真负责，一丝不苟，注意联系群众，按时完成以旗县行政地址为界进行总排干沟开挖的测量工作。测量人员郝秀珍当时就参加到这个组里，完成杭后旗至袁家坑即广林扬水站的测量工作。测量需要取多少土方量是有科学依据的。负责打桩的人早上走时就要背上好多的木桩子。整个测量都是步行进行的，所以大家的鞋是最费的，一个月测量下来大家要穿烂三双黄胶鞋。

测量队队员吃的粮食是按定量粗细粮搭配。早上出工一个白面馒头、两个窝窝头，菜是山药萝卜烩菜，少许油。吃完早饭自带一份主食，一军用水壶凉水；午饭在野外吃。一天要走上三四十里路。有时碰到有大村子的地方，生产队长指定一户人家给烧一锅开水，拿出自己的干粮就着开水吃，吃完接着干，一直到下午六七点才返回驻地吃晚饭。晚饭后做记录的人要计算出数据，一天的工作才算结束。

测量进行中，来了一批大中专毕业实习生。局机关给送来两顶棉帐篷，测绘人员都住进了帐篷。帐篷里能生火取暖，测量队队员和实习生们一起测绘，一起学习，互相帮助，共同提高。

那年冬天，天格外的寒冷，多数人没有棉鞋、棉手套，女同志连围巾也没有，但却没有因此而中断测量工作。

有一次，测量队转移测量点时雇牛车搬运测量仪器，大家各自背上行李步行到下个测量驻地。冬天农村到处秋水漫灌，路上泥泞难走，车陷入了很深的冰泥中动不了。刺骨的冰水漫过小腿，队长崔北辰不顾冰水寒冷跳下水就去推车，保障了测量工作的顺利进行，郝秀珍现在回想起来都会感觉到一股钻心的冰冷。

年前，野外测量工作终于圆满结束。巴盟水利局召开了庆功表彰大会，每个参加测量的青年同志和大中专实习生都受到了表彰。会上用数字表达了同志们的工作成绩：二百米长的米绳测断一百多根；每月至少穿烂三双黄胶鞋，脚上穿的还是烂鞋；打桩子的手上磨起了老茧；记录员手上都是冻疮；测量数据几十箱子。这些记载清楚有序的测量数据为开挖总排干提供了十分珍贵的使用价值。

与此同时，五原段至临河段行政交界处的总排干沟开挖测量工作也在同时进行着。在郭景泰、崔北辰为组长的质检工程处同志的带领下，巴盟水利局五原水利测量站的孔令然（后被安排到总排干管理局工作）等十几个工程技术人员参与了测量工作。途经的地势如凹凸地段等都得测量计算出总排干沟开挖的长度、横断面及土方工程量等施工开挖的技术指标。

二〇一五年夏季，我们走访了从总排干沟管理局退休的职工孔令然。孔老介绍了一九六五年总排干施工测量的基本情况。孔老，二〇一五年时，七十二岁，于二十世纪六十年代随在巴盟当兵的丈夫焦建勤来到河套地区。当时他还在巴彦高勒市办公的巴盟水利局，在局长康玉龙的领导下开展工作。孔令然当时还没有工作，生活难以为继，经民政部门推荐到巴盟水利局设在五原的水利测量站工作。测量站主要工作是准确测出河套地区灌溉的土地面积，因交水费和农业税土地面积不一致，还要对一九六一年至一九六二年的试种水稻面积进行详细测量。当时，巴盟水利局共招收工作人员一百零八名，人们称"一百零单八将"。

五原总排干沟指挥部设在什巴圪图公社杨金柱村，后移在草籽场。因为要试制施工用的炸药，远离民房住宅区，所以，指挥部进行了整体搬迁。当时五原指挥部在丁平县长及黄震忠、董雁宾等县领导的带领下进行施工。

当时，孔老的工作主要是对施工的进度、出勤人数、实应到人数进行统一制作表格。制作表格主要使用刻蜡板油印出来，便于领导和工地掌握施工进度。

当时，孔老和一个叫杜玉枝的女的一起住一间民房，民房盘有土炕，用来取暖。杜玉枝是一位有吃奶小孩的母亲，他每天要往返指挥部民房住宿到家里十几里的路给小孩喂奶，有事忙或因其他原因回不去，她的奶水多得流出来能把她们两个人的辫稍子冻住。

一九六五年，总排干沟施工大致时间是秋天秋收完、农闲以后。记得到了阴历腊月二十三蒙古族祭火灶神的日子，蒙古族副县长黄震忠给工地上施工的

蒙古族民工讲话说："腊月二十三不能回去了，就在工地上过吧，改善一下伙食，祭祀一下就可以了，施工当紧……"

孔老介绍说，一九六五年总排干施工时，主食大多时候是糜米饭、白面、稻稗子面，副食有大白菜、山药。她的工资三十五元，粮食二十七斤，能吃饱，就是没油水。去农民家里吃派饭，吃糜米饭，要交四角钱，半斤粮票；吃白面面条交五角钱，半斤粮票。民工开挖挣补助，一方土补助一角钱，队里分口粮。一九六六年过元旦也是在工地过的，没有什么娱乐活动，吃一顿猪肉酸烩菜算是改善伙食。

一九六五年施工总排干时，一般是上游窄，下游宽。五原县的二十多个公社、农场的民工参加了施工。施工完后进行验收，不合格的返工。工地上也插有红旗，但声势没有一九七五年扩建疏通总排干的声势大、人员多。

一九六六年十月份竣工。经检测总排干沟地下水位明显下降，改良能种植的土地明显增加。

从一九六六年到一九七五年扩建疏通总排干工程的十年间，受"文革"运动的影响，主要从事了一些渡槽、尾闸、桥梁等建筑物的建设，再没有发动大规模民工施工。

总排干施工人员在测量

孔老回忆说，她对一九六五年时施工记忆深刻。早上起来吃的是糜米稀饭，出去测量清算，走时带一个二至三两的馒头，碰到有住人的农民家里，能喝上一口热水或井水；碰不上有住户的地方，就只能喝渠水。有位男同志当时一脸严肃地说，水里养着鳖盖（乌龟），喝了这种水，生下小孩会成鳖盖嘴的。搞得女同志都不敢再喝渠水。当时孔老虽然结婚了，但还没有生孩子，所以不知道一起工作的同事说的是真是假。

在导线组、纵横段三个组测量清查时，有时遇到渠水至大腿深。女同志下去会有飘起来的感觉，不敢蹚过去，就让当时被称为"水清工"的十五六岁的男青年背。有的男青年故意把女同志摔倒在水里，弄得女同志都一副大惊失色的夸张表情。孔老她们当时也都是二十一二的青年，每个人带着一顶草帽，测量中没有任何劳动防护用品。任何人都无怨无悔地工作，思想单纯，只知道一心一意地干好工作，对工作一丝不苟。

正是有了这群兢兢业业、一丝不苟干测量工作人员的默默奉献，河套地区的总排干沟工程在一九六五年才得以顺利施工。当年参加总排干沟测量工作的一位位现已走入人生耄耋之年的工程技术人员，他们当年把大好的青春年华无私地奉献给了河套地区的水利事业。他们以他们的无悔青春告诉河套大地上的后人，人生的美好青春只有激情绽放，才无悔于青春年华。正如《钢铁是怎样炼成的》一书里主人公保尔·柯察金所说的那样："一个人的生命应当怎样度过：当他回首往事的时候，不会因虚度年华而悔恨，也不会因碌碌无为而羞愧……我已经把我的整个生命和全部精力，都献给了这个世界上最壮丽的事业！"他们这群把青春年华无私奉献给河套水利事业发展的有为青年，也完全有理由骄傲而自豪地说："我们把我们的整个生命和全部精力都奉献给了河套地区的水利发展事业！"

"七四"规划出台开启建设新高潮

一九六五年第一次开挖总排干沟，由红圪卜向西，主要以截弯取直为主。一九六五年秋至一九六六年挖同义隆以下至红圪卜，过水流量为三十立方米每秒，由巴盟水利局水利工程队和治碱工程处负责。发动民工二万多人，共完成土方七百四十九万方。

但是总排干施工的计划赶不上形势的变化，总排干的开挖，原定两至三年完成。但是，根据农业生产的形势要求，施工队决定大战一个秋、冬、春，提前于一九六六年六月底基本完工。一九六五年八月三十一日，巴盟公署向内蒙人委报告了开挖总排干沟工程的意见及施工的情况：巴盟盟委于八月十四日召开旗县长会议，具体措施是打歼灭战。为此，巴盟盟委决定：八月份，河套灌区每个生产队先上两人，共计七千一百人进行施工；在十月份秋收结束后，每个生产队上到八至九人，即全盟上到三万人进行突击；到十二月份天寒地冻之后，根据情况，如有可能，可继续做部分冬工，以争取时间。

同时，为提高工效，节省劳力，在施工中决定改革工具，大搞车子化运土。

经盟委研究决定，垫支地方水费五十万元，购买小胶车三千多辆投入施工。

巴盟指挥部于八月二十四至三十一日，共七天，率领工作组到杭后旗总排干施工段进行检查。由总排干起点检查起，中间经过十三个公社五十余千米的施工段落，逐个进行了检查了解。

总排干沿线地下水位高，地下水离地面一般均在一点五米左右，少数段落施工中被积水占着，不能施工。巴盟水利局及时向内蒙古水利厅报告，请求解决开挖总排干排水的抽水机、水泵等设施问题，以保障总排干施工的顺利进行。

总排干沟一九六五年开挖后，对当时的农牧业生产起到了很大的作用。一九六六年总排干管理局成立，专门管理总排干沟的沿线工程。一九六六年后，因"文革"开始被迫停工，进一步的开挖也不得不草草收兵。

但是在后来的十年中，由于各旗县陆续开挖了干沟、支沟，总排干上游各干沟、支沟可直接将多余的水排入总排干。同时，也将大量的泥沙带入总排干，总排干淤澄现象相当严重。另外地下水位升高，导致地下水渗入总排干沟，有流沙段的地方，塌坡也相当严重。总之，到了一九七五年年初，总排干变成了一个浅沟，排水能力仅为十立方米每秒左右。

从一九六七年转入低潮的河套灌区，近五六年内停止了所有大型项目，水利管理上也出现了无人负责的无政府状况。深浇漫灌普遍发生，灌溉面积没扩大，一九七二年用水量却增加到四十六亿多立方米，打破了流量纪录，粮食产量却下降到七点四亿斤。一九七三年后，一批老水利专家干部先后恢复工作，使河套灌区情况有所好转。

深浇漫灌使土地得了"水臌症"，在一九七一年冬和一九七二年上半年，分管自治区农牧业生产的党委副书记赵紫阳曾先后到灌区亲自调查，并主持召开座谈会，研究解决对策、办法。

二十世纪六七十年代，河套灌区土地盐碱化严重，盐碱地占到总耕地面积的百分之六十。原来低处的好地变成了重盐地，次生盐化严重威胁着河套灌区。这一问题引起了各方面的关注和各级领导的重视，成为上至中央下至河套百姓谈论的焦点。各种治理意见层出不穷，如生物治盐碱、人工湖治盐碱、秋浇保墒治盐碱、排水治盐碱、少引水灌溉治盐碱等等，甚至有人把土地盐碱化归责在拦河闸和总干渠的建设上。纵观各种意见，排水治理盐碱化的意见成为主流意见。

一九七四年，内蒙水利设计院与巴盟水利局提出了《内蒙河套灌区远期规划报告》。这个规划主要提出扩建红圪卜至广林扬水站的总排干沟，在红圪卜建扬水站，扬水入乌梁素海，并为河套灌区内排水统一做了布置。总排干输水量为三十立方米每秒，排洪量为九十立方米每秒，为保证总排干排水，红圪卜扬水站设计排水量三十立方米每秒，自流泄洪闸为一百立方米每秒。总排水沟全长，原定线二百零一点六千米，红圪卜至乌毛计即乌梁素海三十千米，乌毛计至入黄退水口二十四千米，三部分共计二百五十五点七千米。

　　一九七四年七月中旬，自治区党委、革委会在巴盟乌拉特前旗召开了黄灌区会议，自治区领导刘景平等人参加了会议。自治区水利局局长郝秀山做了题为《黄河内蒙古灌区水量规划报告的说明》（草案），规划简称"七四规划"。"文革"后，河套灌区的真正建设行动就是从这次会议后开始的，河套水利建设的新高潮由此开启。

一九七五年扩建疏通总排干的前奏

　　内蒙古自治区水利局就"七四规划"专门向国家计委、水电部和华北经济协作区做了汇报，得到了上级部门的高度重视和积极支持。其中，华北经济作协区决定支援内蒙古黄灌区建设经费三千万元，从一九七五年开始每年拨给一千万元。同时，自治区又在巴盟临河县召开黄灌区规划会议，具体安排了一九七四年秋冬及一九七五年灌区建设任务。自治区拨出第一批支农投资三百万元、水泥三千吨、钢材三百吨和木材一千立方米，安排冬春水利建设。一九七四年，乌拉特前旗行动最早，出动二点二万人，占总劳动力的一半，投入集中进行平地打堰和渠系配套的工作中。

　　一九七五年，巴盟地区普下了一场特大降雨。一九六五年开挖的总排干沟里的水逐步上升，到了七月份以后，排水涨到了安全红线以上。总排干沟管理局在五原县裴家桥测流点测出的最大流量为六十三立方米每秒，而当初总排干的校核流量才三十立方米每秒，远远超过了校核流量。又经过近十年的淤澄，输水能力只有十立方米每秒左右，承受不了如此大的山洪。山洪严重威胁到两岸的农田及村庄的安全，洪水顺着总排干旱台上流，总排干渠背成了挡水背。

沿总排干的公社、大队、小队积极动员并投入大量人员防洪，严阵以待，确保总排干不决口。特别是原乌拉特中后联合旗红旗公社积极响应防洪抗洪，凡年满十八岁至六十岁以下的整半劳动力包括女青年全部走向河堤，分段分给每人五十米，要求各生产队时刻坚守阵地，各负其责，并制定了严格的处罚制度。几天后，水位不断上涨到离河堤上只有三寸的位置，如有风浪一拍，就有决口的危险。所有民工二十四小时不准离开工地，家里人和生产队把干粮和饮水送到工地上。生产队集体送来的大烙饼直径有一尺长，就放在河堤上，谁饿谁吃，保证了二十四小时不离人。

总排干施工技术人员薄金维

　　七月二十日的凌晨三点钟，修造厂工人郝常占在承担河堤段的防洪任务时，擅自离开工地去树房喝水。他防守的工段突然开口，中后联合旗德岭山农民王喜等人急忙去打决口。当时，决口一尺多宽，但水流得快，直上直下。因为河堤高，土质又是沙土，用锹一铲土，决口一下子冲成了三尺多宽，放入的土全部被冲走，不到半小时决口就被淘成三丈宽，山洪水迅速流到堤北的农田和荒滩里。滩上的水深至人半腿，西瓜全漂到了水面上，大量农田被淹，村子都被洪水包围了。红旗公社的党委书记杨有成在决口处看到汹涌的洪水淹没了土地和村庄，无可奈何、心急如焚地失声痛哭起来。当时的边防一七九部队也走向了抗洪的前线，全力帮助抗洪抢险。飞机投放食物，食物也只能空投在乌加河公社境内的空地上。一七九部队采用官兵堵人墙的办法封堵决口，但是决堤处水势凶猛，官兵人墙被洪水冲走。官兵们又组织了几次人墙，但都失败了。之后，在总排干工作多年的工程技术员薄金维和总排干管理局副局长胡增荣以及刘占福等人想了一个办法，用沙袋与人墙相结合的办法堵打决口。红旗公社的杨有成召集了一百多名社员，把土装在麻袋里，又在决口水流中打上了木桩，然后跳到河水里，再把麻袋垒到木桩前的水里。经过两天的激战，终于打住了决口。这次洪水共淹没农田五十多亩、荒草滩二百多亩。事后，杨有成书记为感谢堵打决口的水利战线有功人员，杀了一只羊犒劳大家。

事发后，中后联合旗下来人员调查发生决口的原因。巴盟盟委要求，要严肃彻查决口事件，有故意破坏集体财产行为的，要严厉追究责任。那时村里社员都知道决口时，负责那段防洪的郝常占离开工地，回树房喝水才造成了严重的事故。社员们都包庇了郝常占，说洪水太猛，他一个人抵挡不住才酿成了决口。防洪结束后，中后旗旗委书记杨志荣向盟委李贵书记汇报了情况。当时决口时，杨志荣书记也及时赶到，亲自在现场指挥堵打决口。李贵书记下来调研时，村里社员都帮助郝常占自圆其说，他才躲过了被严厉追究防洪失职责任的一劫。

根据一九七五年山洪暴发的严峻形势，总排干的排水、泄洪能力明显不能满足当前的需求，抗洪形势依然刻不容缓。一九七五年八月二十三日，巴盟盟委、盟革委给杭后旗、临河县、五原县、前旗、中后旗下发关于总排干排水分洪问题的通知：

> 全盟的抗洪斗争取得了显著成绩，总排干杭后旗、临河县段水位逐渐下降。但由于总排干断面的限制和渡槽杂草阻水等原因，造成五原县、中后旗、前旗段水位持续上升，两岸渠堤不断发生决口。而且最近又不断降雨，这就增大了抗洪的任务。为了取得抗洪斗争的彻底胜利，在保证总排干南背防洪堤、上下游兼顾的原则下，要防止总排干北背决口造成灾害，有计划地加快排出积水，根据可能条件，适当进行分洪，尽快把积水排除，减轻灾情，以利于恢复生产。

河套地区面临的形势，严重地制约了河套农牧业生产的发展，影响了河套产粮区的粮食产量。盟委第一书记李贵多次主持召开会议，经过多次会议研究决定，总排干开挖工程将于一九七五年十一月正式动工。

面对全盟抗洪抢险、土地盐碱化的严峻形势，总排干的排水、泄洪能力仅为十立方米每秒的流量，用老百姓的通俗语言来说，就是一个浅沟了。徒有总排干的虚名，山洪倾泻下来无法抵挡，不能顺畅泄洪。全盟面临的形势已经到了"最危险"的时刻了，不痛下决心疏通总排干，已经到了不能向老百姓交代的地步了，这也成为了制约巴盟经济社会发展的严重问题，扩建疏通总排干工程被巴盟盟委提上了议事日程。

一九七五年十月二十一日，由巴盟盟委领导宝音图主持召开专题研究总排

河套脊梁

干工程方案的议题。出席会议的盟领导有赵清、宝音图、康俊、韦荫秀、伊钧华、何耀、洪济舟、杨玉信。

会上的盟水利局领导汇报了总排干工程施工方案，各位盟领导都发表了对开挖总排干的意见。大家都积极支持响应，要发扬自力更生、艰苦奋斗的革命精神，大干苦干。内蒙古给钱也搞，不给钱也要搞。会议初步议定，一九七五年十一月上旬开始总排干施工，先搞总排干，十大排干旗县自行搞。计划先上三万人，总排干全线长四百千米，上口宽六十至七十米，底宽二十至三十米，深四米。巴盟水利局已开始测量，准备在月底搞完测量，十一月五日上民工。

一九七五年十一月十二日，在盟委常委会议室，由李贵书记主持召开盟委常委会议。会议主要议题是，由樊生枝汇报赴自治区有关部门就开挖总排干争得支持的问题。出席会议的盟领导有李贵、康俊、宝音图、韦荫秀、伊钧华、韩治邦、杨玉信、詹振英。列席会议的领导有贾殿英、王德义、殷山子、樊生枝。

樊生枝汇报了赴内蒙古自治区有关单位就总排干施工争得支持的情况。盟委总排干施工的预算是一千二百万元，内蒙黄管局等有关单位领导都很支持。责成水利设计院核实预算，初步定为：总排干土方工程七百五十万元；建筑物三十七个桥，十七个渡槽，五十一个尾水闸，计三百万元；共计一千零五十万元。十大排干初步定为三百万元。

报内蒙计委研究，计委意见是，总的来说，巴盟的做法符合农业学大寨的精神，表示坚决支持。报内蒙党委，党委的意见是：非常支持巴盟开挖总排干，先给垫支五百万元，巴盟自行调节一百五十万元，水利厅给一百万元，内蒙计委安排二百万元。落实炸药三百吨、煤炭二万吨、柴油三百吨、铁皮五十吨，正在落实施工水靴。

内蒙古自治区要求巴盟尽快拿出设计方案，与设计院商量，设计院应来人。初步定为三十个流量，最大流量是九十个。力争在十一月二十五日拿出设计任务书，再向自治区、中央正式汇报时，应有一名书记出面汇报。

自治区水利厅领导担心我们搞不到标准，仍排不出水。自治区水利厅领导马亚夫建议上十万人，四十天搞完，意思是早动工，开支少。言外之意是担心总排干工程影响了全盟的农牧业生产，从而拖了全盟的全面工作。

总排干工程费用项目：总排干工程量八百八十七万方，水方百分之六十，干方百分之四十，加其他共需五百一十一万四千方土，补助费五百四十万元，其余还有调运费、炸药费、工棚费、破冻工具、水靴等间接费开支和十大排干经费等。

李贵书记在常委会上发言说："虽然按计划上报了，钱来了指挥部一定要卡得严点儿。本着上边不给钱，我们也要搞，自力更生，工棚费绝对要控制。"

巴盟盟委统一调配物资，内蒙计委对开挖总排干非常重视，不但在资金上大力支持，还在其他物资配备上给予大力帮助。物资主要有柴油、汽油、水靴、铁皮、洋镐、铁锹、箩头、肥皂、糖、烟酒等。总排干开挖按旗县师团共设置了十一个段落。十月二十八日，盟委通知，各旗县到指挥部认领各旗县段落的划分任务及物资供应，各旗县又通知各公社、大队、生产队落实施工段落、分配地点以及吃住地点。

这就是巴盟盟委决策扩建疏通总排干时所面临的困难以及盟委以李贵为第一书记的一班人所表现出来的决心与信心。巴盟盟委常委会多次开会研究扩建疏通总排干工程的事情，因为这是全盟上下牵一发而动全身的关系全盟民生的大事情，草率不得、马虎不得。盟委本着上边不给钱也要搞，坚持自力更生，这就是扩建疏通总排干巴盟盟委决策时的态度；工棚费绝对要控制，则表现出了全盟上下以艰苦奋斗的精神去奋战总排干。最终，在十五万人全民大会战的共同努力下，扩建疏通总排干工程取得了全面胜利。

扩建疏通总排干的艰难抉择

扩建疏通总排干工程终于破茧成蝶，形成了统一意见，准备在全盟上下动员实施了。这是全盟各族人民群众期盼已久的大事，也是巴盟盟委痛定思痛艰难痛苦做出的抉择。这是要集中全盟的力量、全民的智慧来扩建疏通总排干工程。全盟决定疏扩建疏通总排干，引起了社会上不同的反响。有人说，河套是卧土层，要挖排水渠，怎么解决塌方和流沙的问题？还有人说，冬季施工，浪费大，而黄河四月开河，十月关闸，河套地区春夏秋三季挖一锹就出水了，又怎么施工？还有人提出，没有物质，没有钱，怎么施工……

巴盟盟委的答复意见是，古人尚能开挖河套的八大干渠到十大干渠，又怎么解决塌方和流沙问题的呢？

　　巴盟盟委第一书记李贵是决策扩建疏通总排干的杰出代表。李贵书记掷地有声地说："扩建疏通总排干，有条件要上，没有条件创造条件也要上！"习惯于按传统走路的人说，民工的住宿怎么解决？要是搭工棚，每人平均费用就得三十元；破冻钢材三百多吨，炸药需五万吨，合款六千万元；还有生活、后勤供应；光拉运物资的汽车，每天就得二百多辆，没有上级拨款，仅靠自己是万万办不到的。李贵书记的回答是，革命战争年代，部队要打仗，难道是先盖好房子，后调动兵马吗？只要发动群众，大打人民战争，就没有什么战胜不了的困难。沿途群众尽量把民房腾出来；炸药没有，土方上马自己制；工具缺乏，修旧利废自己造；这么大的工程，光勘测、设计也得半年。还有人提出疑义：干这么大的工程，把全盟都搅进去了，万一有个三长两短的，怎么向全盟人民交代，谁来担这个风险？

　　河套人民以实际行动对长期争论不休的问题做出了结论。疏通总排干工程开始后，斗争依然围绕着上马还是下马继续激烈地进行着。巴盟盟委要求各级党组织把政治思想工作做到总排干工地上。总排干的胜利，是批出来的，是斗出来的，是干出来的！这是李贵书记在全盟扩建疏通总排干竣工大会上讲的话。

　　李贵是河套人，他来巴盟盟委主持工作时，已年近六旬。他表示，要在有生之年为巴盟做点事情。在巴盟工作期间里，李贵的工作目标就是把农业搞上去，让农民富起来。他说："让农民吃上手扒肉，即想吃哪部分就吃哪部分，且都可以买到。"经过调查，他了解到制约巴盟经济发展的最大问题是土地盐碱问题；而造成土地盐碱化的主要原因是灌多排少，有灌无排，农业生产广种薄收。

　　李贵，一九三六年刚参加工作时是在临河县任小学教师。一九三七年到了延安。中华人民共和国成立后，任河套专署党组副书记，绥远省公安厅处长。他对巴盟不仅熟悉，而且有着深厚的感情。一九五二年至一九五七年，李贵在内蒙古公安厅工作，任副厅长；一九五七年至一九六三年在大兴安岭林业管理局工作，任党委副书记、局长；"文革"期间，任呼和浩特市第一书记。"文革"开始后，李贵在内蒙古第一个被罢了"官"。一九七二年秋天，李贵到呼市西郊机床厂劳动改造。这年，李贵被落实了政策，他本打算先去上海看病，可就在即将出发的时候，组织上决定派他到包头市委任副书记。他面临着两种选择：第一是接受组织上的安排，去包头市委赴任当副书记；第二个选择是按原计划去上海看病。而李贵毫不犹豫地表示：马上去工作。他对家人和所有劝他的同志说："我已经六年没工作了，人一生中能工作的时间有几个六年啊！"这样，他重返工作岗位。

一九七四年六月十七日，李贵接到内蒙古党委的通知，让他去巴盟盟委任第一书记，主持工作。他接到任命通知，第二天就到了巴盟。造反派见到新书记来了，又集中围攻他，在他的办公室的墙上、车上贴了许多大、小字报。当时，他的秘书高元恒非常担心，但李贵说："我是按照党中央文件要求和自治区党委对巴盟盟委工作的三条意见精神做的，没有什么可怕的，也没有什么可以整垮我的。"他开始做调查研究的工作，敢于大胆触及实际，对的肯定，错的批评。他还多次找造反派的头头谈话，分析讨论，批评教育，做艰苦细致的思想工作。经过一段时间的工作，大局终于稳定。但少数人还在闹，小字报贴在了李贵的吉普车上，要求和李贵对话。一天下午，造反派把他们与李贵同志的"对话"公布在了大字报上，大字报上写着：李贵同志刚到，正同盟委有关同志谈情况，中心是研究如何搞好安定团结，把生产建设搞上去。几个造反派头头进来要李贵接待群众代表，听取意见，并要当即约定时间。李贵说："我刚到，你们可以把反映的问题告诉盟委办公室，根据你们提出的问题，需要盟委研究的，安排好后通知你们。"可这几个造反派头头说不行，一定要马上定出时间。李贵再次说，要由办公室统筹安排后再通知。于是，造反派头头给李贵来了个"下马威"，指责李贵对群众的态度有问题，并威胁说："这件事不能由你说了算。"李贵一听就火了，反问道："我对群众态度怎么不好？既然我说了不算，你们来找我干什么……"

随后，李贵书记主持召开了旗县委书记会议，决定留下一位领导，以便应付那些造反派头头，而他与其他领导却下去搞调查研究"抓革命、促生产"去了，造反派对这件事情也就不了了之了。

李贵到巴盟上任后，大搞调查研究，全盟五千多名干部到农村蹲点开展调查研究工作。《人民日报》一九七五年三月二十七日头版二条上刊登了新华社记者采写的巴盟五千多名干部下农村蹲点的事迹报道。

根据李贵书记生前秘书高元恒的记载，李贵一年间除了有一百二十九天参加内蒙党委、巴盟盟委的会议外，其余都在基层工作。他跑遍了全盟所属七个旗县、四十多个公社、七十六个生产大队、一百三十一个生产小队。他召开过九十余次的基层干部座谈会、近百次农民谈心会，还多次听取巴盟农研所有关专家的意见和建议，并邀请内蒙古农林水等部门的专家进行论证。他把调查得来的情况加以总结提炼，上升为盟委的决策。为了解决资金紧缺问题，他决定停建准备兴建的盟委、公署的两座办公大楼，要求全体干部职工把精力集中放在生产上。

李贵（1915—2002 年）

李贵书记号召全盟干部到基层蹲点，他本人更是身体力行，把五原县和胜公社和胜大队的五小队作为自己的蹲点生产队。李贵一年中有五十二天在蹲点队与农民同吃同住同劳动，有三十余次他是整天参加了劳动。

他经常关心群众的疾苦，曾把自己下乡穿的棉大衣送给了一位五保户。还有一次回生产队，他和秘书走到老农民张毛眼家，看到他的老伴病得非常严重，都没钱看病，他当即从自己的口袋中掏出四十多元钱交给张毛眼，秘书也把仅有的十几元钱拿出来，李贵还让司机开车把张毛眼的老伴送到了五原县医院。

事后，经过治疗康复后的张毛眼老伴送来一筐鸡蛋、两条猪肉。李贵书记让秘书把鸡和猪肉都卖给了供销社，把卖的钱全部还给了张毛眼。

李贵书记到任后，不停地下乡蹲点。他在"文革"期间落下一身病，特别是胃病，多次回盟委开会，请大夫多开些药，其中有汤药，走到哪儿都带着药罐子。李贵蹲点时，起先都是在农民家交钱派饭吃，农民了解他的辛苦操劳，所以不管去谁家，都想法设法改善伙食。李贵后来认为不是同农民同吃，而是给农民找麻烦。于是决定，让司机起火，自己做饭吃。在生产队，大多时间是由司机周瑜、秘书高元恒垒灶做饭，吃的大多是小米粥、面条、馒头。秘书高元恒在回忆录中说，就是那段日子，他学会了擀面条、蒸馒头。

在冬季，除了土豆、萝卜、腌大白菜，河套地区那时没有任何蔬菜，更没有水果、牛奶之类的东西。但李贵书记从没有搞特殊，批过条子，凭条子去喝供应婴儿才能吃到的奶粉。每人每月供应四两油,能吃上炒鸡蛋就是改善伙食了。

　　一九七五年数据显示,当时全盟五百七十万亩耕地,其中,三百一十万亩有不同程度盐碱化,有五十万亩因盐碱化严重而弃耕。以五原县为例,一九四九年耕地面积为一百二十六点六万亩,一九七五年成了一百零四点八万亩,即在二十六年中,因土地盐碱化严重,弃耕地就有二十二万亩。

　　河套灌区每年引进四十亿立方米的黄河水,又将万分之三的盐碱留在土地上,大部分靠自然蒸发,水分蒸发了,盐碱留在了耕地上。每年约有十六万亩的好地变成盐碱滩,随着时间的推移,百分之七十多的土地显著减产,有的甚至弃耕。

　　李贵在五原县和胜公社与社员交谈时说,巴盟的土地盐碱化越来越严重,这样,再过十年、二十年,河套就没法种地了。

　　李贵从内蒙古自治区请来水利专家到河套实地考察、论证,专家们得出的结论是,河套得了"水臌症",盐碱化加剧,所以,种地不捉苗,浇水就死苗。河套地区到处都是白碱、黑碱、马尿碱,而治理的办法只能是疏通总排干。

　　河套地区要治碱,人们总会讨论治碱的各种方法。李贵书记在动员大会上讲,人们总是用水压碱,但只能把碱从这块地里撵到那块地里,从自家地里撵到别人家地里,盐碱始终排不出去。

　　一九七四年秋,李贵进村后,首先走村串户,察看农田,走访农户,寻找粮食减产和土地盐碱化日趋严重的根源。他在深入调查的基础上召开了各种类型的会议,广泛征求意见,集中群众的智慧,大胆做出了大搞冬季积肥运动,全民动员扩建疏通总排干等重大决策。

　　在冬季积肥运动中,他带领蹲点干部、党员、团员,冒着严寒到乌拉特中后联合旗拾粪积肥。在队里每天早上起五更,作为全盟最大的官,挨家挨户收尿、担尿。在他的这种精神感召下,全盟一场群众性的积肥造肥运动迅速开展了起来。

　　一九七五年九月八日,李贵参加"全国农业学大寨"现场会议时,被大寨的大干精神深深触动。他在山西昔阳县给当时的盟委各常委们写了一封亲笔信,信中写道:"看到这里的庄稼处处是亩满苗全,整整齐齐,可咱们'镶边的秃子'的土地到处都是。种一亩只能收七分、八分,有的地方甚至不到五分。想到这里,就想到盐碱钉子的问题,一定要把这件事情当成大事去抓。"

　　一九七五年,李贵陪同内蒙古自治区党委副书记刘景平视察河套地区,他

在召开的水利现场会上说了两句响亮的治理盐碱的态度和决心："一句是，盐碱从水里来，再从水里去；一句是，有条件上，没条件创造条件也要上。"他列举了许多资料，旁征博引，说明河套地区深浇满灌的历史由来已久，地下水位升高，再加上水的阴渗，老乌加河的淤积，造成了有灌无排。部分地段，特别是黄河灌区下游盐碱化严重，开挖总排干已迫在眉睫。

一九七五年春天，五原县景阳林公社民生二队五十亩小麦出土时亩满苗全，生长旺盛。四月下旬，一场小雨竟然导致百分之八十的麦苗枯死。本应该是"春雨贵如油，"的季节，然而对于河套这样的盐碱地，庄稼承受不了任何雨水。当时，恰逢内蒙古自治区党委书记尤太忠来视察，李贵书记有意将他带到这里。看到五十亩小麦几乎全部枯死，尤太忠书记非常生气，他严厉地批评了基层干部的工作没有做好。

尤太忠书记发火后，李贵心平气和地对尤太忠书记说，小麦死苗是由于缺乏排水渠，土地得了"水臌症"是由盐碱化造成的。同时，这也是全盟的通病，只有根治盐碱，才能彻底解决。

巴盟的土地盐碱得到了自治区党委、政府的高度重视。内蒙古水利设计院、巴盟水利局提出的扩建疏通总排干沟的设计方案，经盟委书记办公会议审定，上报自治区水利厅批准立项。同时，总排干施工也得到了自治区计委的批准。

巴盟盟委在参观、总结宁夏地区成功排水的基础上，决定利用冬闲的时间，扩建疏通总排干。巴盟盟委做出的这一决策，李贵书记是冒着被扣上"以生产压革命"的危险罪名的。

总排干开工后，大家经常能看到一个高高瘦瘦的老人担着箩头来回担土，和胜村村民杨文博看见他有一次实在是担不动了，就两手抱起冻块往渠背上扔。当时，有一首歌传唱着：

> 六旬老翁，披挂上阵。
> 西锹为矛，皮袄为盾。
> 发糕是主饭，糜子干饭嘴解馋。
> 水沟耍大锹，羊圈卧铺盖。
> 莫怕它冰天雪地缺医少药，
> 定要教淤澄的排干渠畅通。
> （注：发糕即指玉米面蒸的一种河套地区的食物）

总排干开工了，李贵书记好长时间不回家了，家里的妻子、女儿放心不下，便赶去了工地。家人看到工地上的李贵书记穿着个黄大衣，与民工一样大干，劝他注意还患着病的身体，让他回去休息几天。李贵书记却说："十几万的民工都在大干，全民都总动员了，我是盟委书记怎么能回去呢！"这就是当年总排干施工的场景，广大民工们说："盟委书记李贵都上去总排干了，我们普通民工怎么能不上去呢？"而李贵书记却说，广大民工们都上去了，我能不上去吗？这就是当时全盟扩建疏通总排干从领导到普通民工的态度，领导和普通民工都争先恐后奋战总排干，总排干又何愁扩建疏通不了！

李贵与开挖总排干女民工在一起

时任自治区党委书记的尤太忠到巴盟视察后，高兴地评价说："看得出，李贵是个实干家，敢于面对困难，敢于解决问题。"尤太忠书记调到广东军区后，还邀请李贵去做客。

李贵在粉碎"四人帮"的一次全盟农村工作会议上讲："河套人民要吃饭，我们开挖了总排干及逐级排水工程，大家是高兴的，拥护的，也是见到了实际效果。但也有人讲，李贵挖了七白干（七排干）、八白干（八排干），最后还有个总白干（总排干）；还说，'李贵不死，挖排干不止。'就是李贵死了，河套人还是要吃饭的，也还要挖排水的。"会场响起了长时间的雷鸣般的热烈掌声。

杭后旗的一、二、三排干，临河的四、五、六排干，五原的七、八、九排干，前旗的十排干，都是在盟委的决策下完成的。

李贵书记曾经走过的田间小道，曾经担过的水桶粪筐，曾经开挖过的农渠排沟，曾经住过的农舍小屋，曾经用过的劳动工具，无一不印证着他无私奉献的足迹，流淌着他改变旧貌的点点心血和滴滴汗水，为后人留下了珍贵的记忆。

李贵书记有写日记的习惯，经常把生活、工作上遇到的事情和感悟写在日记上，用于总结、指导自己的工作。现摘录一九七六年秋，李贵书记在日记中写的内容：

　　　　每当回到和胜五队时，我就先到地里转一转，看一看，好像村里

的土地、庄禾、饲养院、场房子、粪堆都和我有多深的感情似的。看一看，转一转，心里就踏实了，开社员会时怎么说，让社员听进去，自己心里就有了底。如果事先不掌握实情，不摸底数，说话是瞎说、乱说。这样，你怎么去指导工作、抓好生产呢？

在五原县和胜五社是原李贵下乡蹲点处，房东白留柱的儿子白喜民家中，李贵下乡生活、工作的情景跃然于眼前。在一栋低矮的二十世纪六七十年代河套所有农村农民都居住的土坷垃墙垒起的三十六眼窗户的房中，有一盘土炕、一个红色且油漆斑驳脱落的呈正方形的四条腿的炕桌。炕桌上放着李贵书记曾经看文件、报纸、资料等所用的老花镜、算盘、笔和一本《新华字典》，土炕上放有李贵书记及秘书、司机三人再简单不过的被褥以及李贵书记的黄色棉大衣以及开会、来宾接待才穿着的中山装黑蓝色呢子上衣。土炕上还盘有秘书、司机及李贵书记三人共同起火做饭的土炉灶。屋里中间支放着当年总排干施工时用于取暖的火炉子。

李贵五原蹲点住宿处

院子里堆放着当年李贵书记下乡蹲点时与当地农民一起下地劳动所使用过的胶车、套半车、耧、犁、耙、铁锹、箩头以及废旧的自行车，还有全盟开展的全民积肥运动时李贵书记亲自去农户收尿的两只尿桶。当年陪伴李贵书记蹲点劳动回来歇息乘凉一起长大的柳树枝叶繁茂。

来到李贵书记下乡蹲点处，浏览李贵书记曾经使用过的物品，我们仿佛看到了李贵书记肩扛西锹或者锄头和农民群众谈笑风生从农田里走了回来；看到了他为根治盐碱害，在开挖总排干的全民大会战意气风发的脚步；看到了他为把全盟的全民积肥运动轰轰烈烈、有声有色地开展起来，亲自带头提着泛着浓烈尿骚味的尿桶挨家挨户去接尿沤肥的从从容容、淡定自若。榜样的力量在这里骤然凝聚、浓缩，人格的魅力在这里悄然彰显、绽放。一桩桩、一件件，睹物思人，对往事的回首，历历在目。生活的朴素，住宿的简陋，彰显了李贵书记人格魅力的伟大。

疏通总排干规划、测量与时间赛跑

在总排干工程扩建疏通前夕，总排干的规划设计工作上演了一场与时间赛跑的动人故事。

一九七五年十月二十二日，盟水利局党委向总排干管理局下达通知，要求必须在十月二十八日零点之前，将总排干全线数据全部设计完成。除改线和延长的三十七点八千米外的施工设计数据，汇总并报送巴盟水利局党委审核。

盟委根据一九七五年发生的特大洪水提出指示：正常流量三十秒立方米；同时还要求能排洪水六十秒立方米，两项流量，共为九十秒立方米。这样，总排干既能排放盐碱，又能排除大洪灾，一举两得。

巴盟水利局要求，设计单位按照一九七三年的测量数据进行设计。而原承揽总排干测量设计的单位给出的结论是，一九七六年元月二十才能全线测量完毕，然后再进行设计……这无形之中给总排干管理局的规划设计带来了压力。规划设计时间紧迫，把好规划设计的质量关这一重担压在了总排干管理局规划设计全体人员的身上，丝毫来不得半点马虎和松懈。

总排干管理局立即成立了领导、技术人员和群众"三结合"的设计领导小组，对设计组和秘书组的领导、成员也确定了下来。

一九七三年的测量数据也迅速由一辆吉普车运送来。胡增荣副局长和几个设计的同志算过一笔账，每一百米为一个断面，则一百七十八点五千米的设计任务需设计出两千多个断面，就是需要两千多张包括这样工序的设计图纸、土方设计、上图、套断面、计算土方、刻写、印刷、装订成册……

管理局临河段的梁三仁和吕广仁两位技术员骑着两辆自行车从一百二十里远的地方赶过来参与设计。

深秋，昼短夜长，停电了。供电组电工颜世鼎想方设法用发电机发电，保证了设计人员的照明需求。李应兰、孔令然两位女同志把孩子反锁在家里加班设计。孔令然和李应兰都是总排干管理局的财务人员，也被抽调到总排干搞测量工作，主要负责熏图、晒图等其他工作。

炊事员把糖包稀饭，外加小菜送到顾不上到餐厅吃饭的设计人员面前。过了凌晨两点钟，人们困了，端盆凉水擦一擦疲倦的脸继续干。加班时间也在逐渐延长着，两点半、三点、四点半……人们和衣打一会儿盹儿。第二天，照常开始一天的紧张工作。

人们的双眼都布满了红血丝，有位患有多年老气管炎病的设计人员刘涌泉上气不接下气，硬是趴在桌子上每天设计四五十个断面出来。下乡蹲点不在机关工作的焦宝勤，下乡回来在家也待不住，自愿报名参加到规划设计队伍中来。副局长胡增荣为进度和质量呕心沥血操劳着，分秒不敢怠慢。十月二十八日凌晨三点钟，在所有人员的努力下，总排干一百七十八点五千米的设计任务提前完成了。

另外，由于改线和新延长的三十七点八千米长地段的测量设计任务，盟水利局从机关和水利局系统中火速抽调三十人，临时组成测量设计小分队，要求必须在十一月四日前保质保量完成设计任务。

下达通知任务的时间是十月二十七日的下午，下午四点钟，三辆淡绿色的大卡车拉着人、行李、仪器等，向临陕线四支公社友爱六队进发。

巴盟水利局的刘义被临时任命为测量小组的组长，由他率队测量，设计人员必须在七天内完成设计。刘义介绍说，这次测量比以前的任何一次测量都要壮观，也是最艰难的一次。测量小组随后进行了分组，设计组由工程师陈靖邦负责；内业组由马树青、马占云负责；导线组由邢国瑞负责；纵断面由南华国负责；横断面由巴宝华、孙九德负责；后勤组由张二厚负责。

一九七五年对总排干的扩建疏通开挖，主要扩建疏通红圪卜至广林扬水站与一排干相接。开工之初，刘义带人对三排干以上至广林扬水站三十七千米的新线重新进行了定线测量。当时秋浇刚结束，加之阴雨连绵，大家每日都在泥里、水里行走，测量工作十分艰难。测量小组为了赶时间，每日早出晚归，测量地点是在贾挂面圪旦。

在执行这次任务期间，盟委副书记康俊、杭锦后旗旗委书记刘贵谦十天之内三次到达工作地点进行慰问。名义上是说关心慰问，实际是督促工作，鞭策测量小组抓紧测量。杭锦后旗旗委副书记李辅臣负责专门解决社会问题，磴口县一名副县长每天都要向测量小组要测量成果。因这段总排干施工任务由磴口县负责完成，民工已进入工地等待开工。当磴口县副县长拿到设计土方表时，转身就不见了人影，甚至连一句感谢的话都来不及说，足见总排干施工当时人们的紧张心情。

一九七五年的秋天是暖秋，七天之内有三四天是雨天。测量直接上，上有雨下有水。这段路线由三排干入总排干约有三十米，向西偏南，测量工作经沙海湿地有水深十至三十厘米，约十多千米。在莫林湾向西过大树湾，至太阳庙与广林扬水站相接，出了沙海湿地后全部是秋浇过的耕地。

一九七五年暴发的特大山洪水还没有完全退去，道路一片泥泞，大卡车打滑走不动，只得卸下物质，人员下来推车。由于用力过猛，司机来不及辨清路面把握方向盘，导致翻车。后经当地农民的帮助，靠六十双手才将车推正。

由于车辆无法行驶，测量小组组长刘义毅然发出命令："携带仪器，抓紧工作，徒步往返！"于是，测量设计人员携带仪器徒步开展工作。没穿水靴的，赤脚测量，在泥水里穿梭着。导线组、水准组、纵断组、横断组、内业组都出发了。测量设计工地上，标杆林立，信旗翻飞。

总排干沟要经过友爱大队的一个村庄，巴盟水利局党委要求的设计原则是既要减少总排干的弯度，尽可能使总排干成直线，同时也要关照群众利益，少穿民房。

当年已是六十三岁的总工程师陈靖邦，虽然也是行进在泥泞里，可他仍然像年轻的小伙子一样奋战在测量设计工作中，测量组每个队员对他很是尊敬。

面对设计要穿民房的问题，陈靖邦总工程师与设计小组组长刘义和副组长高志伟商量，在通讯不发达的情况下，如果回去请示领导研究决定，矛盾上交，耽误测量设计工作不说，在七天之内就根本完不成任务。于是，他们坚持过去一直倡导的开门办设计，遇到问题多和群众商量，向农民朋友请教、学习。

测量小分队经过和队干部、贫下中农协商，村民积极响应。民房坚决给总排干让路，这让测量小分队喜出望外，备受感动，测量设计工作得以顺利进行。

友爱五队、六队的队长共同商定，包干解决好小分队的生活，支持一名炊事员，同时支持劳力十二人，帮助小分队插测量标杆。

一九七五年从大学毕业，被分配到巴盟水利局勘测设计队从事测量工作的刘惠忠，也荣幸地参加到了这次测量设计队伍中。

刚刚参加工作还是毛头小伙子的刘惠忠在这次任务中，具体负责沟道中心线、纵横断面的打桩、定桩工作。纵断每五十米一个桩，横断面七个桩，遇到地形有变化时还得加桩。木桩是为精确控制高程，计算土方量和施工放线用的，这次测量仅这木桩全线就用去七千多根。

刘惠忠他们每天早上出发时，用麻袋装好木桩到达施工地点后，按要求打桩、定桩；每天收工回来吃完晚饭后，接着把第二天所需的木桩按顺序，用毛笔蘸上黑或红油漆写好桩号，然后捆好木桩，装入麻袋，为第二天使用做好准备。

测量工作为野外作业，条件艰苦，早饭一般吃馒头、玉米面稀饭，吃点咸

191

菜，也有一定比例的粗粮；中午带上干粮，吃点咸菜，喝点自己随身带的水；晚上才能吃上热饭，也是土豆、白菜，没有肉食。

测量的过程中，正值灌区秋浇开始，遇到已灌水的地，大家只能穿水靴下水。小分队有的人的水靴漏水，水灌满水靴，冰冷的水使他们双腿麻木，但他们每天都要在泥泞中跋涉四五十里的路。有的人脚打泡化脓了，可是他们仍然坚持着；有的人只穿着单衣服来不及换，匆匆忙忙地就上了测量工地的现场。他们努力克服着测量中出现的种种困难，每天都是泥人人、湿人人、水人人的状态。共产党员张二厚收工回来，要负责帮助各组设计人员做好后勤工作。一次，为了给大家送水靴，顶风冒雨，整整走了一天，赶了几十里路，终于把十五双雨靴送到测量设计队员的手里；大学生刘惠忠，喝生水拉肚子，走几步就得蹲下来，但他仍然咬牙坚持着；另一名大学生刘志华，怀揣母亲病危的家信和未婚妻要见面的情书，却仍一心扑在了测量设计上。

测量到了第三天，遇到了倾盆大雨，风雨交织在一起，作为组长的刘义马上命令："停止作业，保护仪器，撤离工地！"队员们马上展开保护仪器工作。队员们有时一天水米不打牙，吃不上一顿饭；有时一顿饭消灭一斤多粮食，风餐露宿，生活没有规律。

每天晚上回到工地，测量队人员将一天测量数据交给设计组的同志，设计组的同志们还得加班加点，按照所测数据进行绘制，再按照纵横断面图计算土方量。

测量队人员每天都在一尺深的泥里行走，特别是导线组、纵断组、横断组的同志更是没有选择开展工作的余地，只能在泥水里走。在最后一天，为了完成任务必须加班。刘义组长在下午六点多钟时，把十多个老同志让汽车送回营地，留下二十多名年轻同志帮助横断组完成任务才收工。当时周围没有村子，离最近的是新红大队，晚上十点钟才完成了全部工作，准备收工，经商量，只能到新红大队住宿了。

当队员们走到新红大队时已是凌晨一点多钟，全村人都睡了，只好叫醒供销社的人，请求希望找到队长家，安排测量人员的住宿和吃饭问题。因为测量小组自早上六点多出工直至到第二天凌晨，一直在野外，快二十个小时了都没有吃饭。刚好队长家有电话，拨通后，十几分钟时间队长就到了供销社。见面后，测量小组说明了困难，请求帮助。后来供销社的人帮助拿了白面，队长和会计把他们各家的家属叫来给做了顿面条，每人吃了一碗。住宿就在供销社的门市部，供销社的同志找出了些麻袋，给每个人铺上，这样测量小组在新红大队住了一夜。第二天六点多钟，测量小组给供销社算了饭钱，大家帮助收拾了门市部，测量小组又向别力盖水泥厂走去。在路上，大学生刘惠忠还背着剩下的木桩舍不得丢弃，一直背回到原驻地，可见他们的敬业精神是多么的可贵。

那时的别力盖水泥厂归巴盟水利局管理。刘义组长和横断组的同志们把工程量全部搞完，并让水泥厂的人把土方表打印了五份。测量工作全部完成后，他们下午回到了贾挂面圪旦，交代了任务，至此，总排干的这项争分夺秒的测量工作才算是圆满完成了。

从四支公社团结渡槽，到太阳庙公社永红四队，仅有三十七点八千米，测量小分队踏遍了这里的每一寸土地，忙碌了七个昼夜，终于了完成测量任务。

这样，总排干全线的二百一十六点三千米测量设计任务全部完成，保证了总排干按时开工。

当测量小组完成任务返回时，看到牛车、马车满载着民工和工具，人们扛着红旗，车水马龙向总排干工地进发，扩建疏通总排干工程已经开始了。

曾参与一九七五年施工测量中的胡增荣副局长以及工作人员刘涌泉、梁三红、李应兰在二〇一五年采访前都已去世。吕广仁随儿子到了深圳，且听力下降，无法进行电话采访。

四十多年后，他们当中的刘义、刘惠忠等测量技术人员回忆起这段争分夺秒、惊心动魄，又备受煎熬、不知疲倦的测量设计工作时，都一脸的兴奋与自豪，从而也深感欣慰。他们为完成总排干这项情系每个河套儿女、牵动着全盟农牧业生产伟大工程的测量任务而感到由衷的骄傲！

虽然当年的测量工作是艰辛、苦涩的，但是，四十年后回忆起来却是甜美的。能够圆满完成十五万人奋战总排干的测量任务，成为他们一生咀嚼、回味且引以为荣的骄傲。他们一生都以此次测量工作为标尺，精益求精、一丝不苟去完成河套水利事业发展的每一项工作任务。他们无愧为一个河套水利人，他们是河套大地上真正的名副其实的水利人！

扩建疏通总排干工程全面开工

全盟上下通过紧急动员部署，巴盟水利局水利技术人员苦战七天七夜，勘

测好了总排干施工的地形、地势，并且测量设计出了施工图纸。一个工段、一个工段打好了界桩，全盟的总排干施工准备工作全部就绪，只等巴盟盟委的一声号令，扩建疏通总排干工程即将全面开工。

全盟的扩建疏通总排干工程是巴盟盟委经过深思熟虑做出的艰难抉择，可谓未雨绸缪。所谓兵马未动，粮草先行，当时，疏通总排干工程施工所需的资金、物资、钢材、水泥、破冻工具、炸药都严重缺乏，特别是冬季施工民工的住宿问题成为施工遇到的最棘手的问题。李贵书记在盟委常委会上严格要求，坚决压缩工棚费的开支，把总排干施工的经费卡得紧一点。全盟上下就是要勒紧裤带过紧日子，实施扩建疏通总排干工程，要依靠的就是强大的全民大会战，自力更生，艰苦奋斗，以一不怕苦、二不怕累的愚公移山的精神，以大寨人大战狼窝掌、削平虎头山的精神实施扩建疏通总排干工程。

盟委原计划组织三万民工，在一百天内完成一千一百万立方米的土方任务，以民工组织为基础，公社为营，大队为连，生产队为排组织施工。

一九七五年十月二十五日，巴盟盟委做出了《关于疏通总排干和十大排干的决定》（以下简称《决定》）。

《决定》认真总结了过去治理盐碱化所采取的措施，但光有这些措施还不够，在河套地区必须实行灌排结合、综合治理的方针，迅速降低地下水位，并把土壤中的盐碱通过淋盐洗碱的办法排走，以达到改良土壤、提高地力、大幅度增产的目的。但是，现有的总排干和各大排干挖得既窄又浅，还不畅通，支、斗、农排没有配套，不能真正起到排水的作用。鉴于这种情况，盟委决定，从一九七五年十一月七日开始到一九七六年的三月底结束，动员几万民工，大战、苦战一百天，按时、按量、按质完成总排干的疏通扩建工程。同时，由旗县负责组织实施十大排干沟的疏通工程，要求三月底结束。在疏通总排干和十大排干沟的工程中要抓好以下几方面的工作。

一是要深入进行党的基本路线教育。

二是要相信群众，发动群众，依靠群众，打人民战争。

三是要严格工程质量，注意施工安全。总排干和十大排干沟现有的渡槽口闸、桥梁等暂时保持原状，有些可适当维修。

四是在施工中要发扬自力更生、艰苦奋斗的精神。所需物资除钢筋、水泥、木料、炸药由全盟统一安排考虑外，其余施工用的机具器械、防寒用品、食宿、医疗卫生、补助粮等一律由旗县筹措。

　　五是要切实加强领导。巴盟成立总排干施工指挥部，李贵为总指挥，副总指挥为李玉堂、赵清、康俊、何耀、常四、詹振英。指挥部下设四个处，即秘书处、政治处、施工处、后勤处。各旗县要成立分指挥部，由书记或主任亲自挂帅，组成强有力的班子，下设必要的办事机构。

　　《决定》中，同时列出了工程土方数和出工人数，共计土方八百八十七万立方米，出工三万人。

　　与此同时，为了配合扩建疏通总排干的施工，巴盟总排干工程指挥部于一九七五年十一月六日下发了《关于总排干工程施工任务、方法、规格、质量要求的通知》。

　　扩建疏通总排干各项工作准备就绪后，一九七五年十一月五日，巴盟盟委办公室下发传真电报《关于召开疏通总排干工程施工誓师大会的通知》：

　　　　要求各旗县做好召开疏通总排干誓师大会的各项准备工作，盟委要求于十一月七日上午十时，以旗县为单位，统一召开疏通总排干工程施工誓师大会。各旗县的会场要设在总排干工地，布置要简单、庄严，要保证有一定数量的民工参加，气势要大，气氛要浓。

　　一九七五年十一月七日上午，巴盟以旗县为单位召开了扩建疏通总排干施工誓师大会。盟党政军领导同志、盟直各部委办局负责同志、各旗县负责同志等分别和六万多名民工、解放军指战员、机关干部、工程技术人员一起参加了大会。会后，盟、旗各级领导率领群众在二百多千米长的总排干工地上开始施工。

　　誓师大会的主会场设在临河县份子地公社和平大队红龙园生产队。盟委第一书记李贵，盟委书记、盟军分区司令员李玉堂，盟委书记、军分区政委赵清，盟委书记康俊在主会场参加了大会。临河县党政军负责同志以及盟直机关负责同志参加了大会。盟委领导石生荣、宝音图、伊钧华、傅守正、何耀、詹振英、杨玉信、叶青元等参加了各旗县的誓师大会。

　　临河县的誓师大会的主会场布置得十分庄严，主席台正中悬挂着毛主席的巨幅画像；会场两侧是巨大的标语，一行是"鼓足干劲，力争上游，多快好省地建设社会主义"，一行是"全党动员，大办农业，为普及大寨县而奋斗"；

主席台对面竖立着"农业学大寨"的巨幅标语，五千余名男女民工、贫下中农和机关干部职工参加了大会。

大会由盟委书记康俊主持，盟委书记、军分区司令员李玉堂代表盟委宣读了《疏通总排干和十大排干沟的决定》，盟委第一书记李贵做了重要讲话，他着重讲了扩建疏通总排干的重大意义以及施工中的组织纪律。

在大会上讲话的还有临河县委书记色楞道尔吉、临河县狼山公社党委书记张玉玺和份子地女民兵突击队代表王玉兰。

这一天，两狼山下红旗招展，总排干两岸锣鼓喧天。西起太阳庙，东至乌梁素海全线动工。盟党政军领导和各旗县的主要负责同志亲临第一线，既当指挥员，又当战斗员，总排干正式工地拉开序幕。几天之内，就有六七万人上了工地，超盟里原定的三万人了一倍以上。除民工外，盟、旗县机关和工矿企事业单位的干部、职工、学校师生、驻军指战员都活跃在工地上，形成了各级干部带头干，广大民工干劲冲天，各行各业大力支持的良好局面。

总排干是选在农活较少的冬季开工的，总排干自西向东沿阴山山脉山前冲积扇与黄河冲积平原的交接洼地，即沿乌加河古道走向，西起杭锦后旗的太阳庙公社，东到乌拉特前旗的乌梁素海。

一九七五年，正值初冬季节，大雨连绵，道路泥泞，这也挡不住民工们奋战总排干的步伐。十几万劳动大军肩挑箩头、背扛行李，日夜兼程，浩浩荡荡，开进了总排干的工地。

在工地上，到处可以看到各级领导干部一身泥水一身汗，不分白天黑夜地与民工们奋战在一起的场面。盟委领导李贵、李玉堂、赵清、康俊等，在十一月七日动工后，分别深入各旗县和军分区施工地段，与民工一边传达上级会议

开挖总排干开工誓师大会

精神，一边与民工一起劳动，给了民工极大的鼓舞。施工开始，疏通总排干工

程进度最快的是磴口和临河两个县，不到半个月，就完成了任务量的百分之四十四以上。

一九七五年十一月二十九日，盟领导赵清、杨玉信、詹振英等同志赴中后旗工地参加了奋战。中后旗的民工看到盟领导与他们一起劳动，精神更加振奋，表示要在十二月上旬提前完成施工任务。

疏通总排干工程施工十天以后，全盟总排干工程指挥部于一九七五年十一月十七日给盟委汇报了《关于总排干开工十天以来的情况》。

> 疏通总排干是河套百万群众的共同心愿，也是共同行动。当六万民工开赴总排干工地时，沿线的群众像当年欢迎解放军那样，把自己的好房子、热房子腾出来，让给民工住。帮助民工解决食宿方面的困难，一个村子给民工腾出来的房子所住的民工比全村的人口还要多。一个个贫下中农异口同声地说："疏通总排干是我们的共同责任，腾个热房子是应该的。"民工们认真执行"三大纪律，八项注意"，不少驻地的民工主动给群众担水、扫院，加深了与当地群众的感情，更增添了民工们疏通总排干的干劲。
>
> 各地为保证工程的顺利进行，从公社到生产队都组织了后勤大军，不分昼夜，风雨无阻，把生产工具和生活用品源源不断运送到工地。
>
> 工地组织开展了业余文化演出活动，巴盟晋剧团、歌舞团各抽一个演出队；各旗县乌兰牧骑、电影放映队都开展了巡回工地演出、放映。
>
> 各地除六万人奋战在总排干工地上，据不完全统计，大约有一万五千多人参加了十大排干的开挖任务。

巴盟盟委总排干施工指挥部鉴于全盟各地总排干施工的情况，为了把全民奋战总排干推向高潮，再鼓干劲，注重质量，加快速度，于一九七五年十一月十六日下发了《关于迅速掀起一个旗县与旗县之间比思想、比干劲、比进度、比质量、比完成任务好的竞赛热潮的通知》（简称《通知》）。

《通知》指出，为了把这种千军万马战排干、艰苦奋斗改山河的局面继续发扬下去，掀起总排干施工的新高潮，特开展"五比"的竞赛热潮。竞赛活动具体从七个方面开展，即学习宣传、坚持党的路线、全民齐心协力、质量第一、民工生活、领导以身作则、组织安排措施得当。

竞赛的方法，可以搞流动红旗、挑应战、对手发倡议书、办光荣榜、竞赛

栏等，并且要充分利用有线广播、宣传车、工地快报宣传表彰先进，以推动比学赶帮竞赛活动的深入开展。

时间要求，旗县每十天搞一次评比，公社以下单位每五天或三天搞一次评比。工程结束后，全盟要召开表彰先进单位和先进个人的大会。凡是在施工中做出优异成绩的先进单位和先进个人都要在全盟范围内大张旗鼓地通报表扬，并且给予奖励。

一九七五年十一月十五日至十七日，巴盟盟委书记赵清沿总排干下游进行了检查，发现了一些带有普遍性的问题。一是施工指挥部通知要求工地做好思想政治工作，如五原县的美林、向阳等工地的思想政治工作做得有声有色，早上四五点钟就出发了，中午在工地吃饭，晚上天黑了看不见才收工。小队三天一评比，大队七天一评比，公社与公社开展了对手赛，公社与大队都有流动红旗，大量表扬好人好事，激发了群众的干劲。工地宣传工作搞得比较活跃，沿总排干渠畔，每二百米至五百米建立了语录牌，县里建立了广播喇叭；各公社把三用收音机也搬到了工地。二是注重工程质量，总排干设计的坡度是一比二点五，有的工地民工为了少担土，开挖坡度不够标准，造成返工，上冻以后施工难度会更大；总排干两岸垫路过多过宽，有的民工把土倒在了旱台上了，没有把土担在堤坝上；还有的工段有砍伐树木的情况，工程技术人员应加强检查；三是搞好民工生活。有的工地民工反映喝不上开水，喝的都是渠水，造成民工拉肚子。五原县向阳公社拉去三个锅炉，有效解决了民工的饮水问题。工地上购买一些铝锅、六稍锅、七稍锅的给民工烧开水，提高了民工的干劲。医疗药品要优先供应工地，还要检查民工的住宿，防火、防盗等不安全事故的发生。民工的生活用品如盐、碱以及纸烟等关系民工生活问题的应优先供应。四是施工各地搞好合作，互相协作。如五原县在施工中，考虑到农管局二师的知识青年体力弱，在六份桥地段做了尾坝，这样就代替了农管局的首坝，帮助了农管局知识青年的施工。前旗鉴于农管局施工排水有困难，主动承担起了排水任务，把自己的十八千米、农管局的九千米、五原县的四千米共计三十一千米的积水全部通过八排干排到了乌梁素海，这种"龙江风格"在工地应该大力发扬。

从总排干管理局退休的水利工程技术人员薄金维当年的日记中可以看当年扩建疏通总排干工程的庞大、繁杂。日记从一九七五年十一月七日记起，到一九七六年四月十六日止。记录非常翔实，有总排干沟施工划分的十一个段落；分配到各段落的水利技术施工人员名单；每个段落具体的施工单位、土方分配表、起止桩号、长度以及需要上的民工数量；全线开挖所需的物资数量（柴油、汽油、雨靴、肥皂、糖等）；全线工程开支情况以及配套工程预算；伤亡情况及赔偿数额等。

二〇一五年，我们走访了原总排干工程总指挥部政治处主任，已有八十六岁高龄的郭子卿老人。郭老耳朵已失聪，戴着助听器，在写字板上与人进行书写交流。

郭老介绍说，河套地区从开始进行小面积水稻种植试验，到大面积水稻种植试验，再加上河套地区的深浇漫灌，造成河套地区白茫茫的"白碱"，盐碱化严重。盟委第一书记的李贵经过广泛调查研究，提出保墒地，不灌溉，疏通、扩建总排干。总排干施工总指挥部政治处主要负责思想动员、宣传发动、上传下达等工作。

开挖总排干施工者郭子卿（左）

快到一九七六年元旦时，李贵书记问大家过元旦吃什么好。郭老说，吃饺子吧。问题就是这全工地近十多万人的饺子怎么吃。当时正是农村大集体杀猪时节，于是政治处通知各旗县施工工地，发动大队、生产队没有上去总排干的妇女、老人，给本队上排干的每个民工包五十个饺子。把饺子冻起来，用枳机筒子围起来，用胶车送往工地。于是，一九七六年元旦，总排干工地上的民工们吃上了可口的饺子，还有吃包子的。

聆听郭老的讲述，我们的眼睛感到些许湿润。一枝一叶总关情，巴盟盟委细致入微地关心着民工们的生活，何愁泰山移不走，虎头山削不平？全民奋战总排干的全面胜利指日可待！

郭老有感于河套大地上的三件大事件，于是写起了爬山调，笔者摘录了几句：

> 乌拉山欢呼二狼山笑，
> 迎盛会唱起了爬山调，
> 不怕苦和累，两肩重担挑，
> 宏伟的"二黄河"农民兄弟造，
> 脚踏冰雪，挑担起山，
> 十五万英雄大战总排干，
> 一根扁担两只筐，

第八章　临河县红龙园生产队就是民工心中的太阳

全盟扩建疏通总排干工程的誓师大会主会场设在临河县份子地公社和平大队红龙园生产队。盟委书记李贵与其他盟领导亲自在临河县红龙园生产队的施工工地与广大民工一道开展了总排干的全民大会战。

临河县为了总排干施工，先后开了三次常委会安排部署。县委书记色楞道尔吉亲任总指挥，带病深入工地。县委副书记杨乐山到工地，参加劳动；为了全面了解情况，徒步行走六十多里，走遍七个公社、一百多个生产队；下伙盘、串工棚，了解民工的生活情况。革委会副主任张广成不分昼夜奔波在工地上，哪里有问题，他就出现在哪里；后勤组在组长杨尚、副组长王福顺的带领下，苦战三个昼夜，跑遍临河城，及时解决了水泵接头制作难关，眼熬红了，也从不喊苦叫累。施工组的同志，巡回在工地上检查指导。长胜公社韩登高同志，主动让出暖房让民工住，自己则住在潮湿的地上。乌兰图克公社工作队员张志胜，在架设浮桥的施工中，冒着寒冷刺骨的

总排干施工民工们在背冻块

冰冻，在水下连续作业五个多小时，保证了施工顺利进行。干召庙公社民乐二队队长杨过仁腿摔坏了，还坚持苦战。

这样，县、公社、大队、生产队干部给民工们带了好头，为全县二万三千多民工树立了榜样，占全县强壮劳动力的百分之六十的民工上了工地，这在临河县历史上是首次。

许多社队民工发扬战争年代的革命传统，积极为驻地群众担水、扫院、打

柴，得到了驻地群众的称赞，许多贫下中农纷纷给民工腾房。

临河一中、一完小的广大师生主动发起捐款活动，每人多者一角，少者一分，共捐款二百五十多元。而后，县知青办、团委、妇联、解放镇等共捐款二千多元，给民工买了水靴、毛巾、药品等大量急需用品。一些手工业企业主动派出杨玉林等四名师傅，昼夜兼程，赶到工地，帮助工地检修、安装水泵。他们连续苦战三昼夜，使十台水泵得以运行，促进了抽水进度，保证了施工的顺利进行。

临河县由于水利工程历史欠账多，所以开挖总排干分配土方多。范围是西至杭后旗光荣乡境内，东至五原县银定图境内。压力大，困难多，出现了畏难情绪和指挥不力的问题。盟委派康竣书记到临河工地现场指挥，利用三天时间搞了一次火线整风会，明确了上级领导分片包工任务，并要求县、公社、大小队一把手上前线指挥。

思想认识上去了，全县两个多月时间投工投劳六点六万人。临河县在总排干开工的前半个月在全盟总排干施工中与磴口两县在全盟范围内名列前茅，受到了盟委的表扬。

一九七五年临河县施工时，当年二十七岁的临河县委副书记邓秀英回忆起那段战天斗地的改造自然的热情和干劲时，仍然热血沸腾，心潮澎湃。邓秀英同志回忆道："总排干在那样的艰苦环境中施工，主要有四个方面的感受。一是正确的决策号召力。人们当时形象地形容河套地区的土地是'土地种成盐碱片，辛苦一年不见钱'，特别是河套北部地区吃粮靠返销、生活靠就济的问题比较严重。开挖总排干切中了要害，几万人迅速赶到了工地，不计条件、不讲困难，在被动中找主动，好多民工都住进了羊圈、牛圈和有空余地方的闲散房间，有的民工只铺点很薄的青草就住下了，毫无怨言和情绪。在县指挥部的统一指挥下，昼夜不停地轮班倒换，场面壮观。二是领导的行动是无声的命令。各级领导用自己的实际行动激励、带动着广大干部群众。三是群众的智慧是完成任务的保证。施工中好多成功的做法和经验都来自群众。四是强大的舆论宣传催人奋进。舆论宣传切中了施工的要害，鼓舞了民工们的斗志和干劲。"

当年内蒙古下来五位作家采访开挖总排干施工的纪实情况。其中，作家张长弓亲眼看到了临河县工段民工背冻块的情景。只见那位民工背上垫个草垫子，背了好大的一块冻土从渠上冲上来，肩一侧，把冻块摞在了岸上，然后又飞也似的冲到渠底，一会儿，再背上一块，再下去，再背上一块……作家们很惊奇，一打听，原来是临河县革委会的领导杨乐山。

全县机关开着各种车辆，满载男女干部、职工和师生等各行各业的人员，自带工具、干粮和水壶，像是作战的野战军部队，一批又一批的增援人员陆续来到了工地。

庞大的施工队伍，附近的民房根本挤不下，大都在社员们的凉房地下铺着麦柴睡，也有少数用木板拼接组成的木板床上人挤人地睡着，人多也不觉得冷。

临河县施工中也有不尽如人意的事件发生。长胜公社党委书记吴占海不按盟委的要求按时开工，全公社总排干施工按兵不动。县委书记、副书记、革委副主任亲自打电话部都没有立即行动，写便条让他动员群众上排干，他都置之不理。十一月十五日才上了工地，造成了不好的影响。巴盟盟委书记赵清在全盟总排干施工经验交流会上点名道姓对该事件提出了严厉批评。

临河县份子地公社和平大队红龙园生产队永远让巴盟人民记在了心中。这里是扩建疏通总排干施工的发源地，李贵书记亲自开挖下了第一锹。十五万河套人民以红龙园生产队为轴心向四百里长的总排干施工工地扩散开来，宛如蚁群一样的民工们激情澎湃地奋战在总排干的工地上，谱写了让河套人民世世代代引以为荣的光辉篇章。红龙园生产队从此在河套大地上家喻户晓，仿佛当年的大寨县一样向河套大地上发射出火热一般的正能量。十五万民工幻想着红龙园就像他们心中的天安门一样照耀在总排干施工的工地上，红龙园也仿佛就是广大民工们心中的太阳一样照射着他们在工地上挥锹大干。

"一炮黄尘"的书记李凤梧成为楷模

临河县团结公社在党委书记李凤梧的带领下，带头批判搞吃吃喝喝的物质刺激，带头批判吃喝攀比风。

在施工中，李凤梧书记经常卷起裤腿，走在没膝深的泥水中。一群小伙子，顿时感觉一股热流涌上心窝，"扑通、扑通"一个个跳进泥水里，挥锹大干。谁英雄，谁好汉，跳进泥水里比比看，他们用顽强的意志战胜了施工中的泥水阻碍。

　　李凤梧转工地时，看见群众围着一个人学编箩头，那人是张大叔。张大叔指着身边一堆用烂了的箩头说："损坏的不少，哪能单靠买新的？弄点柳条来，补旧编新，这都是咱庄户人常干的事。"

　　正在这开工的节骨眼上，工地上传说要停工。一个青年说，寒冬腊月干十天，不如明年春天干一天。他认为，明年春天天暖地消不就好挖了。

　　李凤梧书记让生活在这里大半辈子、有劳动经验的张大叔来回答这一青年提出的疑问。张大叔微笑着说："眼下地皮封冻，水位下降，虽然天寒地冻，但是没有渗水，容易挖。如果春寒冰消时候挖，河套地区本来就地势低下，盐碱厉害，春天地下水上翻，不要说渠里，地里还湿成个水滩，怎能好挖？"那位青年听完才如梦初醒地低下了头。

　　正当团结公社激战泥水工段时，上级党委给团结公社调来两台抽水机，民工们像宝贝一样把这两台抽水机抬到工地上。可是没有技术人员，抽水机零件也不配套，无法正常使用。

　　公社党委副书记杨国成在民工中找了两个以前摸过柴油机油的半生手，费了好大的劲儿，总算安装起了一台。另一台因为缺少零件，无法安装，零件想买也买不上。他们三个经过两天的反复实践，在县农具厂工人的帮助下，在广大民工的热切期待中，终于试制成了抽水机的用法。之后，他们又用八号铅丝代替"接头"，成功地开动了另一台抽水机，民工们欢天喜地齐声欢呼。

　　团结公社大渡槽两岸的激战，已整整过了三十八个昼夜，寒风凛冽，气温持续下降。工地上，白天歌声不断，欢声笑语；夜晚，灯火通明，低矮的工棚里，因为工地连续几天昼夜奋战，劳累的民工不能回去，人们只能是背靠背地轮流休息一下。大家身体严重透支，但工程开挖继续进行，只是为了突击工程进度。

　　团结公社有的生产队已经完工，但经技术部门一验收，质量不合格。他们对"跌窖子"时遗留下的"窖圪梁"不挖、"门坎子"也不挖，认为干得出头会吃亏。河套地区俗语说："喝了抢坡水。"有的民工认为，吃饭还撒点米粒了，这么大的工程，哪能不留点尾巴？

　　大大小小的"窖圪梁"被挖掉了，一道道的"门坎子"被拆除了，变成了笔直宽阔的总排干大渠。

　　团结公社的总排干施工任务于一九七五年十二月十二日胜利完工，共挖土方近十万方，超过原定任务三万方。他们在施工中组织强壮劳动力参加总排干

工程，妇女、体弱辅助劳动力继续搞南边渠工程和农田基本建设，把工地当成开展党的路线教育的阵地。他们坚持在施工中自力更生，杜绝等、靠、要的思想。箩头损坏了自己动手修旧编新；没有铁镐、撬棍，他们到土产公司的废铁堆里捡里面的烂铁，自己改造；水泵的零件不配套，发动公社的农具厂自己制造。

同时，团结公社注重加强施工队伍，在工程进入决战阶段，又从家里调来七百多名民工参加劳动，想连续奋战三昼夜一举完成任务，但是五个昼夜也没有拿下来，工程质量还没有达到标准。这是由于新上来的民工没带行李，几十个人挤在一间小屋子里，不能休息。再加上连续几个昼夜的奋战，大家十分疲劳，工具损坏极多。党委立即决定，宁可不开庆功会，也要保质保量完成任务。于是，又带领群众昼夜奋战，没有电就用火把照明。进步十三队在停电以后，副队长赵兴元撕下自己棉袄里的棉花做火把，继续大干。黑夜施工，有不少民工掉进了水里，穿着冰冷的衣服、鞋袜继续奋战。经过五个昼夜的激战，民工们终于战胜了流沙，高质量地完成了施工任务。

团结公社在广大民工战天斗地的冲天干劲下提前完工了。在庆祝大会上，李凤梧书记激动地说："我们的任务是完成了，但是，四百里的总排干渠还没有疏通。于是，团结公社支援兄弟公社民工的一万斤粮食和四十担箩头送来了，公社民工队伍里摩拳擦掌带头支援兄弟单位的突击队组成了。在李凤梧书记的带领下，他们扛着西锹、担着箩头，还带着干粮去支援了。

团结公社在完成自己的施工任务后，还带着干粮、工具去帮助别的工地，且在施工中没有一点私心，现在看来感觉不可思议，让人匪夷所思，但却实实在在就是这样的施工场景。这就是那个时代的共产党人，大公无私，公而忘私。李凤梧在全盟总排干施工中树立起了榜样，任何困难都压不垮、打不倒他，他是全盟各旗县学习的楷模。

巴彦淖尔日报社的资深编辑李明升，当年在临河县团结公社总排干施工时刚刚高中毕业。在寒冷的施工中，李明升没有棉裤，只穿了一条绒裤，没有棉鞋，赤脚穿一双水靴；没有棉帽，只有握在手里的围巾。就这样，手脚冻下个发痒的毛病，三四十年了，一到冬天就痒痒。

为了赶工期，他们几乎每天晚上都夜战。肩膀出了淤血，皮肉和衣服都粘在了一起，瞌睡得支持不住，担子一百四五十斤压在肩上，三十多度的陡坡爬着，眼皮不误打架。

　　工地上腊月二十八才回来，队里的人们以凯旋荣归故里的眼神看着你。人们不再觉得你是十八岁的小青年了，觉得你是成人了。李明升坦言称，在工地上，李凤梧书记真把人往死拧了，民工们称之为"一炮黄尘"的书记。民工们说，只认得李凤梧了，不认得李贵，上总排干成为李明升老师一生的骄傲和自豪。

　　二〇一五年，我们走访了李凤梧书记的妹妹从——巴彦淖尔盟政协副主席岗位上退休的李凤莲。

　　李凤莲副主席介绍说，哥哥李凤梧于二〇〇一年去世，享年八十岁。当年李贵书记发出了全民开展积肥运动的号召，哥哥积极响应。在没有交通工具的时代，他亲自骑上自行车跨越黄河，赴伊盟捡拾羊粪驮回来。驮上近一百多斤的一大麻袋羊粪，沿河畔背上过来，还计算驮一趟需要多长时间，以便发动群众大力开展积肥运动。这正好被李贵书记下乡检查工作时发现了，李贵书记询问了有关情况。李贵书记发现哥哥是干工作的实干家，所以，临河县团结公社被树立为学大寨县的标兵单位。

　　在总排干的工地上，哥哥李凤梧是泥里、水里带头大干，被民工们称之为"一炮黄尘"的书记。他作风干脆、利索，记得在开挖总排干时，有一位干部对开挖总排干有畏难情绪，支支吾吾不肯痛快接受任务，被他一脚从炕上踹到了炕下……

　　他也是说到就做到的领导，要求群众干的，自己亲自干，绝不是仅仅发号施令、不干活的领导。他群众基础非常好，很受群众欢迎。所以，团结公社在临河县是第一个完成任务的公社，受到盟委的表彰。

　　李凤梧由于工作上密切联系群众，脚踏实地，所以，被组织上任命为临河县革委会副主任，后又任命为五原县副书记。在五原县工作期间，他心脏病突发，曾经在医院抢救过。退休前，被调回任巴盟乡镇企业局副局长，直至退休。

　　在开挖总排干施工期间，李凤梧由于住宿、施工条件的艰苦，得了严重的关节炎病，痛得连骑自行车都迈不上腿去，大腿直直地伸着才能上去。后面的人看见，都在取笑他的这种酷似卓别林演喜剧的"滑稽"动作。

　　李凤莲介绍说，那时她也参加了开挖总排干的施工，她当时是巴盟盟直机关团委副书记。早上天不亮就坐着敞篷卡车出发去工地，扛着铁锹，箩头都是黏泥不拿回来。吃饭都在工地上，吃着不削山药皮的山药、白菜汤汤以及半尺长的长馒头。总排干渠畔民工担出去倒的土宛如山坡一样，民工们上不去，打滑。修台阶也得上，穿着的布棉鞋都被泥水泡湿了，施工比较艰苦。

当年只有十六岁的李凤梧的儿子李军在团结公社先锋二队也参加了总排干的施工，他深有感触地给笔者讲述了他在工地上参加总排干施工的情况。他当年年龄小，是第二批工地增加民工时才上去工地的。第二批上去，住宿问题根本解决不了。没有办法，他们十几个人把当年农村的男女旱厕进行了清理，将粪便清理出去，地下铺上麦柴，在旱厕半檐子的顶子上苫上柴草，这样，男女旱厕就住下了十几个民工，寒冬腊月的天气也没有条件生火炉子。施工共计六十二天，晚上收工回来，根本不可能脱衣服睡觉，袜子也不脱，因为太冷，脱不下。白天施工时，白茬子皮袄外面系着一根花电线，以免冷风吹进去；晚上收工回来，花电线一解，就钻进被窝里去了。施工六十二天，每天都是这样，身上滚的虱子到处跑。

早饭就是山药汤汤；中午半斤面的长馒头，厨师送到工地吃；晚上，小米饭山药汤汤，没有一点蔬菜。每天的伙食千篇一律，时间长了，民工们的嘴角开血裂子，但又没有办法，为了施工，就得吃下去。

当时，人们的思想就是学习大寨县、学习陈永贵的大干精神。没有克服不了的困难，人定胜天，愚公移山，大家就是在这样的思想指导下施工的。民工们也只知道，扩建疏通总排干对河套地区的灌溉排水是会带来好处的，但大家心里想的更多的就是早点完工，早点回去。收工回来，倒头就睡着了，因为施工累的实在人们受不了，施工连旱烟也抽不上，就把农村地里糖菜枯干叶子捋下来当旱烟抽。连卷旱烟的纸都没有，想办法弄点报纸，卷上糖菜干叶子当旱烟抽，来缓解一下劳累的身体。

走访采写到这里，笔者感觉我们现在的河套大地上的人们都过上了温饱富裕的好日子。但是，这温饱富裕好日子的背后，却是无数像李凤梧这样的河套儿女的无私奉献和牺牲。为了河套地区的灌排配套，为了解决盐碱化问题，他们大干苦干拼命干，才使我们过上了如今八百里米粮川年年丰收在望的好日子。这里面凝聚了他们无私奉献的汗水和心血，凝聚着他们不怕苦、不怕累，敢教日月换新天的壮志情怀！

"支干"好少年郝玉柱

　　开挖总排干把身体强壮的劳动力都送上了工地。临河县乌兰淖尔公社东风大队学校四年级的红小兵郝玉柱，年满十二岁。他看到爸爸他们一伙儿身体强壮，拿着开挖排干的工具、铺盖就上了工地，心里格外羡慕，心想自己年龄够岁数也可以和爸爸一样上排干。

　　队里一些社员认为，强壮劳动力都上了排干，队里生产不办好，明年丰收没指望，到头来照样是白干。小玉柱认为说这样话的人思想有问题，暗下决心要帮助生产队。

　　于是，郝玉柱主动要求帮忙放牲口，他专挑队里最不乖的马去放牧。夜间连家也不回，就睡在饲养员房；第二天一大早起来帮助饲养员老大爷喂牲口，为的是让饲养员休息好。一连十几天，小玉柱从早到晚，身上仿佛有使不完的劲。

　　一天，大队的拖拉机给他们队脱玉米，社员们忙极了。玉柱知道情况后，急忙跑去帮忙。

　　玉柱在人群里既装玉米棒，又传送玉米筐，手脚不停。下午赶往场面时从马上摔下来摔伤了腿，一直隐隐作痛，但他咬牙支撑着，依然不停地忙活着。

　　趁修机器的空隙，玉柱赶紧回家吃饭。机器响了，放下饭碗，又跑去帮忙。姐姐玉凤也一起过来帮忙。夜深了，人们继续再干。郝玉柱去抢脱粒机皮带轮上的空箩头时，不幸被脱粒机皮带打住了，献出了年仅十二岁的宝贵生命……

　　为了深入了解好少年郝玉柱的英勇事迹，笔者先来到小英雄郝玉柱生前所在的村里采访，了解情况，郝玉柱的弟弟郝军接受了采访。

　　但是，郝军说他不知道情况。笔者从他的眼里感到一丝的诧异。刚开始，还以为是失去了一母同胞的哥哥，而勾起了那段伤心悲痛往事的回忆，所以不敢多去探究那次不幸事故善后的一些细节。但从郝军的眼里也分明读出不愿或不想再提起的感觉。于是笔者提议可否方便去采访一下患病的父亲。
郝军说，不太方便。村支书高培清也一再制止别去采访患有脑梗且行动不便的父亲，以免引起更多的悲痛。

　　郝军建议可以去采访一下家住在临河干召庙镇友谊三社的姐姐郝玉凤，说姐姐知道详情。

"支干"好少年郝玉柱的姐姐郝玉凤

于是，我们来到姐姐郝玉凤的家里。郝玉凤种植着疏菜大棚，一儿一女都已成家立业。

郝玉凤回忆起当年的情况，感觉一切就像发生在昨天。弟弟郝玉柱虽然只是十二周岁的少年，但身高已有一米六几，与成年人的身高相差无几。推土机带着脱粒机脱玉米，脱粒机是二三十公分的宽皮带，推土机与脱粒机两台机器的噪音非常大。当时郝玉柱就在姐姐郝玉凤身边，她从地下把玉米棒拾到箩头里，弟弟则站到推土机链轨上，提起装着玉米棒的箩头就往脱粒机进料窗口里倒。突然一只空箩头掉在了宽皮带底下，弟弟弯腰去捡空箩头，不幸被皮带打中而遇难……

据姐姐回忆，当时弟弟就穿着棉袄、棉裤，一只胳膊被飞速运转的皮带打下去了，把右胸腔的肉连同棉袄里的棉花一同掏了出来，顿时染红了洁白的棉花，一只胳膊血肉模糊。就在现场的姐姐都不知发生了什么，只听见脱玉米的妇女们喊"皮带轮底下掉下人了！"才发现看不见了弟弟……

人们簇拥着抬着弟弟到饲养员住宿的房里，弟弟没有发出一丝疼痛的喊叫，她只看见软作一团、血肉模糊的弟弟。在交通工具缺乏的年代，人们骑着马飞快去乌兰公社医院找医生。当一个姓马的医生过来检查时，弟弟的心脏早已停止了跳动……

弟弟走了以后的第一天，队里社员都瞒着身体一直患病的母亲，不想让母亲知道，怕她承受不了失去这唯一儿子的打击。父亲郝金元被挖总排干的民工们通知了回来。

队里给买了成人的棺材把郝玉柱的尸体装殓了，给了八百斤玉米算是抚恤金。父亲郝金元强忍失子之痛打击的痛苦，为了完成疏通总排干本队的施工任务，也为了全家人挣工分养家糊口，又上了总排干工地。但这失子之痛的沉重打击，使强硬汉子的身体发软，再无力气去担土了。队里让父亲给民工们做饭，算是照顾。郝金元一直到队里挖完总排干竣工才回来。

弟弟走了的当年，过年是最难过的。父亲没有心情买红纸、写对联、贴对联，好心的邻居过来给贴上了对联；母亲大过年的每天以泪洗面，父亲则蒙头大睡，过年没有了欢声笑语，更不可能有炮竹声。以后几年的过年也是不贴对联过年。年，就在弟弟郝玉柱走了以后，全家人在悲痛伤心的氛围中煎熬过来的。

郝玉凤介绍，让家人感到些许安慰的是，就在弟弟走了后的第二年，一位好心的扫垃圾的阿姨，捡回一个三个月大的男弃婴。家里儿女双全的阿姨，把小男婴送给了失去儿子的每天以泪洗面的父母，算是给父母疗伤。

母亲有了现在的弟弟郝军以后，内心的伤痛算是有所舒缓。后来，父母又生了一个弟弟，才从失子之痛的阴影中慢慢走了出来。

但失子之痛的打击，对本身一直就患病的母亲来说是致命的。母亲后来患有肺癌且发展到了晚期，经治疗无效后，于一九九八年去世，年仅五十七岁。身患肺癌的母亲在弥留之际，拉住弟弟郝军的手才告诉了他的身世。这样，笔者也就知道了现在的弟弟郝军的身世。

父亲为了给母亲看病，到信用联社贷款八九千，直到现在都没有还清。信用社领导出于对他们家的同情，还本金，不用还利息了。但年迈的父亲还有两个儿子未成家立业，又要处理母亲去世的善后事情，无力去还清贷款。

二〇一五年，七十七岁的父亲，患有脑梗，行动不便。患病时，一动都不能动，都是弟弟郝军及弟媳照顾护理。就因为贷款还不了，信用度丧失，导致弟弟全家都不能从信用社贷款，无法购买化肥、种子等生产资料。

笔者这才读出了郝军眼里一丝诧异目光的真实原因，但无法探究他的心里到底再想着什么。感觉是否有笔者对他的身世感兴趣而去调查（因当时与旗里联系是下去采访）。"调查"一词是郝军给姐姐打电话联系采访时听到的用语。他是在哥哥郝玉柱为了集体财产而献出了宝贵生命后才被收留来到郝家的，对哥哥的情况，长大了只是听说，其他细节则知之甚少。

从郝军那一丝诧异的目光里，我们可以看出郝玉柱的父母从失子之痛的煎熬以及好心阿姨抚慰郝玉柱父母悲痛心情的良苦用心，也感受到了郝玉柱的父母收留遗弃婴儿的一丝慰藉和同情怜悯遗弃婴儿的复杂心情。

当年全盟总排干竣工后，巴盟盟委创研室组织自治区作家及本地作者撰写的报告文学集《河套川上铺彩虹》的书里，可以看到，小玉柱很热爱班集体，给学校的杨树浇水，还把给五六年级分配的杨树也都浇了。编儿歌，画漫画，开展批林批孔运动。编的儿歌里有：

> 狗林彪，坏坏坏，
> 带着老婆把家卖。
> 飞得高，
> 跑得快，
> 结果烧成秃脑袋。

全校师生看了电影《闪闪的红星》后，小玉柱表示要像潘冬子学习。学校的桌凳坏了，他找来了工具修好；刮起大风了，他半夜赶到学校，把房顶上的胡麻籽收起、盖好。

小玉柱还教身边的小朋友向越南小英雄葛龙学习，学英雄，做英雄。就在他牺牲的前三天，正在放牲口的他，看见六队的一头毛驴陷在渠底的稀泥糊糊里出不来，四个比他岁数小的同学弄了半天也没弄出来。小玉柱纵身一跳，不顾水冷，把毛驴救了上来。他还没来得及穿棉裤，便一边用砂子擦毛驴身上的泥水，一边让小伙伴们弄来一些树皮，点起了火，把毛驴烤得热乎乎的。

小玉柱牺牲后，同学们在他生前所用的书桌里发现了一个小纸包，里面包着些白面，这是他准备熬浆糊用来裱糊教室门窗的。

十二岁的郝玉柱牺牲以后，东风学校四五百名师生，外加乌兰学区的近二千名师生为郝玉柱举行了追悼会。追悼会上学区领导致了悼词，十五岁的姐姐郝玉凤做了向弟弟学习的表态发言。学区发出了向郝玉柱同学学习的决定，号召全学区广大师生向郝玉柱同学学习，爱护集体财产，热爱劳动，支持疏通总排干工程。学区所属各学校，开展了帮助生产队掰玉米棒、脱玉米等的义务劳动。广大师生积极踊跃，纷纷写决心书、学习心得体会，掀起了向郝玉柱同学学习的热潮。

笔者在与东风村的高培清村支书以及当年队里保管员苏锁成的儿子苏奋战交谈时，他俩都说，当年在东风学校，他们都参加了向郝玉柱同学学习的活动。

在人人为扩建疏通总排干做贡献上奉献出了自己年仅十二岁的鲜活生命。郝玉柱付出的代价可谓惨重，十二岁便走完了他短暂的一生，他短暂的一生值得让河套大地上的人们世世代代去追思和学习。去缅怀他为集体利益而奋不顾身的崇高的道德品质，学习他踏踏实实做人、实实在在办事的朴实纯真、毫不做作的优秀的思想品德。他的优良的品德，让成年的七尺男儿都感到汗颜！他纯朴、毫无私心杂念的高尚品格，无论是四十年前，还是现在，甚至是将来，都在有血性的河套人民的心中永远闪闪发光！

采访过后，虽然事情发生已经过去四十多个春秋了，但在郝玉柱亲人的心里还是那样的清晰，那样的滴血。不忍再回想起那让人肝胆俱裂、撕心裂肺的场景，让亲人们从此的过年、过节过得那样的煎熬，那样的清冷、寂寥。亲人们只能在睡梦中去怀念他的音容笑貌，去回忆一颗活蹦乱跳的心在人世间留下的一举一动，梦醒后又是一声声的哀叹和捶胸顿足的痛，亲人们永远地在心里祈盼，祈盼郝玉柱能在天堂过个好年、好节。

更让笔者感动的是，郝玉柱的父亲挺起了一个河套男儿不屈的脊梁，他没有因失子之痛的巨大打击而一卧不起，整天沉静在痛苦之中、以泪洗面而不知振作。是的，他要活下去，他因失去儿子而变得不再完整的家庭中的每个成员要活下去，这个家庭不能因此而垮了……

郝玉柱的父亲于是顽强地同苦难、悲惨的命运进行了抗争，在家里扛起了作为一个男儿应该担当起的责任和道义。他擦干了眼泪，义不容辞地承担起了疏导妻子从巨大打击中走出来的责任，努力做好妻子的思想工作，顽强地撑起了这个被巨大打击的几乎要飘摇欲坠的家庭。更为可贵的是，郝玉柱的父亲没有因此而耽误总排干工地上的施工，他圆满完成了扩建疏通总排干的全民大会战的任务，在广大民工中树立起了榜样！

祖孙三代十口人奋战总排干成佳话

临河县狼山公社的工段，横跨五原、临河两县，全长十里。村庄稀少，地形复杂，仅流沙地段就占四点五里，施工难度大。县委给分配的民工人数为一千六百人，根据工程进展情况，增加到四千多人。

施工中，面对四点五里长的流沙段，水下挖一锹，出水只剩下小半锹；刚挖下的坑子，转眼又被流沙冲满。民工们说，任你洒下千滴汗，不见渠壕半点深。永增二队副队长吴四虎在施工中态度坚决地表示，一层层红泥一层层沙，疏不通总排干不回家。大家动脑筋，想办法，创造了集中人力和排水动力，在一个地段上搞大兵团作战，揭一次冰、抽一次水、挖一层沙的办法，一步步地推进。一次不能奏效，就连续作战，两次至反复三次，终于战胜了流沙层，没

有丢下一寸沙土。

工地封冻后，全部干方已经挖完，进入挖泥水方的关键。西乐排干沟坝被冲毁，洪水经白脑包公社工地冲入狼山工地，给施工带来了很大困难。广大民工面对白茫茫的水唉声叹气，束手无策，人心涣散。有的说，干脆拆了伙盘，卖掉煤炭，撤人吧，等水下去，过了春节再干。

在这关键时刻，党委火线整风，采取有力措施，又抽调一千四百多名民工上了工地，集中全公社所有的手扶拖拉机做排水动力。经过七天七夜的奋战，基本排除了积水，整个工地顿时又沸腾欢呼起来了。

民工们在总结疏通总排干施工时说，根本在路线，关键在领导。领导在施工中做到了一批、二干、三带头，和民工一起背冻块，一块挖泥沙，日夜和民工滚战在渠壕里。公社党委书记张玉玺，在工地上犯了胃炎病，但仍坚持劳动。每天数他起得早，睡得晚，眼睛熬红了，病情发作了，刚打完针，输完液，又奔走在各队工地检查工程进度中。他先后买过三副手套，但都戴在了民工手上；他忍着寒冷，却把自己的皮大衣让给了衣服单薄的民工穿；在流沙地段刚施工时，面对彻骨的冰水，他第一个跳下去，挥锹捞沙。党委副书记刘国忠、公社革委会副主任周希望等公社大队和生产队的干部都带了头，参加劳动，关心民工生活；永乐五队副队长杨怀元，动员年过七旬的老父亲，带领女儿，祖孙三代上了工地；先锋二队队长刘凤英也带领三个儿子上了工地。

有的老贫农在工地上给广大青年民工进行忆苦思甜教育：挖渠挨皮鞭，现在挖渠流汗心里也甘甜。永增二队队长吴秦生，腿肿不停步，肩疼不放担，带领民工决战五昼夜，胜利完成任务，夺得全社第一名。

永乐大队社员郭巧办，年过半百，一位多子女的母亲，带领全家上了总排干。老大娘被安排给工地做饭，她和另外一名炊事员想方设法把饭菜做得可口，把热饭、热菜及时送到工地。在工地上两个多月时间里，她没有请过一天假。她和老伴苏舍老大爷，全家共十口人上了排干。全公社一家四口以上上工地的就有四十多户。在狼山公社的工地上有四名同志表现突出，光荣地加入了中国共产党，四十六名同志加入共青团员。

永乐四队的苏舍老伴郭巧办，忙里忙外地要在队长那里争着抢着上大排干。队长不让上，队长认为她五十三岁了，上了年岁，另外，家里出的人不少了。

苏大娘说："过去挖永济渠、总干渠都有我，现在上点岁数，不能担土，还可以烧水做饭吧，挤出一个男劳力，不是能早完工一天。"队长被说得无言以对，只好同意五十三岁的苏大娘上排干。

苏大娘的老伴、四个儿子、两个女儿、一个儿媳和十六岁的正在读高中的大孙子三代十口人上排干的事迹在工地上传开了，上级新闻部门专门派人给他们家照了相。

隆冬季节，为了全力以赴赶工程，一批又一批的民工前来奋战总排干，永乐四队从三十五人增加到一百多人。这样以来炊事班的担子大大加重了，苏大娘她们炊事班，每天早上四五点钟就起来了。

伙房里四面漏风，当地方言称"四明楼"。白天是蒸笼，热火朝天在做饭；晚上是冷冰房，因为厨房没有火炉子。日子长了，苏大娘的手脚都裂开一道道血裂子，看了让人心疼，苏大娘忙碌得不觉得疼。晚上睡觉手脚钻心地疼，但她从不叫一声疼，不喊一声累，咬着牙一个劲地干。炊事班的姑娘们劝她休息，她说，人家在外面大干，炊事员也要大干。此外，苏大娘在炊事班还和姑娘们抢着重活干。

在苏大娘带领下的炊事班，人人争先，赢得了广大民工的称赞。队长也看到厨房没有火炉子、烧水做饭的艰辛，考虑到她们的身体，也为了使她们能在夜间正常干活儿，决定再买一套火炉子用。

一天中午，一辆拖车又拉来了高中的学生前来支援总排干工地，苏大娘于是决定把火炉子送给这些学生娃。炊事班的姑娘不由分说要往起安火炉子，急得苏大娘过来劝道："学生娃娃人小力单，没受过重苦，白天劳动一天，黑夜再住不上热家，咱心里不好受啊，咱伙房干活毕竟还是在家里吧。"

炊事班姑娘们的思想疙瘩解不开，苏大娘于是给姑娘们忆苦思甜讲起了旧社会的苦："我娘家、婆家都是祖祖辈辈给地主当长工的，听奶奶说，爷爷由于过度劳累得了重病，让地主赶出来了，连药片也吃不起，三十几岁就去世了。留下孤儿寡母的四处流浪，受尽了苦难。那个时候，一年四季穿的没毛皮袄，白天穿，黑夜盖，两只小手先是冻得像小馒头，后来流黄水。"说着，苏大娘伸出手，让炊事班的姑娘们看，指着手上的疤说："这就是小时候冻下的。到过大年时，还得冒着风雪走村串户讨吃要饭，十岁就当了童养媳。现在新社会，娃娃们都念上书……这点困难算个啥？房东借给一个烂洗脸盆，把它做火盆，还给了我一块皮子，垫在鞋里，受冻的问题不就解决了。"苏大娘这是第二次让火炉子了。第一次是民工增加了人数，让给了民工取暖。

民工在工地上一天劳动时间长达十七八小时，为了早日完工，两顿饭全在工地上解决。苏大娘所在的炊事班为了加快工程进度，主动抽出一名姑娘到第一线。工地上一百多人，光粮食一天就要吃二三百斤，用水就更多了，还得给病号做饭，给民工们缝补衣服，放在青壮年身上，也够劳累的。苏大娘每天从早上三四点钟一直忙到晚上十一二点钟，还主动和姑娘们给工地的民工们送饭。干部、民工们称赞炊事班是分内事拼命干，分外事抢着干的一群人。

一天，数九寒天，西北风一个劲地刮，苏大娘已经把饭装在桶里，等姑娘回来送饭。自己担吧，走得慢，送到工地饭也凉了；等吧，不知什么时候回来。想着过去的苦，苏大娘毅然脱下羊羔皮袄，把饭桶紧紧裹住，又拿毯子把另一只桶裹得一点气也不漏，向总排干工地送饭去了。

永乐四队的民工们看见大娘亲自送来饭菜，再看看她穿着单薄的衣裳，激动得说不出话来，大伙儿的眼睛都湿润了……

二○一五年夏季，笔者驱车来到临河区狼山镇永乐四队村采访当年的劳模。

当年苏大娘二十五岁的三儿子苏德智介绍说，母亲郭巧办在总排干工地给民工负责做饭，工地上的民工都给伸大拇指，受到民工们的称赞，成为学习的好榜样。工地上民工多，大锅焖近五十人的糜米饭，饭不生、不糊，用大铁锹翻米饭，民工们都夸奖她。郭巧办于二○○一年去世，享年七十七岁；父亲，苏舍，一九八六年去世，享年七十六岁。

队里没挖总排干时，种小麦的亩产小麦三百至四百斤，到二○一五年，经过灌排配套亩产小麦达到一千斤左右。一九七五年以前，永乐四队三分之二是耕地，三分之一是盐碱弃耕地。排水配套以后，改良了的盐碱地可种葵花亩产二千斤左右。

苏德智回忆说，当年可能是省市

开挖总排干的劳动者苏德智

的电视台过来采访拍摄，他的父亲、母亲都接受了拍摄采访。他本人作为晚辈的代表，对着镜头也说了话，讲了奋战开总排干的豪言壮语。

施工时，开始揭冻块用爆破技术进行。五点钟就起来放炮，两个人一组，一个人点炮，一个负责放哨。爆破手都进行过专业培训，炮放完，民工们起来背冻块。

揭开冻层以后，由于土地地下水位高，工地上便出了水。于是用工地上常用的"跌窖子"的办法，即四五个壮劳力为一组，用长头西锹，进度很快，一鼓作气地开挖。一般是每人挖五十至一百锹换一下人，即"连三赶四"，这样可以有效避免施工段出水。以此类推，一直用这种办法进行开挖。这样，整个工段都用"跌窖子"办法进行。然后用集中抽水的办法，即打坝抽水，用笸箩、水桶舀水，舀完水的地段再用"跌窖子"的办法开挖。当时，整个狼山公社只有一台抽水机，轮流抽水，抽不过来。竣工时，总排干渠壕里都是水，工程竣工验收是测量高程；担土时用"两接担"上渠背。

永乐四队在提前六七天完工的情况下，还发扬风格，积极帮助其他工地施工。工地上由于地形不同、劳力情况不同等，不可能同时完工。民工施工到一九七五年农历的腊月二十才回家。苏德智的母亲郭巧办是贫协委员，被评为劳模，得了一个小茶壶的奖品。

为欢庆一九七六年的元旦，狼山公社家家户户满怀深情包饺子，把二十四万个饺子送到了工地，这也是完成巴盟总排干总指挥部下达的让民工过元旦吃上饺子的通知任务——让奋战在工地的民工吃上热腾腾的饺子。在两个多月的奋战中，在家里的社员共捐献肉食一万六千多斤、油二千五百多斤、蔬菜十万斤、赠送慰问品七百多件，饱蘸深情地写慰问信八百五十多封。一件件礼品、一行行字句表达着社员对民工们的一片深情厚谊。

通过苏德智的描述，笔者仿佛置身总排干的工地现场，看到了家家户户争先恐后上排干的情景。工地上像这样全家上总排干的事迹不胜枚举。他们不是去工地上享福去了，而是在艰苦的施工环境下历练干劲，比拼体力、耐力去了，是为家乡百姓谋福祉去了。河套人民期盼改变盐碱化的愿望太久了，向往美好享福日子的心情太急切了。于是，全盟的一声号令，全民总动员，大战总排干，男女老少齐响应，涌现了广大人民群众踊跃奋战总排干的滚滚大潮。

面对施工工具落后，他们开动脑筋，以"人多出韩信、智多出孔明"的施工办法开展工地施工；面对工地住宿简陋，环境恶劣，条件不值一提，他们乐观对待，从容面对。他们以一九四九年前的困难生活做对比，忆苦思甜，激发出了以苦为乐的战斗性，充满了革命战争年代那种吃苦耐劳的精神。他们坚信

人定胜天，并最终攻破了施工中的一个个难关。

工地上前后方总动员，后方家里为了欢庆元旦，人人动手包饺子，饱含着家乡父老乡亲深情厚意的只有家里才有可能吃到的可口的饺子被送到了工地。广大民工们面对施工当中的那些所谓的苦难、困难、艰难，在他们看来，在这样浓浓的父老乡亲普遍关心的劳动氛围下已经都不在话下，仿佛没有什么战胜不了的可以让人畏惧的困难！前后方心连心，家乡父老乡亲把浓浓的乡情和期盼都包在了热乎可口的饺子里。总排干工地是他们大干苦干施展才干的好天地，他们在总排干施工的广阔天地里书写自己壮烈的情怀，为河套大地改天换地做出了一个河套人应有的贡献和担当，他们将被镌刻在河套人民艰苦奋斗的历史功劳簿里！

崔保红站在冰冷的泥水里堵打决口

临河区白脑包镇原建设公社距离总排干近百里的路程，公社的社员有的认为，总排干疏通沾不上光，但挖公社的排水渠倒是挺积极。公社党委认真做了思想动员工作：没有总排干，排水渠里的盐碱怎么排？经过思想发动，社员们认识上去了，思想也就统一了。

太阳大队土方任务大，地处流沙段，芦草盘根错节。抽水后，淤泥翻滚，工程比全公社的任何一段都艰巨。大队支书张文胜、副书记寇志华和民工们战斗在一起，治服了流沙段，使太阳大队由落后变为了先进。

施工进入水方阶段，盟、旗两级领导带来了抽水机，但没有技术员。公社革委会副主任王元兴主动承担安装任务，既当技术员，又当民工；既是钳工，又是电工，组织安装了三台抽水机，并为整个公社工地安装了电灯。

公社推广了老贫农的"开肠豁肚、立马分鬃"的排水方法，战胜了地下的积水困难。公社采取抓两头、带中间，分类指导的方法，三次组织人员上工地，民工人数由九百人增加至一千五百人。上排干在当时成为人们的一种光荣被争相攀比着，全公社姑嫂争相上排干、新婚夫妇上工地已成为一种新潮。

公社党委书记郭玉光穿着雨靴站在水里，一干就是几个小时。早晨，他要求民工七点钟起床，自己六点钟就到了工地；晚上民工收工了，他还在工地上转着看。县委领导告诉他，家里病倒好几口人，父亲还住了院，劝他回去照料一下，他都没有回去。民工们称，工地上每一处都有老郭的脚印。

公社党委共组织了三次战役：第一次是水方战役；第二次是临河县团结公社祝捷以后，建设公社火线整风全公社民工的干劲，掀起比学赶帮超的竞赛局面；第三次是在决战阶段，又动员三百人上了工地，一举完成了任务。

二〇一五年夏季，笔者来到临河区白脑包镇太阳五社（原建设公社太阳大队一社）对社员崔保红进行了采访。二〇一五年时，崔保红六十七岁。

在总排干施工时，为了打住施工时的决口，崔保红穿上带工领导王元兴的水裤，毅然决然地跳进冰冷的泥水里。水裤早已被水漫过，崔保红一边用锹插在泥水里做挡打坝的"闸"，一边用身体的两条腿挡水，把民工们推下来的冰块摆在两条腿和锹把的前面。就这样在刺骨的冰水里，连续站了两个多小时，在渠岸上其他民工的共同奋战下，终于将即将淹没干召庙施工工地的决口打住了。当人们把浑身湿透的崔保红拉出泥水里时，穿着棉

开挖总排干的劳动者崔保红

袄、棉裤的崔保红如落汤鸡般浑身直打哆嗦，上下冻得嘴唇难以合住。他赶紧回到住宿地，因没有换穿的衣服，只能脱下仅有的一件棉袄、棉裤在太阳底下晾晒，自己则赤身躺在被子里保暖……

在开挖总排干过程中，崔保红家里即将待产的妻子捎回话来说，马上就要临产了，看他是否能回去伺候一下。队里、公社工地上根本请不开假，在妻子生下儿子四天以后，崔保红搭乘公社的拖拉机回去办事，顺道回去看了看月子里的妻子。晚

崔保红静脉曲张的腿

上凌晨一点多钟回到公社，又从公社步行七八里，走了近一个小时才回到家里。

家里还在月子里的妻子身体虚弱，队里将他妻子托付给一位丈夫被打成右派下放劳动，在家操持家务的张树娥伺候照料。当时的家里哪像二十一世纪的今天，月子里肉、蛋、禽、鱼充实丰盈，随便月婆子想吃什么就吃什么的。那时候家里仅有的就是谷米稀粥、糜米饭和少量的白面，再就是玉米面。

第二天中午，崔保红吃完饭后，按事先约好的时间、地点，又赶往公社所在地，搭乘回公社办事的拖拉机返回到了工地。陪月子里的妻子仅有十几个小时的时间，但是工地上施工军令如山啊！"总排干的施工就如打仗一般耽误不得。"四十年以后，崔保红回忆起来当年总排干施工不无感慨地说。

站在寒冷的冰水里打住决口的崔保红，年轻时代当然身体无大碍。过了十几年后，某一天，突然感到尿不出尿了，小便一次疼痛不止。后被队里赤脚医生及公社医院诊断为膀胱炎，按膀胱炎治疗一段时间，不见疗效。后又去临河县医院复查，确诊为急性肾炎，需要住院治疗。看病的钱又从哪里来？姊妹六七个，七拼八凑了一下，又在医院工作的妹夫的帮助协调下，住院治疗。医生诊断说，急性肾炎就是由于受冷、受寒造成的。输液四十多天，在医院住院共花去两万多元，崔保红得以康复出院。

对于崔保红一家来说，尚处在二十世纪八十年代生活水准里的农村家庭，毫无医疗保险，两万多元无疑如天文数字一般。但崔保红这条在总排干上奋战的汉子，节衣缩食，慢慢还上了看病治疗的借款。四十年后的崔保红感激地说，是妹妹、妹夫和姊妹们给他捡回了这条命。三十多年来，他一直以药物维持治疗消炎，使急性肾炎再没有复发。一直到现在，每月吃消炎药就得花去四五百元的医药费，这成为崔保红家里每月必须开支的费用。由于都是门诊看病，农村合作医疗无法报销。

屋漏偏逢连阴雨，人穷又遭天灾祸。崔保红的妻子于二〇〇三年因尿毒症离他而去，年仅五十一岁，所幸两个儿子都已成家立业。

崔保红的老伴去世以后，过了几年又与一个失去丈夫的老伴生活在了一起。之后，与他一起生活的老伴查出了癌症，且已经是晚期。崔保红每天伺候照顾着癌症晚期的老伴，生活的艰辛难以想象。

崔保红在接受采访时挽起裤腿，露出了静脉曲张症状严重的大腿，一道道宛如青筋暴露的样子。崔保红说："一遇阴天雨湿，比天气预报还灵验，多年腰腿疼病无法治疗痊愈……"

　　笔者被崔保红顾全大局，奋不顾身，勇挑重担，舍小家为大家、舍个人为集体、时时处处替别人着想的精神所感动。他就是他们那代人思想境界的一个缩影，反映了他们那代人吃苦在前、享受在后的高尚的道德情操。一切以大局为重，再大的个人事情与集体的事情比起来也是小事，再小的集体的事情与个人的事情比起来也是大事。当个人利益与集体利益发生冲突时，义无反顾地投入集体利益之中，责无旁贷，勇往直前。

　　通过采访，笔者鼓励崔保红，让他相信党，相信政府，相信社会主义的优越性，相信社会，不会遗忘他这个为社会做过贡献的人。

白脑包公社兽医别"兽"了大战总排干

　　一九七五年总排干施工时，吕成玉二十二岁，在临河县的白脑包公社中学任教。一天，与全体老师参加了公社召开的疏通扩建总排干动员大会。会场气氛庄严，公社书记神情严肃，他的动员讲话语气铿锵、态度坚决，对民工们说："全盟扩建疏通总排干是一场非常艰巨的政治任务，要求全民参战……总排干疏通不了，教师就别教了，学生也就别学了，兽医也就别'兽'了……"他的话虽然有点儿幽默，然而人们谁也不敢笑，都积极踊跃地参加到了疏通总排干的队伍中。

　　一直活跃在巴盟新闻、文学战线上的吕成玉老师，在回忆总排干的文章里写道：

　　　　刚开始我自以为年轻力壮。没想到，农村人常年干活儿，力气大，锋利的铁锹插入泥土中挖起来的一块黏泥，两锹就是满满的一箩筐，一担土有一百多斤。沉重的扁担压在肩上，就像刀子往肉里割一样。我一个手无缚鸡之力的"白面书生"一天下来，身体就像散了架似的。晚上，剧烈的疼痛让我辗转反侧，难以入眠。上工地时准备在总排干工地冲锋陷阵，取得骄人业绩的豪情壮志早已灰飞烟灭。第二天，我试着挖土。然而，工地有不成文的规定，一人挖土，供三人三天，担土。凭我这点力气，怎能供得上三个强劳力？于是，我又重新操起了扁担，每次都要踩着泥泞一步一喘、摇摇晃晃、艰难地从沟底向上爬行。咬着牙坚持了三天，学校领导看到我颤颤巍巍的担土样子，感到"百无一用是书生"啊，便发慈悲心肠，推荐我到公社指挥部做总排干施工的宣传工作。

　　驻地有一位新媳妇，婚礼后的第二天就上了工地参加劳动。她被临河县指挥部树为典型上报盟指挥部，盟指挥部对其先进事迹进行了大张旗鼓的宣传。我被这一有价值的新闻线索所启发，深入公社每个大队和小队的工地进行走访，寻找有价值的新闻线索。功夫不负有心人。我终于发现一个贫农，政治上可靠，思想上积极要求上进，即当时要求所谓的"根正苗红"。他劳动早出晚归，非常卖力，一声不吭，苦干实干，劳动回来还看《毛选》，学语录。于是，我利用中午吃饭的时间对其进行了采访，挖掘其灵魂深处的闪光点，连夜整理好事迹材料，送到指挥部播音室进行宣传播送。公社书记认为这个典型树得好，让我继续完善材料逐级上报。于是，县、盟指挥部采用了上报的材料，并在两级简报上刊登了此人的先进事迹。

　　工地上的生活是很单调枯燥的，除了繁重的劳动以外，爱红火热闹的一些社员利用晚上的休息时间，拥挤在旱烟味儿缭绕的屋子里，在微弱的灯光下，自拉自唱传统的《五歌放羊》《挂红灯》等二人台曲目。这本身是一种精神上的放松和调节，不料被公社的干部发现后，被冠以"阶级斗争的新动向"。于是，没有几天，县里的简报上出现了"在某某公社的工地上出现了'四旧'复辟的新动向"的批判性通报。公社书记听到这件事后，如坐针毡，立刻责令一位革委会副主任调查此事，并命令公社特派员连夜将"闹事者"隔离审查。利用几个晚上组织社员对这些"四旧复辟"者进行了严厉的批判，并将处理结果写成材料上报，才算平息了此事。

　　工地上施工艰苦，当时工地上就流传着这样的一个笑话。一位社员想回家，由于找不到理由，就向大队领导请假说想娃娃了，想回去看看。大队领导一针见血地指出："你是想娃娃啦，还是想娃娃的妈妈啦？"这位社员红着脸说："都想了！"大队书记看到他这样诚实，只好准假一天，让他速去速回。

从以上吕成玉老师的回忆中也可以看出，当年的开挖总排干正值"文革"的后期，批林批孔运动也在进行之中。人们的思想还比较禁锢，人治代表法治的现象还在蔓延。所以，难免会出现一些过激的行为，这是时代的烙印。但是，扩建疏通总排干工程是人心所向，是老百姓都拥护的一件好事情。我们不能一叶障目，以偏概全地去看待总排干施工中的任何一件事情，盲目地认为都是扩建疏通总排干带来的负面影响。这是有失公允的，河套人民也是不答应的。站在二十一世纪的今天看当年的扩建疏通总排干工程，也是满含正能量的事情。因为它代表了大多数人的利益，而不是少数人的个别利益。所以，要以马克思主义辩证唯物主义的原理去看待事物的发展变化，一分为二地看待问题，这样我们才能得出正确的判断。

一天晚上，吕成玉老师陪同公社团委书记到社员的住地采访，一是想发现一些典型事迹及时进行宣传报道；二是想看看公社团委书记是如何做青年的思想工作的，也想为自己的新闻报道积累些素材。

他们走进一户人家，这里住着某大队"铁姑娘战斗队"的成员。一位少妇躺在炕上放声痛哭，弄得我们有些手足无措。善于做思想工作的团委书记立即予以安慰，并无微不至地关切询问："生病了？是想孩子了，还是来例假了……"这位少妇只哭不说话。问其他人也不知道哭的原因，这让团委书记也无可奈何。随后，团委书记对其他人说要照顾好这位少妇。事后，人们思考，是工地施工太艰苦劳累的……

一九七六年元月九日凌晨，吕成玉还在被窝里睡觉，一位老师突然来告诉他："刚才广播里播了条重要的消息，周总理逝世了！"他像被针扎了一下，一骨碌爬起来，坐在炕上，心如万箭穿过，悲痛的泪水夺眶而出。他急忙穿好衣服向指挥部走去。到了指挥部，只见公社的几位领导和大队书记个个表情凝重，默默无语，大家沉浸在无比悲痛之中。过了一会儿，公社书记沉痛地对大家说："要化悲痛为力量，加快工程进度，以实际行动悼念敬爱的周总理吧！"于是，他又以"挥泪继承总理遗愿，早日完成施工任务"为题，编写了新年的第一期简报，印发到每个生产大队和小队。

从吕成玉老师亲身经历总排干施工可以看出，总排干施工的艰苦程度有着让现代人难以想象的艰辛。劳累的妇女同志哭鼻子，但是，第二天照样不误出工施工，哭完鼻子继续大干。因为河套儿女都清楚，这是为了自己的吃饭生存问题而进行的大干。要想在河套地区生存，要想多打粮食，就得实现灌排配套。总排干工地，是脱皮掉肉的人生历练，是凤凰涅槃的浴火重生；但这一切都没有吓倒英勇的河套人民，全民奋战总排干实现了圆满成功，河套人民终于战胜了盐碱的危害。

总排干工地上的巡回医疗队

在通往总排干工地的人流中，穿梭着一支四人组成的特别队伍。他们不担笼头、不扛锹，而是肩背行李、斜跨药箱，鲜红的领章和帽徽格外引人注目，他们就是原二七九医院派出的巡回医疗队。医疗队中的四人分别是队长丁存良、医生何耀，还有小高、护士陈兆范。

医疗队看到工地上激动人心的施工场面，使他们风尘仆仆地巡回在一百六十里长的临河县工段。

天气一天比一天冷，民工一天比一天多，发病率一天比一天高，缺医少药的现象一天比一天明显，可令人费解的是，看病的人却一天比一天少了。这可急坏了医疗队，他们猜测："不再相信我们的医疗技术吗？"

经调查才知道，原来是许多干部、民工为了把钱节约下来多买些锹头、镢子、笼头，或者把钱节约下来给更需要的民工用。所以，小病装作没病，大病也说成是小病，"劳动能治病"这句话成了民工对付医生的口头禅了。医疗队被民工们这种革命精神所感染。他们上排干的路比以前跑得多了，病比以前看得仔细了。他们尽量发挥一根银针、一把把草药的作用，力争不花钱或少花钱为民工们看病。过度的疲劳和长途跋涉，医疗队队员们明显消瘦了。

队长丁存良医生腱鞘炎发作，钻心疼，疼得他晚上睡不着，早上站不起来，走路都十分吃力。但他不肯休息一天，一瘸一拐奔走在工地上；护士陈兆范几次劝他休息，但他被民工的冲天干劲激励着，死活不肯休息。

医疗队不知为民工扎过多少针，看过多少病，给多少民工包过伤，他们不仅为民工治疗身体的伤和病痛，而且还治愈梳理着民工们心理情绪上的疙瘩。

医疗队还在工地上还办起了"战地医疗队员学习班"，十二点钟了还亮着灯，大家聚精会神地听医生讲解针灸的要领和注意事项。

医疗队经过巡回医疗，看到赤脚医生一会儿担土，抡大锤，推小车；一会儿又给碰破手脚的民工包伤口。就在一天休息的时候，两名赤脚医生跑到医疗队面前询问治病的办法。于是"战地医疗队员学习班"又开始给他们这些赤脚医生讲课了。

医疗队队长丁存良于是背上又多了一个小黑板，休息时，医疗队员除手把手地教赤脚医生扎针，使用听诊器外，小黑板往土圪垃堆上一放，便开始讲课了。

医疗队人员在他们的房间既讲授政治理论课，也为赤脚医生讲授理论实践课。赤脚医生小常在丁医生身上试扎银针，赤脚医生小张熬制自己配的预防常见病的中草药。

巡回医疗队要奔赴新的工段了，赤脚医生要走了，广大民工都来送别，拉住医疗队员的手舍不得让走，惜别之情难舍难分。他们互认亲人和老师，谁也离不开谁。

二〇一五年，笔者采访得知，当年二七九医院派出的四人组成医疗小分队中，丁存良、何耀都已去世，姓高的退休以后去了河南老家，笔者电话采访了远在山东老家的、当年医疗小分队的护士陈兆范老人。由于二〇一五年的中秋节到了，失去老伴的陈老回到了山东老家，在儿子的身边过中秋节。当年的小陈已经七十七岁了，后原二七九医院撤并，陈老调到了巴盟人民医院工作，从事医生的职业。

陈老介绍说，当年总排干的由四个人组成的医疗小分队，从总排干中间工段的临河县份子地工段分成四个组，一人负责一个组，分别向东西开展医疗救护工作，主要治疗一些感冒、拉肚子、肠胃炎等以及施工中手脚碰伤的常见病，有大病就转到医院进行治疗。药品是医院免费送的，医疗小分队没有救护任务时，就在工地上与民工一起担土、挖渠，走到哪里就吃到哪里、住到哪里，一直到总排干工程竣工。陈老当时负责杭后工段的医护工作，每天平均包扎碰伤或治疗常见病的民工有七八十人。

陈老回忆起总排干艰苦时，淡淡地说："当时十几万人开挖总排干，大家都艰苦，没有搞特殊的。所以，大家心往一处想，劲往一处使。四十年后去回想，没有什么可值得可炫耀的，没有可沾沾自喜的，因为每个人都在付出，每个人又都是不平凡的……"

多么朴实的语言，多么纯朴的情怀，小小的平凡事迹中才彰显了人格魅力的伟大，突显了不平凡的品质。奋战在总排干工地上的十五万民工用一个个普通平凡的事迹，锻造出了给河套人民带来福祉的总排干疏通配套不这一平凡的伟大奇迹，全体河套人民都为之而感到骄傲！

巧妇何玉玲不难为有米之炊

二〇一五年夏季，笔者在临河县城采访了原干召庙公社永丰十二队的团支部书记、民兵副排长——何玉玲。

何玉玲是红丰二队队长何立义的女儿。在总排干施工中，父亲主要负责粮食筹备、副食供应等后勤保障及队里的打场入库工作。何玉玲作为队长的女儿，一个女孩子，在队里积极踊跃报名参加奋战总排干施工。她算是第一个报名上工地的女民工。

当时的施工工地是临河县狼山公社五星大队。何玉玲在工地上拉着风箱给民工做饭。那时没有烧柴，她就在外面捡回来白茨，烧着白茨和乌海乌达区的

开挖总排干的劳模何玉玲的奖品与奖状

面煤，火力不旺，费劲巴拉地、手忙脚乱地给民工们做好每顿饭。那时不像二十一世纪的今天，一切都是电气化的时代。焖糜米饭、蒸馒头都是用捡回来的烧柴做饭，火力不旺，拉着风箱烧火做饭，其艰难程度可想而知。但这一切都没有难倒吃苦耐劳的何玉玲。何玉玲深知民工们施工体力的重要性，壮体力劳

动者干活全靠吃饭来补充能量。所以，做好每一顿饭，把民工们的伙食搞好了，无形之中也是帮助疏通总排干工程出力了。何玉玲自己住在房东一个里外间的房间里，里外间两个屋子都有锅灶。勤劳的何玉玲将两口锅灶收拾得全都派上了用场，这样做起饭来快捷、方便。

何玉玲，一个当时二十一岁的姑娘，从来没有做过这么多人的饭。每天四点多钟就起来，一个家要蒸馒头，或者焖糜米饭；一个家熬山药、白菜汤汤或稀粥，还得烧民工喝的热水。然后中午赶紧走上两三里的路给民工们趁热送过去。晚上，炒油茶、蒸花卷，工地上十九个民工吃上了热热乎乎的饭菜。勤快、精干、踏实的何玉玲每天起早贪黑变着花样调剂、改善民工们的伙食，努力使民工们在现有的条件下吃到可口的饭菜，受到了工地上民工们的好评和夸奖。

后来，工地上大决战时，民工数量增加，队里才给何玉玲增加了一个女帮手，这样，何玉玲才感到负担减轻了些。最后，工地竣工时，民工陆续撤人，留下不多的几个人清理旱台、渠背。何玉玲仍然留下给这几个人做饭，彻底竣工后才回去，中间一次家也没有回去过。父亲给工地上送来粮油，也不歇息，立马给工地修理担坏的笞头、担杖等工具。正是因为何玉玲在工地上做饭勤勤恳恳，何玉玲被干召庙公社评为疏通总排干先进个人，奖品是一面镜子和脸盆。镜子因几次搬家不小心摔烂，笔者建议她可以将其送到巴彦淖尔市水利博物馆馆珍藏起来，作为永久的纪念。

何玉玲的丈夫成焕钧当时是干召庙公社永丰大队粮食加工厂的加工员，负责全大队社员的粮食加工。施工时，加工厂每天加工粮食近三千斤，一个小时加工二百斤左右。每天和一个帮手要加工近十几个小时，才能满足大队工地上的粮食供应。成焕钧说，他虽然没有上总排干的工地上挖渠、担土，但是施工期间，加工厂也在加班加点为总排干提供保障服务，全力支持着总排干的施工。

俗话说："巧妇难为无米之炊"。但是，在干召庙公社永丰十二队的总排干施工工地上，巧妇何玉玲想方设法改变着有限条件、环境下的伙食厨房的饭菜花样，最大限度地提供可口的饭菜给民工们补充能量。工地上仅有做饭的糜米、白面，做饭的条件，副食蔬菜、油、肉等的供应微不足道。然而，这些都没有难倒巧妇何玉玲，把做饭当成一件事业一样来对待，像女孩子在家里做针线活儿一样的喜爱。她热爱这份能给工地上民工们带来施工能量的工作，所以，她做出了让民工们都夸奖的好饭菜，这就是二十一世纪的今天人们都称颂的"态

225

度决定一切"这一道理的体现。何玉玲在总排干工地上充满激情地投入到给民工们能带来能量的做饭事业中，乐此不疲，赢得了民工们的普遍赞誉！

曙光公社十四勇士上演"敢死队"的角色

临河县曙光公社施工的西段工地，积存着近一米深的冰水，施工的民工称之为"水老虎"。由于有冰水，三百多名民工无处插手开展施工。工地上也缺乏抽水机，严重影响了施工进度。

公社党委书记秦靖民组织开会，公社主任王玉祥和各大小队的干部围坐在一盏煤油灯前商议对策。大家的一致意见是，为了第二天的决战，当天夜里必须组织突击施工拿掉这个"水老虎"。

庆丰、联丰的民工自告奋勇去参战。夜间十点多钟，一支由十四人组成的"红色尖刀班"，在共产党员、施工营长赵辛锁的带领下，手拿火把，迎着凛冽的寒风，整队奔赴工地。营长一声令下，十四名小伙子直扑一尺多深的水里，向泥沙冻冰展开了争夺战。深冬的夜晚，滴水成冰，浸湿的棉裤、水靴冻成了棒冰，双手和锹把粘在了一起，流沙粘在锹把上倒不下泥来。但是，十四名英勇的民工，一想到如果不拿掉冰水这个"水老虎"就会影响明天的大兵团施工，就会影响整个工程进度，他们就精神抖擞，努力克服冰冻、施工艰难、破冻工具有限的困难。经过七个小时的顽强奋战，一点一点地啃冰水、冻块，终于完成了任务。

十四名施工的民工经过两个小时的修整，又参加了大兵团的最后决战。他们这种精神大有战争年代战役中组织的"敢死队"的风采。宛如抢度大渡河时组织的十七勇士的英勇事迹一样，临行前部队首长给他们交代了作战任务，他们则以赴汤蹈火的勇气去完成任务。

曙光公社为了制服冰水这个"水老虎"，不影响明天整个民工队伍的施工，也是组织了十四名勇士去战胜冰水。他们不顾自己年轻的宝贵的身体，勇敢顽强地完成了破除冰水的施工任务。他们年轻时身体当然无大碍，而等到他们年老的时候，身体的疾病就会像幽灵一样附着在自己的体内，关节疼痛、静脉曲张等身体疾病纷纷前来报到。仿佛惩罚他们年轻时对自己的不善待、不友好，要他们对这种率性而为、意气用事所带来的后果买单。疾病这位不速之客从来都是做好了打深入持久战的准备，绝没有过度一下一走了之的意思。病魔大多是带着"家眷"做好了长期定居的意思，去无情地去摧残主人曾经健康的躯体，直至对他们的身体造成终身的病痛缠绕方才解心头之恨，也才会息事宁人。疾病绝不会同情与怜悯主人身体已经疼痛难忍而不再雪上加霜了，病魔以赶尽杀绝而后快！

曙光公社庆丰、民丰的十四名勇士勇斗冰水的英勇事迹当年曾被《巴彦淖尔报》刊载过，当时在全盟扩建疏通总排干的工地上引起了不小的轰动和反响。曙光公社工地也以十四名勇士为荣，十四名勇士的事迹在全盟工地上到处传颂着。

第九章 杭锦后旗提出
"大干三年，灌排配套"的目标

杭锦后旗的总排干工地于一九七五年十一月七日，在全旗所属九十里的战线上与全盟各旗县一起胜利开工，打响了总排干工地施工的第一炮。

杭锦后旗在四支公社境内的总排干工地上召开了誓师大会，参加大会的有红旗、南渠、五星、四支公社的全体民工共二千余人。旗委书记刘贵谦讲了话。刘贵谦在誓师大会上讲到，杭锦后旗要动员各公社民工大干三年，完成灌排配套的目标，要把杭锦后旗发展成为全盟重要的产粮大旗。与此同时，杭锦后旗的其他公社，也分别在本公社工地上召开了施工誓师大会。当天，全旗投入施工民工一万七千人。

杭锦后旗的指挥部由旗委书记刘贵谦任总指挥，还有李铺臣、贾文印等三十多人。

工程指挥部设在沙海公社所属的工地上，途经头道桥、二道桥、三道桥至沙海、四支等公社，是总排干的下游口盐碱化严重的地区。

当年在杭锦后旗委办工作的赵增贵，担负接送二十一个公社及大队、生产队三级干部的任务。旗委召开发布命令式的短会后，他负责将施工干部连夜送往各地。三级干部一声令下，全部出动，动员和组织群众，火速抵达工地。从旗直机关只能抽调出七台破旧的小车接送公社书记，其中，有台破旧的吉普车，因道路坎坷、泥泞打滑而翻车，人们把车扶正后继续前行。

各地没有机械，只有少量炸药；各地自带工具、口粮、行李、煤油灯，宿营起火，头顶天，脚踏泥浆，肩挑背扛，两手担筐。杭后旗的二十多个公社的领导几乎全部进驻工地，在工地上设立临时办公地点，现场办公。每个公社配备一名水利技术人员，分三班倒开展施工技术指导。

杭锦后旗工段施工，近四万名民工的住宿是大问题。永胜公社临近总排干的一个百人小村，进驻了千名民工，年轻力壮的都住进了牛圈、马圈，凡能避风的地方，也都被占用了。外面挂个门帘，里面生个火炉，众人挤到一起，人多热气高，就这样熬过来了。驻村民工都有严格的组织管理，分组到户，人多而有序。沿总排干施工一线，有五户人家原计划举办儿女婚事都推后了，在施工中没有一人因住宿条件而闹问题。

　　一九七五年总排干施工，沟深坡长，留的旱台也宽。担土要"两倒手"或走"之"字形送至渠陡上。有些大小队也用独轮车或两轮车，前拉后推，也有用牛、马拉的，总之各种办法都用上了。队与队之间开展劳动竞赛，两边渠坡上都排列着红旗；有的公社现场安装了广播；有的手持喇叭，及时进行广播宣传，传播信息，交流经验，报道先进典型，以此鼓舞民工斗志。前旗歌舞团由渠稍到渠尾进行慰问演出，全旗能发电的设备都支援到了工地，各大小队都设有供水、供餐棚点。

　　在杭锦后旗工段有四处流沙塌方段，即安场壕、红壕、焦五壕、昆独仑壕。这些段落原是旧的泄水通道，沙土填充。民工总结经验，摸索出了办法，他们夜班劳动，不动沟底土方，使其冻结；早上，经一夜冻结，集中力量，迅速挖出冻层，加大排水力度，日日有进度。

杭锦后旗疏通总排干开工誓师大会

　　杭锦后旗在施工中，伤亡四人，其中三人是在爆破冻土时，因疏忽大意而身亡的。虽经过武装部培训，但麻痹大意，不按规程就会出问题。

　　旗指挥部的人员每月也参加半天劳动，同样下沟挖土，担土上坡。李辅臣副书记带领指挥部人员到工地检查，不骑自行车，步行逐段检查，走到哪里就吃、住到哪里。他两次召开指挥部的党员开会，提出了严格要求，要求党员发挥先锋模范作用。施工的民工们总结编出了顺口溜："杭锦后指挥部不仅工作是一流的，吃苦也是一流的；有条件艰苦也艰苦，没有条件艰苦就创造条件艰苦。"虽然引起人们的大笑，也带来了一丝轻松和愉悦。

　　杭锦后旗总排干一线，工地连着工地，红旗连着红旗。工地附近各公社的干部和贫下中农看到远道来参加会战的民工，纷纷让出住房，安排食宿，外旗县来的民工一万七多人都住上了暖房、吃上了热饭。联合公社的口号是"宁愿

我们的民工住工棚，不让外地民工受寒冷"。联合公社是遭受山洪灾害严重的地方，临河县、潮格旗、杭锦后旗的上万名民工施工要住到这里，对他们带来的压力很大。但他们说："我们受了灾，四方来支援，共产主义风格教育和鼓舞了我们，我们现在照顾好大家是应该的。"于是，大家把困难留给了自己，把方便让给了外地民工，把外地民工让进了住房。

二道桥公社太阳升大队党支部在总排干施工中算了两笔账。第一笔账，一九六四年与一九七五年相比，土地全大队三千多亩，耕地几乎全部盐碱化，重碱度达到了总耕地面积的百分之三十，粮食大幅度减产，单产由二百六十斤降到一百五十斤，总产量由八十万斤减至四十五万斤，贡献越来越少，向国家提供的商品粮由四十万斤降到了五万斤。第二笔账，前几年开挖的陕扬分干沟，正从大队经过，大队怕白干，导致经过大队的这一段工程没有疏通。一九七五年的一场大雨，上游的积水流到大队的土地里，被堵住了，大队的一百多亩庄稼被淹死了。两笔账算出了不挖总排干的害处，所以在总排干施工中，他们大干苦干，想把过去的损失弥补回来。

杭锦后旗总排干的工地上，队与队之间、前方与后方之间、民工与当地群众之间，无形中形成了一种浓厚的施工氛围。联合公社联合五队社员石玉英，看到住在她家的重灾区的民工吃的粗粮多，就把自己家的三百斤小麦亲自送到加工厂加工成白面连夜送给民工吃；供销社职工胡秀生同志，把自己的二千多斤白面、十几斤的胡油和十几斤食盐全部支援给了民工。当地群众的关心，大大激发了广大民工的干劲，他们用实际行动表达了对群众支持的感谢之情。联合大队胜利完工后，继续留在工地，帮助兄弟队突击任务，先后帮助了三个大队完成了任务。

民工们也关心当地群众。红星公社的民工分别住在永胜、四支两个公社的三个大队。但是，这三个大队是重灾区，民工们住进来后，一边修整自己的住地，一边帮助灾区生产自救。住在新发五队的民工，利用一早一晚的时间，不顾疲劳，为当地社员盖起猪圈五个、厕所七个、搭菜窖二个。当地贫下中农深受感动，再次让出民房给民工住，他们还拿出七十块笆子、一百四十根椽子给民工搭工棚。队长的爱人田菊花，每天忙完以外，就给民工钉鞋、缝补衣服。在这里居住的民工们，从十一月开始，抽时间就给这个大队植树造林，起名就叫"友谊纪念林"。

杭锦后旗机械厂的工人师傅们，通过老中青"三结合"，在半个多月的日日夜夜，为总排干的工地锻造出两万多斤的铁锤、钢钎、撬棍等施工工具，源源不断地供应给工地。那满载着他们辛勤劳动成果的"解放"牌大卡车奔赴在总排干的工地上，满足着工地上的工具供应。

杭锦后旗的工地上巾帼不让须眉的故事层出不穷。三道桥施工营八一施工连共青团员崔卫弟、刘根花一九七五年十一月三十日举行结婚典礼，结婚第二天就报名上了工地。老年人称赞说："新媳妇三年新，你们三天都没过就上了工地，真是罕见啊！"沙海公社新红大队的知青陆红杰，有的人议论说，她是"下乡镀金"来了。陆红杰义正词严地回击："上总排干，一不图有甜头，为自己'镀金'找出路；二不图升官发财，图的是建设社会主义，改造河套的盐碱地。"

杨秀花是杭锦后旗二道桥公社庆隆大队妇女队长，嫁给了三道桥公社永跃村学校民办教师冯之昌，新婚蜜月正好赶上大会战。学校放假后，全体师生都上了总排干。新婚的妻子杨秀花请求公婆，不要讲究结婚的传统习惯"住七住八"（即河套农村结婚的一种习俗，在婆家住七天，在娘家住八天，简称"住七住八"），和冯之昌一起上了总排干。寒冬腊月，杨秀花身穿红色婚服大棉袄，格外引人注目，她了成民工们学习的榜样。

沙海镇友爱村三十一岁的史凤英，当时已是三个孩子的母亲了。最小的仅两岁，她响应全盟的号召，把孩子托付给公婆，和丈夫王守礼上了工地。在工地上是出了名的"闲不住"。上工时，她和男人们一样，能挖、能扛、能挑，还和男人展开劳动竞赛；收工回来又一头扎进伙房，帮助挑水，烧火做饭，人们称赞她是"干起活来一阵风，说起话来像摇铃"。史凤英当之无愧被评为盟、旗两级劳模，他的丈夫也被评为了劳模。在那个为荣誉而战的年代，丈夫王守礼说，家里评上一个就行了，然后谦虚地把荣誉让给了别人。

二○一五年夏季，笔者赴头道桥公社那一社采访了当年上排干的姑娘陆改桃。没有上过学的改桃，当年二十岁，也上了总排干工地。施工地点，民房家里住不下了，棚圈里都住满了民工。后来，民工们没有办法，就因陋就简用夏天压好的干坷垃垒了三堵墙，顶子上面盖着笆子，苫上麦柴，四面通风，冬天连泥也抹不成，民工冻得睡不下。人们就在这简易的工棚里生火炉，烧的是乌海市乌达区产的面煤，工棚里没有温度。施工中陆改桃就穿着一双布鞋，再没

有换的其它布鞋穿。施工过程中，都是湿泥里挖，布鞋湿了，鞋和袜子冻在了一起。在火炉上烤鞋，火炉火不旺，没有温度，布鞋都烤不干，只得每天穿着湿鞋。现在，腿上落下了关节炎，我们看到陆改桃走路都一步一拐的。陆改桃介绍说，当时炉灶不行，都是用坷垃现垒的。二三十号人的大锅里蒸的是糜米饭，半生不熟，用大锹铲糜米饭。中午人们就吃六两的长馒头，没有油水的水煮白菜，每天步行三四里往返住宿与工地吃饭。她是队里第二批上去的，大干了二十多天，竣工才回来。竣工时，工地上给吃了一顿算是改善伙食的炸油饼。一人四个，她舍不得吃，还拿回来。去了工地上干挣工分，妇女八至九分，男劳力十分。

由于疏通总排干的重大意义已经深入人心，一些没有参加施工的社员、干部、学校师生也和民工心往一处想。红星公社直属单位的职工干部看到民工住地离工地很远，每天上下工踩着泥泞的路，弯弯曲曲地走十几里的路，他们记在了心里。在誓师大会后的第二天，他们便不顾天寒地冻，在去的路程上搭建起两座桥。当民工们得知这是红星公社的职工干部搭建的，民工们的干劲更大了。永胜公社新丰小学、胜丰小学的师生，每天从十几里外给民工们往来送水，民工们称这水是"龙江水"；当他们从红小兵手里接过来一碗碗热水时，他们认为这是"风格水"，他们的心里暖融融的，这种共产主义大协作的风气在杭锦后旗的工地上蔚然成风。当杭锦后旗旗委了解到磴口县工地做饭和取暖所用的煤运不来时，便马上抽出三辆大卡车给磴口县的民工送去二万斤煤，深深感动了磴口县施工的领导和民工们。

杭锦后旗面对九十里的艰巨的施工任务，毅然提出了"大干三年，灌排配套"的宏伟目标。我们看到了杭锦后旗的工地上一个个朴实感人的故事，这样的故事在杭锦后旗的工地上到处上演。一个个感人的故事激励着广大民工大干快上，争先恐后地为改造家乡的盐碱化贡献智慧和力量，挥洒着自己激情飞扬的汗水。杭锦后旗在三年的时间里，不仅发动全旗人民开挖了总排干，还配套开挖了支排干。经过三年的全民奋战，全旗的土地盐碱化问题得到了根本扭转，杭锦后旗成为当时全盟的产粮大旗。

查干公社大战水海子

杭锦后旗查干公社在总排干施工中，公社一千八百多人挤在一个只有二十六户人家的村子里，而且这个村又在一九七五年夏天遭受过洪灾，民工几乎都住在用几块笆子搭成的工棚中。人站在里面直不起腰来，下雪漏水，刮风透风。在这种情况下，有的民工产生了畏难情绪，有的认为是不顾条件地蛮干，有的认为是劳民伤财。公社党委通过坚持每日一小时的学习制度，开展"忆长征、比过去、看现在"的活动，使民工们的思想认识有了进一步提高，每天施工都在十几个小时以上。

当时查干公社面对的是八百五十米长的水海子，平均水深在一米以上。一开始，他们经过现场勘测，决定分段进行，先挖没水的地方，等海子水自然下渗蒸发和封冻后再砸冰取土。可是，第一段任务完工后，水海子的水仍然不见减少，于是决定大战水海子。

水海子面上冻了厚厚的一层冰，下面还有二尺多深的水。面对困难，大家开起了忆苦思甜会。甲一大队贫农社员李成华语重心长地说："旧社会出外工，是给地主卖命，白天挖一天渠，晚上把衣服还收走，怕人偷跑了，是逼着人们干的；现在是为了治理河套的盐碱地。"通过忆苦思甜，民工们纷纷表示，不疏通排干不下战场。甲一大队上提出措施挑战，那一、那二等大队立即响应，迅速掀起了大战水海子的劳动竞赛。

砸冰开始抽水时，由于水海子面积大，两台抽水机抽了一天，只下去一厘米多。公社党委先后召开了十几次会议研究解决，最后决定在开口线两边筑两道坝，把施工区域的水抽掉，先由几个大队搞试点，其余的组织挖第一段。

"知政失者在草野"。筑坝抽水的办法最后由群众想出来了。

公社革委会潘竞礼副主任拿起钢钎，从西向东，隔几米凿一个冰窟窿，试探水的深浅，决定先搞个试验，试验成功再推广实施。

筑坝开始了，公社领导辛忠志、那二大队支书李贵生带头大干，挑起担子一溜烟，社员干劲倍增。女青年李青梅，不知跌了多少跤，鞋冻住了，裤子冻得像冰棒，脚痛得如针刺，民工们劝她回去休息，她都不肯。

大家经过奋战，终于打起了两道土坝。可是一抽水，虽然施工区域内的水明显下降，可是土坝到处串水。经检查发现，原来冻块与冻块之间有缝隙，才造成了串水。找到了原因，民工们一边堵塞漏洞，一边揭起冰块用土加固。经过从早到晚十四个小时的奋战，故障终于排除了，区域内的全部积水被抽干。

难关攻破后，公社党委立即把其他大队的民工全部集中起来打歼灭战。在八百五十米的工段筑起两道一米高的坝，需要两万多方的土。水海子中心离岸四五米远，担一担土来回要跑好多路，运土成了问题。

永乐大队知青张金祥同志，想出了一个把几根担杖用绳子连接起来，放在冰上拉着走，一次能运十几筐土，大大节省了劳力。

公社把工地上的拖拉机、手扶车、柴油机全部集中起来抽水。抽干了水，砸烂了冰块，到处是稀泥，用箩头担不出去，只好让它冻住，再用铁锹或锤、锲打，这样才能破开。撬不起来，民工们就用锹把冻块裁成块，铲断下面的芦苇根，再一块一块背出去。经过半个多月蚂蚁啃骨头式的艰苦奋战，查干公社终于拿出七万多方土，取得了大战水海子的胜利。

全公社社员积极报名，社直单位职工、学区教师和中学生也都上了总排干，民工人数增加到二千八百七十四名，占全社人数四分之一的人员上了工地。繁荣二队的女知青王桂珍因为身体有病，第一次要求上工地没有被批准，第二次才上了工地。上了工地后，她虚心向贫下中农学习，大干苦干，有力地促进了繁荣二队的施工进度。经过民工们的积极奋战，繁荣二队由落后变成了先进。

各行各业积极支持工地施工，全公社社员每户捐献三元钱支援工地，广大民工受到了极大的鼓舞。工地二百多名女民工和男民工一样大干，繁荣大队妇女工作队员王秀英在大战水海子中脚冻了不叫一声；永乐五队黄金花带病到工地，她的腿上长了一个疖子，仍随着众人坚持干，直到有一天担土被担杖碰破了才被民工发现，民工心疼地把她送回了工地。可是，众人一走，她又回到了工地，一直到工程竣工才回去。

甲一三队的天津知青张铁桥，在动员民工上工地前，他已经被批准回家探亲。可是，他赶车送民工到工地后，立即被火热的施工场面所吸引。于是，主动留下来参战。甲二大队的天津知青魏德海，经过多次申请批准上了工地，他出工走在前，重活干在前，白天带头劳动，晚上组织学习。由于担土过猛，压烂了肩膀，人们劝他休息，他一直坚持到最后，被称为"大有希望的接班人"。

公社革委会副主任王海珠，在大喇叭上为大家鼓劲加油，民工们夜战天明。

公社党委代理书记丁果在工地要夜战时发现，发电机和电线准备齐了，没有椽子架不起电灯。中午休息时，他一个人顶着西北风，骑着自行车到好几里远的生产队去借椽子，一直到下午才回来，借回了工地急需的椽子，解了施工的燃眉之急；甲一大队支书刘俊山妥善安排民工家中的事情，让民工安心在工地上施工，他所在的大队第一个在全公社完成了任务。

　　二〇一五年夏季，笔者赴杭锦后旗陕坝镇的家里采访了八十二岁的丁果。丁老退休时是杭后旗人大常委会副主任，一九七五年挖排干时是查干公社党委的代理书记。

　　丁老介绍说，查干公社当时的施工地点是沙海公社五星十一队，全公社上去民工九百六十人。后来，为了加快工程进度，又上去一千八百人，其中女民工上去二百多人。

当年开挖总排干的施工者丁果

　　查干公社当时的施工地点在一片水海子里。大家后来使用砸冰、压冰的办法，最后抽水，再开挖，施工比较困难。

　　当时，永乐大队的党支部书记贾焕带领一个尖刀班一百五十人，采用夜间砸冰的办法，为施工打开了缺口。

　　当年第一批是潘竞礼、辛忠志带领过去，他们两个带领民工跳进冰冻的海子里带头大干。老年的潘竞礼落下了关节炎，拄着拐杖走路，五六年前已经去世，辛忠志也已去世。

　　丁老是第二批带领电影队、广播站上去的，去慰问民工并参加劳动。在全盟总排干竣工庆功大会上，参加会议代表资格和先进个人都让给了潘竞礼同志，因为他们施工从始至终都在工地上，先进应当属于他们。

　　在施工中，甲一大队的刘俊三，身体棒、力气大，每天夜战完两个小时还不回，继续大干。他的意思是男民工多干点，就不用女民工上去了，所以施工时，甲一大队的女民工没有上去。正是在刘俊三的带领下，甲一大队施工提前完成。

　　遗憾的是，笔者没有采访到当年挖排干的劳模刘俊三，老人已经去世。

　　甲一大队在刘俊三的带领下，在全公社、全旗提前完工。查干公社在丁老

的组织领导下，给甲一大队举行了隆重的庆功会。工地上敲锣打鼓，民工们戴着大红花，在查干公社总排干工地的施工工段游行，大造宣传舆论氛围，为其他施工工段的民工加油鼓劲。提前完工举行庆祝的民工，仿佛当年战争年代胜利凯旋一般，受到热烈欢迎。广大社员对施工民工无比尊重，热情迎接，厚礼相待，民工们个个脸上洋溢着灿烂的笑容。

二〇一五年，笔者赴杭锦后旗二道桥镇甲一村，即原查干公社甲一村进行了采访。刘俊三老人去世前患有半身不遂，当年他带领民工带头挖总排干的事迹在工地上有口皆碑。

笔者又驱车来到原查干公社挪二大队采访当年的大队书记乔多学。乔多学也已去世，享年七十八岁。我们采访到了他的老伴卢珍花，二〇一五年时，卢珍花老人八十四岁。老人向我们介绍，老伴乔多学由于在开挖总排干时，带领民工干活，带头干，手指关节变形，腿部关节炎严重，即使经常贴治疗关节炎的膏药也不见疗效。民工累得躺下就叫不起来了，乔多学每次叫起民工起床干活都要费好大的劲，施工太累了。老伴在总排干施工中表现突出，工地上给奖励了锹、锄头、茶缸等生产生活用品。

虽然笔者没有亲临查干公社大战水海子的现场，但是通过走访，从当年施工人员的讲述中可以想象得出，当年施工场面的热火朝天、扣人心弦。有的知青本应该回家探亲了，但被火热的施工场面所感染，随之加入在无比热烈的劳动队伍里挥锹大干。归心似箭的心情难抵施工场面的热闹非凡，施工场面成了陶冶民工性情的理想乐园，而不再是施工艰难的劳动场面。有的施工领导主动把施工中的荣誉让给别人，顾全大局，公而忘私；有的施工人员竭尽全力、千方百计为工地着想，充分发挥聪明才智，充分挖掘和发挥群众中蕴藏巨大的智慧和潜能；有的民工大干，让女民工没有去施工环境和条件都比较差的工地，成为了施工中的劳模，这种阶级感情在工地不断上演……

在工地上，民工们的思想境界得到了升华，没有把艰难的劳动当成一种身体历练的负担，而是把劳动当成提升人们思想境界的修炼场所。这和共产主义社会劳动的标准相差无几。到了共产主义社会，劳动不再是谋生的手段，而是人们生活的第一需要，劳动是一件愉悦的事情。

在一九七五年的巴盟扩建疏通总排干的全民大会战中，这种崇高的共产主义社会的劳动境界完完全全体现在了广大民工们的劳动之中了。大家"攀比"

着、争着、抢着上总排干。上了总排干，在那样艰苦的施工环境和条件下，又不断开展挑、应战劳动竞赛，比的是谁干得多，谁干得好。施工中，人们不讲施工条件，不计较身体的小伤小病，工地上轻伤不下火线，苦干、实干加巧干的民工比比皆是。大家抱着一个共同的心愿和目标：早日完成扩建疏通总排干的任务，使河套大地的盐碱地变良田。总排干的工地是纯洁人们心灵的场所，施工的人们心无尘埃，清澈透明，朝着共同的理想目标迈进。

二道桥公社"泥腿子书记"徐秋生

杭锦后旗二道桥公社疏通总排干的民工冒着秋雨，踏着泥泞上了工地。他们的工地是一片汪洋大海。一九七五年八月的洪灾，阴山南麓，平地行船，乌加河浊浪滔天 。乌加河河槽的积水有二尺多深，这给他们的施工带来了巨大的障碍。图纸没有，桩号看不到，怎么施工？

二道桥公社党委副书记、公社施工营指导员徐秋生看出了民工们的想法和顾虑，他亲切地同大家谈心："摆在我们施工面前的困难确实不少，但同战争年代相比，同大寨人苦战狼窝掌、削平虎头山相比，我们这点困难算什么？"

徐秋生来到工段认真观察，仔细瞅了瞅浑浊的水面，迅速脱掉鞋袜，挽起裤脚，跳下冰冷刺骨的水中，摸索着找工段桩号。有几个年轻人也准备跳下水去找桩号，被徐秋生制止了。桩号一个个被他找到了，而贯穿一个个桩号的红线，就是徐秋生用坚实的脚板，忍着刺骨的寒冷，从深水的泥里翻起来的，从二道桥公社五里长工段的这端，一直延伸到另一端端，与兄弟社队的桩号又连接了起来。徐秋生找完桩号，上了岸，嘴都发紫了。人们劝他休息，他说："现在应该干点活，能出点汗，对身体有好处。"于是找箩头担土。在施工中，徐秋生的两条腿从来都没有离开过泥水，经常卷起裤腿，满腿都是泥。后来民工们就亲切地称他为"泥腿子书记"，他却说："这泥腿子精神还不够呢！"

施工的过程中，上级又传达下来了决定：必须加快工程进度步伐，高标准完成施工任务，提前完成总排干的施工任务。任务是艰巨的，二道桥公社的土方由十二万方一下增加到十九万方，工作必然会带来许多阻挠，广大民工的思

想情绪有些波动。特别是红旗四队，听完张江元传达任务精神后，牢骚满腹。

徐秋生指导张江元要用大寨的精神教育大家，发扬共产主义风格。张江元语重心长地给民工讲述了他在抗美援朝战役中，他们在雪地上爬了整整一天，硬是凭着一把炒面、一把雪，打败了装备精良的美国佬的故事。

徐秋生，这个贫苦农民出身的书记，在六岁时，就光着身子给地主放羊。由于成天在外，他身上常常被芦苇叶子划成无数个血道。有一年，为了躲抓壮丁，穷乡亲为他堆起一座假坟，为此，母亲悲痛得死去活来。他走向革命后，打土豪、斗地主、闹土改、搞互助合作，一直走在前头，并成了基层的领导干部。张江元听完徐秋生的讲述很受鼓舞，带领青年突击队打眼放炮，大战流沙。中午休息时间，党组织组织革命批判会，在工地上张江元写了三次入党申请书。

工程进入决战阶段后，徐秋生参加东段劳动，总结出了轮班大干的经验。他挑着冒尖的箩头，跑得最欢；晚上，又到西段打炮眼，亲自督战，不料就在放最后一炮时，一块碗口大的冻块飞来，砸在老徐的腿上。但是，为了不使群众看到难受，他很快又从地上爬起，忍着剧痛，回公社继续调动人马。正是因为这块冻块，后来徐秋生总排干施完工回到家中，同老伴儿开玩笑地说："排干冻块差一点要了我的命，你差一点就没男人，成了寡妇了……"

开始他忍着疼痛小跑，慢慢地他的腿不听他使换了。由于过度疲劳，两次昏睡过去。就这样，徐秋生拖着受伤的小腿，半夜走了八十多里路才回到公社。接着，他又敲响了几十户社员的门，召开了三个大队的会议，根据增加的工程任务，决定轮班大战并动员了一支精干的突击队，黎明时又返回了工地，而他腿上的伤，谁也不知道。

回到工地，徐秋生仍然忍受着伤口的剧痛，参加奋战。他知道抽水任务最艰巨，一直在抽水机旁坚守了两天两夜。当他由于过度劳累，昏睡在抽水机旁时，人们才发现，他伤口的血已经染红了他腿上的棉裤。人们都纷纷责怪他，埋怨他不注意自己的伤口。他却只爽朗地笑了笑，说："这点伤算不了什么。"说着，他又一拐一拐地朝一面红旗走去，那里是一个炮点，点炮的是一个新人，拿烟头的手总有些发抖，徐秋生给他指点去了……

被民工们称为"泥腿子书记"的徐秋生，二〇〇五年去世，享年八十三岁。二〇一五年的夏季，笔者在临河区采访了徐秋生的老伴、三个女儿和唯一的儿子。

他们介绍说，徐秋生是毛主席、共产党等老一辈无产阶级革命家培养下来的好干部，不占公家一分钱的便宜，退休时是巴盟农技校的副校长，副处级干部。他没有安排一个儿女的工作，唯一的一个儿子徐红是上巴盟农机校毕业后留校工作，其余都是在企业单位工作。儿女们回忆起徐老一辈子走过的路程，都赞不绝口。

徐老在世时经常对他的儿女们说："父亲不仅仅是属于你们的父亲，也是公家的人。"大女儿说："我们从小就失去父爱，都是在母亲的管教抚养下长大的。特别是开挖二黄河、总排干时，儿女们很少见到父亲的影子……"

徐老的老伴说，儿女们小时候，她是裁缝，徐老挣的三十多元的工资，很少能拿回家里来，大部分是去农民家里，或者公家吃饭时交了饭票和粮票。老伴干裁缝做衣服，拉扯着八个儿女并照顾着老婆婆一起生活。

老伴和儿女们谈起徐老，流着思念的泪水介绍说，徐老也不是没有家庭责任的人，他只是把更多的时间都给了公家，干了革命工作。

有一次晚上回来，徐老看到地里的小麦家里的人顾不上收割，一晚上没休息，收割完了一亩多的小麦，第二天又到了公社。他也很关心儿女，性格开朗，和儿女们坐一起很开心，很随便，儿女们也没有感到父亲有多威严，感觉父亲根本不像上班的国家干部。他到旗、盟里开会，甚至参加农业学大寨、疏通总排干的庆功大会时穿的一件难得的能拿得出去的好衣服，硬是妻子、儿女从箱底拿出、拽住给换上的，而徐老本人也说，他就是一个地地道道的农民。

当年一九七五年农牧业学大寨、疏通总排干徐老的奖状，是老

总排干劳模徐秋生的奖状

伴藏在相框子背面才有幸保存下来，书写有"劳动光荣"的茶缸几经搬迁，不知流落在哪里。笔者给他们建议："送给水利博物馆吧，你爸把一生都交给了革命，工作交给了党的事业，把荣誉也交给国家吧。"老伴和儿女们也欣然同意了。

老伴和儿女们介绍徐老在挖总排干及二黄河施工时说，这两个地方的施工徐老都参加了，而且都是带头参加。正因为他带头劳动，不怕吃苦，才一步一

步从生产队长、大队队长而且到公社副书记、革委会副主任，他是泥里、水里干出来的书记。在施工工地上，他与普通民工毫无区别，成绩是一点一滴地干出来的，他是毛泽东思想培养出来的老一辈共产党员。就连临去世时，他还风趣地说，他要走了，他要跟毛主席走了……

在两次施工中，他都和民工们打成一片，民工们也愿意接受他的领导，愿意和他一起干，和他一起吃苦也不觉得累。因为他总是带头干，给农民做出了榜样，也从不骂民工，粗鲁地对待民工。上级给分下的施工任务，按规定的时间和任务，他都无条件地完成，哪怕半夜不睡觉也要完成，所以人们送外号"徐半夜"。

徐老参加两次施工，身体留下了严重的后遗症：大腿静脉曲张，小指头粗的静脉曲张痕迹留在小腿上，脚趾、手指关节都扭曲变形。儿女们介绍说，每当静脉曲张和关节疼痛时，老人都会用拳头使劲捶打着自己的大腿，揉搓着自己的脚趾和手指。

徐老的老伴叙述时，一直泪流不止，思念的泪水陪伴我们整个的采访。笔者一边采访，一边安慰，拥有这样的好丈夫、好父亲应该感到骄傲，感到荣幸。虽然徐老离开了，却没有留下任何遗憾，他干工作、对家庭都很踏实、尽责。徐老走得坦然，给亲人留下的是无尽的思念。

从徐秋生的身上，我们看到了毛泽东思想培育下的老一辈共产党人的光辉形象。没有渲染、没有虚构，他们就真真实实地出现在我们河套大地的土地上，就在我们河套人民的身边。他们用毛泽东思想规范自己的言语与行动，要求群众做到的，他们带头首先做到，处处以身作则，率先垂范，从不高高在上，从不趾高气扬，而是把党的事业看得高于一切。同时，他们也兼顾家庭，尽职尽责做好一个丈夫、一位父亲，努力培养好革命事业的接班人。当二者发生冲突时，"自古忠孝不能两全"，他们只能盼望妻子、儿女能够理解作为丈夫、父亲的苦衷。因为，他们早已把自己的一切交给了党的事业，因为他是"公家人"，公家人就得时时处处为公家着想，而不能有自己的一己私利。让我们为那个时代像徐秋生这样的好干部而拍手叫好，他们值得我们永远铭记，他们的精神值得永远发扬光大。

张江元：两枚军功章　一样战排干

张江元，原杭锦后旗二道桥公社红旗四队的生产队长，十二岁参军，参加过抗美援朝战役，荣立军功奖章；后又参加了支援西藏建设，荣获一枚奖章；转业回到甘肃老家，当了一名公安警察。

在三年自然灾害时，妻子随岳父全家为了糊口度日逃难，从甘肃省走西口来到内蒙古，在杭后旗二道桥公社红旗四队落了户。后来他为了追随妻子也来到了这里生活，从此把所有在部队的荣誉以及后来的工作和人事档案全丢在了老家。

在一九七五年开挖总排干中，张江元从不以拥有两枚军功的荣誉而自居，

总排干劳模张江元抗美援朝功勋章

反而认为，自己能从死去了那么多战友的战争中活着回来，就是最大的幸运。所以，他对上班工作、荣誉都看得很淡，只要平平安安地过没有战争的生活便是他最大的幸福。遗憾的是这位当年荣获两枚军功章、有着辉煌战斗经历的老英雄已于二〇〇六年去世，享年七十六岁。二〇一五年，笔者采访了他的女儿、女婿。女儿、女婿介绍了当年父亲张江元的赫赫战功，后来，杭后旗民政部门也给予了张江元一定的政策补助。

在一九七五年的施工中，张江元带头大干，从不向组织提任何要求，也从不和几个儿女提总排干施工中的艰苦。大女儿只知道，在张江元老人弥留之际，有两个叔父从外省市赶过来看老人最后一面，从他们老弟兄的聊天中，张江元老人的妻子和女儿才略知开挖总排干是如此的艰苦。

也许在老人眼中，挖总排干又算得了什么，比起抗美援朝、进军西藏来说，那只是小菜一碟而已，不在活下。区区小事，何足挂齿，自己能活着，就是对死去战友的最好安慰。所以在施工中大干，他无怨无悔，干得多，说得少。回到家也是三缄其口，免得家里妻儿老小担心，自己作为一个男人担当起了应该担当的全部责任。儿女对父亲挖总排干的过程只知一二，且当时年龄尚小。女儿介绍说，听母亲说，父亲在挖总排干时，患有痔疮，仍坚持挖完了总排干，挖完总排干才

治疗。在当时的医疗条件和生活条件下，谈健康、讲保健绝对是奢侈的话题，也是遥不可及的事情。

作为荣获两枚军功章的张江元，从不向组织要什么待遇，一样奋战在总排干工地上。与我们现在有些党员、干部形成了强烈的反差，有点荣誉、成绩就居功自傲，以功臣自居，伸手向组织要待遇；不是讲奉献，而是讲待遇。他们把入党誓词淡忘了，把党的宗旨、性质扭曲了，搞起了个人崇拜，唯我独尊，有的甚至凌驾于党组织之上。

回想起在革命战争年代牺牲的同志，他们出来抛头颅、洒热血，又是为了什么？张江元两次从战场上活着回来，便感觉是最大的荣幸和幸福，对党组织没有提任何要求。他的这种崇高的思想境界值得我们追思、缅怀和学习。对那些有点荣誉就张扬、炫耀的党员、干部，不啻是当头棒喝。张江元就是一面镜子，照亮了这些人猥琐、龌龊的心；张江元也是一面旗帜，指引着人们全心全意为人民服务，做人民的好公仆，就是对无数革命先辈创造的美好幸福生活的最好安慰！

总排干上逝去的花季少女陈改玲

陈改玲，小名，陈先先，是杭锦后旗三道桥公社八一大队第二生产队社员。

她一开始上总排干工地时，队长不同意，她一天去找了三趟队长：第一趟，队长嫌她年龄小；第二趟，队长说总排干工地苦重，怕她承受不住；第三趟，因为队长是看着改玲一天天长大的，对改玲是了解的，过去，哪里活儿重，哪里活儿苦，改玲就要求到哪里，这回也不能例外，于是队长就同意了，说让她上去试一试。

这样，陈改玲就是八一生产队"铁姑娘战斗队"六个姑娘里年龄最小的一个，年仅十七岁。

她们六个姑娘坐上一台手扶拖拉机，车里装满了行李、箩头、扁担、铁锹，上面插着一杆写有"铁姑娘战斗队"的红旗，她们说呀、唱呀、笑呀，就到了总排干工地。

就在盟委下发疏通总排干决定后，陈改玲挨家挨户宣传这个决定，讲解疏通总排干的作用和伟大意义，讲得贫下中农都解开了心中的疙瘩。她边宣传，边做好了上总排干的准备工作。她把新箩头系子用铁丝缠住，加固牢靠；怕担杖容易断，又用沙枣木修了一根粗担杖，把那张大西锹用煤油擦得锃亮，她上总排干工地要有多欢喜就有多欢喜。从未离开过父母出过远门的她，母亲安顿她不能给贫下中农丢脸；调皮的小弟弟拉住她的手说，要坚持到底，回来给他讲总排干的故事。

工地上，民工们为了赶工期，早日完工，每天早战满天星，夜战月亮升，劳动强度比生产队大得多。陈改玲越干越猛，从没有掉过队，仿佛觉得浑身有使不完的劲，就怕自己的贡献小。

有一天，陈改玲发现有几个男民工的衣服、手套磨破了，但他们在寒风中仍然忘我地劳动着。她想起了自己带来的针线包，晚上收工回到工棚，她向那几个民工要磨破的衣服和手套。民工说她年龄小，坚持干就不错了，让她休息好明天再干活，磨破的衣服他们自己补。而陈改玲却趁男民工睡着以后，偷出来破衣服、手套，回到自己的工棚，趁伙伴们都睡了，点着灯，一针一线缝补起来，缝好后又偷偷送回去。

第二天一早，民工们穿衣服、戴手套时，发现破损的衣服、手套都被缝补得结结实实时，一股温暖涌遍了全身。民工们猜测，肯定是陈先先干了好事不留名，纷纷去陈改玲的工棚找她，但陈改玲早已同铁姑娘战斗队的姐妹们上了工地。

工程任务越来越艰巨，工地上的问题也是层出不穷。工地炊事员是一个年轻媳妇，一人每天为二十八个人做三顿饭。民工们想赶工期，但嫌吃饭迟，影响工程进展。陈改玲身在其中，也体会到了各自的苦衷，心里想着要解决这一问题。晚上收工回来后，陈改玲没有去烤被泥水浸湿的鞋袜、手套，就一头睡下了。往日都是她最后一个睡，今天怎么了？姐妹们都感到莫名其妙。

深夜两点多钟，陈改玲醒来了，她穿好衣服，下了炕，轻轻走出工棚。天空还是满天繁星闪烁，她走进伙房，炊事员也是刚起来，问她怎么今天起来得这么早。她说明了原因，原来是给炊事员当帮手的。炊事员心里很是感动，但也劝她："每天干十几个小时，回来又给民工们缝补衣服、手套，够累的，过来帮助我真是过意不去，哪能没明没夜地干？"

陈改玲没有说什么，帮助炊事员拉起了风箱，干起了活儿来，炊事员也只好依了她。

这天的饭比往常早熟了一个钟头，民工们都觉得奇怪：莫非是炊事员起得早了？这种精神可值得大家好好学习。于是民工们赞不绝口地连声夸赞炊事员，炊事员感到很是不安，这才道出了能吃上早饭的实情。

劳动一天比一天紧张，陈改玲越来越瘦了。民工们看在眼里，疼在心上，让她休息，她不听；让她担轻点，背冻土少点，她依旧都不听，任由着她的不服输的倔强性子来。

在工地上干活时间长了，有一天不知是谁出的馊主意，晚上收工休息时，姑娘们说，要比一下看谁的肩膀硬。

这一比，可着实吓坏了陈改玲，她想方设法要躲过这出闹剧来。因为她深知自己的肩膀已经肿得疼痛难忍，想糊弄过姐妹们比肩膀硬这一"劫"。于是躲出了外面，任姐妹们比试。

等姐妹们比试完熟睡以后，陈改玲才悄悄地溜回了工棚，想就此蒙混过去。哪知这一举动被细心留意观察的队团支部书记陈玉凤发现了。当陈改玲回来工棚准备睡觉时，陈玉凤佯装很生气的样子，非要看她的肩膀，陈改玲在让她要绝对保密、不可外传的无可奈何的情况下才露出了肩膀。陈改玲的肩膀肿得老高，上面渗出鲜红的血丝，好像只要一动，血就会渗出来，陈玉凤心疼得眼泪扑簌簌地直往下掉。

陈改玲肩膀肿的情况还是让队长知道了。第二天，队长"责令"她歇一天，并且还说，这是命令，要绝对服从，不服从，就严厉地批评她。

吃完早饭，民工们都出工了，陈改玲心里不好受。她想起了自己在入团申请书上写下的"为革命，一不怕苦，二不怕死，为实现共产主义事业而奋斗终身！"的誓言。她想着总排干疏通了，十大排干疏通了，河套有灌有排，就能根治盐碱，就能为国家上缴更多粮食，支持社会主义革命建设，自己的肩膀疼点算什么。想起这些，她就感到一种革命激情在鼓舞着她。她再也坐不住了，跳下炕，扛上铁锹，担起箩头，又上了工地。

工地上，八一二队工段的窖梁子决口了，水一个劲地往外冒。由于流沙太多，打了半天也打不住。队长焦急地吩咐道："赶快用锹往外扔土。"陈改玲不假思索地跳进水里，民工们也跟着跳下水猛干了一阵，泡在水里的土全部被捞出来了。

工地上施工的两个青年打炮眼、包炸药，其他民工们坐在旱台上休息，陈改玲则敲打箩头上粘着的泥——这是她上总排干以来每天必须坚持做的事，别人休息，她用扁担钩子敲打箩头上粘的泥。

忽然，那两个点炮的小伙子冲着人群喊："点炮了，快躲开！"

原来是为了赶工期，民工用爆破砸冻块了。炮的巨大威力把无数盆大的冻土炸到了半空，又噼里啪啦打了下来。但她毕竟是小姑娘，女同志跑得慢。突然，一块冻土向陈改玲的头顶飞了过来，她躲闪不及，当场被砸得不省人事……

人们手忙脚乱地把她抬到了公社医院，不到半个时辰，陈改玲为总排干施工而永远地牺牲了……

陈改玲牺牲时，她的父母才四十多岁，当时他们丧女之痛的悲痛的心情可以想象。她的弟弟陈志林后来回忆说，母亲躺在炕上三天不吃饭，水米不打牙。二弟弟放学回来，发现家里的气氛顿时憋得出不上气来，后来才知道了实情。陈改玲牺牲后，家里一两年听不到任何笑声。

陈改玲牺牲后，她的爷爷、叔父、哥哥等一家八口继续留在工地上，没有因悲痛而离开工地。

铁姑娘战斗队的姐妹们，失去了朝夕相伴、活泼开朗、助人为乐的好妹妹难过极了。她们纷纷向党支部表示要向改玲学习，为早日疏通总排干而奋斗。于是，她们出工更早，收工更晚，干劲更大！

在陈改玲的追悼大会上，民工们怀着十分沉痛的心去悼念她。她的哥哥陈志明擦拭着眼泪说："要学习妹妹的革命精神，接过妹妹的扁担，完成妹妹没有完成的任务！"一句话说得人们眼泪扑簌簌地往下掉。接着呼啦啦站起来一群铁姑娘，她们高举拳头表决心：要完成改玲没有完成的任务——不挖通排干不回家！一个人牺牲了，千万人冲上去！

杭锦后旗旗委决定，号召全旗广大民工向陈改玲同志学习。一个向陈改玲同志英勇事迹学习的活动在八一二队、全公社、全旗范围乃至整个全盟总排干工地上展开了。人人都夸改玲、赞改玲、向改玲学习。

八一二队以实际行动悼念陈改玲，苦战几个昼夜，由原来的落后队一跃而上，成为全公社第一个提前完成任务的生产小队。她的哥哥陈志明当年为民兵排长、带工领导，没有请过一天假，没有提过任何一个要求。他把痛苦压在心底，一如既往地带领民兵们挖土、担土、背冻土，去完成妹妹没有完成的疏通总排干、根治盐碱地的遗愿。

陈改玲，十七岁的花季少女，永远定格在了十七岁的青春岁月里，铭记在了奋战在总排干工地全体民工的心里，被镌刻在了河套大地有灌有排、根治盐碱地的历史功劳簿里，成为了永恒！

陈改玲的哥哥陈志明，一九七五年施工时是三道桥公社八一大队的民兵排长，当年二十一岁，高中毕业，他是队里的带工领导。他穿着棉袄、棉裤，每天起早贪黑，带领民工施工。因为年龄不大，体力弱，工地上年龄大的民工照顾，主要是负责上土。大西锹上三锹就是一箩头，其他人担土。因为自己是领工的，吆喝、安排民工干活，还和自己的姑父因为出工晚发生了争执。

陈改玲，当时是队里的热血青年，他积极响应开挖总排干的全盟号召，和队里的女青年一起上了总排干。由于施工当中爆破手对施工的安全操作规程掌握不严，疏忽大意，在施工民工没有到达安全指定地点便开始点燃导火索，这一安全事故导致陈改玲在总排干施工中献出了年仅十七岁的生命。队里、公社及时对善后的事情做了妥善的处理，父母没有提出任何要求，把痛苦的泪水咽进了自己的肚子里。公社在医院举行了简单、庄重的追悼会，也没有打扰更多的民工在工地上干活。

按照当地丧事处理的风俗，未婚姑娘不能单身埋葬，公社里便寻找了一个逝去的单身男性遗骸与陈改玲的遗体并葬在了一起，避免当地人孤魂野鬼的风俗习惯说法，也是对父母仅有的一点点心灵上的慰藉。四十年来，陈志明在每年清明节等祭奠逝去亲人的节日上，都一直坚持给妹妹烧两张冥钱，也是对失去女儿的父母最好的安慰。

处理完妹妹的善后事情以后，陈志明又擦干了伤心的泪水上了工地。因为他是施工中带工的，队里的民工需要他带领。

事情过去了整整四十年了，最近几年媒体的有关弘扬开挖总排干精神的采访报道，他能婉拒的尽量婉拒。因为他都实在不想触碰当年的伤心往事，不想使失去亲人的伤心往事再次被提起，至于想拍照留念更是拒绝。

陈志明说，妹妹精神可嘉，值得后代人永远铭记，不能忘却……

通过采访陈改玲的英勇事迹，陈改玲鲜活的形象不时在我们的脑海中浮现。多么单纯、青涩的有志青年，从不把奋战总排干看成是一件吃苦的事情，而是认为是一名共青团员在广阔天地大显身手的最好历练。对美好的社会主义、共产主义社会充满了无限向往与憧憬，决心为共产主义奋斗终身，奉献自己无悔的青春年华。一个共青团员在入团申请书上写下了这样的豪迈誓言，就要为之而不懈地奋斗！这就是作为一个共青团员的陈改玲的人生目标和价值取向。

笔者怀着无比崇敬的心情去采写陈改玲同志的先进事迹，就是让人们永远铭记河套人民群众开挖及扩建疏通总排干的忘我劳动和艰苦奋斗的精神，并把这种精神要一代一代传承下去，特别是在青少年当中传承、弘扬下去。教育青少年要铭记河套人民群众开挖扩建疏通总排干这段光荣而辉煌的历史，铭记像陈改玲这样的热血青年可歌可泣的英雄事迹。正是像陈改玲等无数河套儿女的无私奉献，才创造了河套大地盐碱地变良田，吃不愁、穿不愁，在全面建成小康社会幸福生活的康庄大道上奋勇前进的辉煌前景。

笔者还顺便采访了陈志明的妻子傅翠娥。当年她二十岁，还没有和陈志明结婚，是潮格旗二中的高中学生，由老师带队参加了潮格旗巴音宝力格公社的总排干施工。和她一起去的都是高三即将毕业的学生，坐着拖拉机就上了工地。她们自己带着行李，去了工地帮助民工挖总排干。挖的挖，担的担，心情无比激动，热血澎湃。大家认为，这既能帮助工地干活，支援总排干施工，又是体验火热的生活，对工地上广大民工的施工是一种无形的鼓舞，让广大民工深知是全盟广大人民群众都在积极支持总排干的开挖。回去后，大家完成了老师布置的作文写作，抒写了对总排干施工的感受和体验。

哥、姐及父亲会战总排干的故事

杭锦后旗采写到最后，本着举贤不避亲的原则，谈一下关于笔者的哥、姐及逝去的父亲会战总排干的故事。

一九七五年总排干全民大会战时，当时的二哥是杭锦后旗选派的下乡工作组蹲点干部。从家乡小召公社坚强大队二小队派往查干公社蹲点，在总排干施工时，也随工作组蹲点所在队上到了工地现场，进行总排干的施工。

工地住宿紧张，二哥被安排住在只能容下一个人的粮食仓库里。家里的大哥和高中毕业的三哥理所当然地上了工地。后来，工地上继续要求上人，二姐是第二批被安排上了工地的。所以，三个哥哥、一个姐姐经受了和所有民工一

样的住宿紧张、施工艰辛的苦难。三哥在施工中表现突出，体力大，肯卖力，受到队里社员的称赞和好评。

施工中，队里的青壮年、能干活儿的人都上去工地了，只剩下老弱病残幼没上去。民工们在工地上紧张地施工，一天给队里捎回话来，工地上缺少烧柴、米面等物资，需要队里马上派人送上去。

队里安排让谁去送呢？全村身体健康的男壮劳力都上去了排干，未婚的姑娘和没有孩子负担的媳妇们也都上去了总排干，队里实在是抽不出人来。这急得队长抓耳挠腮，宛如热锅上的蚂蚁一般。父亲得知情况后，自告奋勇，要去总排干工地上送米面、烧柴等物资。

当时，父亲已被多年的糖尿病缠身。父亲后来回忆说，他自愿上工地有两个方面的原因，一是总排干规模宏大，人山人海的，家里的两儿一女都上了排干，二哥在工作组蹲点的队里也上了工地，全家四口人上了总排干，想上去看看儿女们；二是也能够给队里添把力，减轻点缺少劳动力的负担。

于是，父亲前一天就装好烧柴、米面等物资，赶着队里的套半胶车上去。母亲早早地起来给父亲烙了几张"两掺子"面的油烙饼，即玉米面与白面掺和起来的面，让父亲热热乎乎吃了，打发父亲动身。

一九七五年的冬天，曾经经历过总排干的人都体验过。也正像巴彦淖尔日报社的资深编辑李明升在关于总排干的回忆文章里写道："一九七五年的冬天那才叫冬天啊，冻得货真价实，绝不像现在的冬天这样拖泥带水、温不拉几的，一副娘娘腔的做派。"

父亲赶着马车前往总排干的工地，起身时可能肚子里灌进去冷风，着凉了，一路拉肚子。身体一直患病的父亲怎能经受野外寒冷、冰冻天气的折腾？身体明显感到吃不消了，赶着的马车信马由缰地走着，寒冷的天气已经将患病的父亲冻得身体发僵。马车已经超过了总排干工地的施工现场，但仍然还继续行进着。

不幸中的万幸，在总排干工地上施工的二哥正在检查蹲点工地的施工情况，给施工的工地出来办事时，迎面碰上父亲赶着的马车。这时，父亲的嘴唇已被冻僵，不能顺利说话。当二哥拦住父亲赶着的马车时，父亲冻得连自己的儿子都不认识了，还诧异这是谁拦住了他的马车。

父亲后来回忆说，要不是碰见二哥的话，他就会有被冻死在马车上的危险。

父亲从总排干送物资回来，从此身体每况愈下。医生诊断，多年的糖尿病，再加受寒冷严冻，造成病情加重。后来，患病的父亲拄着拐杖走路，身上经常摔得青一块、紫一块的。再加以往繁重的劳动，使他一米八几的身材明显蜷缩了起来，佝偻着背，经常小便失禁，棉裤里没有干的时候……

儿女们从总排干工地回来，他们一个个宛如功臣一般。队里的社员和家里的人都会高看一眼，向他们投去钦佩的目光。母亲会做上一顿家里唯一能拿得出手的仅有的好饭菜犒劳他们一下，也会吩咐没有上去总排干的弟弟、妹妹们，给他们打扫好房间，拆洗一下从工地上拿回来的脏得不像样的被褥。哥哥、姐姐们理所当然地享受着家的温馨与舒适，弟弟妹妹们则毕恭毕敬地去聆听哥、姐给讲述总排干工地上的艰难经历和有趣故事，脑海里则勾画、描绘着总排干到底是怎样的规模宏大，让那么多的民工们都上去了。幻想着总排干仿佛红军二万五千里长征一样的人山人海、气势磅礴，向往着有朝一日亲自上总排干去，参观一下那壮观的场面……

得知笔者采写总排干的往事，当年还未嫁给二哥的二嫂凑了过来说，当年，她也在杭锦后旗二道桥公社东升三社参加过开挖总排干。当时的十七名女青年上了工地，她是其中的"铁姑娘"队员中的一名，名叫杜金莲，而且还在工地上因为干活儿突出，受到了队里的表彰奖励，所在的生产队因此也受到了公社的表彰奖励。

第十章　五原县人人想着总排干，人人大干总排干

五原县于一九七五年十月二十七日在盟委召开的疏通总排干电话会议后，县委研究决定，除继续开挖已开工的广支干沟外，全县抽调一万三千名民工，完成疏通总排干八十二里的施工任务。全县之后又召开了有线广播大会，传达盟委的决定。五原县物资局积极筹备了十五吨钢材和五吨铅丝；县五金拔丝厂的广大职工，夜以继日地奋战在车间，为工地赶制铅丝；百货公司积极准备送货下乡，主动和被服厂联系，加工好冬季施工用的好几百副手套；邮电部门奋战三天，接通工地的通讯线路；公社大队小队都组织拖拉机和大胶车把粮、油、菜、柴草、行李和炊具等物资源源不断地运往工地。

十一月四日，五原县的施工民工出发了，也迎来了开挖总排干的外旗县的民工。人多房少，住不下，民工们不讲条件，就地搭棚支灶。十一月七日，盟委领导宝音图、詹振英与五原县委领导王跃文、王世春等召开完全县总排干誓师大会后，立即率领二千多名职工干部、学生、居民进入施工工地。

五原县的指挥部设在了义通排干扬水站，由县委副书记王世春任总指挥，人武部政委色楞、水利局局长李文珠同志任副总指挥。一九七五年十一月七日，第一批民工七千人，以及各级指挥员七百余人，在四十千米的工地上摆开了战场；十一月二十二日，县委又分配民工一万余人，再加上自发参加的劳动群众，两批实际到达的民工达三万余人。

在施工中，都是以大批判开路，在施工条件非常艰苦、吃喝住宿都极度困难、工具十分缺乏的情况下，他们挖地窖、搭帐篷、住凉房、睡畜圈；箩头不够用，自己编；钢钎缺少，自己打造。每天十几个小时的大干，晚上进行夜战，虽然是天寒地冻数九天，但是总排干工地上没冬天。

县社两级党委、大小队队委领导上了工地，层层带头。城关公社党委提出：班子硬不硬，总排干上做鉴定。乃日公社水利主任杜挨柱，工作雷厉风行，认真负责，劳动身先士卒，一天只休息两三个小时。在他的带动下，乃日公社成为全县最先完成任务的生产队。

公社之间的流动红旗五天评比一次；小队之间三天评比一次，光荣榜、竞赛专栏、挑战书随处可见。为了施工总排干，有的全家老小上了排干。和胜公社新永大队支书王马儿带领全家五口人，从开工之日起奔赴总排干工地，全公社竣工后才回了家。什巴公社光明七队六十七岁的老人邬丙栓，人老心红斗志坚，带领儿子、孙子老少三辈上了排干。不少社队出现了父子相争、兄弟相争、夫妻相争到排干的动人情景。有的妇女毅然抛下家务，把孩子托付给老人奔向总排干工地。有的青年在工地举行婚礼，举行完婚礼继续干，把新婚蜜月就度在总排干工地上，别有一番味道；有的青年推迟婚礼；有的新婚夫妻婚后第二天就上了排干。距离工地近的几个公社，到决战阶段，男女老少齐上阵，连六七十岁的老人也参加了总排干的施工。

开挖总排干的民工们在施工

在五原县和胜公社蹲点开挖总排干的李贺梅，当年只有十九岁。大家牺牲休息时间，加班加点干，特别是与李贺梅年龄相仿的女孩子，由于过度劳累，干着干着就哭了。但是，她们不服输、不放弃，干着哭，哭完继续干，仅一天就把本来需要两三天完成的任务干完了，没有拖全队施工的后腿。

五原县旧城一队的共产党员，妇女队长王秀莲，五十岁的人又有严重的胃病，队里不让她上排干，她是争着来到工地上。为了照顾她，队里安排她去做饭，她不干，奔到工地，背起磨盘大的一块冻土，朝大堤走去，一连跑五十趟。队里的社员形容王秀莲，在工地上吃饭一溜烟飞快，人们说，王秀莲在工地上忙得吃饭都生吃上了……

为了鼓舞民工的干劲，不少单位给工地写来了慰问信，捐赠慰问品，关心民工的生活。机关干部、厂矿职工、学校师生、街道居民也先后分期分批出动民工万余人来支援总排干施工。在三万人的工地上，各地送柴送草、送粮送物的车辆来来往往，通往工棚道路上的车辆、人潮川流不息，小卖部、货郎车随处可见。

原定一百天的任务，五原县仅用五十天就完工。竣工后，于一九七六年元月六日在五原县电影院门前召开了由万人参加的表彰奖励大会，共表彰了二百一十个先进集体和一千二百九十名先进个人。

笔者从巴彦淖尔市著名作家陈慧明老师采写的纪实文学《一千里水路云和月》一书中得知，和胜四社王建国自己建造的，按照当年延安红色窑洞款式的一长排住房，自己与家人住在东头，以西大约五分之四都是革命历史陈列室。

王建国自己介绍说，他是为巴盟盟委原书记李贵设立的陈列室。陈列室里陈列着的内容包括李贵从陕北公学读书开始，一直到来巴盟动员扩建疏通总排干时期，直至二〇〇二年去世之前的珍贵图片。陈列室里正面墙上写有宣传标题：河套人民的奋斗精神就是延安精神的生动体现 。王建国若有所思地说，这是他本人长时间思考得出的宣传主题。李贵在延安学习时，就把延安时的南泥湾自己动手丰衣足食、相信群众依靠群众以及毛泽东确立的三大法宝等革命传统深深地镌刻在脑海里了。这些正确的人生观、价值观和革命的理想信念滋润着李贵一生为党工作的高尚情怀。

李贵蹲点时，在和胜四社建起了大型种畜场，从外地引进了荷兰牛、来杭鸡，这在二十世纪七十年代真可谓思想超前，也是具有战略眼光的。在五原县，只要提到种畜场人们都知道，反倒把和胜四社给淡忘了。

我们不得不为王建国老人对李贵书记有这样的情怀而肃然起敬。一个人，只要对百姓做了贡献，百姓是永远不会忘记的！毛泽东主席曾经的教导在李贵身上得到了完完全全的验证。

五原县的总排干施工可谓未雨绸缪，在施工开始前就做好了物资供应工作以及民工思想发动的充分准备。在施工方式方法上如开展评比、竞赛等形式也是煞费苦心、别出心裁，深受广大民工的欢迎。所以，在总排干的工地上上演了一个又一个精彩纷呈的感人故事。

赵换世的一只眼球永远定格在了工地上

二〇一五年夏季，笔者赴五原县民族兴丰社采访了已经六十五岁农民赵换世。

赵换世于一九七五年上了总排干以后，干了三天，一开始挖土、背冻块，第二天用钢钎砸炮眼，由于钢钎批头，不小心钢钎铁屑飞进了眼里。发生事故后，在当时公社团委书记祁卫东的帮助下，赵换世到了五原县医院进行治疗，之后，又及时转至内蒙附属医院进行治疗。最后还是没有保住左眼，担心会影响到右眼，无奈做了眼球摘除手术。二十多天后出院回家，回来一直消炎，在家休养一年多。队里没有扣除他的以工代粮全年三百八十斤的口粮，医药费全部由公社支付。回来后，公社送去五百元的慰问金，算是妥善处理了这起事故。一九七七年公社慰问时，又给了赵换世七尺花市布。总排干施工过去了四十年，赵换世再没有向公社提出任何要求。

事故发生一年以后，赵换世开始锻炼下地劳动。刚开始，队里给他安排苦轻的活儿，由于用一只眼睛看东西，开始时，老是看错方向，拿东西拿不准位置。过了一两年，才慢慢习惯了用一只眼睛看东西。由于经常用右眼，所以右眼经常流眼泪。在二十世纪八十年代土地承包以后，赵换

摘除了一个眼球的赵换世

世用电铡草机粉碎饲草，由于一只眼看错了位置，左手的食指、中指被机器裁去有二三厘米，在医院花去一万多元也没有接住食指和中指。祸不单行，这无异于雪上加霜，伤疤上撒盐的悲惨事情都落到了赵换世的头上。

现在的赵换世，左手手指是残疾的手指，左眼摘除了眼球，干起农活儿来，非常的艰难，这给他的生产、生活带也来了诸多的不便。

从二〇一三年开始，赵换世总是感觉头疼，开始时在塔尔湖镇医院、五原县医院都按胃病治疗，后又去巴彦淖尔市医院复查治疗。大夫说是心肌缺血造成的心肌疼痛，头部供血不足而导致头疼。又做眼部的 CT 片，诊断左眼有紧缩影，疑似左眼内有铁屑，当时没有摘除干净。医生告诉说，当时医院可能考虑，担心影响了右眼的视力而没有全部把铁屑摘除干净，以当初的医疗条件，这是医院无奈的选择。

赵换世近两三年治疗头疼、心肌缺血、心脏病等共花去三万多元。每次去

医院开上六七百元的药，吃上一段时间，医生又说，治疗的部位不对，让重新换药。老伴和儿媳妇已经把吃不成的药扔垃圾桶两三次了，又拿出来最近大夫给开回来的药。

赵换世也因为近两年头疼，家里、家外什么活儿也干不成。现在的赵换世走几步路就喘得上不来气，去巴彦淖尔市医院求医问诊中，医院诊断，肺部血管供血不足，需要做搭桥手术。二〇一五年，赵换世四次去塔尔湖镇医院、巴市医院，共花去五六万元，好在国家有农村合作医疗，报销了百分之七八十。

赵换世去找了当地镇政府和县民政局。民政局给资助了五百元钱，镇政府给申请二〇一六年的最低生活保障补助，赵换世重新拾起了生活的信心和希望。

总排干的施工，可以说当年根本没有什么劳动防护措施可言，其施工的艰辛是不言而喻的。民工施工的劳动工具都是自己或者生产队筹备，当时根本没有谈劳动防护的基本条件，民工脑海里也没有这个概念。但是，他们在施工时从不讲条件，不计较施工环境，一直顽强地奋战在工地。即使身体受到了这样那样的伤害，也不给政府添麻烦，顽强地战胜生活带给自己的煎熬和磨难。永远做生活的强者，这就是他们的人生信念。

乌兰牧骑在总排干广阔的舞台上演出

五原县乌兰牧骑的队员上了工地，看到了壮观的劳动场面：民工们从渠壕里用西锹把裁成块儿的冻土挖出来，然后抬的抬、扛的扛、担的担、背的背，把连泥带水、带冰的土块爬着五六十度的渠坡运送出去。不管是领导还是普通民工，都甩开膀子在寒冷的天气里坚持大干。乌兰牧骑的队员们顿时觉得演出内容准备不足，于是立即火线召开会议，组织编导小组，要求尽快编导和挖掘出最贴近总排干施工的精彩作品来。

乌兰牧骑一行人在队长蔡玉祥的带领下，看到了总排干工地上的劳动场面，这是演员创作节目的源泉和不竭的动力。看到总排干工地民工们热情似火的干劲，施工场面气壮山河的劳动场景，队员连夜开始创作。队员们一时来了灵感，创作出了表演唱《四老汉挖排干》、快板剧《该谁去》等节目，并很快就和工地民工见面了。这两个节目把人们争先恐后上排干的精神风貌淋漓尽致地表现了出来，尤其是快板剧《该谁去》，编剧是五原县乌兰牧骑的马俊生；表演者是马俊生、马桂香、郝笑飞，剧情反映了爷爷、奶奶和孙女都争着上排干，各抒己见，争持不下。剧中的演员用乡土气息的语言，贴近生活的表演，把万众奋战总排干的精神、热火朝天的场面，通过表演形式展现出来，起到了很好的宣传鼓动作用。该剧目在一九七六年内蒙古自治区乌兰牧骑汇演中获得优秀节目奖和优秀表演奖。

　　乌兰牧骑一行人不演出时，和民工们一样用铁锤砸，铁杠撬，布满灰沙的脸上流着一道道汗湿的印痕，喊起劳动的号子也是地道的河套口音，和工地上的民工一样背冻块干活，很难相信他们是演员。有的民工出来施工时间长了，头发也长了，乌兰牧骑的演员便利用休息的时间给民工理发，很受欢迎。天冷风大，一个女队员撑起一件大衣给理发员和理发的人挡风；有的女队员则掏出针线包给民工缝衣服、缀扣子。有的民工不好意思让缝，因为棉袄不是泥，就是流出的汗，不好意思让漂亮的女演员去给缝补，于是女演员就让男演员帮忙给拔下来缝补。演员们就是被工地的劳动氛围所感染，被民工们质朴的劳动精神所感染，想着力所能及地帮助民工们做点事情。所以，他们巡回演出，不管走到哪段工地，只要是休息下来，男演员负责理发，女演员则帮助民工们缝补衣服、缀扣子。

　　乌兰牧骑的蔡队长，一个下午的时间就理了二十来个民工的头发。身上的大衣还让民工穿上，因为他穿上大衣干不成活儿。其他演员在工地帮助干活，其中，有两个女演员背起冻块到渠底，感动得当年的作家温小钰也背起了冻块。工地上没有闲人，大家都在干活。五原县乌兰牧骑演员的举动感动了作

乌兰牧骑在工地演出

家温小钰，她当即决定晚上不离开这个工地了，决定采访这支小分队，和他们聊聊。

　　晚上演出的时间到了，演员们不得不放下手中的活儿去准备。演员们没来

之前，民工们议论，演员不会上来了，因为工地上连二尺见方的平台都找不到，村子里也挤得没地方，没法演。工地上四处没路，土堆得东一座山，西一个大包，汽车也来不了，然而没想到，演员们肩挑行李地过来了。

晚上演出时，气温下降到零下二十多度，刮着四五级的西北风，舞台安排在高高的排干渡槽上，面积只有两盘炕大，几千名观众遍布在两旁的壕沟、坝顶和四野的圪梁土坡上。当年的作家温小钰感动地说："世界上从没有见过这样特别的舞台、剧场。"

演员在化装上与城镇演出一样，毫不含糊。上底彩，描眼勾眉，军绿色棉大衣下，穿着鲜艳的服装。演出前，指导员还组织进行学习，开演前预备会。

这次的预备会与往常不一样，分不开前后台，演员们身后站满了"铁姑娘"、红小兵们和青年突击队的队员们，他们对乌兰牧骑的演员都十分尊敬和喜爱。

由于观众与演员距离近，可以看清演员服装上的花边、领扣，衣服的材质是极细极薄的涤纶衣料。观众说，里面不穿棉袄，怎么行？演员回答说，穿了棉袄就舞不起来；观众说，不用化装，说几段、唱几段就行，天气冷。

但演出小分队正式化演出，没有半点马虎。他们认为，穿不穿服装是演员的服务态度问题，所以，演出一定要态度端正。演出节目一个接一个，地方戏曲、革命样板戏、优美的舞蹈、歌颂新生事物的曲艺节目等，台下响起了三千名观众雷鸣般的掌声，渠壕上下爆发出一阵高过一阵的欢呼声。大家忘记了寒冷，忘记了呼啸的西北风，一直秩序井然地站着观看。

当大部分演员去换装准备演出小歌剧时，笛子独奏节目上场了。笛子演奏向观众展现了春风拂煦的春天，嘹亮的笛声，让人仿佛感受到了春意盎然的景象。民工们正听着入神，突然，笛声一下子咽住了。演员焦急地取下笛子甩了甩，再吹还是不响，原来口中的哈气把笛眼冻住了。

焦急的乌兰牧骑的指导员马上换了一根笛子递上去，新的笛子又被冻住了。滴水成冰的寒冬啊，演员向观众微笑着鞠躬表示歉意。

就在这时，忽然有个穿白荏皮袄的人上去，就是乌兰牧骑队员给理发的老支书。他接过冻住的笛子塞进皮袄，夹在腋下，用自己的身体温暖着笛子，观众爆发出了雷鸣般的掌声。笛子又继续演奏起来，演员轮换着用两根竹笛演奏，一根冻住了，老支书拿来塞在怀里保暖，同时递上另一根。就这样演奏了《闹春耕》《公社运粮队》《夜校灯火》等曲目，掌声如春雷般在大渠两岸响起来。

晚上由于工地没有住宿，演员顾不上卸装，收起场面，扛着红旗，手提肩挑行李又走了……作家温小钰对于没有采访到他们而感到遗憾。

半个月后，总排干工程到了收尾阶段，温小钰在一个偶然的机会又碰到了乌兰牧骑的队员，只见队员们肩挑着行李，徒步来到总排干工地演出。这次的巡回演出走下来四十多天，每个人都晒黑了。温小钰赞叹着地对他们说："你们徒步演出四十来天辛苦了。"他们却说："和民工比起来还差远了。"一位天津的知识青年，是搞曲艺的演员，他用地道的河套话数着快板说："农业学大寨，战鼓震天擂/要叫山河换新装，大干哪怕苦和累/想想长征二万五，比比革命老前辈/继续革命迈大步，铁骨铮铮脚板快如飞。"大家拍手叫好，同行的司机说："再来一段吧。"难怪民工们都说，乌兰牧骑的演员走到哪里，哪里的干劲冲天。十四个人携带七八套行李、乐器、服装、道具和零星用品，还有七八十斤重的电器，每个人得担负四五十斤重的重量。女演员刚开始确实受不了，腿都抬不起来。演出时，舞跳得跟走路差不多，蹦不动了。慢慢好多了，四十天的巡回演出下来，恨不得跳着走路呢，还抢着背东西，感觉身轻如燕。

队员里年龄较大的一个人，队员们都叫他老窦，说话有分量，能说在点子上。老窦说："巡回演出，不仅锻炼了体力，更锻炼了思想。一开始，挑着行李去演出，有的同志害臊得抬不起头来，总认为，过去深入群众演出，都是汽车接送，领导出面接待，工作人员忙着安排，给人感觉总是不一样；现在背着行李，还以为是上渠来劳动的。问题就出在这里，为什么民工背着行李上排干很自然，演员背着行李去演出就觉得不自然呢？觉得没车坐就丢人。我们乌兰牧骑来自工农，就应该不忘工农，就应当不断地回到工农当中来，这次巡回演出，就感觉和工农的感情又亲近了。"

那个给民工缀扣子的女队员说"："刚开始有点嫌民工脏，眼里看见的都是油腻；有的地方土厚得连针都顶不过去。"她给一个老年民工补衣服，老大爷感动得热泪盈眶，想起了旧社会给财主挖渠的苦难生活。那时候，挖渠死活没人问，受的罪说不尽。而现在的文艺队员慰问演出，演员们还给缝补衣服，老汉不会表达，担上箩头飞也似的担土去了，只大喊了一声"毛主席的革命路线万岁！"女演员的思想感情从此发生了根本变化，以后给民工缝补衣服再没有嫌脏的感觉，而是细针密线地缝补每一件衣服。

乌兰牧骑的指导员对作家温小钰说："巡回演出的路程走远了，心却和贫下中农拉近了。他们热情地欢迎我们的队员，特别是一些不通车的工地，民工们一见我们就高呼'毛主席万岁！''毛主席的革命文艺路线万岁！'我们的演员们真正体会到了自己工作的意义。贫下中农这样需要我们，我们也深深感受到，我们也更需要贫下中农，我们离不开这样的好老师！"

他们又扛着红旗，背着行李、道具出发了，走在总排干工地和最广阔的舞台上。有时候，晚上演出回来没住处，就住在附近村民的羊圈里，受到领导和群众的一致好评。巡回演出的最后一站是前旗的高台梁，在全盟总排干的竣工庆功大会上，五原县乌兰牧骑被评为全盟疏通总排干先进集体。

文艺工作者来自于人民，服务于人民。只有扎根在人民群众之中，才能创作出生动、贴近生活的文艺作品，群众才会喜闻乐见，文艺工作者才会受欢迎。只有与人民群众拉近距离，做他们的贴心人，他们才会与你说知心话；只要不脱离群众，文艺作品的创作素材便会应运而生。施工中的民工就是文艺工作者创作文艺作品取之不尽、用之不竭的动力源泉，人民群众就是他们创作优秀作品的衣食父母。民工们的喜怒哀乐、施工场面、生活场景都是文艺工作者创作文艺作品的最富庶的材料。只要了解并掌握了民工们的所思、所想、所盼，只要真实再现他们施工的片段和场景，就能创作加工好这道百姓乐于欣赏的文化盛宴。

五原县乌兰牧骑在工地上和广大民工们战斗在一起，给他们理发、缀扣子、缝补衣服，放下了平时下乡演出时的身段和演出时车上车下的待遇。不演出时与普通民工一样在工地上大干，他们创作的作品让人有身临其境的真实感触，宛如体验生活一般真真切切。所以，他们创作出的文艺作品深受民工们的欢迎，演员也深受民工们的喜爱。

当演出遇到突发事情时，身后的百姓就是他们坚强的后盾！在总排干这个广阔的舞台上，他们收获了演出与舞台、创作与素材、演员与观众等相对应的辩证关系中人生与艺术的丰硕成果。他们既磨炼了意志，在以后的工作生活中砥砺前行，更锻炼和培养了自身的文艺素养，不管以后遇到何种艰难困苦都能从容面对；同时还增长了他们的艺术才干，拉近了与百姓的距离，增进了与百姓的感情。

苏振铁在工地擀面擀得手起泡

二〇一五年，笔者赴五原县和胜五社参观李贵书记蹲点处，采访了和胜五社五十九岁的社长苏振铁。在总排干施工前，他在公社机耕队开推土机，在施工时，被安排到所在生产队一起施工。

由于当时年仅十九岁，苏振铁被安排给民工做饭，住在炭房里。当时戴着棉帽子睡觉还感觉冻头，鞋冻得根本脱不下。

苏振铁当时和一个十七岁的青年一起负责队里五十多人的做饭任务。每天晚上十二点多钟就起来给做饭，住宿离工地大约七八里的路，送饭得走近一个小时的时间。三点多钟走时，就得做好了面条，每天早上五十多人的面条，两个小伙子擀，擀得手都起泡。早上吃面条，为的是使民工肚子里热乎；中午是馒头，熬山药白菜汤汤，两个小伙子担上送到工地上，一面担的是馒头，一面是山药汤汤；晚上是糜米山药饭，连咸菜都没有。他们两个人就在三顿饭的中间安排休息，每次能休息两三个小时，起来就到了做饭时间了。

做饭时烧的是麦柴，做饭火不旺，早上的面条煮不起来，变成了没有油水的甜面条。两个小伙子从来没有做过这么多人的饭，开始时做不好，蒸馒头要么碱大了，要么碱小了；焖糜米饭，开始焖的都是夹生饭，后来，俩人才慢慢掌握了要领。

工地上所需物资，都是按计划供应。在通讯不发达的时代，只能按约好时间保障供应。三天送一次麦柴、一个礼拜送一次粮油，民工每人每天按一点八斤的标准供应糜米和白面，还需供应箩头和担杖。

现在已是社长的苏振铁介绍说，一九七五年，和胜五队有土地一千四百多亩，疏通总排干后，盐碱地改良了，达到了三千亩，全村几乎没有荒地。产量由一九七五年的亩产三百至四百斤，到现在的亩产一千斤左右，玉米能产二千斤左右。

总排干的工地真是像人们描述的那样："烧火拨葱，也算一功。"苏振铁他们两个不到二十岁的小伙子把民工的饭菜做得有滋有味，工地上的施工轰轰烈烈。他们把生产、生活安排得劳逸结合，睡起来就得干，干完马上休息一会儿。因为他们做饭也得储存能量，否则，五十多个民工的面虽然擀得手起泡了，但是擀不动面、擀不好面，民工吃饭照样还得泡汤。他们沉浸在做饭与休息的氛围之中，欣喜于做饭水平一天天提高，因得到民工声声赞誉而感到快乐。

总排干施工的经历使两个小伙子长大了，长大的他们沐浴着总排干的恩惠而建设着自己的家园，改变着家乡的面貌。

第十一章　磴口县情愿"为他人作嫁衣裳"
大干总排干

磴口县总排干施工段位于西端的杭锦后旗大树湾公社，在四千多米、几十米宽的施工工地，红旗猎猎，迎风招展。"以阶极斗争为纲，战天斗地，坚决疏通总排干！""全党动员，大办农业，为普及大寨县而奋斗"的大幅标语矗立在总排干两畔的工地上。

在工地上，三级书记上前线，四级干部带头干。在七千人的劳动大军中，有县委的九名常委和全县七个公社、三十三个大队的党委正、副书记和支部书记近百名领导干部奋战在工地上。每人都是一身泥、一身汗，如果不是熟人，根本分辨不出哪个是书记，哪个是普通民工。

寒冬时节，民工们裹紧了身上的皮袄、棉衣，有的在渠底挥锹挖土；有的在泥水里排水捞泥；有的肩挑背担或身背冻块，你追我赶上渠背；有的抢锤打钎、掘土破冰……民工们身上穿着的五颜六色的毛衣、绒衣、线衣，把壮观的劳动场面装点得更加美丽。

正当县委部署总排干施工时，社会上刮起了"疏通总排干与磴口县关系不大""白搭工、白受累"以及"河套地区不能施冬工"的论调。

磴口县位于总排干上游，紧靠乌兰布和沙漠，尽管有些土地里也出现了"碱钉子"，但没有像别的旗县那样严重，好些土地弃耕。磴口县眼下不搞排水治碱，似乎还可以凑凑合合过日子。一些干部和群众没有看清疏通总排干的大局和长远利益，也在散布"关系不大"和"白搭工、白受累"的论调。

县委决定，由县委副书记张春芳和甄达咏同志组成磴口县施工指挥部，率领干部民工立即开赴工地，以实际行动回击社会上和干部群众中的一些论调。

从磴口县到杭锦后旗大树湾公社，一百八十多里的公路上，三千二百多名民工涌向了工地，汽车、拖车、自行车，川流不息，人流如织。

县委书记巴图看到沿途如白雪皑皑的盐碱化土地，沉重地指出，再不向盐碱宣战，后大套就会被碱老虎吃掉了。

施工面临着冻流沙、积水、冰滩，民工们要开冰破冻，担着渠畔两岸的十几万土方，而且要排除积水，制服流沙，向水下挖一米深。而所能使用的就是一副铁肩两只手、一根扁担两只筐。所以，钢钎磨秃、铁锤震烂、箩头破损、扁担折断，要补充这些工具，全凭群众的两只手。

最大的困难是民工居住难。尽管群众热情接待，把好房子全部腾出来让给民工住，但是在总数一千多人口的一个大队里，一下子涌入几千民工，在隆冬季节，其困难是无法想象的。

各地的商业部门派出大批流动服务组，把民工急需的商品送到工地；大批的医务人员背着药箱上工地，一边治病，一边劳动；居民和学生积极为工地捐款捐物，一封封慰问信像雪片似的飞到了工地，信中鼓励亲人在总排干上要出大力、流大汗。

县委的几位领导一口气走完了九里长的工段，察看了几处民工的住房。县委决定，虽然疏通总排干工程大、阵势大、困难大，但全县的各级领导、干部民兵全上来了，正好在总排干施工中当作练兵，在干中练、在练中干。

开挖总排干的民工们在施工

在施工进行过程中，县委召开了常委扩大会议，会议在指挥部驻地一个社员家里召开。会议由县委书记巴图主持，参加会议的县委十一名常委和各公社书记，一个接一个地发表意见，表决心。

会议决定，县委九名常委和公社、大队的主要领导全力以赴奔向工地，加强领导，练兵练将。

坝楞、红卫、协成的三个公社以革命大批判开路，挖通了一条排水沟，采取"野马分鬃""跌窖子"的法，统一抽水，打总体战。

十一月二十七日晚上十点多，磴口县的工地上，灯火通明，人声鼎沸，巴图书记刚开完常委会，就扛起铁锹上了工地。

在劳动中，他发现四坝公社的施工地段，存下了大量积水，影响了工程进展，于是就和民工、干部研究排水的措施。民工们提出可以采取"野马分鬃"的方法，从中间挖一条输水沟，集中机器，统一抽水。但是，有的民工认为，现在是一个队挖一段土，很难统一行动。针对这个问题，巴图书记经与民工研究，决定采用中间开沟，统一抽水的办法，及时解决了排除积水的问题，加快了工程进度。巴图书记一直同民工干到天明，民工们休息了，他才抽空回去吃了两口馒头。当民工们休息起来，他又上了工地，一干又是一整天。

巴图书记每天早上五点钟就站到了总排干渠壕里了，以身作则，以榜样的力量带动全县民工们施工。第二天，其他公社的书记也学起来，四点半就起来施工。正是在这样的各级领导的带头作用下，磴口县的总排干工程在全盟率先提前完工。

巴图书记原是潮格旗前达门公社的书记，由于实干，被提拔到磴口县当了书记。在总排干施工时，巴图同志身体患病，却坚持和民工一样挖泥担土，半个肩膀已经麻木失去知觉，仍坚持在施工工地。他带领磴口县人民挖过一二排干和东风渠，磴口县的百姓说，他的病就是挖排干时落下的，

县委上下狠批扩建疏通总排干与磴口关系不大的论调，通过火线整风，统一了民工们的思想。

磴口县火线整风会开在坝楞公社，坝楞公社书记杜占奎满面胡须足有半尺长，大家都认不出来了。民工过来给县委反映：杜书记已经三天三夜不下火线了，高烧，吃了药片，喝了碗开水，又上了工地。杜占奎却满不在乎地说，干点活儿，出点汗，就好了。

原坝楞公社新和大队三小队的朱乐丰，写了一首打油诗描写了当时上总排干时全家的情形，读后让人心头一热：

> 冰天雪地出外工，
> 儿子爸爸叫不停。
> 大大（爸爸）回头看儿子，
> 炕上躺着老母亲。

虽说是打油诗，却是当年总排干工地施工的真实写照，反映了民工奋战总排干的情景。

工地战地动员，火线整风，大家众志成城，党员团员和基干民兵个个挺身而出，顷刻之间组织起二百多人的排水专业队。排水坝一道接一道被冲破，排水沟很快被挖通了。县委领导和民工高喊着劳动的号子，抡锤打钎。民工们把

土产公司的废铁丝买来，编成铁丝笤头，在全工地普遍推广。县委领导巴图和甄达咏等领导担着铁丝笤头去坝塄公社，用现身说法说明使用铁丝笤头的好处。

磴口县委的主要领导同志，先后五次在工地上主持战地整风会议，大批"河套地区不能施冬工"的错误论调和"这也办不成、那也不能干"等怕苦怕累的懒汉懦夫思想，大大激发了干部群众的积极性。

磴口县坝塄公社的民工为了提前完成任务，白天黑夜连班转，共产党员杨学政等十五名民工，连续大干了六十三个小时不下火线。在工地上，民工们饿了，啃一口干粮；渴了，吃一口渠里的冰块。

磴口县十八九岁的女孩子也上了工地，男女一样都是壮劳力。有个女孩子太累了，晚上睡不醒，尿裤子了，这在工地上被传为笑谈。

红卫公社这个以"文革"期间命名的公社，在磴口县开挖总排干的进度里数第一。县指挥部领导张春芳对着已经完工的红卫公社的候书记说："工程赶在前头，应当受到表扬，但不能沾沾自喜，应该发扬风格，连续作战。"于是，工程完工清理好现场后，红卫公社又发扬风格，互帮互助，数百名民工高举红旗，携带工具，支援渡口公社施工去了。巴图书记亲自带领坝塄公社和协城公社的民工，去支援四坝工地。全县在县委的团结带领奋战下，疏通总排干的任务提前完成，受到全盟的通报嘉奖。

磴口县全县上下一切从大局出发，从全盟扩建疏通总排干的角度出发谋篇布局，不是只顾眼前利益，从而只考虑自己县里的一亩三分地，狭隘地认为扩建疏通总排干与磴口县关系不大。个别同志认为，磴口县扩建疏通总排干干的是"为他人作嫁衣裳"的事情，是"白搭工、白受累"，是得不偿失、劳民伤财的事情。"不谋全局者，不足谋一域；不谋万世者，不足谋一时。"磴口县上下把全盟扩建疏通总排干当成是一盘棋，磴口县就是其中的一个棋子。一步走错，就会满盘皆输，全盟的扩建疏通总排干就会功归一篑。全盟的科学合理灌溉是一个整体配套的系统，缺少哪个，系统都不可能得到科学合理的运转。

县委书记巴图及九名常委和全县七个公社、三十三个大队的党委正、副书记和支部书记近百名领导干部奋战在工地上。三级干部、四级书记大干让人分不清他们是领导还是普通民工，没有领导可以搞特殊这一说。所以，不管施工当中遇到何种困难和阻力，大家都会坚持啃下各种硬骨头，因此，磴口县率先在全盟提前完成施工任务是理所当然的。

王盛华"变相"保护右派分子子女

　　磴口县施工时，当时县领导之有时任县革委会副主任的王盛华，一九七五年时，四十六岁。二〇一五年夏季，笔者到磴口县家里采访了已有八十六岁高龄的王盛华老人。老人精神矍铄，思维清晰，谈吐自然。

　　当时，磴口县接到施工任务，县委一班人带领施工人员冒着冷雨在盐碱地上测绘土方，计算各公社的土方任务分配。晚上，大家住在阴冷潮湿的帐篷里，把行李从麻袋上一倒，和衣就钻了进去。

　　在确定施工任务时，王盛华带领干部先下去工地干，看自己能干多少，再给民工们定任务，杜绝了长官意志和瞎指挥。

　　在全盟的一次总排干汇报会上，巴盟水利局的一位领导汇报说，有的旗县一个民工一天能挖五十方，当时就受到内蒙古自治区水利厅领导马亚夫的严厉批评说："一个民工若一天能挖五十方，大致要走八十里路，这是根本不符合实际的浮夸、瞒报行为。"所以，要求磴口县领导亲自下水挖，然后再确定民工的开挖土方量定额。在施工中，磴口县委书记、副书记亲自干，没有搞特殊的。

　　磴口巴图书记当时在协成公社红光二队蹲点，他在工地上检查完情况，还要到红光二队挖渠。因患有腰腿疼，经常穿着白茬子皮裤。他经常抢着担土，一次担起一担土，差点被脚下的泥泞打滑滑倒。民工过来扶住，坚决不让他干了，他就抢过锹上土。晚上，还要与县领导郑大勇、王盛华等领导住在帐篷里讨论挖排干的事。

　　当时，磴口县全县有七八万人，民工上去一万多人，家家户户都上了人。有的一家上了几口人，夫妻、父子、兄弟、妯娌都上了工地。

　　王盛华的爱人当年在县三完小当老师，后来老师们也到工地搞突击。王盛华一直在工地上忙碌着，所以，夫妻在工地上一直都没有见面。干了几天老师们回去上课去了，王盛华一直干到竣工才回去与爱人团聚。

　　王盛华老人介绍说，工地上背冻块其实还是好的，冬天挖泥才是最艰苦的。捞稀泥最难捞，穿上雨靴捞稀泥时，泥水灌在雨靴里，没法走路，刺骨的冰冷直让人打寒战。民工们把稀泥捞在下面垫着麻袋的箩头里，稀泥不好倒，箩头糊成个泥疙瘩，空箩头也有十几斤。王盛华带领民工们在稀泥里捞泥，因此落下了严重的大腿静脉曲张的病。

渡口公社永胜大队在杜渊厚书记的带领下，组成突击队，采取架木棍打井的办法，使施工方的水流入井里，让水方变成了干方，方便施工民工挖。这一做法，很快在工地上被推行。磴口县大致打了近一百口井，将水排入井里，然后，组织全县的柴油机抽水，使施工进展顺利。

指挥部领导深入公社、大队包段施工，指挥部办公地点经常没人，都在各公社、大队了解情况，和民工一起大干。县武装部政委、县指挥部领导的张春芳，经与五原县施工方联系，五原县支援了几十双水靴，保障了施工的顺利进行。

施工中，队里搞辅助生产的队领导带着羊肉和少量的大米、白面到工地进行慰问。乌兰牧骑队员下去也自编节目，极大地调动了民工的施工积极性。

王盛华曾在省级培训学习时，由于反对浮夸、虚报瞒报现象，被培训学校错误地批判。打倒"四人帮"后，平了反，家里现在还保存着给他平反的决定文件。

深受其害的王盛华，在总排干施工中，对被打成右倾机会主义分子的磴口县县医院的眼科大夫叶元金、内科大夫仰焕珍，使用策略，变相地进行保护，并有意安排民工去找两位大夫看病。两位大夫穿着白大褂看病，看护他们的造反派随时都在监视。有一次被群众有意挤在水里，造反派告到了王盛华那里。王盛华以施工民工多，无法查处才使事件不了了之。

这样，两位右派分子子女都是五十多岁的知识分子，在总排干的工地上得到了有效的保护，免受造反派的欺凌、折磨。叶元金是当时磴口县里有名的眼科大夫，由于其父亲是右派而受牵连。叶元金也曾经给王盛华老人的父亲看过眼科病，在内蒙古眼科界享有盛誉。

王盛华老人说，在施工中昼夜奋战，他认为是一种蛮干的瞎指挥。因为人的体力毕竟是有限的，短时间还可以，长时间的疲劳战根本承受不了。但在当时的政治大背景下，他无法站出来加以制止。公地公社在党委书记黄守刚的带领下，民工施工实施三班倒，昼夜奋战。公地公社在全县最早完工，排名第一，受到嘉奖。

磴口县在庆功大会上表彰了一百六十名劳模。评劳模时，全县都没有评干部，把机会都让给了群众。王盛华代表县委、县革委会宣读表彰决定，心情非常激动，每念一个人的名字都大声地喊，到最后把嗓子都喊哑了。

　　磴口县在施工中采用打井排水、实施倒班制、保护民工的施工积极性等办法，在施工中取得了良好的效果，并把荣誉都让给了群众，在这样的环境下开挖总排干，民工们心里舒服、亮堂！

　　王盛华老人可谓是智者，边施工边保护知识分子。因为他同样也是知识分子，深受当时时代的影响以致遭受打击，他把知识分子看得如自己的眼睛一样重要。在那个知识分子是"臭老九"的时代，不被社会所重视。但是，知识分子却是时代的精英、百姓的福音，社会需要他们的知识和智慧。所以，王盛华老人在施工时想方设法有效保护被打成右派知识分子的子女，没有落井下石，没有乘人之危。他的这一明智做法赢得了时代、历史的赞誉。王盛华老人在总排干的工地上收获了施工与有效保护知识分子，即保护国家和社会财富的双丰收！让我们为那个时代有王盛华老人这样的智者，这样的伯乐点一个大大的赞！

大战总排干中的"偷土"勇士苏玉祥

　　总排工即将开工之际，磴口县渡口公社公路大会战施工工地胜利竣工了，刚刚完工的筑路工人又将继续投入总排干工地。

　　参加筑路的红卫公社城关大队民兵连连长的马赞工，正组织民兵报名参加总排干工地施工。

　　城关五社的回族社员苏玉祥第一个踊跃报名参加，紧接着报名的一个排一个。

　　苏玉祥，四十多岁，妻子班凤英患有风湿病，但为了能及时参加总排干，他马不停蹄地从老中医那儿给妻子取回中药，并且捅开火炉给熬药。在熬药的间歇，又拿出锯子、刨子和小块木棒，修缮坏锹把，把妻子的病托付给当地的赤脚医生去治疗。

　　苏玉祥安顿好妻子后，正赶上城关大队民工乘坐一辆卡车到工地，民工们关切地询问他妻子的病情。苏玉祥避而不谈，只是说一切都安排妥当了。

　　上了工地，苏玉祥和他的几个工友们担断了几十根扁担，担出了上千方土。

　　工地工程进入攻坚阶段，一夜工夫，城关大队挖开的河槽渗进大半槽水，上面结了一层薄冰，影响了工程进度。民兵连长马赞工说："我们要采取'倒窑子'的措施，降低水位。"苏玉祥"噌噌"挽裤腿，拎起一只水桶，"扑通"一声跳进冰凉的水里用水桶舀水。马赞工和其他几个小伙子也跳进去舀水，替换一下苏玉祥出来，他都不肯。

晚上回来，苏玉祥鼻音很重，马赞工意识到，他病了，于是马上找来医生，一量体温，高烧达四十度，打了针，吃了药，马赞工命令苏玉祥休息。

苏玉祥躺在炕上想着，眼下人们恨不得伸出十只胳膊，一个人顶几个人干，他觉得躺在家里一个钟头比一个月还长。之后，他觉得烧退了许多，穿好衣服，戴好帽子，下了地，打了个趔趄，定了定神，站稳身子推开了门。他躲开了自己的工地，担心被民兵连长发现了"揪"回来。

苏玉祥在广阔的工地上走着，一下想起中午的战地整风会上，公社指挥部指出了邻队工程进展缓慢。此时，邻队的民工们正在召开批判会，苏玉祥就朝那个队走去。只见他把白茬子皮袄往旱台上一扔，抄起一把镐头，便刨起来，把脚下的坚冰碎土击碎。不知不觉，苏玉祥刨开了一大堆冰块，后半夜，他放下镐头，装筐担土。

就这样，苏玉祥一连几天都出去担土，工地上有人喊叫"丢土"了。挖大渠丢了土，这可是怪事，有人能为少挖一锹而感到庆幸，总排干工地却出现"丢土"奇闻，兴光大队、立新大队、红卫二队都"丢土"了。大家猜测是他们挖总排干感动了上帝，宛如《愚公移山》中的太皇与王屋二山被上帝搬走了一般。

面对令人费解的事，有个姓张的民工似乎明白了什么。因为他和苏玉祥住在一铺炕上，前几天，在苏玉祥的强烈要求下，马赞工批准他白天参加劳动，晚上必须休息。可是当夜战的民工从工地上回来时，发现苏玉祥不在住处。他每天夜里到各民工住房看炉子、加炭，天亮时帮助炊事员做饭，这是常事，所以他不在住处谁也不感到奇怪。

这天夜里，姓张的跟踪苏玉祥，终于在红卫二队的工地上当场把他"逮住"了。

面对民工说他犯糊涂，自己分的任务还挖不完，还偷偷地去帮助别人挖。苏玉祥认为挖大渠不会有吃亏一说，都是社会主义的事，逮住就干。

苏玉祥，一个普普通通的贫农社员，发生这样吃大苦、耐大劳的事情绝不是偶然的。从治理黄河中、开渠筑坝，他每一次都是一马当先，在黄河三盛公水利工程中和工友们一起开挖二黄河，截流引水，坚持干了两年，多次被评为劳模。

一九七五年春天，县委号召每人深挖一亩田，他挖了十亩。就在总排干开工前夕，在渡口公社公路工程中他一天担土六方多。

磴口县疏通总排干工程不到一个月就完工了，苏玉祥所在的红卫公社又赶在全县的前头。在磴口县总排干庆祝大会上，苏玉祥被批准入党。

二〇一五年夏季，我们在磴口县见到了当年施工的回族民兵连长马赞工。老人正在清真寺做礼拜，我们等马赞工老人做完了礼拜，就在清真寺对他进行了采访。

作者采访总排干劳动者马赞工（右）

马老当年是红卫公社城关大队的民兵连长，现在是巴彦高勒镇城关二社村民，当年是铁道兵，后来复员。在施工中，城关与北滩大队展开了竞赛，城关采取从中间挖，然后再从两边挖，施工中的水从中间流出去，加快了使施工进度。

在施工中，苏玉祥被评为标兵。当年的红卫公社干完本队的施工任务又到别的队进行开挖，发扬了"龙江"风格，帮助其他队完成了土方任务。

总排干劳动者苏玉祥的儿子苏占云（中）

红卫公社革委会副主任宿振民由于在施工中表现突出，被提拔为公社书记。

在施工中，回族人不能戴白帽子，饮食也只能和汉族人在一起做饭、吃饭。由于在泥水里大干，马赞工老人患有严重的腰腿疼痛。在清真寺做礼拜时，别的信徒在清真寺做礼拜是跪着的，而马老则是趴着的，因为腰腿疼痛跪不倒。施工中，在马老和苏玉祥的带领下，城关大队提前完工。

马赞工老人又带领笔者见到了苏玉祥的儿子苏占云。二〇一五年时，苏占云五十七岁。苏玉祥生前有三个女儿及苏占云一个儿子。

苏占云向我们介绍了父亲苏玉祥的情况。父亲一向是一个沉默寡言的人，从没有向他们做儿女的讲述过挖总排干的艰苦，但过早地去世了，仅活了五十二岁。去世时，父亲感觉肺部疼痛，只在个体诊所看了一下，连公社、县医院都

没有去进行治疗，最后吐血去世。

母亲班凤英也去世了，母亲得的是肺气肿。母亲比父亲早去世，姐姐带母亲去医院看过病，只活了四十九岁。

父亲苏玉祥去世前，四个儿女都已结婚成家，每天给儿子苏占云看孩子。

苏玉祥的晚年是不幸的，妻子班凤英肺气肿，他伺候三年，又给儿子苏占云娶上了媳妇。妻子去世时欠下了外债，土地承包后，每年冬闲，他就和儿子赶着毛驴车在街上打零拉煤。后来，儿子离异再婚，他给儿子拉扯着孩子成长。头脑有点智障的二女儿嫁人后又走失了，直到现在都没有找到。二女儿生活无经济来源，二儿女成为了苏玉祥一生的牵挂。

采访完磴口县当年被称之为"偷土"英雄的苏玉祥的后人，笔者内心为之感到辛酸，感到强烈震撼。

作为一名普通民工，苏玉祥堪称是有高尚道德情操的人。施工中不分你我，逮住就干，认为都是大干社会主义，在社会主义大家庭里历练自己。不管是在哪个工地施工他都一马当先，冲锋在前，舍小家，为大家，总排干中火线入党，情系所归。

苏玉祥晚年的人生是不幸福的，但他却从没有向政府伸过手，诉说自己及家里的不幸，也从没有向苦难的命运低头，而是挺起了不屈的脊梁，挺起了宛如开挖总排干时不屈服的脊梁，顽强地同苦难的命运斗争。唯有斗争，才能战胜一切；唯有同命运抗争，才不会被世人所歧视、所看轻。苏玉祥尊崇"多难兴邦"的道理，表现出了一个共产党员积极向上、绝不向命运低头的革命乐观主义情怀。笔者在心中为他唱响一首革命乐观主义的挽歌！愿苏玉祥及妻子在天堂继续挺起不屈的脊梁，战胜一切艰难险阻，唱响人间正道是沧桑的人生正义赞歌！

公地公社多挖四千多土方也情愿

笔者在磴口县走访王盛华老人时，在老人的推荐下，二〇一五年夏季，又在磴口县走访了原公地公社党委书记黄守刚。

黄老在谈到开挖总排干时说，公社距离工地较远，一个村庄三十至四十户的，无法住下近千名的民工。大部分民工住在能遮风挡雨的地方就不错了，当时有句顺口溜："四面有堵墙，总比打撩盘强。"（撩盘，地方方言，意思是冬季生火炉子用的撩盘，用于火炉子漏炭渣）所有棚舍的地方都住上了人，公社施工指挥部都建在一家驴圈里。有的大队、小队就是一个篱笆三个桩就地搭棚。民工们都是"起来一卷，晚上一铺，晚上倒头一睡了之"。

民工做饭的地方就在旧房、破房里，大部分是在野地里垒起锅灶做饭。有一次天气不好，刮风，烟筒里冒烟，民工们只能吃半生半熟的夹生饭。

黎明大队的一个小队，因为民工不吃夹生饭，被反映到了公社指挥部。当时带队领导郭生茂去了解情况，去了民工伙盘，他什么也没说，端起碗将一碗夹生米饭吃了下去。大家也只好跟着吃了下去，没有影响到施工。

总排干开口宽五十米，两面渠背距离近一百米，公地公社工段的地形复杂，有低洼地的，有水滩的，还有一段是大弯道，就因为这个大弯道，指挥部在认领施工任务时多认领了四千多方的土方任务。后来巴盟指挥部的技术员也确认了多分了施工任务，公地公社也就只好额外地多完成了施工任务。

公地公社根据在施工中遇到水方没有水泵抽水，就用柴油机、拖拉机代替。有一次，负责看管水泵的周怀庆，因水泵冻住了，用拖拉机一拽，将水管子拉断了。他找了几个民工连夜挖出来水泵，开上拖拉机的头部回到自己的家里，因他是个木匠，回去做了个木桶，将水管子固定住使用。

施工到底部，因坡度大，公地公社根据民工体力强弱搭配，实行"三班倒"，既可以保存民工的体力，也能有效地应对施工指挥部的检查。公地公社使用"三接担"担土方法，在民工们的艰辛奋战下，完成了总排干的施工任务，受到了全县的表彰奖励。

这就是当年公地公社施工民工的住宿、吃饭条件，就是在这样的条件和环境下，公地公社民工还多完成了四千多方土方，且毫无怨言。施工公地公社中充分发挥民工们的聪明才智，尊重民工的施工经验，最大限度地调动民工的积极性。

实践证明，只要充分尊重和保障民工的施工主观积极性，民工就能焕发出巨大的潜能和智慧。施工中采取"三班倒"的施工方法，可以让民工们在施工中保持充足的体力，从而充分焕发干劲，这也符合事物的客观发展规律，公地公社因地制宜、实事求是地开展施工的做法值得发扬光大。

李凤清妻子分娩不领奖状也荣耀

二〇一五年夏季，笔者在磴口县采访时，磴口县文联副主席姜有智通过微信朋友圈，寻找一九七五年开挖总排干的人物，其中就找到了一位。

作者采访总排干劳动者李凤清（右）

十月二十三日晚上八点钟，我们驱车赶到了磴口县纳林套海林场，来到了林场职工李凤清的家中采访。纳林套海林场即原农场七团三连，李凤清当年在渡口公社永胜大队开挖总排干。当时是生产队副队长，在大树湾公社施工。

施工时，民工住不下，一个小队二十八个民工，他们就在炕上、地下铺麦柴住，到处都是人。晚上不敢起来小便，出去要么会踩着别人，要么拥挤得睡不下了。

有一次，有两个民工实在挤得睡不下，出去外面在用于烧柴的麦柴堆里睡觉。晚上由于什么也看不清，睡在麦柴里感觉很暖和。第二天起来，他俩人才发现，原来麦柴堆里卧着一头猪，猪的温度使麦柴变得暖和。民工发现他们居然和一头猪睡在一起了，引得其他民工们捧腹大笑。

施工地点离原炭窑口硫铁矿不远，大树湾公社从硫铁矿借来抽水机、发电机，按照磴口县县委书记巴图所倡导的"车轮战术"进行施工，民工们普遍感到累坏了，总感觉缺觉，他们躺在潮湿的排干背上，倒下就能睡着。但是，在这样的环境下会睡坏身体，民工们不时被带工领导叫醒。但工地上又提出昼夜奋战的要求，民工们不能回去，只能在劳动效率十分低下的情况下耗着时间，以应付工地上公社、县里领导的检查。

在施工中，磴口县城西大队一个叫冯宽子的人，当时是大队队长。由于自己不亲自带工，导致民工们出工不出力，施工进度落后，被县指挥部当场撤职，并被要求下工地干活儿。

施工开展劳动竞赛，优胜队奖给红旗。中午，民工们不能回去，送饭的人用大线口袋装着糜米饭。工地上高音喇叭每天播送着工地上的进展情况以及涌现出来的好人好事。米饭送到了工地。一个水桶里装着米汤，还有民工们从自己家带来的咸菜，用麻绳串起来，以及一点辣酱；晚上吃的是山药、白菜汤汤。

李凤清拿着一个能盛二斤面条的黑老碗在工地上吃饭。竣工后，他一直用这个黑老碗喂狗吃食，现在已不知去向。笔者说，要是能保存到现在，可以送到博物馆展览了。李凤清他们所在的队完工后，又帮助了其他两个队施工两次。

李凤清说，当时队长没有上去，只能是作为副队长的他带队上去。而家中的妻子即将临产，但是施工紧迫，只得上工地。工地上请不下假，在妻子临产前三天，工地上也完工，公社领导才默许他回家。

李凤清由于是带工领导，施工中在泥水里挽起裤腿大干。由于在潮湿的泥水里施工，过早地就落下了关节疼痛。就在笔者十月二十三日去采访时，李凤清早已穿上了厚棉裤。担土使李凤清的腰不能挺立起来，人称那是"拥肩肩"的背。

竣工后，他们所在的队被公社评为先进集体，李凤清由于妻子分娩了没有去领奖，因此是没有上工地施工的队长作为代表，戴着大红花，上台去领的奖。

李凤清在施工中感到有两位知青的事迹突出。一位是内蒙黄河管理局局长的儿子孟武军，他父亲虽然是高干，但他却从不搞特殊化。孟武军在磴口县本地的知青，他在工地上一直都没有回去，一直到竣工，孟武军被评为先进。另一位是傅永春，也是磴口县本地知青，戴着眼镜，一个文弱书生。他在工地上干了一个礼拜，由于身体单薄，后来弯腰就快要倒下了。于是，李凤清偷偷地让他回队里干打场的营生。李凤清是由于原住地渡口公社永胜大队黄河发洪水，才搬到了现在的纳林套海林场的。

李凤清在妻子即将临产时，顾全大局，为了总排干的施工，他带队上了工地。四十年后，回想起开挖总排干的大会战，他没有任何怨言。在总排干施工竣工表彰时，他却把队里的获得集体的领奖荣誉让给了别人，把也许能给自己脸上长光的荣誉看得很淡。他看重的是总排干整体疏通后给河套地区带来的好处，能给河套地区的老百姓带来长远利益。他虽然是总排干十五万人施工中普通的一员，但却看得很远，想得很远，他代表了那个时代朴实的河套人。

总排干施工中把落后和后退当作耻辱

二〇一五年时，刘培光，五十九岁，刘彩霞，五十八岁，他们二人是一对夫妻，一九七五年挖排干时他们还没结婚。刘培光说，他现在不喜欢吃馒头与当年挖总排干有关。

开挖总排干时，午饭是一个近一尺长的大馒头或者玉米面做的窝头，都冻得硬邦邦的。大家就在工地上一口口地啃着吃，没有菜，也没有热开水，人多，条件有限，供应不了开水。一个多月天天如此，所以刘培光就对馒头不感兴趣了。但是，苦中作乐的人们给窝头起了一个很美的名字——"幸福壳"。

为什么那么苦，那么累，却没人有怨言，没人当逃兵？两位当年的施工者的回答是一致的："那时，大家都很单纯，没有物质追求，只有精神境界。男女一样，干群一样，都受着一样的苦，吃着一样的饭，住着一样的地方，任何人都没有区别，人人平等，是真正的同甘共苦，所以虽然很艰苦，大家的心理是平衡的。因此没有人藏私，干活时没有保留，大家把落后和后退当作耻辱。"

这就是当年施工的民工说的话，多么有哲理的话语，朴实无华，实实在在，现在听来，都感觉一股暖流涌入全身，一股正能量温暖着全身。这也应了李克强总理说的那句话：喊破嗓子，不如甩开膀子干！

磴口县县委书记巴图等在内的县领导带头大干，榜样的力量是无穷的，带动了公社、大小队领导都带头大干，群众就会向各级领导看齐。正是应了当年总排干施工的那句话："领导敢下海，群众敢擒龙！"磴口县各级领导的模范带头作用激励着全县民工们的冲天干劲。群众心往一处想，劲往一处使，就会把落后和后退当作耻辱。只要大家拧成一股绳，就不会有克服不了的艰难险阻，就会在搏击长河中成为中流砥柱！

第十二章　中后旗旗委书记
喊着"立正""稍息"做动员

原乌拉特中后联合旗，现在的乌拉特中旗，于一九七五年十一月十日开工，全旗的红旗、红丰、石兰计、乌加河等六个公社七千多名民工参加了劳动。五百多名干部和师生火线增援，共开挖土方三十七点三八万方，仅用二十六天就完成了三个月的施工任务。全旗先后涌现出三十一个先进生产队集体和七百七十六名英雄模范人物。开挖了十五千米的总排干施工任务，超额完成了三百零五万方的土方开挖任务。

中后旗在开工前就召开了旗委两次常委会，研究部署开挖总排干的事情。统一认识，并提出了"苦战一个月，疏通总排干，中后旗施工段三个月任务一个月完"的宏伟口号。

十一月十日开工以后，旗委书记杨志荣亲自上工地。一方面，组织旗、公社等各级领导，要求与群众在排干里担土、挖土；另一方面，帮助解决组织领导、思想发动、物资供应、生活安排等方面的事情，使全旗的总排干施工紧张有序地开展起来。开工半个月，中后旗与临河县两个旗县在全盟施工名列前茅。

正是由于中后旗在总排干施工中走在了全盟的前列，所以，全盟的疏通总排干经验交流现场会在中后旗召开。中后旗受到了盟委、公署的肯定和表扬。

十一月二十三日，全盟现场经验交流会后，中后旗没有把领导的表扬、鼓励当成包袱，而是继续乘胜前进，找差距。杨志荣书记在召开由公社书记参加的旗委中，提出了施工任务二十五天完成的雄心壮志，各公社、大小队、施工民工积极响应。

十一月二十八日，中后旗施工段出现了地下水上翻的情况，给施工造成了不小的困难。他们采取紧急措施，领导分片负责，杨志荣、张鹤鸣、王利、刘玉宝四名主要负责同志分头到红旗、宏丰、石兰计、乌加河四个公社蹲点施工，并把民工增加到七千人，还组织了旗直、社直干部五百名投入工地参加施工。

根据工程的进度，响亮地提出了"决战三天，完成任务"的战斗口号，这样，中后旗的施工任务，一百天的任务仅用二十六天就提前胜利完成了。

旗委书记杨志荣在施工中带头大干，带头挑重担、背冻块、抢大锤，带头跳下水去捞泥。在最后的施工决战阶段，杨志荣眼睛红肿，嗓子发哑，嘴上起了火泡，照样不误施工。在任务即将完成的决战阶段，杨志荣三天三夜不离工

开挖总排干的民工们在施工

地。他的这一带头作用，极大地鼓舞了公社、大小队干部的积极性。红旗公社党委书记寇俊林患有心脏病，也一样跳在泥水里大干，并且豪迈地说："活着干，死了算！"宏丰公社政治队长罗忠义同志一只眼被冻块打伤，一直坚持大干，直到化了脓才找大夫治疗，后因病情严重被送进了旗人民医院。有的干部轻伤不下火线；有的人白天干了一天，夜晚悄悄出去打冻皮；此外，有的人连续几昼夜不离工地。呼勒斯太公社六十岁的应万山看到各级领导带头大干的行为深受感动，他带领儿子上了排干，又悄悄地捎话把女儿也叫上了工地。所以，中后旗的施工工地上传出一句顺口溜："应山莲莲战流沙，挖不通排干不回家。"顺口溜中的"应山"就是应万山，"莲莲"就是他的女儿，父亲把女儿也叫到了工地施工，深受民工们的称赞。

在施工中，中后旗的群众性的评比活动搞得比较好。党团活动、群众性的文艺活动、工地上的宣传活动都搞得有声有色，新人新事不断涌现。十五里的工地两岸到处是语录牌、光荣榜、进度表、大幅标语，施工红旗迎风飘扬。

此外，施工的十六个公社的大夫背上药箱上了工地，工地的饮水锅炉、供货点都一应俱全。旗委组织两次慰问民工活动，各公社、大小队也都至少慰问

了两三次，关心施工民工家里的事情，努力解除他们的后顾之忧，使民工能一心扑在工地上，有效地促进了施工的顺利进行。

施工的一天，巴盟指挥部下发通知，说晚上中央人民广播电台全国新闻联播节目要播送巴盟干部群众大战总排干的消息，让工地广大民工收听，以鼓舞人心，振奋精神。石哈河公社先锋大队有个叫刘四旦的民工，感冒发烧得非常厉害，民工们劝他休息，但他执意坚持在工地上。收听了广播以后，更加激发了他的干劲，他以超人的毅力多担快跑，数九天出了大力，流了大汗，感冒竟不治而愈，后来人们给他送了一个雅号，不叫刘四旦了，而叫"流大汗"。

中后旗的各级领导除了积极宣传疏通总排干的重大意义外，还特别注意做好参加施工的许多不受益的牧业公社和大队群众的思想政治工作，向他们宣传农业和牧业互相支持、共同发展的重要意义，使他们认识到农业上不去，牧业也上不去的道理。所以，许多牧区虽然不受益，牧民虽然没有挖过大渠、挑过担子，但也克服了重重困难，放下羊鞭，积极投入工地奋战。

中旗工地爆破时牺牲了一名知青，这件事在工地上影响很大。李贵书记穿着黄棉大衣，亲自到了现场，进行慰问。民工们感觉李贵书记和蔼可亲，没有当官的官架子，和普通群众一样朴实。李贵对中旗干部群众大干苦干的行为给予了高度评价，民工们备受鼓舞。

在工地上施工时，周总理逝世的消息传来，当时大家都停下了手里的活儿，没有一个人说话，自发地默哀了好长时间。

四百里的总排干工地，吸引了来自乌拉特草原海流图镇一辆辆"支前"的汽车，沿阴山一线川流不息地奔驰着。

巴盟总排干施工指挥部的一位副总指挥，挑着自制的玻璃灯、棉花灯和纸灯笼到乌拉特中后联合旗参加夜战。这位领导望着映天照地的夜战灯火，望着民工们艰苦奋战在总排干激动人心的热烈场面，豪情满怀地对周围的人们说："世界上有哪位画家曾描绘过这样壮丽的场面，又有哪一位诗人曾经写过这样豪迈的诗篇？"

中后旗总排干上的指挥员，瘦弱的、身带重病的旗里副总指挥刘玉宝，每到一处都同大伙一起学习理论，进行路线分析；每到一处都和民工们一起背冻块，深受民工们的喜爱。刘玉保也与们一起抢锤打眼，挥汗如雨，民工们把刘书记的事迹编成了快板书："刘书记真正好，胆大心细又勤劳，亲自上阵来指

导……"在工地上四处传颂诵。二十四岁的天津女知青国秋华,是中后旗的旗委常委、团委书记,也是全旗的副总指挥,领导、策划独当一面,丝毫不比男青年逊色。

一天夜里,七千大军连夜奋战,灯火堪与银河媲美。忽然,工地广播喇叭传来施工总指挥部紧急严厉的通知:"同志们,今晚,夜战人数剧增,战线拉长,整个工地的用电量超出了发电机的负荷,希望各工段顾全大局,克服困难,立即减少灯泡,不然将造成烧毁发电机的严重后果!"

灯泡减少了,工地上照明怎么解决?中后旗德岭山公社永胜大队的民兵连长、共青团员赵汉文一家都争着为总排干工程贡献力量。赵汉文和他的妹妹日夜奋战在工地上,他的父亲赶车给工地上运送物资,他的母亲在家里给工地上蒸馒头。为了解决夜灯照明问题,他把自己的被子拆开,用棉花做成了火把,供夜战使用。在施工中,他有时连续奋战三天三夜不离工地。哈拉呼噜大队蒙古族共产党员白音吉尔格连续奋战四天四夜,被群众评为劳动模范。一位七十多岁的老人也来到工地,给大家修理箩头,照看工地上的火炉,想方设法为疏通总排干贡献力量。红旗公社的一名十一岁的小学生官拴平,也主动来到工地,做自己力所能及的事情,被评为劳模。

工地上到处都贴着励志标语,公社之间激烈地开展着挑、应战劳动竞赛。红旗公社与德岭山公社开展了"暗斗"较劲。红旗公社的党委书记寇俊林暗地里找了两个人,要他们到对方的工地"侦探"一下,掌握对方的施工进度,如果进度快了,就准备夜战,并且加班加人不落后。这事后来让德岭山公社党委书记张付知道了,他骂寇俊林是个狡猾的家伙。两个公社的任务完成以后,民工们自豪地唱道:"勤劳不负庄稼汉,人担车拉搞会战,过去的乌加河改排干,白茫茫的盐碱变成米粮川!"

德岭山公社原党委副书记胡杰形象地形容总排干:淮海战役的胜利为解放全中国奠定了基础,而开挖总排干大会战为巴盟农业的迅猛发展奠定了基础。淮海战役过去形容是用小推车推出来的,总排干大会战让人真正感受到了什么是战天斗地,什么叫吃苦奉献,民工们一昼夜顶多能睡上三五个小时,脑袋瓜子一挨地就睡得什么也不知道了,有人还夸张地形容,睡觉连做梦的力气都没有了。大家穿着雨靴站在冰窟窿里干活儿,小腿冻得肿得比大腿还粗,嘴里却还哼着小曲儿。

砸冻块抡锤的民工双手每天都是血裂子，手掌贴满了胶布，但仍然忍痛坚持干着。进入决战阶段，指挥部发起三昼夜的战役。民工不回工棚，民兵是冲锋在前的突击队，铁姑娘没有一个是涂脂抹粉的。民工们实在累得不行，互相背靠背，坐着睡一会儿。青壮年民工躺在渠背上就能打盹儿睡着，然后起来接着干。

民工们互相轮流抡锤、把钎，把地下冻得硬邦邦的胶泥地打下一个个深达七十厘米、直径约二十厘米的炮眼。一排炮最少也得四十个，一干就是七八个小时，大家谁都不会偷奸耍滑，放完炮再担土。

民工们把工地上的事迹编成文艺节目，以鼓舞士气，还把竞赛编成了快板书："大干苦干加巧干，流尽心血也心甘，你追我赶来竞赛，争分夺秒抢时间！"

一个月明星稀的夜晚，在中后联合旗的总排干工地上，只见上千名民工静静地站在渠壕里，聆听工地总指挥、旗委书记杨志荣的讲话。上千民工，没有一个人走动，没有一声喧哗，宛如一支训练有素的军队一般。杨志荣书记来到民工队伍面前，高声喊着"立正""稍息"给民工们做动员。当杨志荣书记问民工们有没有决心打下总排干攻坚战时，上千民工队伍中爆发出一声呐喊："有——有——有！"

杨志荣书记接着说："有人说，我们这个旗，搞这样大的工程，国家不给几百万块钱，就转不开轴；我说，你那是搞物资刺激，我们要的是政治挂帅，是毛泽东思想领先，我们靠的是两个肩膀一双手、一根扁担两只筐，工程不是在飞速进展吗？还有人说，你们这样蛮干，永远也建设不好河套，永远无法实现灌排配套。我说，你根本不了解河套人民，我要问大家，究竟谁是河套的主人？"大家齐声回答："我们！——我们！——我们！"

总排干渠壕里的呼声此起彼伏，高亢的呼声在总排干两岸久久回荡着，余音袅袅，盘旋、萦绕在总排干民工们的心中。此时此刻，即使有再大的困难，再艰难的险阻，在民工们气吞山河的气势面前也将迎刃而解……

工地上的广播喇叭里传来了民工朗诵的诗句："朔风更壮英雄胆，热血敢化冻土层。"这就是河套主人发出的豪迈誓言。

当年负责采访施工情况的李廷岚，后来成为《巴彦淖尔报》报社的总编辑。二〇一五年时，他已是八十三岁的老人了，谈起当年总排干施工的情景仍然记忆犹新，老人介绍了他当年在乌中旗工地采访的情况。那时，工地上正赶上夜战，工地上"打呀""干呀"的喊声响成一片。数九寒天，人们把破旧的棉袄扔在一边，身上大汗淋漓。有的单位的保暖桶里盛着热水，但在寒冷的冬天里，

早变成冰水了。工地上到处是破冰层打眼的、挖坑的、担土的人们，身上粘满泥浆，裤腿全湿透了，但人们都全然不顾。

中旗在激战的夜晚本打算让民工们休息一下，但热烈的劳动场面感染了每个人。没有一个人能睡得下，都主动投入夜战中……

他们把艰苦的劳动当作是追求美好生活的事业来做，把劳动看成是奔向幸福生活的捷径和通途，劳动对他们而言不再是艰苦的事。他们在艰苦的劳作中找到了劳动者的价值所在，也就从中找到了劳动的乐趣。

他们在劳动中看到了民工与民工之间结下的互帮互助、团结友爱、比学赶帮超的深厚感情。总排干全民大会战的劳动，化解了人与人之间的小小摩擦和隔阂，胜似兄弟般的阶级感情在劳动氛围中萌生。公社与公社之间、大小队与大小队之间建立起的"龙江"风格在工地上随处可见。劳动是陶冶人们思想境界的精神食粮，劳动是升华人们人生境界的心灵鸡汤。他们陶醉在无比热烈的劳动氛围中，在这种氛围中让自己得以熏陶，得以自己历练。在这种氛围中，他们提升了自己的劳动境界，升华了自己的人生观、价值观、世界观。他们冲破了艰苦劳作的羁绊和藩篱，在人与人之间友爱的劳动氛围中感到宛如新生一般愉悦。他们纯洁了劳动的定义和概念，扩大了劳动的内涵和外延，冲破了狭义劳动的束缚，向广义的劳动昂首迈进。

最后，劳动者向劳动微笑了，劳动向劳动者臣服了……

段东红总排干施工突出被推荐上大学

段东红，一九七五年时，二十四岁，他当时在中旗宏丰公社利民大队民兵连担任指导员。该民兵连是总排干利民大队施工中由初、高中生组成的专业连。当时，叶子荣任连长，全连有五十四人。叶子荣于二〇一七年一月一日去世了。

中后旗召开的全旗总排干施工动员大会，杨志荣书记做了动员讲话，把施工民工按营、连、排、班组成，他给民工们讲话，喊"立正""稍息"，民工按照他的口令，听从他的动员。工地上由刘玉保副书记组织施工，民工们吃着半斤重的长馒头。刘玉保副书记对民工调侃说："一顿不吃三四个长馒头就不是好民工，就挖不出土方，怎么一顿也得吃二斤面的馒头。"

　　施工刚开始，住宿问题还好解决，后来，民工大量上了工地，住宿变得紧张起来，住不下。年轻的就住到了屋里的地下，有的住到了野外的瓜茅庵，遮挡住就凑合地住下了。大队书记也带头都上去了，有的年龄稍大一点的、体弱的或者年轻点的女孩子就推脱身体有病不愿上去工地了。段东红指导员按照公社书记的安排，亲自做思想动员工作。他动员大家，施工虽然累，但是应根据自己的体力情况，量力而行参加到施工中，不能掉队，要拧成一股绳开挖总排干，造成一种全民参战的声势。在段东红耐心细致的思想动员下，民工们都来到了工地上，大家干得热火朝天，意气风发。有些民工劳累得不行就说一些风凉话："地不平，块块大，深浇漫灌盐碱化。""七排干，八排干，到头来还是一个总白干（排干）。"

　　公社党委根据民工中出现的这些苗头，组织安排段东红指导员领好工，带好头，做好思想发动工作。段东红身为施工连指导员，其实完全可以像有些工地，半脱产地在工地上施工。但是，段东红以身作则，在总排干的施工中，一直不搞特殊，也从没有脱产。段东红在干完公社领导安排的做好这些民工的思想工作后，每天还要坚持开挖十四五方的土方，其他民工也就是十七八方土方，比他多挖两三方。段东红介绍说，刚开始担土是"一接担"，一个人担上去。但是到后来，由于总排干开口是一百米，深四米，宽二十米，旱台二十米，所以民工们用一接担担土上不去渠背，就采用"二接担"的办法，两个人担土上渠背。

　　"工地上红旗招展，各种挑战书、应战书飞来飞去，喇叭上不断播送着捷报喜讯，鼓舞着民工们的士气，总排干施工的氛围非常浓厚，很有战争年代打一场战役的感觉。"四十年后我们走访段东红时他仍然情绪高昂地介绍说。

　　段东红所在的施工连于一九七五年十二月十日，第一批民工完成了施工任务回去了；后来由于施工质量不符合施工要求，第二批又上到了施工工地，一直施工到一九七六年的临近春节才完工。

　　段东红同志由于一直以来在队里表现突出。高中毕业以后，他在队里劳动，虚心向贫下中农学习，也是有文化的高中生，干活很卖力气；同时，他也特别爱护集体财产，经常拿着铁锹去看守队里的土地，以防社员们偷割渠畔上的草。一些思想觉悟不高的社员反倒把队里的玉米棒裹在草里拿回家了。社员们觉得他公道正派，后来队里又给他配了一匹马，让他负责看护队里集体的财产。

总排干施工以来，段东红在工地上任劳任怨、以身作则，还不忘组织民工大干，努力做好民工的思想工作，抓好食堂伙食，深受民工们的好评。后来他被群众民意评选推荐上了内蒙古农牧学院，保送上了大学。中旗宏丰公社利民大队就他一人，宏丰公社保送的还有一位天津知青。

段东红在一九七五年总排干沿线被洪水淹没时，积极参与了抗洪抢险工作，后来又参与到公社五个农区公社修筑二郎山水库的施工中，趋利避害，制服洪水。

广大有志青年只有在总排干施工中表现突出才能被评选推荐招工、参军、提拔、保送上大学、入党等。段东红被推荐上了大学，这在当时的宏丰公社利民大队引起了不小的轰动。上完大学回来的段东红在乌拉特中旗农牧局上班。

段东红介绍说，工地上施工大家挣的是被称之为"大寨工""出勤工"，一天计十二分，队里按分分红挣钱。

段东红还介绍说，宏丰公社的梁忠厚书记，是从部队转业到地方，从公社武装部部长提拔到副书记、书记位置的。段东红形容说，梁忠厚书记真是那个时代毛泽东思想培育下的好干部，处处以身作则，坚持原则，平易近人。梁书记带头背冻块，和民工们每天都滚战在一起，有一种当年红军走长征的精神。梁忠厚书记不仅带头大干，还经常教育工地上施工的领工干部，要与住宿地的百姓搞好关系，争做当地百姓的子弟兵。施工完了回到住宿地，还嘱咐民工们不要惊扰当地的百姓，因为住宿地可能会有身体有疾病的老年人，他们需要安静地休息。在梁书记的带领下，段东红他们连里经常给住宿地的百姓担水、扫院、劈柴，深受百姓的欢迎，当地百姓还写来了感谢信。

当时，河套的百姓形容那里的土地是"水是盐的腿，盐随水来，盐随水去"。为了把"水是盐的腿"赶出去，真正让盐随水来，再实现盐随水去，民工们大力发扬红军长征时的精神，每天在工地上忙碌着。工地上的喇叭声每天都在播送着各地的施工进度、发扬"龙江"风格助人为乐的先进事迹，激励着广大热血青年的冲天干劲。施工到最后阶段，为了响应全盟的号召，民工们夜以继日地大干。总排干施工过去了四十年，当年施工的人们才敢说，那是一种身体严重透支的消耗战，是严重违背身体机能的，也只能是收到事倍功半的施工效果。有的民工累得连改善伙食的饭菜都不想吃了，简直到了吃不下饭的地步，只奢望能甜甜美美地睡上一觉。

段东红介绍说，那时的人们勤劳朴实，没有过多的要求和奢望。总排干施工竣工后，大队召开了表彰奖励大会。但是奖励也就是个发了一张奖状而已，拿不出来资金进行物质奖励。平时施工中，公社领导也大多是口头表扬，人们思想淳朴，口头表扬已经让他们备受鼓舞。

段东红说，中旗的刘厚宝副书记对待民工从没有官僚主义思想，没有一点官架子，他脚上穿着打补丁的黄胶鞋，裤子也是打补丁的裤子。他和广大民工奋战在一起，背冻块，累了就歇缓一口气，拿出"太行山"牌子的烟，一个"排子枪"发出去，一盒烟就几乎发完了。刘玉宝副书记感觉民工们劳累一天，通常会早上起来再给民工分配施工任务，为的是让民工能够睡个安稳觉，别因惦记施工而休息不好，时时处处和民工们打成一片、连在一起，深受民工的爱戴和尊敬。

"有付出，才会有回报。"段东红无论是在总排干施工前在生产队里干农活儿，还是参加队里的农田基本大会战，无论是这次的总排干全民大会战，还是在队里认真负责看护农田庄稼，他处处以身作则，率先垂范。在总排干的施工工地上尽情挥洒了自己的青春和汗水，实现了自己作为一个有志青年的人生抱负，赢得了队里百姓的普遍赞誉。同时，他也实现了有苦才有甜、有付出才会有回报的人生理想，得到了社会的普遍认同。

施工中涌现出的像梁忠厚与刘厚宝等这样的领导同志，不管时光过去了多少年轮，回忆起那段感天动地的全民总排干大会战，感觉永远值得人们敬重和铭记。他们发出的每一份光和热，永远照耀在人们的心间。

呼勒斯太公社施工中大战流沙

呼勒斯太公社的总排干工段遇到了流沙，刚挖下一个坑，马上又流满了泥水。民工们不服气，从上午挖到下午，一个劲、不住手地挖，不停歇地担，挖得也多，担得也多，流沙也越严重。

一个小伙子陷进渠底的沙窝里，越想用劲往外拔，就越是往下陷，急得他满头大汗，眼看着脚上穿着的长筒水靴要漫没进流沙里，他才不得不喊人帮忙。大家手忙脚乱地跑过来，有抱腰的，有拉手的，有拽腿的，大家喊着号子才把他从沙窝里拉出来，出来整个人是泥人了。

　　呼勒斯太公社党委副书记杨长贵看着四周的流沙泉眼，有的拳头大；有的碗口粗；有的简直像口翻滚的大锅，咕嘟咕嘟直冒着黑沙糊糊。

　　这时就有人出来瞎叨叨，说放羊放牛的牧人，干不成这营生；还有一些关于挖总排干与呼勒斯太关系不大的议论。于是，工地上为统一民工的思想，进行了思想整风会。

　　年仅六十岁的史永胜老大爷说："自古以来挖渠遇上流沙是最棘手的事。"这时，一位民工说："俗话说，人往高处走，水往低处流。流沙，流沙，就是沙随水流，谁挖得快，就流向哪里。"他说的意思是，暂时停下来……不如明年春暖花开，两边公社的土挖出去了，他们这里的流沙就要两边流的，到那时再挖，就不会吃亏。一位年轻小伙子站起来批驳道："你这是典型的小农经济思想，是懒汉懦夫的世界观！"

　　杨长贵赞同地说道："总排干开始施工，就有人说什么牧民上排干挖大渠是'瞎胡闹'。我们用大批判扫清了障碍，排除了干扰，大干十天，就拿出总土方量的百分之五十，我们要继续通过大批判，夺取总排干施工的最后胜利。"

　　杨长贵请示乌中旗指挥部领导刘玉宝，寻求解决治服流沙的办法。刘玉宝想到了巴盟水利局总排干管理局的工程技术人员薄金维，并请求盟指挥部让薄金维来解决流沙的问题，于是巴盟指挥部派薄金维下去帮助战流沙。

　　薄金维和巴盟工程部的技术人员经过实地考察，摸索出一个治服流沙的办法，即"围点打援"。"围点打援"这一战略战术是著名的军事元帅刘伯承将军发明的，就是围起来的先不打，而是去打援助的一种战术。而薄金维使用的"围点打援"的战术，就是把泉眼先用红胶泥土围起来，留着不挖，然后突击挖没有泉眼的地方，这样流沙就不会冒出来，等渠挖完了，再把泉眼挖开。

　　在具体研究治服流沙问题上，民工们采取沙随水流，要治流沙，必先治水的方式。在渠底挖一条深沟，采取"跌窖子"的办法，让两边的水往沟里渗，然后集中排水，让流沙变成干沙，然后再不止就掏沙。

　　排水发生了塌方，草原的这些民工及时进行了抢修，否则，就会影响排水。

　　工地上激战流沙的民工飞奔着穿梭往来，工地上一片喧腾，灯火辉映。渠壕里锹镐叮咚，锤音悦耳，机声隆隆。共青团员松布尔巴图、郝云峰、巴特尔和一群青年摆开架势挖排水沟，哈拉图大队队长黄三正带着人马捞泥。

　　公社全体干部、党团员四十八小时铁锹不停挥，扁担不离肩，党员白音吉尔格拉几天几夜没睡觉。他说：'虽然我们不是受益地区，但改变巴盟的面貌，人人都有一份责任，什么流沙、泥水、冻土通通都要踩在脚下。"

群众发明了用布袋子担泥沙，不仅解决了缺箩头的困难，而且布袋子又利水、好倒、不粘泥，还提高了工效。功夫不负有心人。通过这样集中力量分段突击，大家不分昼夜加班加点干，用苦干加巧干，终于锁住了流沙，工地上一片欢腾。当时薄金维非常激动，随手写了一首打油诗，题目就叫《战流沙》，后来在广播上滚动播出，鼓舞了广大民工的干劲。打油诗的内容如下：

稀流沙，

真难拿，

连泥带浆没法挖；

人进去，

出不来，

满渠泉眼乱翻沙；

呼勒斯太，

士气高，

下定决心战流沙；

战流沙，

困难大，

发动群众想办法；

先治水，

后治沙，

集中力量治理它

义和久

干劲足

黄三马四胆更大；

天不怕，

地不怕，

还怕什么死流沙；

学大寨，

鼓干劲，

不分昼夜战流沙。

（黄三马四：即工地上施工的两个民工的人名简称。）

团结嘎查民工睡在棺材盖上

二〇一五年，笔者采访了呼勒斯太公社团结嘎查原支书焦龙。当年团结嘎查是原杭盖公社的一个农业队，施工时有三十多人上了工地。

焦老介绍说，当时没有取暖设备和床铺，便在地上铺了一层厚厚麦柴当床用。每天晚上只能靠麦柴的温度和民工之间相互的体温挤在一起取暖。民工住的地方该用到的地方都用到了，凉房、棚圈都住上了人，最后还是住不下。记得当时住的那个房间里面放着一口棺材，后来实在住不下的时候，一些人就直接把棺材盖搬下来，在棺材盖上面睡觉，算是一个好床板了。

民工实行军事化管理，喊着口号上工地。每天五点钟就出发，天黑了才能回来，队里制作了一面小国旗用来集合民工。每天晚上大家点着煤油灯夜战两至三个小时，在全旗是第二个完成施工任务的，完工后又帮助呼勒斯太公社的大队施工一天。

工地上的赵锁子，当年三十七岁，他见煤油灯里棉花没有了，就撕掉自己棉袄里的棉花进行挑灯夜战；郭培智，当年三十二岁，是队里的文书，每天给指挥部上报工程进度，负责书写简报、黑板报，协助队长施工。队干部和积极分子几乎每天晚上都开会，布置第二天的施工任务，碰头研究施工情况及粮食供应等事情。当年的杭盖公社被旗里评为先进。竣工后，每个民工都瘦了一圈。超强度的劳动，使不少人的体力严重透支，整个人回去社员们都不敢认了。很多人的脚腕、肩膀都肿得很高，焦老现在的脚腕上还留有肿块疙瘩。

同时，笔者还走访了哈拉呼噜牧民那生吉日嘎拉。那老，二〇一五年时，六十八岁。作为"四类分子"子女的他，比别的民工干得多，还得早请示、晚汇报自己的思想改造情况。他父亲是"四类分子"，自己也受到牵连。全嘎查百分之九十的人上了工地，他自己家的三个男壮体力都上了工地。施工中，由于在泥水里浸泡的时间太长了，造成关节变形，骨质增生。那生吉日嘎拉说："其实，我们嘎查是牧区，不是总排干排水的受益区，但广大牧民群众仍积极响应号召，踊跃参战。"

李贵书记提出，有条件要上，没有条件创造条件也要上。乌中旗呼勒斯太公社团结嘎查，原杭盖公社的一个牧业队，谨记李贵书记的教导，什么忌讳的东西、什么教条的思想，统统在施工中被抛在了九霄云外，唯有疏通总排干、拿下土方是硬道理。疏通不了总排干，土地盐碱问题不能根本解决，吃饭问题就无法解决，什么忌讳的东西也都是迷信思想在作怪罢了。

　　作为全盟一盘棋的总排干施工，牧区即使不受益也一样战排干。广大牧民放下羊鞭挖排干，精神值得赞扬。施工中的"四类分子"是时代原因造成的，他们比一般民工还得多付出，实在是难能可贵。当然，历史最后给了他们公正的答案，他们是当之无愧的人民群众！

李连生擅放女民工挨批也无悔

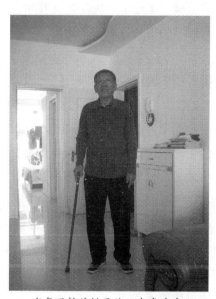

当年开挖总排干施工者李连生

　　二〇一五年夏季，笔者赴乌中旗采访了原乌加河镇联丰大队支书的李连生。二〇一五年时，李老，七十六岁，退休时是乌中旗人大常委会副主任。

　　一九七五年挖总排干时，李连生带领四个小队的二百多人上了工地。队里除了放羊的、饲养员都上了工地，被称之为"铁姑娘"的就上去六十多个。一个小队民工住不下了，一位民工住进了麦柴堆里打个洞，把被褥放进去，头朝外呼吸，早上起来头发上都是白白的雾霜。

　　女民工连续大干一段时间后，由于苦重，工地上鞋袜潮湿，睡觉也潮湿，六十多人中有一半以上人数出现了月经不调，不得不请假休息三四天。

　　经过大家苦干，任务提前完成了，民工还帮助呼勒斯太和红旗大队挖了土方。作为支书的李连生看到女民工的身体状况，没有请示公社、旗指挥部领导，便悄无声息地给六十多个女民工放假让回去了，只让男民工留在了工地上。

　　这个消息在工地上不胫而走，传到了公社、旗领导的耳朵里。作为旗委书

记的杨志荣严厉要求，用设在工地上的大喇叭，点名道姓批评李连生擅自放走女民工一事。

在全旗工程竣工庆功大会上，联丰大队被为先进集体。作为支书的李连生怕在会上再受到批评，所以没有上台领奖，而是安排别人上台领奖。后来，作为旗施工指挥部的副指挥的刘玉保给李连生做了思想工作，劝他对于大喇叭上的批评不要有思想顾虑和负担。但李连生感到愤愤不平，有一种被冤枉的感觉。

谈起施工情况，李连生说，民工们开始还戴着副手套，后来，整天在泥里、水里泡着，手套早已泡湿、磨破不能戴了。不管男女民工，手上都是血裂子。睡在铺着麦柴的地上，李连生老人几年前就腰腿疼痛，走路一瘸一拐的，现在已经无奈地拄上拐杖了。

李连生说，当年地下水位经过一级提水、二级提水、三级提水，导致地下水位升高，挖一锹地下就出水，土地变成了盐碱地，好地变成了坏地。

后来，通过打井配套，排干排水，排出了盐碱。工地上，民工之间互相合作，开展挑、应战等劳动竞赛，提出"元旦回家"的口号，大家干劲足，积极性高，所以提前完工。

工地上施工计工分，大家互评，劳动突出者最多的可以评到四分，一般都是二至三分。

总排干施工的艰苦程度可想而知，环境阴冷潮湿，在泥里水里施工，女民工连生理周期都不规律了，严重地超越了人的生理机能底线，但也彰显了那个时代的人们战天斗地的豪情壮志。与天斗，与地斗，以人定胜天的雄心壮志改造山川河流。同时，在施工中，无数像李连生一样的同志充分表现了敢于担当、勇于承担责任的高尚情操。作为共产党员，他们遇到棘手的问题不退缩，不回避，不绕着问题走，而是密切联系群众，相信群众，依靠群众，从群众中来，到群众中去。实事求是，是毛泽东思想活的灵魂，李连生老人将这一灵魂娴熟地运用到了总排干的施工中。因为他无私，所以他就无畏。

张登贵二十年的水利情结

二〇一五年,笔者驱车到乌中旗乌加河公社采访了宏伟大队支书的张登贵。张老,二〇一五年时,八十三岁,后成为乌加河公社水利主任干了十一年,退休以后又干了十一年。

张登贵老人与水利施工接触较多,对资料掌握得准确,在开挖总排干中,他建议从中间开挖一条深沟,把排干沟里积存的水排出去,这样深沟的两面由水方变成了干方,施工得以顺利开展。

谈到施工技巧,张登贵老人介绍说:"渠底死底活口,渠背死顶活底。"这是张老两次总排干施工所得出的经验。

在一九七五年施工中,德岭山、乌加河、红旗三个公社暗中开展竞赛,搞夜战突击,最后德岭山公社被评为第一名,红旗公社第二名,乌加河公社第三名。

一九七五年年初,下了有史以来的特大暴雨。山洪冲击,总排干大坝上乌中旗、五原县、潮格旗段人挨人进行总排干大坝防洪;乌中旗调运了解放军部队昼夜抗洪抢险。总排干排水不畅,造成淤积,这是盟委做出开挖总排干的前奏。

张登贵老人在总排干施工中,站在水里打坝,造成了严重的腰腿疼痛。现在他挂着拐杖走路,行走不便,经常躺在炕上,儿子、儿媳照顾其生活起居。张登贵老人的炕上摆满了暖壶、水杯、饮水机、卫生纸等生活起居用的物品。笔者去采访老人时是二〇一五年的十月二十日,当时天气还比较暖和,田地里正在收秋。老人坐在炕上给我们讲述总排干施工的情况,炕上铺着厚厚的褥子,盘不回腿来,老人身上已经穿上了厚厚的棉裤,如过冬一般保护着自己的双腿。

张老介绍说,一九七五年开挖总排干,拓宽标准开口五十米,坡度一比二点五,收底三十米,技术要求上主要是对坡度的掌握。坡挖缓了还好,返工裁一下就行;如果坡挖得陡了,那就白费力气,不仅要补坡,还需要夯实扫平。张老为了减少民工返工费力,每天在总排干沿线徒步两个来回,及时纠正偏差。一个来回将近三十千米,一天下来往返六十千米,乡干部形容他是"大字不识几个,脑袋里装着把尺子"。

张登贵老人可谓是老水利人了。他分别参加了一九六五年与一九七五年的两次总排干施工的开挖，在公社水利主任岗位上了干了十一年。由于张老对水利事业的一往情深，又被返聘干了十一年。二十二年的河套水利工作履历，让他与河套水利结下了不解情缘。他对施工的资料了如指掌，施工技术了然于胸，遇到施工棘手问题他都能够从容应对，可谓是"兵来将挡，水来土掩"。二十多年奔波在他所管理的河套水利的沟沟畔畔，对管辖范围内的施工娴熟把脉！

罗庆玉高喊"河套人民万岁"

二〇一五年，笔者在临河采访了原乌中旗石兰计公社繁荣大队队长的罗庆玉。罗老是在临河城区儿子家中接受采访的。

当年，总排干施工时，他们大队正在狼山水库施工。当时的康玉龙局长通知停下水库施工，并同旗指挥部的领导刘玉保协商，狼山水库工地上的三百多民工，按各自所在的生产队上总排干工地。

罗老介绍说，他们施工住在张三明圪旦。二百四十多人的村子，一下子住进去一千一百多人。队里安排妇女和年龄大的住在农户家，其余大部分民工住在库房里或牛马圈里，民工之间靠体温互相取暖。村子里的两眼井也被喝干了，清洗碗具只能靠从外面担回来的冰块融化后的水，洗漱根本谈不上。大家吃的是冰冷饭，喝的是带泥味的脏水。

工地上男女分不清，大家都是穿着棉袄、棉裤，戴着棉帽大干；领导与普通民工分不清，都在埋头大干。笋头粘泥倒不下，群众创造了八号铅丝的笋头，方便倒土。

一九七五年的总排干施工是河套地区水利历史上规模最大、最艰苦的"人民战争"，所以，罗庆玉老人说，让笔者一定要写上两句话，一句是河套人民万岁，另一句是巴彦淖尔人民永远不要忘记李贵书记。

罗老说，施工中，普通民工中的邬富贵、孟三女两位干劲突出。队长给准备好粮食、蔬菜，安排人送山药、白菜到工地上，当时能喝上一顿鸡蛋汤就是改善伙食了。每家每户捐上油、腌猪肉送往工地，大家出钱出力，支援工地；学校放假、工厂停产，全部投入总排干。工地上真正体现了"敢想敢干，苦干实干，干就干成"的精神。

石兰计乡流传着一句顺口溜："石兰计有长没宽，不是沙子就是碱滩，喂着个骡子瘦得成干，农业税全免完。""骡子"就是说的罗庆玉。

罗老现在虽然退休了，还仍然关注着农村牧区的发展。他对国家的"三农三牧"政策非常熟悉，还经常去农村牧区给农牧民朋友讲授惠农政策，让农牧民朋友知晓国家的惠农政策。

罗老把总排干的施工比喻成人民战争而且是河套历史中规模最大的人民战争。抚今追昔，正是因为当年无数像罗庆玉等老一辈党的干部和人民群众一道奋战在总排干上，完成了疏通总排干的宏大工程，根治了河套的盐碱地，河套人民才过上了今天的幸福生活。今天的幸福生活当属来之不易，它是当年奋战总排干的人民群众共同铸就的，这也不难理解罗庆玉老人高喊"河套人民万岁！"这样铿锵有力的话的原因了。

今天的河套人民"一粥一饭，当思来之不易；半丝半缕，恒念物力维艰"，"黄河百害，唯富一套"的八百里米粮川是河套人民用血汗与智慧共同凝聚、打造的。

张计发重温李贵的教导——领导少上镜头

二〇一五年夏季，笔者电话采访了原石哈河公社副主任张计发。张老告诉了笔者总排干工地上一个对当时来说鲜为人知的故事。

李贵书记去石哈河公社检查时，高度赞扬了他们这种不远千里，一切坚持从大局出发，支持扩建疏通总排干的精神。当时在场的有石哈河公社两位副主任，即张老和顾林。他们两位听了李贵书记的谆谆教导后，很受感动。他感到李贵书记和普通百姓没什么两样，平易近人，和蔼可亲，很能理解体会群众的甘苦。谈话正浓时，一位摄影记者过来抢拍了李贵书记同民工们聊天的镜头。李贵书记匆忙制止说："领导还是少上镜头，多拍一下群众比较好……"

两位石哈河公社的领导听了更是感动得不知所措，与李贵书记的交谈也就此停下了……

四十多年过去了，这段记忆一直刻骨铭心地印在了张计发的脑海里。两位基层干部在漫长的生活工作中咀嚼着李贵书记话语的味道、分量和释放出来的巨大能量。他们把李贵书记平易近人、密切联系群众的这种作风，一直作为自己做事的行为准则和道德标准，并在以后的工作生活中时刻以这样的标准严格要求自己。时时处处和贫下中农保持密切的沟通与联系，注意倾听他们的意见和呼声。将老百姓的满意与否、答应与否，作为检验自己工作得失的一个标尺。张计发、顾林这两位基层干部，从这次交谈中也领略到了李贵书记的人格魅力和领导风范，使他们从中受益匪浅。

　　张老还有个心愿：希望在中央召开党的会议以后，结合各地进行宣讲的机会，也把巴盟的奋战总排干的精神宣讲一下，张老想第一个报名参加宣讲。笔者答应，一定将他的心愿转达到巴彦淖尔市市委宣传部门。张老还告诉笔者，当年，与他一起聆听李贵书记谆谆教诲的顾林同志已经去世了……

第十三章　乌拉特前旗发扬风格顾全大局晚开工

乌拉特前旗旗委领导率领两万余名民工上了总排干工地。就在总排干破土动工的时候，前旗的前山地区的一、二、三、四排干已经开始动工施工了；后山二十七项水利工程已经上马。套区的几个公社的任务是集中民工，在封冻前完成总排干和九排干的全部施工任务。

一九七五年的十一月四日，当数千名民工上了工地上时，渠壕里还有九个流量的积水。当时，如果按分段座坝，各排各的水，前旗处于稍尾，完全有能力在三四天的时间内把本工段的水全部排出。但是，这样做会给上游的兄弟旗县的排水带来很大的困难。旗委于是从大局出发，统一了思想，决定推迟开工时间，给兄弟旗县的施工排水创造方便条件，广大民工也愉快地接受了这个决定。在暂时撤离工地之前，他们还主动承担了一万余土方的任务，把总排干和八排干的相接处挖通了，让兄弟旗县工段的水，通过自己工段排入八排干。

十一月中旬，在旗委的紧急通知下，前旗的党政机关和厂矿企事业单位的干部职工、学校师生以及西山嘴地区的市民，已有九十多个单位近三千四百人次紧张地动员起来，从各方面开展起了支援总排干的施工活动。

十一月十八日，前旗工段开始座坝抽水。到二十四日，正当总排干上需要增人大干的时候，寒流使黄河出现了百年罕见的险情。巨大的冰凌凝聚成了冰川，造成黄河主航道阻塞，洪水猛涨，四十多千米的防洪堤段出现了险情。有的地段洪水离堤顶只剩下两分米左右，洪水给堤坝的考验越来越大。在堤坝上火筒粗的水洞出现了二十多个，指头细的水眼数也数不清。黄河出现险情的消息不胫而走，传向四面八方。内蒙古和盟委、公署的领导同志过来了，兄弟省区的水利技术人员过来了。经过共同分析，如果炸冰坝输水，就会给包钢的安全造成严重的危险，于是，共同决定，命令只有一个：严防死守！

在这千钧一发的时刻，旗委当机立断，一面从排干工地抽调一千名强壮劳力，立即开赴黄河岸边防洪抢险；一面命令西小召、西山嘴、北圪堵等公社推迟参战总排干，组织力量上防洪堤。

经过防洪民工的共同努力，洪水防守住了，但是开挖总排干的时间却因此而过去了半个月。这时的总排干工地上，水方已变成了冰方，湿方变成了冻方。同时，盟委又做出了提前竣工总排干施工的决定，这样留给前旗的施工任务的时间越来越少了，困难也越来越大了。这当然会引来一片哗然和议论声。一些怕苦怕累、等待观望的人趁机不断埋怨，"前旗完不成任务情有可原"等论调又开始出现。前旗领导决定，为使前旗的施工不拖全盟的后腿，要下定决心，迎接考验。旗委于是做出决定：后山的二十七项工程不上马，总排干与九排干一肩挑。

旗委认真总结了树林子公社的经验，多次召开了"风格会"、政治与施工方法经验交流会。工段统一了政治学习时间，每个生产队每周召开一次革命大批判会，每个营都有自己的自办广播，每个施工排都建立了光荣榜、大批判专栏、黑板报，不少生产队把政治夜校办在了工地上。工余时间学政治，举办赛诗会和文艺演出，既武装了民工的政治头脑，又丰富了民工们的业余文化生活。

工地上缺少破冻工具，原来在包头联系到八百个大锤，每个大锤二十二点五元。正要起运的时候，旗革委会主任陆有成同志经估算，觉得这笔钱不能花，就打电话把大锤退了，然后大力发动群众用废炮弹制成了大锤使用。有的同志又提出用铁丝笤头省下花钱买笤头。一算账，每人解决一只笤头，可节约十二万元，于是又焊了个铁底盘，发动群众编笤头，解决了工地上的急需。

总排干的施工是艰苦的，虽然盟委施工规定，每个定额工日补助六角钱，但是，由于工程不竣工不给拨款。当时，生产队和社员都很贫穷。前旗的西小召公社巴音五队是一个穷队，民工出工时，队里拿不出一分钱来，最后把库房里仅有的两张羊皮拿到供销社卖了几元钱，才解决民工在工地上的照明用灯油和火柴等零星开支，足见当时施工的艰苦程度。

旗委书记孟春来经常深入工地，参加劳动，搞好劳动组合，解决存在的问题。有时能吃上口饭，有时就吃口冷馒头。他和小伙子们拼锹头，担担子，干上一阵就让大家抽根烟再干，让把皮袄穿上预防天冷。他患有骨质增生，晚上睡觉疼得翻不过身来，早上洗脸疼得弯不下腰。但一到工地，好像什么疼也顾不上了，又抢锤撬土，和民工滚战在一起。旗委副书记宝音乌力吉，民工们说，每天总是民工踏着他的脚印出工，晚上踩着他的脚印回来。到了晚上，他带着大夫转工棚、访住户，关心民工们的身体。革委会副主任史宗斌，扁桃体发炎，吃不下东西，静脉曲张很严重。由于带头下水干活，得了湿疹病，一抓就出血，浑身上下都是血迹斑斑，衣服和皮肉粘在了一起。群众让他回去治疗，他不回去；公社党委做出决定让他回去，他不回去；旗委书记孟春来下命令让他回去治病，他只回到公社输了一天的液，第二天大夫拿着输液器到了病房时，他已经返回了工地。史宗斌的儿子在工地上把胳膊摔成了粉碎性骨折，后来由于皮肤感染化脓，高烧四十度，昏迷不醒。史宗斌把小孩在医院安顿下后，就要回工地，小孩的姑姑拽住他的胳膊不让走。史宗斌说："我在这里只能照看我的一个儿子，工地上我领着四千余名民工，我是指挥员，我不能离开岗位！"在场的所有人都被他的这一举动感动得哭了……

公社党委领导，既是指挥员，又是实干家。宿亥公社党委书记陈仲德同志，患有严重的胃病，胃病发作后，几天不能吃一顿饭，只能烤几片焦馒头压一压。但他从十二月初上了工地第一线，一直坚持到工程全部结束。先锋公社党委书记李春惠，担土时把脚和腰扭伤了，每走一步，疼得头上冒汗珠。旗委命令他回去休息治疗，他说，这就和打仗一样，只要有一口气，就不能下火线。他忍着疼痛一步一步往工地挪，并且坚持坐在渠畔指挥施工。

一位民工说："看着我们的书记下了水，看着我们的书记带病拼死拼活地干，我们就嫌自己的担子轻，嫌自己的身子走得慢。"

前旗二十千米长的工地只有六个村子三千多人口，居住进民工一万五千多人。许多民工住在了羊圈、凉房，总之，一切可以挡风的地方都被利用上了。民工吃的是粗茶淡饭，供应不上开水的生产队喝的就是排干沟里的渠水。

前旗在一个多月的时间里，把一百二十余万方的冻土拿下了。事实充分证明，人民群众蕴藏着冲天的干劲，能够产生出排山倒海般的巨大力量。总排干开工后，树林子公社新海北队共有五百一十口人，二百一十三人上了排干；有的一家老小三辈都奋战在总排干工地上；有些七十多岁的老大爷、六十多岁的老大娘都竞相为总排干出力。前旗三中十六岁的张栓来，放学回家后，主动要求上工地劳动。十二月九日下午，西小召公社卫星大队的工棚着火了，张栓来不顾一切地冲到火海往外抢救民工的衣物，晕倒在浓烟火海中。他醒来首先问的就是民工的衣物咋样了。贫农社员阎保仁，在奋战流沙时靴子进了水，他脱下靴子把泥水倒掉，塞上麦菜继续干；等晚上收工以后，棉裤和靴子冻在一起了，脚冻得化了脓，走不成路，他就站在那里抡大锤。公庙子公社的三名女知青，组织上没有分配她们上排干，她们主动跑来了，她们的肩膀被压肿了，腿跑肿了，化了脓，脓血和裤腿粘在了一起。领导让她们回去，她们仍然坚持劳动。她们说："我们不能离开这火红的战场，这正是我们锻炼改造的好机会。"

农具厂、拖修厂、黑白铁厂、一中、五中、编织厂等单位日夜加班加点为工地赶制各种工具。黄河工程局支援了七台推土机、挖土机；内蒙化肥厂、一八〇电厂、邮电局、西山嘴电厂等许多单位主动将库存的锤、钎、雷管、炸药、钢材、废铁丝、棉帐篷等物资送到工地，支持大干。

商业部门派出流动服务组，把急需的价值五十多万元的商品送到工地；制药厂不失时机地为工地赶制了急需的药品；防疫站和医院的医护人员背着药箱到工地，一边劳动，一边看病；新华书店把有关农业学大寨的图书带到工地流动出售；电影管理站的放映人员，白天深入工地大干，晚上给民工放电影，每周保证民工看一至两次电影；广播站认真办好工地流动广播车，努力进行宣传鼓动工作。

在前旗的工地上，队与队、社与社之间仿佛没有分界线。黑柳子、宿亥、公庙子等前山公社不受益，但是，奋战中依然表现突出。首先完成任务的宿亥、北圪堵、西山嘴、兴安、黑柳子等公社一齐向旗委请战，支持兄弟社队。宿亥公社的庆功会，开成了誓师会，不少社队选人选将，继续支持奋战。树林子公社先锋大队，本来有条件夺取公社第一名，拿到一面红旗，但是，先锋大队党支部决定，完工一个生产队，就往后进的庆华大队派一个生产队去帮工。小厂汗生产队为了争取第一家开进庆华工段去挑"龙江土"，十二月二十七日从晚上一直干到夜间一点多钟；人们的头发、眉毛上都结了一层冰霜，但却甩开膀子大干，三尖子生产队到十二月三十一日才能竣工，抽不出人来帮助兄弟社队，就选了五辆小胶车，五头大牲畜，配好绳线，带上饲草料，送给兄弟单位使用，乌海大队十二月三十一日才能完工，既抽不出人，也抽不出车辆帮助兄弟单位，就把炒好的二百斤炸药，送给比自己困难的庆华大队。庆华大队党支部又把炸药送给最困难的南壕生产队，南壕生产队的政治队长看到送来的二百斤炸药，激动地流下了眼泪。

工地上加班加点已成家常便饭，各级领导不得不采取措施加以限制。旗委给各公社下命令，要求必须保证民工一天七至八小时的休息时间。各公社只好从工地上往回撵人，这成了施工工地上一项重要的工作任务。每天夜晚十二点多，排干两岸依旧是灯火通明，排干沟里火光映天，民工们正激战犹酣，接民工回去休息的汽车喇叭声响了一遍又一遍，可人们还是不愿离开工地。

这又是一种什么样的精神，让广大民工们有这样的冲天干劲，是被全盟扩建疏通总排干，改造家乡面貌的豪情所打动？是被多年来河套地区人民期盼改变盐碱地的热情所感动？广大民工盼望已久了，盼望着早日改变家乡的盐碱害面貌，就像当年劳苦大众盼望早日翻身解放一样，所以，广大民工的身上有着无穷的干劲；再加上各级领导带头大干，身先士卒，干部与群众一个样。这就是广大民工们能焕发出冲天干劲的最强劲的动力！

前旗由于发扬风格，顾全大局，考虑兄弟旗县、部门的总排干工地施工，晚开工半个月，所以，导致工地扫尾工程还没有完工。

除夕夜晚，总排干施工段工地上灯火通明。晚上八点钟，从扩音器里播放出《东方红》乐曲声，作为前旗主要领导的孟春来、色楞、宝音乌力吉、藤仁山等和民工们一起收听收音机里播出的毛主席的诗篇《水调歌头·重上井冈山》《念奴娇·赤壁怀古》和中央两报一刊的《元旦社论》。然后，他们过来给工地上的民工们拜年，和工地上的民工们一起过大年。虽然那时的生活艰苦，没有什么丰富的物质生活资料过年。但是，旗里的主要领导过来能和民工们一起过年，充分说明旗领导对民工们的爱护和关怀，对总排干施工的重视，深受工地上民工们的敬佩和欢迎。

当前旗彻底竣工以后，人们看着胸戴红花，手擎红旗，乘着汽车、拖拉机谈笑凯旋的民工们回来时，都会从内心发出由衷的赞叹和钦佩。

前旗顾全大局晚开工，却没有怨天尤人，也没有指责他人，而是奋发图强，奋起直追，怀着必胜的信心，表现出了全盟一盘棋的大局意识。全旗上下一条心，显示出了无穷的冲天干劲，赢得了全盟总排干施工人员的普遍赞誉！

黑柳子公社搭着三层住宿挥锹大干

乌前旗黑柳子公社工段，处于整个总排干工地的下游，是一段收尾工程。渠里是满满的水，几十米的大渠，水漫得离旱台仅有八十厘米深，渠中间更是一竿子插不到底。民工们一时进不了工地，怎么施工？这个难题困扰着黑柳子公社的施工人员。请听一下他们的讲述，就知道他们是怎样战胜这些困难的。

二〇一五年，笔者赴乌拉特前旗采访了八十二岁高龄的刘贵元老人。刘老当时是黑柳子公社党委的副书记，他带队上了总排干。刘老给我们讲述了他们开挖总排干的情况。

一九七五年九月下旬的一天，刘老骑自行车到兰虎圪堵下乡，傍晚回到村子，得知公社电话和有线广播上通知他，让他速回公社。刘老饭后赶回公社已是晚上十点多钟了，党委书记安治国和旗里派车来接的司机都在等他。他们连夜赶到树林子公社石兰计小队报到。到达目的地时，已是夜里十二点多了，他们又等了两天，旗里的领导都还没露面。

当年开挖总排干施工者刘贵元

在集中起各公社领导人的第三天，旗党、政、军领导都来了。旗革委会主任陆有成宣布盟委决定：今冬用一百天的时间，要求党、政、军、民总动员，齐上阵，完成总排干二期扩建疏通工程任务；组织形式以军事建制营、连、排、班组建。根据盟委指示，旗里及时成立了施工指挥部，陆有成任总指挥，同时，公社也成立了相应的组织机构。

施工开始后，领导们亲自察看了工地。当时总排干里满是渠水，有五尺多深，旱台上还有一尺多深。工地上大致划分了段落，施工任务有三里多长。

回公社后，刘贵元及时召开了由大队党支部书记、社直各单位负责人参加的党委扩大会议，传达了旗里的会议精神。在讨论如何贯彻执行时，他们便遇到了阻力。大家一致认为："总排干我们不受益，不应出民工。""我们穷得挖不起""没有交通工具上不去""冷寒受冻干不成"等论调也频频出现。因此，统一思想成为当务之急。

在思想动员会上，刘贵元首先从河套的现状上讲了开挖总排干的必要性。河套灌区地下水位太高，过去挖地圪洞、盖茅庵住人；现在的山药窖还是在地上堆起土来建，土地盐碱化已经相当严重，唯富一套的米粮川快成盐碱滩了，所以疏通总排干势在必行。

其次，盟委的扩建疏通总排干决定是整个灌域的统一行动，是改变生产条件为河套人民谋幸福、替后辈儿孙着想的重要决策。黑柳子公社作为灌域整体中的一部分，应当服从统一行动。因此，黑柳子公社就应不应该干、能不能干，展开了热烈的讨论，大家各抒己见。

旗里著名劳动模范、补子湾大队党支部书记李建明说："盟委决定挖总排干是个好事，只要对人民有利的事就应该干。要树立大局观念，想一想过去全国各地都来河套闹革命，作为地下工作的壮士，为了河套人民的解放事业牺牲了，他们又受了什么益呢？所以，我们要坚决拥护盟委的决定。我们虽是山旱区，但属于河套灌域的一部分，应该积极参加。"关于贫困问题，不少的同志们说："我们共产党人一直就是和贫困打交道的，对付困难，我们是行家里手。"经过耐心细致地做思想发动工作，大家统一了认识，这为以后的工程施工奠定了良好的基础。

党委扩大会开了三天，会上成立了公社施工指挥部。全公社十个大队为营，六十九个生产队为连，各队负责人为安全责任人。

技术组是整个工程的关键。徐国歧、马元外他们俩大半辈子一直在水利战线工作；刘文义年轻、好学，在四排干工程的施工中积累了几年的实践经验。特别在这里值得一提的是陈敬均，他在黄浦陆军学校专门学习水利测绘，是个刑满释放人员。

技术组的任务是根据工程的设计要求，进行测量地形高低，确定开口宽度放线、纵段挖深、横段坡比等要施工质量方面全面负责。公社规定给予陈敬均技术员特别裁定权，赋予他在施工技术中的决定权，要求各级领导应当听从。也就是说，在技术质量问题上，陈敬均按二十一世纪的今天来说，具有一票否决权。

在当时阶级斗争的弦绷得很紧张的年代，像陈敬均这样的刑满释放人员，

民工在总排干工地学习

公社党委给予他这样的特权是冒着巨大风险的，是件很不容易的事。事后，刘老曾向陆有成主任专门汇报了此事，得到了领导的认可。

党委扩大会上还确定了上工地人数，最低保障线为七百人。接着召开了"三干会"和全公社的党员大会，决定公社除留一名领导、两名干部搞后勤外，所有领导和干部都要上总排干工地。

会上还要求各生产队安排好上工地群众的生活，尤其是贫困队群众的生活。宁肯家里人勒紧裤带，也要让工地的人吃饱饭、吃硬饭。"三干会"和党员大会结束后，各生产队迅速进行物资准备、抽调人员，基本上也是除留饲养员、妇女和老弱病残者外，其余人员都列入了上工地的花名册。

十月中旬，由徐国歧率领的先遣队出发了。人员组成是每个大队一人、每个小队五人，全体技术人员共三百六十多人。先遣队的任务是找吃住的地方、认领工地任务、画线栽桩子。

工地施工住宿是个大问题，公社指挥部住在焕朝小队一户人家的一间二十多平米的小房子里。一个三十多户人家的村子，接纳七八百人，确实是个难题。刘老他们只得把所有能利用的牛棚、马圈、烂房圐圙都封顶利用。距离焕朝村近二里远的张毛壕圪旦有个废弃的库房和一处无顶的小房子，民工们对其进行了改造。小土房封顶做厨房，大房子地下铺麦柴，中间搭架、铺木板用来睡觉。在屋顶的椽檩上栓绳子、掉椽子，上面铺木板，建空中铺。经过改造的破屋子居然能住一百多人，其余的人则住在帐篷和搭建的大帆布棚子里。入夜后，民工们在自己架设的简易工棚里，在土炕上，木板、小车底板架成的床铺上，办起了政治夜校，广播站、黑板报、文艺晚会、赛诗会，整个工地的气象被搞得热气腾腾：

> 天寒地冻不觉苦，
> 开渠为造万代福。
> 热汗融化雪和水，
> 豪情驱散云和雾。
> 咱这长满老茧的手啊，
> 敢把万丈彩虹铺。

施工前，技术组进行地形测量，依据地形高低和万分之一的纵坡度确定开口的宽度，横段坡比为一比二点五。根据旗施工指挥部分给的施工长度，按各队的人口比例分段画线定桩，经过七八天的努力，打前站的工作基本完成。之后就是准备好主副食、炊具、各种工具、个人的行李等，尤其是易损坏的笺头，自己的不够用，就把河西供销社卖的笺头全部买光。由于运输工具缺乏，从十月二十日开始分批上人，运送物资。五天到齐，上去有九百多人，大大超过了原计划，这给本来就十分紧张的住宿问题更增添了难度。

民工们睡觉是一个头朝上，一个头朝下，下脚搭蹬。睡觉时民工你压我，我压你，推开手臂，腿脚又来了，地方狭窄，大家都能互相谅解。民工互相挤压，翻身都很困难，夜间出去小便，回来就没有地方睡了，所以，有的民工采取晚间不喝水的办法。

村民议论，公社干部肯定没有这么挤。于是，公社派人到指挥部观察，结果看见指挥部不到三十平米的房子，住了那么多的人。地下、炕上、空中搭起木板床都住着人，观察者回去对民工们讲，指挥部比他们的还挤。

十月二十五日正式开工，公社宣布，哪个队完工哪个队就先回。但渠里还有水，于是，旗指挥部配备两台泵抽水。人员先在两侧旱台劈宽、挖深，民工们干劲很大，进度很快。由于高强度劳动，睡觉过度拥挤，民工们个个被挤得肩胛骨疼。有些年岁过大、体力不佳的回去了几十个，但工地上仍有八百九十多人。

刘老在施工时披着一件老羊皮袄，穿着一双高腰雨靴，察看水情，勘察土质，摸边桩，看口线，为布置好施工实地查看、搞调查。在工地上，民工对稍坡把握不准，一位民工们说："宁担十担土，不放这十米稍。"刘老语重心长地说："开口稍可是把好质量关的关键。质量问题半点也含糊不得，排干渠道稍坡放大了，影响排水量；放小了，水一流就会把旱台上的土淘进渠里，会淤澄渠的。"

这边刚放好稍坡，那边又叫上了，说稍坡难放。刘老经过反复琢磨思考，又与在水利上干了多年的公社革委会副主任徐国歧商量，琢磨出了把一根芦苇折成渠的样子，再折成三角形放在稍坡上的办法，解决了稍坡难放的问题。

刘老和徐国歧采用土办法，找来三根芦苇，在渠的开口稍卜摆出"水平距离""垂直距离""标准坡度"，并摆成个直角三角形。民工们把这种三角形往稍坡上一放，顺这个斜边下稍，问题圆满解决。

一顿饭的工夫，坝楞上出现了长长短短的许多芦苇，稍坡束缚民工手脚的问题解决了。这时又有人提出了：这么大的工程还用细描呀，差不多就行啦。

工地技术员刘文义发现，一九七三年的施工方案上有一千多米的边桩号错

了，这地方地形高，边桩应当加宽一米才对。而施工方案上，却标着跟平地一样的开口宽度，这样施工收底，就一定比标准底要窄。

刘老知道后，嘱咐刘文义，坚决把边桩向外挪一米，但这会给工程增加很多土方。刘老坚决地批评那些不顾大局、偷奸取巧的人。他说："四百里长的总排干，我们处在出口上，更需要把好质量关，假如我们这里搞成个细喉咙，这总排干能畅通吗？"

旧排干在黑柳子公社工段的北头打了个牛样弯，按一九七三年施工方案要求，这道弯也是旧排干渠的开口线，每边加宽五米或六米。为了保证干渠的质量，公社党委决定改变这里的施工方案，把牛样弯裁直。

有人还是想不通：过去挖渠都有偷手，不是"套坑坑"，就是留稍坡，现在照方案施工就行了，何必多担几千方土呢？

公社党委书记安志国语重心长地讲了大寨人的故事，他说他身上的垫肩就是从大寨带回来的，大寨人严把质量关，年年有贡献。

刘老说："这不裁掉，水一来就会越淘越弯，旱台土冲进渠里，质量还是保不住。"于是，公社党委书记安治国主持召开党委会，会上议定：送土不回坝，出土不贴稍；顾全大局四百里，步步想着百年计。

刘老检查工地时，要求民工将白彦花大队九小队工地上垫在坝下的小路挖掉，否则，会影响总排干泄洪量。

在刘老的带领下，各队认真检查挖排干的质量，一米厚的碎冰上压着尺数宽，二十多厘米高的一堆土，这些不合格的土堆全部被铲除了，确保了工程质量。

到十二月中旬之后，工程的难度越来越大，困难越来越多，渠沟一天比一天深。稍坡打滑得下不去，即使想办法下去了又上不来，需要挖梯蹬。但台阶很快就被泥水和成稀泥糊了，照样打滑走不成，需不断清挖。渠背越来越高，运土的距离越来越远。这样，担两筐土，背一冻土块，大约五十多斤重，需要爬两个大坡，再加十来米高的旱台，来回走四十多米，每运送一立方米土，需要走五十多次，有两千多米的路程。

气候逐渐变冷，冻层不断加厚，靠镐、锹、锤、钎破土已经不行了，黑柳子公社决定采用炸药爆破冻层。

公社武装部部长王才同志率领由二十五人组成的爆破队，每晚十二点领取炸药、雷管、导火索，持手电筒或马灯到工地打眼、装药、放炮。为了安全起见，公社规定爆破前的所有准备工作结束后，必须向王才报告，并由王才来确定放炮点火的顺序和时间才能开始放炮。点火后听爆炸声，数数量，如有"哑炮"，先排除"哑炮"，再按顺序往下进行。爆破组每天在凌晨四点左右才能收工，白天民工们出工以后，大块双人抬，中间块一人背，小块装袋子往出抬，碎块泥土用箩头担。

公社领导也要积极参加劳动。安治国书记穿着没领子皮袄背土块，热了脱掉皮袄，披上麻袋背；王才同志上午休息，下午观察地形，夜间安排行动方案，他还忍着第二腰椎骨折剧烈疼痛的后遗症，抽空背土块；刘老是在朝鲜战场负伤的六级伤残退伍军人，伤口疼痛剧烈，抬不动，背不成，就用手捡冻块，双手多处裂口、出血；徐国歧年龄最大，施工经验丰富，不断指导工程质量。

由于领导和大家一起挤着住，一起劳动，加上施工措施得力，干群情绪高昂，干劲很足，工程进度加快，超过了原来的计划进程。于是，黑柳子公社提出新的奋战口号：提前竣工，回家过年！

十二月中旬，旗指挥部开会，旗委鲍音副书记肯定了黑柳子公社的施工措施，号召全旗各公社向黑柳子公社学习、效仿。

旗指挥部的表扬使他们的干劲更足，但他们的干劲引来周边施工队的埋怨。凌晨二点至三点，对劳累了一天的人们来说，正是熟睡的时刻，而他们这时正在三里多长的断面上搞爆破。炮声隆隆地响，气浪推起的冰块、土块四处跌落，有的落到房子周围，还有的甚至落到屋顶上，友邻施工队对此很有意见，认为影响民工休息，开始发牢骚。但在施工中，邻队之间只能互相协调配合，为施工创造良好的安全条件和环境，有些加班加点实在是无奈之举、施工迫切所为。

十二月中下旬，工程进入结尾决战阶段，但这时也是最艰难的时期。气候寒冷，自然减员逐渐增加。刘老他们从公社卫生院调来了医生及时对民工进行治疗，以稳定民工们的情绪。渠壕深，除爬坡高、运土远外，又遇到了大难题。速度领先的大队开始想试探挖到底，但抵不住流沙。挖下坑一会儿又流满了，出现了塌坡问题。因此，他们放弃一次挖到底的念头，采取拨皮战术，冻一层拨一层。加大测量工作的力度，兑现"谁完工、谁先回家"的承诺，全公社月底有两个大队完工回家了。

这时，旗指挥部要求黑柳子公社完工的大队，抽三百人支持长胜公社三天，黑柳子公社如数来援助。由王才同志带队，旗指挥部派汽车接送。其中在张毛壕圪旦留下四辆大卡车,司机诧异地问:"一大一小两间房子能用四辆大卡车?"喇叭一响,走出黑压压的一大群约有一百三十多人,四辆卡车坐得满满的。司机愣了,开玩笑地说:"你们的人是在房子里睡呢,还是在墙上挂着呢?"刘老告诉他们说:"这么多人在墙上是挂不下的,还是睡的,不过是'楼上、楼下'睡三层。"

一九七六年元月四日和五日两天,旗指挥部验收工程完全合格。元月六日民工们胜利返回,一场人与自然的拼搏战结束了。计划三个月的任务,七十天就完成了。全旗按速度公庙子公社第一,黑柳子公社第二;论质量,黑柳子公社第一,受到了全盟总排干施工总指挥部的好评。

刘老还讲述了一个他给民工发火的小故事。当时施工时,在李虎大队的工地上,冻了二寸厚的冰,民工中有被称为"鱼鹰"的捕鱼者,看到工地上的鱼欢蹦乱跳,便用冻块围起来捕鱼,把工地上的需要用抽水机抽出去的水搅混了,清水变成了泥水,这样抽水机就不好过滤,容易造成堵塞。当时刘老认为,这是一种性质严重的破坏行为,会严重影响工地施工。经多次喊话劝说,但捕鱼者还是在欢蹦乱跳的大鱼的诱惑下,依旧不想撤离施工地,继续捕鱼。刘老过去把一位不听劝阻的民工踢了两脚,才强行制止住。刘老回去旗里指挥部向陆有成主任做了汇报,并做了深刻的检查,并请求给予他处分。陆有成批评了他几句,说以后要注意方法。在施工十万火急的情况下,又怎么能给予刘老处分呢?

刘老最后退休是从前旗统战部退休的,党组织很关心他。活到老,学到老,这是刘老一贯坚持的工作作风。刘老说,赴抗美援朝最大的受益是扫了盲,他逐步认识了字,又参加了扫盲班。在以后的工作中,不仅能认识字,而且还能书写材料了。刘老现在自费订阅了《参考消息》《中共中央办公厅通讯》。刘老不仅在总排干施工中经常看书读报,即使到现在还在研读马列著作。刘老说,到目前为止,他已经把马、恩、列、斯及毛泽东的著作大部分看完了,对马克思的《资本论》还做了认真的细读和研究。刘老还背诵了一句马克思经典名句:"当劳动不在是谋生的手段时,我们就离共产主义不远了!"最后,他套用了马克思的一句名句结束了采访:"有用的就用,没用的就让耗子去批判吧!"引得我们开怀大笑。

走访过后,我们看到了刘贵元作为一个老共产党员所应有的高尚品质。到了八十多岁高龄的时候,他不仅通读完马恩列斯毛的经典著作,还自费订阅党建杂志,督促党组织按时过党员组织生活,仍然按战争年代的共产党员的标准严格要求自己……

　　一个老共产党员的精神风貌展现在了我们的面前，可以想象，在这样的共产党员的带领下，四十年前扩建疏通总排干的施工任务还有完不成的可能吗？完美完全有理由相信，没有什么艰难困苦克服不了的，没有什么艰难险阻战胜不了的。事实胜于雄辩，在刘贵元等老共产党员的带领下的黑柳子公社的总排干施工，在前旗取得了全旗施工质量第一的优异成绩，受到了全盟的表彰。

舞蹈演员看到工地上的同学难过地哭了

　　采访河灌总局退休干部李秀岩的儿子李晔时，他给讲了一个让笔者久久咀嚼、回味的故事。一九七五年开挖总排干时李晔年仅十七岁，是下乡知青，在前旗长胜公社下乡。在施工时，他随长胜公社红光大队红圪卜小队六十多人上了工地。

　　一天，李晔正在工地上干活儿，当时临河县乌兰牧骑沿总排干也在工地上进行慰问巡回演出。慰问团里有李晔高中时候的两位同学，是下乡知青，也是舞蹈演员。一位叫陈丽萍，一位叫李彦萍，慰问团来到了李晔挖所在的工地上进行慰问演出。

　　当时，李晔正和"铁姑娘"战斗队的二十几名女民兵和基干民兵共四十多名民工汗流浃背地大干着。突然，有位民工过来捎话说，有乌兰牧骑慰问团的演员找他。李晔身穿棉袄、棉裤，腰系一条大宽皮带，这样保暖夹风，挥锹大干流出的汗渍都从棉袄里洇了出来，直至大宽皮带都被洇湿了。李晔不知是谁来找他，也根本没有条件洗把脸，二话没说就来到了慰问团演出人员的面前。他一看，原来是他的两位高中同学。

　　当这两位搞舞蹈的同学看到昔日学习拔尖、长得帅气、白白净净的同窗同学，在总排干上干活累得都变得不像样了，俩人都不敢相认了。只见李晔的嘴角干裂、头发蓬乱、皮肤黝黑、棉袄湿透，宽皮带上洇出了从棉袄里流出的汗渍，哪里还有十七八岁年轻小伙子当初朝气蓬勃的模样……

　　两位同学当场就控制不住情绪，眼泪扑簌簌地流了下来，心疼到不知说什么才好，怎么去安慰才好……

　　李晔叙述说，这两位知青同学现在虽然回城了，但他们之间仍然保持着联

络。总排干施工四十年过去了，这件事情他一直铭记在心，不能忘记。

李晔介绍说，其实在工地上，为了改变家乡的面貌，大家都和他一样挥汗如雨，为改造山河拼命大干。不管是年老的还是年少的，都是一样地脱皮掉肉，大干苦干。总排干上是全民大会战，工地上的任何一个人，都在经历着一场根治盐碱化的凤凰涅槃的考验。

笔者听完李晔的讲述，感觉这里面倾注了他们三年朝夕相处、同窗共读深厚的同学感情，也许还夹杂着少男少女心中崇拜偶像的轰然坍塌的复杂情感，复杂矛盾的心情、浓浓的同学情感交织在一起，使李晔的两位同学难过地、心疼地流下了热泪……

王长命与郝金莲婚前同战总排干

二〇一五年夏季，笔者赴前旗新安镇采访了庆华村党支部书记王长命。

一九七五年参加总排干时王长命是原树林子公社高一念书学生。王长命介绍说，当时，接到通知，所有学校全部放假，全民动员，奋战总排干。当年他十九岁，刚开始担土时。后来，因为体力不行，被安排到儿童学生组搬、冻块。

开挖总排干劳动者王长命与郝金莲夫妇

总排干由于坡度长，挖了梯形台阶，用"三接担"的方式挖土。施工中，上土的人和第三接担的人最苦重，队长根据体力大小分组编排人员。王长命由于岁数小，被安排在第二接担上，算最苦轻的一头。上土的人不停地上土，第三接担的人因为要上坡，再加每次清理箩头里的黏泥比较费劲，所以体力消耗大。

施工的民工们住在一个大车筒子里，里面铺着一尺多厚的麦柴，人们五十多天不敢脱衣服。那时没有穿秋衣、秋裤的，因为没有布票。家里给缝制的是对襟夹袄，穿一身棉袄、棉裤，外带一件白苎子皮衣。没有什么手套，洗脸也很少，刷牙、洗漱更是不可能。由于五十天不脱衣服，随便撩起衣服袖子或者哪个部位，就能逮住虱子。施工时，人们把衣服放在外面冻虱子是常有的事。

早晨起来，人们吃点稀饭馒头便上了工地，上午十点左右，四个大师傅便送去开水，一人再发一个大烙饼，称贴晌；干到中午十二点钟，吃午饭，刚开始时，回去吃，后来大决战了，午饭便送到了工地；下午三点左右再吃一些干粮；晚上八点钟回去吃晚饭。一天几乎吃五顿饭，因为民工们劳动强度大，全靠吃饭做能量补充。

王长命支书说，那时的队领导都带头干，以身作则，几乎每天晚上都要开会，研究布置第二天的施工安排、民工的伙食、工具、炸药等事情。队领导早上起来叫民工起床是件很费劲的事，因为超强度的劳动，民工们都很累。收工回去的时候还得赶牛车、毛驴车，所以队领导也是回得最晚的一个；晚上，还要检查民工的住宿情况，检查民工有无生病的。当年的庆华大队支书罗金荣，每天早上都是那样辛苦地叫民工起床出工，每天晚上回来再布置第二天的施工情况，其辛苦程度超出了一般民工。

再就是队里的饲养员比较辛苦，白天和大家一起干，晚上还要起来两次给牲畜添加草料。因为牛、毛驴等白天拉车，全靠晚上吃草料。

庆华大队施工时，一名叫宣礼的民工，在背冻块时，因四个民工将一大块冻块抬起来放在他的背上，宣礼可能是当时气没有运上来，再或者气没有运对，当场大腿被压得搓断，紧急就医治疗。在当时的医疗条件下，转到大医院里进行治疗的可能性微乎其微，最后落下了终身残疾，现在宣礼还在前旗大余太生活。

那时，讲求以阶级斗争为纲，大批促大干，消极的风凉话不能说。庆华四队的当年二十岁的周雨来，因没有听从队长的施工安排，被公社民兵组织游排干，挂着大纸牌子，敲着锣，游了一天排干。

原树林子公社大公大队胶泥壕生产队的崔占奎，当年四十多岁，从辽宁省过来，当时被打成右派分子。在工地上，由于供电停了电的问题，因为他是电工，说他消极对待总排干的施工，被挂上右派分子的牌子，曾两次游排干，每次都是四五天，以大批促大干，给民工以震慑作用。

庆华八队的政治队长孙树林，当年三十多岁，把五个儿子和一个女儿都扔在家里，一个人上了工地，并在工地上火线入党。

庆华七队提前完工后，又帮助施工落后的乌中旗二驴湾工地施工半个月。民工们坐着敞篷车每天去中旗工地支援，那个时候，没有什么安全意识，也没

有生命高于一切的说法，人们一切都听从组织的安排。

王长命的妻子郝金莲也介绍了施工情况。她是庆华六队社员，总排干施工时，仅有十五岁。

郝金莲平时在队里干活儿就踏实，就怕落后，从小没有上学，十二岁就和社员一起割麦子，干地里的农活儿。当时，郝金莲与队里十一个姐妹一同上了工地，她是最小的，最大的是十八岁。她由于年龄小，担不动，就上土，搬小的冻块。俗话说：不怕慢，单怕站。郝金莲说，别看她当时岁数小，可从不停歇地干，别人休息，她不休息，就想争先。还说，出工早，笨鸟先飞，她和同村的叫陈丑女的，当时十八岁，经常搭伙干活，从来都不服输。

郝金莲说，那个时代的人没有偷奸耍滑的观念，只有集体观念，偷奸耍滑的人会让人讨厌的。

工地竣工，生产队评选劳模，郝金莲由于在施工民工里是年龄最小的，且又是女民工，干活儿踏实，被队里评为劳模，奖励给她一个表面有一朵鲜艳的牡丹花的搪瓷缸子。

总排干竣工后，王长命和郝金莲经人介绍，喜结连理。但挖总排干时，两个人并不认识，只是互相知道，因为是一个大队的。

在大集体的时代，挖排干挣工分，人们视荣誉和表扬如生命一般重要。郝金莲一直小心翼翼地使用并保存着奖品，时不时地在丈夫王长命面前炫耀一番，叙述着她挖总排干的有趣故事。

王长命介绍说，总排干等排水系统没有配套前，像前旗的新安镇先锋村个别社、新安村等由于过去土地盐碱化不能耕种；排干配套后，由于土地可以耕种了，便出现了一些土地纠纷问题，从这一点上说，总排干的配套功德无量。

通过王长命与郝金莲夫妇的讲述，总排干施工轰轰烈烈的场景呈现在笔者眼前。简陋、粗糙的施工工具，人担肩扛、牲畜拉，生产力落后，生产关系中民工这一关键的因素却不能小觑。各级领导就是火车头，要想火车跑得快，全凭车头带。所以，各级领导出工在前，收工在后，每天收工后还得开会考虑研究第二天的施工情况等。那个时代的人，正如郝金莲女士所讲述的，没有偷奸耍滑的概念，只有集体观念，偷奸耍滑的人会让人讨厌的。工地上都是浓浓的劳动氛围，大家都在挥汗大干，即使有偷奸耍滑的人，也在大家的带动下，变得任劳任怨大干了。所以大家都是朝前走，心想在了一起，劲使在了一起，没有偷奸耍滑的氛围。尽管施工是艰苦的，但是大家齐心协力，克服了困难，取得了施工的胜利。

王长命支书还讲到，那个时代的共产党员确实起到了一个共产党员应有的模范带头作用，唯恐落在了普通民工的后面。他们吃苦在前，享受在后，绝不是仅仅落在口头上。从那个时代的人的身上就能看到未来社会发展的希望，看到社会发展的光明前景。因为那个时代的人普遍朴实，没有私心杂念，人与人之间都是友爱互助的，那个时代的人们是我们现在的人学习的榜样！

冀焕瑞在工地上火线入党

笔者在前旗新安镇庆华村六社又采访了冀焕瑞。二〇一五年时，冀老七十七岁。二十三岁时，他从河北宣化到包钢技校上学，后来来到树林子公社落户。

一九七五年施工时，冀焕瑞每天总是比其他民工多干半个小时。早上最早起来，督促队长雷二虎早点把民工们叫起来出工，因为自己不是队长，去叫民工的话，会引起人们的反感和厌恶。民工收工后，冀焕瑞再去收拾牛、驴车赶回来住处。

施工中，冀焕瑞总是给民工们拿旧社会和解放以后的日子进行比较，感到党带领人民过上了好生活。用冀焕瑞的话说：人的力气是用来干什么的？就是用来劳动的。所以，冀焕瑞在施工中总会早早去看管撬棍等工具。他认为没有工具就无法施工，看管好工具，才能避免让别的工地上的民工拿走了工具。担土时，他总是把箩头装得满满的，也由于自己是孤身一人来到河套地区，当年三十八岁了还没有结婚成家，所以，干的活儿总是比别人多。他的心里总是想着快点起床，快点担土，快点多干，快点完成任务。所以，正是由于他在工地上的突出表现，被树林子公社书记刘开明检查工地时发现了，刘开明询问了冀焕瑞的情况，公社指挥部当即决定，同意给予冀焕瑞火线入党！

总排干完工后，公社开会时，为冀焕瑞、刘二根、白来喜、孙淑珍等七位火线入党的同志举行了入党仪式。

冀焕瑞因表现突出，工地上的广播里连续五天播放报道他的先进事迹，鼓励民工们向他学习。

冀焕瑞在施工中，由于连续作战，不知疲倦，有一天，突然担土站起来就晕倒了。众人手忙脚乱将他放在有太阳的地方歇缓了一下，他才慢慢缓过来，休息了一会儿起来继续干。他对队长、民工们说，没什么事，可以继续干。

后来，冀焕瑞每年都要出外工挖干、支渠，每年从四月一日到五月一日挖一个月的渠。由于他一如既往的突出表现，被民工们选为水利队长。河套大地上的排水干、支、农、毛、斗渠的配套有冀老的一份功劳，冀焕瑞肩膀上的老茧就是明证。

榜样的力量是无穷的。一处施工工地有一个大干的带头人，就会带动整个工地的大干快上。新安镇庆华村六社的冀焕瑞带头大干，并火线入党，带动了庆华村六社整个工地上的民工大干。

总排干工地正是有了无数个像冀焕瑞这样的民工，带头大干，督促带工领导组织民工大干，才掀起了总排干工地施工的滚滚热潮。

在施工中，冀焕瑞说出了他作为一个入党积极分子对待劳动的观点：人的力气是用来干什么的？就是用来劳动的！作为一个普通劳动者，这就是冀焕瑞同志对待劳动的观点。但是，在劳动中，冀焕瑞也不是蛮干，而是苦干加巧干，以笨鸟先飞的态度对待繁重的施工任务。他时时处处走在施工民工的前面，一如既往地长期坚持不懈，并实现了在工地上火线入党的人生信仰追求。四百里长的总排干正是由无数个像冀焕瑞这样的民工们用勤劳、智慧和汗水浇筑而成的，他们用汗水和智慧谱写出了河套大地治理盐碱化的辉煌篇章。

第十四章　潮格旗拉着后山羊肉支援总排干

原潮格旗，现乌拉特后旗，在总排干的施工中，从生产队直至公社一、二把手都亲自上到了工地。乌盖公社的六名领导全部来到工地参战；巴音宝力格公社把党委办公室搬到了工地，六名领导到了第一线，公社所属的党支部也搬到了工地。全旗各行各业支援总排干，民工人数由原来的一百五十人，迅猛增加到二千多人，比原计划增加了十二倍，特别是农区，百分之九十以上的劳力参加了总排干施工。其中，牧民、师生、干部、职工，以及很少参加劳动的旗、公社干部职工家属也来到了工地；旗、公社两级行政人员的百分之八九十来到了工地，旗直机关的大部分汽车都前来支援总排干，炭窑口硫铁矿的领导和工人也来支援施工。完工时间一再提前，由一百天提前到五十天，再提前到四十天，最后三十一天胜利完工。

乌盖公社和丰大队党支部书记郭俊富同志握钎打锤，两手被震裂，鲜血染红了锤把，仍不离工地。巴音宝力格公社宝力格大队饲料地队长阎洪军同志，从施工开始到竣工，一直在工地上，别人担一担，他就担两担；别人休息，他还在干，出工在前，收工在后。乌盖公社富海二队共产党员、民兵连长伊希格，十二月五日就要举办婚礼，但是，二十四日他还在工地上，他说，完不成施工任务就不结婚。巴音宝力格公社友联三队铁姑娘战斗队的五名队员从来没有一个人耽误过一天的劳动，李瑞珍把脚扭伤，肿得很粗，也没有休息过一天，直到最后完工。旗直单位参加施工的银行行长海山、文教局副局长曹德林等同志，虽然年纪大，身体患病，仍带领机关干部奋战在第一线。旗领导昭那木尔同志始终领导生产，参与施工，和广大农牧民群众奋战在总排干的工地上。

我们在走访中了解到，潮格旗一位公社领导由于施工组织民工不力，被盟委李贵书记批评得哭鼻子了，可见，总排干的施工刻不容缓，军令如山。潮格旗正是由于各级领导带头大干，在全盟范围内率先完成了施工任务，受到了巴盟盟委的表彰。

潮格旗用车把支援开挖总排干的物资，从韩乌拉山下的潮格旗草原运送到

施工工地。车上拉着后山羊肉、劳动工具以及柴草，满载着广大牧民群众的片片心意和一颗颗支援开挖总排干的滚烫的心。

工地上汇集的接连不断的闪闪车灯，把蒙汉人民奋战总排干的心紧紧凝聚在了一起。谁说牧民群众不会挖渠？放下羊鞭照样挥锹大干、挥汗如雨！巴音宝力格公社东升七队是牧业队，当年四十多名知青奋战在了总排干的工地上，后来没有返城的余玉玲与杨金声还结婚了，把根永远留在了乌拉特后旗草原上。

当年潮格旗指挥部后勤组的韩和平介绍说，工地上绝大多数的民工都患有不同程度的疾病，施工用药的需求量大。到了施工后期，人民逐渐适应了施工环境和劳动强度，所需的药品就渐渐少了下来。他每次到工地送物资时，都会到工地看一看，每每都能看到民工们嘴上、每个手指之间裂开的一个个血口子。所以他在供应物资时，竭尽所能保证垫肩、手套、秋鞋、面、肉等各类所需物资的充足供应。

当年，潮格旗施工时，炸药都是民工自制，原料是硝铵、柴油和锯末，制作费用由旗政府负担。总排干施工时制作炸药的快成了文物的炸药厂现在还存在着。

经过开挖总排干，总排干沟全线通过全盟六个旗县，在河套平原一百一十二条干沟、分干沟及退水沟中，现在的乌拉特后旗占有七条支沟、五条斗沟、五座桥梁和三个渡槽。原潮格旗由一九七三年时引黄灌溉面积不足两万亩，土地面积增加到现在的十七万亩，四十年增加了八倍多。

总排干在后旗境内新增的线路全长七点七千米，使潮格旗两万亩土地得以耕种。

从一名公社领导由于施工组织不力被李贵书记批评得哭鼻子，知耻而后勇，到广大牧民群众放下羊鞭上总排干，具有全盟一盘棋的大局观念，没有受益不受益之说，再到全旗上下积极参战总排干，并拉上后山羊肉支援扩建疏通总排干工程，与兄弟旗县一道奋战在总排干的工地上，而且还提前胜利完成了施工任务，潮格旗虽然在施工中工程量小，但四十多年后总结回想起来，大家认为是值得骄傲和自豪的。祖祖辈辈没有开挖过大渠的广大牧民群众，一样干得热火朝天，劳动号子声回响在阴山沿线。人们分不清是农民还是牧民，体现出了农牧民一家亲的深厚的兄弟般的阶级感情。

扎拉森拉布登大夫一家七口放下羊鞭奋战总排干

开挖总排干时，潮格旗乌盖公社是一个以牧业为主的公社，疏通总排干对他们来说受益不大。但公社从大局出发，奋战二十六天，于一九七五年十二月四日完成了施工任务，夺得全旗第一名。

在施工中，乌盖公社党委制定方案，研究措施，公社革委会副主任张永山现场指挥。公社党委研究制定了"三集中、一让路"的施工方案，即集中领导、集中劳力、集中时间，一切为总排干让路。党委六名委员全部参战。公社投入施工原计划二十二人，后增加到四百五十人，广大牧民放下羊鞭投入施工。到工地现场的有放牧的羊倌、牛倌、骆驼倌，还有赶胶车的车倌，社直单位除留一人外，全部由单位领导带队上了总排干。

乌盖公社巴彦淖尔一队中，一九七五年时五十七岁的赤脚医生扎拉森拉布登一家，小女儿乌云其其格、大女儿敖登花、四儿子苏和巴特尔（小名爬爬）、小儿子达布西拉图，在额吉（蒙语，母亲）吉拉海面前争着抢着要上排干。那时大儿子孟克巴特尔早已上了总排干工地。二十岁的爬爬，理所应当上排干，大女儿敖登花认为，额吉年纪大，上排干跑路多，活儿又重，应该留在家里照顾牛群。

额吉吉拉海，当年五十四岁，她不服老地说："过去老牧主说，骒马上不了阵，妇道人上不了排干。我这一回一定要上排干。"饱尝了辛酸旧社会仇恨的她态度格外坚定。

二十岁的爬爬说："小妹乌云其其格和小弟达布西拉图，你俩岁数小，就留下看牛群吧。"两个人立即反驳道："你不要小看我们儿童团，我们俩岁数加起来比你还多一岁。我们上了工地，可以捡冻块，背冻土，一个人担不动就两个人抬。"

家里七八个人吵着都要上，最后阿爸扎拉森拉布登拍板决定："全家都上吧。这里离工地不远，早晨出工时，把牛群赶在滩里；晚上回来，大家一起动手饮水、喂料，把牛群圈好，这个办法好吗？"

全家人都同意，决定组织个家庭突击队。大女儿写了一个大横幅，上面写着"家庭突击队"。扎拉森不用选举，自然是队长，他带领五个儿女奔向总排干工地。他们带着药箱，除了在工地上干活儿外，还可以帮大伙儿看病。

二〇一六年五月，经家乡在乌盖苏木的乌后旗体育中心原主任孟和朝鲁的多方联系，我们驱车来到了乌盖苏木富海一社，采访了当年全家争着抢着上总排干的扎拉森拉布登大夫的四儿子苏和巴特尔。与他聊起当年全家上排干的动人故事。四儿子苏和巴特尔把当年最小的五弟达布西拉图也叫过来了，一起接受我们的采访。

四儿子爬爬介绍说，阿乌（蒙语，爸爸）扎拉森拉布登六十五岁上就去世了。他一直给当地乃至整个乌盖苏木附近的百姓看病，在当地威望很高，又是老党员，经常教育孩子们听党的话，服从党组织的安排，要懂得吃苦在前，享受在后。他即使卧病在床也给别人用蒙医药号脉看病，治愈了不少疑难杂症的患者，救活了不少濒临绝望病人的生命，他还自己采集蒙药并且配置蒙药给患者看病。他们的母亲额吉吉拉海，二〇〇〇年去世，享年七十七岁。额吉上了总排干便帮助民工晒被子、送水、去厨房帮忙等，干些力所能及的事情。额吉不挣队里的工分，思想积极上进。总排干竣工后，额吉被评为苏木人大代表、先进妇女代表，并参加全旗的人代会、妇代会。

扎拉森拉布登大夫的儿子们

扎拉森拉布登大夫由于家里养着牛，经常救济没奶吃的队里的孤儿，被救济的孤儿不下五六个，深受当时队里社员的尊敬和好评，全家被评为"五好家庭"。当时全家人都上了总排干，在阿乌的带领下，全家人各尽所能奋战在总排干上。他们住的地方都是帐篷，地下潮湿，铺的麦柴都可以挤出水来，每天需要更换出水的麦柴才能睡觉。每个人肩膀上都垫着垫肩，肩膀上压起的筋圪蛋十几年后才下去。每天听厨房摇铃吃饭，干活全靠吃饭来补充体力。四儿子爬爬由于年纪小，上总排干担土、上土，现在右胳膊无法正常吃饭、干活，胳膊不能伸展自如，吃饭只能用左手吃。医生诊断是由于用力过大、过猛，形成陈旧性肘关节病。当年治疗需花费两万多元，由于经济紧张，只能放弃治疗。大腿也关节疼痛，笔者采访时是二〇一六年的五月二十三日，他当时穿着秋裤、薄羊绒裤两层。

扎拉森拉布登大夫的五儿子达布西拉图也上总排干了，他年龄小，就抱冻块，给民工们端水、倒水。后来他继承了阿爸的事业，做了一名苏木卫生院的大夫，是西医大夫。由于学了汉文，对阿爸的蒙医药知之甚少。他自己介绍说，他与阿爸的知名度比起来相差甚远。阿爸德高望重，在当地牧民心中享有盛誉。儿女们没有继承阿爸的蒙医药治病的本领，这成为他们儿女一生的遗憾。

全盟会战总排干的大潮吸引了潮格旗的广大牧民群众，大家积极响应全盟的号召，放下羊鞭支援总排干施工。阴山脚下的乌盖公社扎拉森拉布登大夫一家全家组织起了"家庭突击队"奋战总排干，各尽所能地为总排干施工出力，他们演绎的蒙汉一家亲奋战总排干的动人故事在阴山脚下传颂着。

巴音宝力格公社施工时将红旗当作信号

疏通总排干工程开始后，巴音宝力格党委立即行动，抽调了十名公社干部抓好此项工作。他们在工地建立了临时党支部，注重发挥党团员的先锋模范作用，并在施工中培养选拔积极分子。各兄弟队之间展开比思想、比干劲、比团结的劳动竞赛。党委主要成员亲临一线参加劳动，党委副书记郭栋虽然年近半百，仍然挑起百十斤重的担子，和民工们一起大干。同时，在劳动中发现问题后及时解决。

领导带头，激发了民工们的干劲。公社的友联大队一九七五年遭到了百年不遇的山洪的袭击，灾情大，困难多，但他们却不惧困境，大力发展生产自救。

由乌后旗记者贾霞采访的和丰村郭俊富和贾厚介绍说，他们的食堂南边也立着面红旗，这面红旗与工地红旗不一样，是当信号功能用的。每当这面红旗升起时，就表示要出工了，大家便排好队，唱着《下定决心》《大海航行靠舵手》等革命歌曲向工地出发；当红旗降下时，就表示要开饭了。

五十岁的炊事员傅爱成，负责一个大队民工的伙食。他的老伴为了调剂一下伙食，经常炒上一些肉酱送来，一天下来累得无法入睡。而刚高中毕业的刘继宝、贾厚，刚施工两天，因在施工中舍得出力气，肩膀红肿得像吹起来似的，有时半夜疼醒后都不敢摸自己的肩膀，但还是咬着牙第二天接着干。傅爱成、郭俊富在全盟庆功会上受到了表彰。

由巴彦淖尔市著名作家陈慧明老师采访的米成玉介绍说，当时为了赶工期，民工们连轴转，一天只睡两三个钟头，连工地上改善一下伙食的饭菜都嚼不出个味道来。民工们端着个饭碗，迷迷糊糊地蹲下吃饭，或者靠在一个水缸上、墙根上，闭着眼睛往嘴里扒拉饭。有时候扒拉的中间不知不觉就睡着了，只听"叭嗒"一声，饭碗掉地上摔成了两半儿……

米成玉说，工地上施工是第一位的，什么找对象、结婚的事情都得往后推，什么事也不敢与总排干的施工相提并论，没有比挖总排干更重要的事情了！

目前，居住在巴音镇，当年在临河团结公社十六岁就上了工地的秦小平说，那时，他还在上学，听说要上总排干工地，他们这些学生娃娃激动得有种要哭鼻子的感觉，好像不是上总排干工地干活去了，而是要干一件多么荣耀的事情一样，让大家激动、高兴得无法形容。

施工中，箩头统统承受不了重达几十斤的冻土，箩头把子总会断裂。用不成的时候，人们就会将麻袋的四个角用很多布绳、麻绳串起当箩头使用，比箩头还担得多，且简便好倒土。

在总排干施工中，表现突出就能火线入党，巴音宝力格宣传员白玉花以及巴雅尔就是火线入的党。

入党仪式安排在挖好的总排干工地上，连同总排干劳模表彰一起举行。二〇一五年，六十四岁的白玉花介绍入党时的情景说，那不仅是一件自豪的事情，也不仅是荣耀，更多的是一种鼓励。大家感觉肩上压的不是担杖，而是一种沉甸甸的寄托和希望。虽然当时入党程序简单，但人们以争做党员为荣，因为当年是为荣誉而战的年代，大家视荣誉为无比崇高的光荣。

乌盖公社富海三队的孟克那生，十五岁就上了总排干的工地，在工地上听说干得好能火线入党，就豁出命来干，不管身体累不累，住的地方湿不湿、冷不冷，他最后和嘎查的几个大人们一起入了党。入了党的孟克那生，走着坐着都高兴，都想笑，一辈子都难忘……

总排干是苦练本领的好地方，也是当年的人们争相去体验、去锻炼的理想去处。在总排干的大熔炉里把自己锤炼，既历练了干革命工作的赤胆忠心，也练就了吃苦耐劳的过硬本领。

第十五章　巴盟军分区干部退役不转业奋战总排干

　　登上总排干，首先映入眼帘的是鲜艳的红旗林立于总排干两岸，一直伸向远方。排沟里、沟岸边，到处是沸腾的人群。阳光下，锹闪银光；朔风中，担子如梭。在巴彦淖尔盟军分区的工段，副政委海山和额尔敦朝鲁副参谋长在凛冽的寒风中担着冒尖的担子忙碌着。海山副政委介绍说，工地上的指挥员平均年龄都四十岁以上，两鬓增添了不少白发。还有两个政治部的干部，早已确定并批准转业了，一个是钱银河，一个是褚青山。只要调令一到，就可以奔赴新的工作岗位。但他们却留恋河套地区，坚持来到了总排干的工地，参加大会战。当年的报社记者采访，问他们的想法时，他们说："大家都干得热火朝天，我们怎么能坐着不动呢？"工地上一块显眼的黑板立在工地上，上面写着《决心书》：

　　　　不怕任务重，何惧寒水冰。

　　　　立下愚公志，敢与天地碰。

　　　　建设大寨县，落实见行动。

　　在战报栏的对面，又有一个挑战栏，上面写道：

　　　　团员摆擂台，党员来应战。

　　　　你有冲天志，我有翻江愿！

　　　　你能挑千斤，我敢加一半，

　　　　究竟谁英雄，现场比比看。

　　走进解放军某部二连和四连的工地，他们的工地与军分区的工地毗邻，双方正进行着明争暗比的竞赛。二连是尖子连，开赴工地后，决心书、宣誓书飞向党、团委，排与排、班与班的对手赛相继开展，人人斗志高。从小在牧区长大的战士巴特尔，从未干过农活，这次来工地，决心好好锻炼一下自己，练就一身好身体。在工地上，他顶着寒风，担着大土担，从早到晚不让人换一换，汗水从脸上、额头上一直流到脖颈里，湿透了汗衫也顾不上擦一把。收工后回到住宿地后，不是坚持学习，就是帮助驻地群众扫院、担水……

还有四排长韩善威、副排长王富才那被扁担压得青红肿胀的肩头，战士陈亮那只带伤的右手紧抓着扁担迈着的矫健步伐如飞等，他们就是这样，仅用二十五天就完成了施工任务。

军分区即将退役转业的干部，被总排干上工地上热火朝天的革命干劲所感染，他们留下来与战友们一起改造曾在这里挥洒青春、度过军营生活的河套大地上的盐碱地。这里的一草一木是那么熟悉，这里的一草一木让他们格外留恋，这里的盐碱化又是那么让曾在这里度过军营生活的人们牵肠挂肚。他们对这片土地爱得深沉，对这片土地一往情深。

工地就是另外一种生活体验，另外一种人生历练。它会使你的思想得到纯洁，使你的身心得到另外一种洗礼。因为，全盟的全民总排干大会战是一座大熔炉，河套大地上有血性的男儿都在里面历练，革命军人更是当仁不让，犹如在战场上杀敌一样冲锋在前！

驻地部队要求谁都不能请假奋战总排干

北京军区驻巴盟骑兵一团，代号中国人民解放军一七八六部队。一九七五年，骑兵一团的施工任务是乌加河桥至大厚店村共十四里，这是以单位施工工程量最大的一段。团里要求四十五天完成任务，全团除留一个连战斗值班外，其余人员全部参加。

十一月八日，在团长马永禄带领下，全团两千多名官兵乘军用卡车，高唱军歌《我们走在大路上》上了总排干。

团部规定，谁都不能请假。据骑兵团战士康明魁回忆，当时骑兵一连的一河北籍战士，接到"母亲病故，速回"的电报，向班长哭泣着要回去送丧处理后事。班长很同情这个战士，并安慰他"自古忠孝不能两全"，让他正确对待。随后，这位班长拿出自己仅有的津贴费，又同战友们借了一部分，共凑了一百元，悄悄给这位战士的父亲寄去。父亲收到汇款后回信，说汇款已经收到，这位战士才知道，是班长给父亲寄回了钱。

　　当时，新兵服役的津贴仅为每月八元，两年兵每月十元，而攒够一百元津贴费需要一年的时间。班长的仗义资助让这位战士深深地感动，他决心以完成总排干施工任务的优异成绩报答母亲的养育之恩。在施工中，这位战士干劲突出，班长和这位战士在全团受到通报嘉奖。

　　在施工中，两位团首长不服老。一位是团政委卢茂林，他是全团唯一参加过抗美援朝的团首长，先后击落美军战机十几架，深受全团敬重；另一位是副政委欧诗宜，是原华东军区二级战斗英雄。两位团首长见战士们休息，就抢过筹头两个人一起抬。上百斤重的稀泥，两个人走在"之"字型的路上，要拐两个弯，上了道坎，才能达到堤顶。毕竟年龄不饶人，每担一筐，艰难地朝前走着，担杖拉着两个人，才不会摔倒。在休息的时间，两位团长还要修整筹头等工具。

　　骑兵四连的一位战士，是全团的担土冠军。四十天施工，每天平均担土五点五方，没有一个战士能超过他。

　　劳动工具少，人们就把装马料的旧麻袋的四个角用铁丝系住当筹头用，两个人抬泥；没有担杖就用营房备用的松橡代替；筹头少，就把战士分成三班轮流担土，以保持较高的担土效率。

　　团指挥部的流动红旗每两天评比一次，奖给按人数平均完成施工指标最高的连队。骑兵一团提前完成了任务，还帮助友邻十六团挖了几百米。

　　二〇一五年夏季，笔者采访巴盟总排干指挥部政治处主任的郭子卿老人时，郭老的儿媳妇、已从巴彦淖尔市文广局退休的马爱梅女士，介绍了部队当年的施工情况。当年部队骑兵一团的何明耀干事说，部队在完成总排干施工后，检查准备交工验收时，部队发动指战员用铁锹把渠背拍得如部队士兵的被子一样齐齐整整，用扫帚把冻土扫得整整齐齐，有棱有角。他们要求部队施工要有别于旗县地方的施工，要突显部队的特色。作为人民子弟兵，他们这种在施工中追求精益求精的精神深受工地上民工们的好评。

　　部队的训练是严格的，纪律也是严明的，但是总排干上的施工更是迫切严峻的，谁都不能请假，只能奋战总排干，即使家里出现了特殊的情况，革命军人也以服从命令为天职，因为"自古忠孝不能两全"。革命军人以忠诚于党、忠诚于人民为革命军人的准则。部队上的人间大爱熔化了铁一般的纪律，也锻造了铁一般的担当。革命军人的政治本色不变，永葆革命军人军民鱼水情的光荣传统将代代相传！

第十六章　国营农牧场两万名知青奋战总排干

国营农牧场的下乡知青与全盟各旗县的民工一道，积极响应全盟扩建疏通总排干的号召，两万名知青奋战在总排干工地上。

国营牧羊海农场职工段德平在工地奋战中不幸牺牲了。根据他生前积极入党的申请，被农场追认为党员。他的母亲、哥哥闻讯从老家赶了过来，老母亲说，儿子是为建设社会主义献出了生命，死得光荣，并用自己的苦难家史激励职工干部们的斗志。段德平的哥哥也主动要求上了工地，他接过弟弟的扁担和职工们一起大干，体现了人民群众建设社会主义的崇高献身精神。

段德平施工时在工地上背冻块，他把工地上用炸药炸下的有二百多斤的冻块，放在自己的身上憋住了气背出去。而当三四个民工把足有二百多斤的冻块抬得放在段德平的身上时，段德平憋住了气，挺直了腰，然后全身向上一耸，就这一耸，段德平连人带冻块再也没有站起来，和疏通的总排干一样静静地永远躺在了河套的大地上……

段德平的事迹感动了国营农场的两万多名知青，知青们纷纷表示，要向段德平同志学习，早日疏通总排干。

五原县建丰农场在开挖总排干上提出了"大干一百天，疏通总排干"的口号。当时农场的知青们都很年轻，最大的二十七岁，最小的还不到二十二岁，都是风华正茂的年龄，他们满怀着建设边疆、献身祖国，哪里需要就到哪里去的激情，所以，党团员、青年积极分子带头上了工地。普通群众被感染，许多青年主动要求火线入党或入团。

一位叫旋伯年的天津知青，有一天晚上赶着马车送女知青们回连部，路过一个涵管桥时，马车翻进了一米多深的毛渠。他的脚被马车压成了粉碎性骨折，落下终身残疾，走路使不上劲，一负重还一瘸一拐的。

当年建丰农场的知青们返城后，时隔三十多年后回到原来曾经生活过、战斗过的地方，看到过去五万亩的盐碱地现在都变成了良田，感到由衷的高兴。

乌梁素海农场的总排干工段上，并排竖立着八面鲜艳的红旗，三百多人的突击队中，大多是二十来岁来自北京、天津、浙江、青岛等城市的下乡知青。下乡五六年，磨炼了他们的筋骨和意志，十二名知识青年给毛主席的信，让他们热血沸腾，他们认为开挖总排干工地正是他们大有作为的好天地。

一个被大伙儿称为小连长的知青吴恒林，肩膀磨破了，血肉和衬衫粘在一起，满手都是血泡，掌心露出了鲜红的嫩肉。他身穿褪了色的半旧绿棉袄，腰里扎了根麻绳，右肩扛着两把大锤，左手提着根钢钎。叫他小连长，只因为他面带稚气，年龄小。

有一阵，社会上刮起"回城风"。一天，吴恒林小连长的一个在机关领导岗位工作的姑姑坐着小汽车来看他，其实是专门为把吴恒林调回城里，来接他回去的。小连长态度坚决地说服了姑姑，并送走了姑姑，退回了商调函。同时，他又向党组织递交了一份坚持上山下乡，扎根边疆，艰苦奋斗一辈子的决心书。没有调回城的吴恒林在总排干大会战上大干，提升了自己的思想境界，练就了革命事业接班人的赤胆忠心和一身过硬的本领。

农管局系统的知识青年较多，但体力却相对较弱。虽然经过广大知青的努力大干，但是与其他单位相比，工程任务的进度落在了后面。为了能够同时完工，中后旗、五原县、前旗积极响应盟委号召，集中主要劳动志愿者支援农管局系统，与农管局系统职工并肩作战，按时完成了施工任务。

总排干工地处处体现了全盟一盘棋的思想，农管局系统的两万多名下乡知识青年与广大贫下中农一道奋战在总排干工地上。广大知识青年在总排干的工地上大有作为，许多知青在工地上的感人故事不断上演。广大知青从没有搞任何特殊，在工地上努力提升磨炼自己。同时，广大知识青年也深深体会到了河套大地上的百姓对他们知识青年的厚爱，要把广大知青当作稚嫩的幼苗一样扶持长成参天大树的心愿。

第十七章　驻地部队、中后旗、磴口县提前竣工

巴盟军分区和磴口县红卫公社相继完成了施工任务。截至一九七五年十一月三十日，磴口县、中后旗、潮格旗等旗县已完成施工任务的百分之七十以上，进入了决战阶段。临河县、杭后旗、五原县、前旗和农管局等施工单位，都陆续增加施工力量，通过采取得力措施，加快施工进度，表示在十二月底以前，保质保量完成施工任务。

在这种大好形势下，盟委指挥部于十一月三十日召开了紧急会议，分析了形势，参观了中后旗施工段的现场，总结了经验，传达了盟委关于提前于十二月末完成全部工程任务的决定。盟委要求各旗县委、农牧场党委和公社领导，除留少数人在家里处理日常工作外，其余人员都要亲自上阵参战。分段包干负责，做好政治思想工作，坚定信心，一鼓作气，按时完成任务。

总排干驻地部队、中后旗、磴口县施工段经过一个多月的艰苦奋战，已于十二月五日和六日相继提前胜利竣工。

他们之所以提前完工，有一个共同特点：认识高、路线正、决心大、行动快。驻地部队将奋战总排干视为部队练兵的大好时机来对待，为奋战在总排干工地的广大干部、民兵和群众做出了榜样。同时，三个单位各级领导带头大干、充分发动群众，前线后方总动员也是他们率先完工的重要原因。

为了总结经验，表彰先进，推动整个总排干施工的全面跃进，巴盟盟委和盟革委于一九七五年十二月六日和七日分别为这三个单位举行了盛大的庆功大会。盟党政军领导李玉堂、赵清、康俊、杨力生、伊钧华、何耀、杨玉信、詹振英、叶青元等分别参加了三个工段的庆功大会，盟领导在庆功大会上宣读了盟委的《贺电》，授了锦旗，颁发了奖状。部队首长、旗县委领导和群众代表分别总结了施工中的经验。

一九七五年十一月二十八日，巴盟盟委下发《关于提前完成扩建疏通总排干工程的通知》：

> 巴盟盟委原定从一九七五年十一月七日开始，到一九七六年三月底，动员几万民工，大战苦战一百天，按时、按质、按量完成总排干

扩建疏通任务。根据工程的进度、群众的干劲和施工中的实践，盟委认为，这样大的工程，牵扯到全盟的主要劳力、财力和劳动精力。又是冬季施工，工期拖长了，不但影响了一九七六年的生产准备，而且困难越来越多。民工人数也超过原定的三万人的一倍以上，完成任务的时间也要相应提前，即由原来的一百天，缩短为五十天。要求在一九七五年年末以前，全面完成工程任务，最晚不得超过一九七六年元旦。

要求各地加强对工程的领导，除了留一定的力量，尽快完成粮食入库工作外，要集中精力抓好总排干工程。要推广中后旗的经验，昼夜轮班干，昼夜轮班休息，提高劳动工效。对于进度慢的社队，领导同志要下去蹲点，加快进度。

《通知》要求，搞好工地的政治思想工作，增强民工的干劲，鼓舞民工的士气。每个工地都要有红旗、语录、标语、口号、高音喇叭，每个公社、农场以上的指挥机构，都要有战报、流动红旗，要用广播、幻灯、简报、光荣榜等各种形式经常性地表扬好人好事，要开展流动红旗、对手赛、挑应战等劳动竞赛活动。完成任务的公社，旗县要给开庆功大会，全盟第一个完成任务的公社，盟委要发贺电、奖状，并要派领导同志参加。提前完成任务的旗县和农管局第一个完成任务的农场，盟委要给开庆功大会，颁发锦旗和奖状，提前完成任务的公社、旗县，可以把民工撤下去，将其转到十大排干和一九七六年的生产准备工作中去。对完成任务胜利回队的民工，工地上要敲锣打鼓组织欢送，家里组织社员要热烈欢迎。各行各业要大力支持农业，大力支持总排干的开挖工程。

一九七六年元月六日，全盟总排干工程进入决战阶段，全盟总排干工程完成施工任务的百分之八十以上。各旗县、部门领导深入一线，分兵把守，包干负责，参加战斗，加强领导，以大决战的姿态完成施工任务。总排干工地上的广大民工，正以大决战的丰硕成果迎接全盟农业学大寨誓师大会的胜利召开！

全盟扩建疏通总排干工程，从一九七五年十一月七日开工至一九七六年元月二十日胜利竣工。

一九七六年元月十六日，中共内蒙党委、内蒙革委会给盟委、盟革委会发来《贺电》：

对出动千军万马，艰苦奋斗，自力更生，经过两个多月的奋战，胜利完成了总排干施工任务的人员表示祝贺和慰问。希望抓紧当前的农田水利基本建设，发动群众大搞积肥和备耕工作，为夺取农业生产大丰收而奋斗。

第十八章　全盟扩建疏通总排干竣工大会
胜利召开

　　一九七六年元月二十日，由巴盟盟委、盟革委召开的全盟疏通总排干竣工暨掀起农业学大寨新高潮大会在临河隆重开幕。

　　盟委第一书记李贵做了题为《发扬大战总排干的革命精神，在普及大寨县运动中夺取新的更大的胜利》的报告，盟委书记赵清同志主持开幕式，自治区有关部门领导同志和巴盟党政军领导同志出席了开幕式。出席开幕式的代表共六千四百多人，这次大会参加人数之多、规模之大，在巴盟的历史上是从来没有过的。会议总结了疏通总排干的经验，表彰了在疏通总排干工程中的先进单位和英雄模范人物。

1976 年 1 月全盟疏通总排干竣工表彰大会（临河原盟体育场）

　　大会的开幕式在盟体育场隆重举行。上午九时，来自全盟七个旗县、一百一十一个公社、七百七十八个大队、四千一百八十四个生产队、十五个国营农牧场、驻军和盟直各部、委、办、局、二级单位的六千四百多名代表和列席代表，胸戴红花，手举红旗，敲锣打鼓地进入了会场。

　　上午十时，在雄壮的《东方红》乐曲、礼炮和掌声中，大会执行主席、盟委书记赵清同志宣布大会开幕。

盟委第一书记李贵在扩建疏通总排干庆祝大会上发表了重要讲话。

李贵在讲话在中指出，盟委的决定充分反映了全盟各族人民群众的共同心愿，得到了广大干部群众的热烈拥护和坚决支持，各旗县社队、各国营农场纷纷召开誓师大会，各行各业纷纷表决心，工程以预料不到的速度迅速进展。全部工程一千一百五十多万土方，如果一方方地连接起来，长达一万一千五百多千米。对比一九五九年开挖的总干渠，一千七百万土方，上了两万人，前前后后干了近五年；总排干的第一期工程，八百万土方，上了三万人，一九六五年秋天动工，到第二年才基本完工；一九七五年这次施工，在战线长、气候严寒、困难很多的情况下，完成这样大的工程是前所未有的，这在解放前更是不可设想的。国民党反动政府，以修建黄羊闸为名，从河套人民身上敲诈了三百多万斤的粮食和大量财物，从一九四六年到一九四九年，只挖了两个坑，老百姓戏称，一个叫"饮马坑"，一个叫"坑人坑"。

李贵书记在总结讲话中指出了疏通总排干的基本经验是：

一是思想上、政治上路线的正确与否是决定一切的。我们认真总结了农业生产长期后进的经验教训，认识到河套地区有灌无排是造成土地盐碱化的根本问题。只有尽快解决有灌有排、灌排配套问题，才是根治盐碱的唯一出路。

二是放手发动群众，大搞群众运动。全盟几乎有一半的劳动力上了总排干，国营农牧场的四万多名知识青年有近两万人上了排干。工地上拼命劳动的新人新事、新思想、新风尚大量涌现，互相支持、互相协作的"龙江"风格在工地上蔚然成风。在总排干的工地上真正体验到了群众是真正英雄的辩证唯物主义真理。

三是领导一定要走在群众的前面。工地上，四级书记、五级干部、各条战线的领导都上去了，和民工同吃、同住、同劳动、同学习、同批判，心和群众贴在一起，汗和群众流在一起，领导和群众真正成为一个战壕的战友，解决了一批、二干、三带头的问题，形成了一个"领导敢下海，群众能擒龙"的劳动场面。各级领导都亲临第一线，有的自始至终没有离开过工地；有的带病坚持劳动；有的关键时刻几天几夜不下工地。领导干部通过"五同"直接看到了群众的智慧和力量，找到了思想上、作风上的差距，打掉了官气、暮气、娇气、怨气，在施工中增长了才干。总排干的施工，使我们以前不敢想的敢想了，不敢干的敢干了，才真正懂得了"越干越想干，越干越敢干，越干越会干"的意义。

四是自力更生，艰苦奋斗。在疏通总排干的工程中，我们没有"算"字当头，而是"干"字当头，不讲困难讲革命，不讲条件讲干劲。各级没有提条件、讲困难，而是干起来再说，在干的当中创造条件，解决困难。

五是集中优势兵力打歼灭战。在施工中艰巨程度比原来设想的大得多的时候，五级干部的一把手或者主要领导干部全部上阵，劳动力比原计划增加了四倍，形成了施工的绝对优势。全体民工以民兵组织和军事化行动进行施工，各行各业在这次施工中，都想工地所想，急工地所急，出现了人人想着总排干、一切支持总排干、千军万马战排干的生动场面。总排干的施工，是我们一年来，抓了机关的革命化建设，六千多名干部到农村去，到牧区去，到厂矿去；近千名同志充实了基层，干部队伍的精神面貌发生了很大变化。

这次会议还提出了发扬大战总排干的革命精神，掀起声势浩大的肥料

参加总排干竣工庆祝大会的民工们

大会战的新高潮，要求各级领导亲自背起粪筐去积肥，提起尿桶去收尿。

李贵在讲话中最后指出，总排干施工，同时也暴露出领导班子在执行政策、

指示中的问题，以为天寒地冻盟委会下令撤兵，不再疏通总排干了，结果工程进度大大落后，搞得很被动，吃了苦头。

按照巴盟盟委提出的奋斗目标，巴盟的第五个五年计划开始了。一九七六年全盟中磴口、五原要达到大寨县的标准，粮食产量要实现大幅度的增长。一九七七年全盟粮食产量要上《纲要》，实现一人一猪，一九七八年全盟普及大寨县，一九八〇年基本实现农牧业机械化，在五年内，要逐步实现盟委分区治理的规划。

全盟庆祝疏通总排干竣工掀起农业学大寨新高潮大会于一九七六年元月二十四日胜利闭幕，历时五天。出席大会的六千四百多名代表和列席代表认真学习了毛主席的词二首和中央两报一刊《元旦社论》，学习、讨论了盟委第一书记李贵的报告。经过大会评选，树立为农业学大寨、牧业学大寨和疏通总排干标兵的有：临河县团结公社、乌拉特中后联合旗巴音哈太公社、乌拉特前旗宿亥公社等二十五个单位。评为先进集体的有二千四百六十二个单位，评为先进个人的有二千八百八十一人。

一九七五年的扩建疏通总排干由于都是人工开挖，人力能力有限，只完成了水上方部分土方，水下方开挖人力所不及，未能达到设计深度，致使总排干只能排出地表水和灌溉余水，起不到彻底排水和根治盐碱的作用，但对河套地区的土地盐碱化却起到了遏制作用，这一点是毋庸置疑的。

从李贵书记饱含深情的总结讲话中，不难看出盟委做出扩建疏通总排干自始至终都是那样的坚定不移。施工中遇到难题，不管难题多棘手，盟委都是一以贯之地奋战到底，丝毫没有动摇。一声号令，一竿子插到底，充分体现出巴盟盟委是值得全盟人民信赖的坚强的领导班子。

全盟决策扩建疏通总排干，这种敢为人先、敢做第一个吃螃蟹人的精神是值得钦佩、值得称道的，也是值得永远铭记的。决策磅礴宏大，士气势不可挡，领导率先垂范，把毛泽东思想的充分发动群众、相信群众，大打人民战争的战略战术思想灵活运用到了扩建疏通总排干工程中，取得了扩建疏通总排干工程的伟大胜利。国家水电部部长钱正英视察后评价说："扩建疏通总排干工程是河套地区的一个伟大创举！"

通过扩建疏通总排干，人们对排水的认识有了一个质的飞跃，为以后河套灌区治理盐碱化，改良土壤找到了一条科学的途径。期间，总排干又向世界银行贷款，开始了由机械化作业的第三次总排干开挖，实现了总排干沟低水位运行的畅通无阻。总排干与红圪卜扬水站组成了一个整体，实现了总排干排水、泄洪、有效治理盐碱化的最终目标。河套灌域总局退休工程技术人员刘义在回忆文章里写道："开挖总排干比总干渠的开挖需要更大的决心、更大的勇气、更坚强的毅力、更多的施工方法。"四个排比句，彰显出总排干施工的艰难程度和疏通的艰辛不易。

三盛公水利枢纽工程和总干渠的建成改变了河套灌溉引水的历史，是水利事业的一次飞跃，从根本上解决了灌区的引水问题。总排干和扬水站的建成，从无到有，解决了河套灌区的排水问题，是水利事业发展的又一次飞跃。引水保证了灌区的发展，排水保证了灌区的持续发展，河套灌区这三项宏伟工程历经五十多年，是几代河套人民共同奋斗的结果。现在河套灌区从引水、排水中走来，向着节水的方向迈进，河套灌区从实践中认识到"合理灌溉，保证排水"的科学发展理念，为河套人民创造着更加幸福的美好明天。

二〇一二年，巴彦淖尔市发生了五十年一遇的特大暴雨灾害。六月二十五至二十八日，全市持续普降大到暴雨，最大降雨量达一百七十一毫米，总排干作为灌区防洪排涝的主要通道，承担了防汛抗洪的重要任务。大雨过后，总排干迅速汇水，全线水位急剧上涨，流量陡增，总排干下游六份桥一度出现了八十点三立方米每秒的最大流量，超过了总排干的设计洪水标准五十五立方米每秒，达到了五十年一遇的洪水标准。以总排干沟为骨干的排水系统在这次防洪排涝中发挥了极为关键的作用，功不可没，大量排水经各级排水沟道汇入总排干沟，最终汇入乌梁素海。据水文、气象部门统计，两次降雨导致河套灌区北部山洪总量为三点五亿立方米，河套平原降雨近八点五亿立方米，两次降雨汇入乌梁素海水量二点一一亿方。这时，参加抗洪抢险一线的全体河灌系统水利战线人员，从领导到普通职工干部，以及全市河套人民更加怀念以李贵为第一书记的当年巴盟盟委的正确决策，更加怀念和追思李贵书记等老前辈们率领十五万河套人民奋战总排干的伟大实践和高瞻远瞩的战略眼光了。

尾 篇

采写后的感想

三盛公水利枢纽工程，是在国家三年困难时期，国家大型建设项目纷纷被迫下马，原苏联撤走专家、撕毁合同的大背景下，由我们国家水利技术人员自行勘察、测量、设计完成的。为了实现黄河截流，造福人民的千年梦想，面对着土法截流黄河，千百年都没有成功实践的种种质疑与责难，施工人员在填饱肚子都成问题、身体严重营养不良，住着"干打垒"茅草屋的条件下，还冒着铺着麦柴工棚着火的安全生产防护存在诸多隐患的危险，义无反顾地投身到工程建设中。他们夜以继日，加班加点，分文不取，毫无补助，这些都是施工中的常态化。领导安排在哪里，就投身到哪里，且毫无怨言，任劳任怨。他们视集体利益、集体荣誉比生命还重要，唯恐自己落后了，思想落伍了，不能很好地为建设社会主义添砖加瓦而被别人取笑了，这是他们精神风采的写照。每个工程技术人员都充分发挥了自己的聪明才智和技术本领，把全部青春、智慧和汗水毫不保留地挥洒在了工地上。他们为工程施工奔走呼号，废寝忘食，殚精竭虑。在施工中，无论是受益地区的民工、百姓，还是不受益地区的民工、百姓，都想工程之所想，急工程之所急，像完成打场入库任务一样完成了黄河截流所需的柴草收割、拉运任务，没有拖工程施工的后腿。

全国各地各行各业都在支援三盛公水利枢纽工程建设，就连拉运拦河闸闸门，都惊动了国家铁道部。枢纽工程总负责人亲自拜见铁道部部长、原抗战时老上级，使拦河闸闸门拉运得以顺利进行。铁路沿线采取特殊措施处理，一路绿灯便利放行；包钢为黄河截流让步停产；呼、包二市从生产建设企业抽调工人全力支援黄河截流；包头一机厂、二机厂等军工企业为三盛公水利枢纽工程的施工加工零配件，在物质匮乏的年代竭尽全力提供施工材料，体现了八方支援建设社会主义的精神风貌。

施工中，面对吃不饱、身体严重营养不良，工人集体逃跑的现象，施工领导千方百计做好民工的思想安抚工作。从大小队、公社，到巴盟盟委、公署，再到自治区党委、人委，都积极组织慰问团慰问施工中的建设者们。"一切为了黄河截流"在全工程上下形成了共识。施工过程中，各种形式的劳动竞赛活动不断举行，"群英队"不断涌现。广大施工人员崇尚劳动光荣，既尊重科学，也尊重群众发明创造的土法柴埽截流黄河的首创精神，在艰苦的施工环境中书写着自己的青春华章。

当年建成的三盛公水利枢纽工程，不仅成功截流了黄河水，实现了有节制的有坝引水灌溉动，而且建成的包兰线公路桥成为国家重要的交通枢纽线，特别是在当年中苏边界线紧张的时期，具有重要的战略地位。黄河工程局建成三盛公水利枢纽工程后即交付黄河管理局管理。黄河管理局动用一个班的经济警察全副武装、荷枪实弹昼夜二十四小时护卫。就是到了今天，公安协警也是带着武器站在岗楼进行安全检查护卫，足见三盛公水利枢纽工程的重要性。

开挖总干渠，是配套三盛公水利枢纽工程实施的一首制灌溉总动脉，是河套儿女为了彻底摆脱每年春季捞挖引水渠灌溉的艰难困境，各生产队选派青壮年劳力经过日夜奋战而完成的施工任务。施工中，民工们大打战役、大放"卫星"，竞争流动红旗，开展检查评比，实行"以方定粮，超额奖励"等激励措施，有效地促进了工程进展。当年参加开挖"二黄河"总干渠的民工，对施工中遇到的艰难困苦和身体的疾病伤害一笑而过，他们把能参加"二黄河"的开挖，视为自己一生的荣耀而感动由衷的自豪。

热情好客的巴彦淖尔市人，每年的端午节都要在今朝的"二黄河"总干渠上举办龙舟大赛，吸引着河套儿女扶老携幼前来观看。曾经一箩筐、一担杖开挖出来的"二黄河"，真正起到了"前人栽树，后人乘凉"的作用。当年开挖"二黄河"的民工流下的辛勤汗水如今变成了清凌凌的黄河水，浇灌着河套大地这片沃土。

一九六五年开始开挖的总排干，没有达到设计标准，后由于"文革"开始，被迫停工。一九七五年扩建疏通总排干时，"文革"还没有结束，批林批孔运动不断。巴盟盟委勇于顶住运动的浪潮而实施"唯生产力论"的全民大会战，河套儿女没有忘记以李贵为第一书记的巴盟盟委以超人的智慧和胆识做出的决策，巴彦淖尔市的一个自然村就叫李贵村，以表达对李贵书记的永久纪念和深切怀念。广大河套儿女以奋战在总排干为荣耀，以没有上去总排干为遗憾。广大民工从不计较、讲究睡在了哪里，而是看谁挖得土方多，比拼的是谁当了先进，成了劳模。工地上分辨不出哪位是领导，哪位是普通民工，因为大家穿戴、吃住都一样，男女老少都在一个渠壕里奋战着，没有高低贵贱之分。施工中，人人发扬互帮互助的"龙江"风格，大小队之间、公社之间甚至旗县之间都积极发扬风格，互相帮助，共同完成施工任务，真正体现了人民群众是创造历史的主人这一颠扑不破的真理！

河套地区发生的这三大工程，充分体现了社会主义制度的优越性，是社会主义制度集中力量办大事的成功实践。勤劳勇敢的河套人民为能亲力亲为参加到给河套子孙后代带来福祉的三大工程而感到骄傲与自豪！

笔者通过走访参加河套地区兴建三盛公水利枢纽工程、开挖总干渠、开挖及扩建疏通总排干三大工程的相关施工人员，感触颇深。参加三盛公水利枢纽工程的建设者，包括水利系统的领导、工程技术人员近五万人。开挖配套黄河总干渠前后共用十年的时间，即使集中施工时期也近三万民工，耗时近五年的时间。一九六五年第一次开挖总排干沟用了两年的时间，到一九六六年由于"文革"原因被迫停工；一九七五年第二次扩建疏通总排干，近十五万人的全民大会战，这在河套历史上是绝无仅有的。这样，仅总排干工程的配套就用了十年的时间，还不包括后来的世行贷款配套施工的总排干工程。所以，这三大工程直接参与者共有二三十万人，耗时五六十年，河套大地知晓这三大工程的人更是不计其数。三大工程中可歌可泣的感人事迹不胜枚举，攻破施工中的各种艰难险阻数不胜数，可圈可点成为永恒记忆的事件俯拾皆是，即使叙述上几天几夜、甚至几月几年也未必全部涵盖完整，更何况笔者的一部拙作就想把河套地区的三大工程淋漓尽致地精彩纷呈地全部呈现出来，简直就是一种奢望。其伟大的精神实质已经深深融入在了河套儿女绵延不绝的血脉里，外化于行，内化于心，体现在日常的生产生活中了。

笔者走访的三大工程中，一桩桩、一件件，在脑海里萦绕，感人肺腑的画面在我的眼前浮现，我被走访的每个人感动着，犹如魏巍在采写上甘岭战役中写出脍炙人口的《谁是最可爱的人》一文感受一样，每天都在感动着。为他们的身体被病痛缠绕而寝食难安，为他们的生活艰辛不停奔波而牵肠挂肚，对他们在实施河套三大工程时经受了难以想象的困难、身体受到了这样那样的摧残却能表现出乐观的精神风貌而感到由衷的钦佩。以致走访回来以后，笔者还陆续给走访对象打了回访电话，看他们的病情是否有所好转，生活的艰辛是否得到民政等有关部门的资助……

施工建设者们那句掷地有声的话："我不后悔！"就是他们奋战河套三大工程的精神写照。这一切激励着我拿起手中的笔为他们鼓与呼，为他们崇高的精神境界和质朴的人格魅力而"大书特书"，为他们给后人留下不竭的精神食粮和挺起的不屈的民族脊梁而书写"心灵鸡汤"，努力把他们丰富的人生奋斗历程传遍河套大地的每一个角落、每一处山川河流，让这种精神激励、感染、鼓舞着河套人民的子子孙孙。

但是，笔者也不可能把所有参与三大工程的建设者、劳动者或者他们的家人全部走访、采写完，这是笔者力所不能及的事情，再加上笔者自身的能力、学识有限，更是难以让河套地区发生的三大工程完美地、无比精彩地呈现出来。

笔者所能期望的就是通过三大工程的精彩片段花絮、感人的故事和事件发生发展的脉络等反映、折射出三大工程的灵魂与主线。作品所展现出来的人物、事件能够代表、反映出三大工程的时代背景、人物精神风貌、时代特点以及三大工程所要期望达到的理想目标就是笔者创作这本拙作的初衷与本意，也是让笔者感到十分欣慰的事情。

在采访中，无论是走访兴建黄河三盛公水利枢纽工程、开挖总干渠的劳模，还是总排干的劳模；也无论他们是献出了宝贵的生命，还是因此而造成了身体的损伤、甚至造成了终身残疾，有的亲人们不免向笔者提出了在物欲横流的大背景下，人们亦步亦趋的价值取向。我们不好去指责有这种思想的劳模及劳模的亲人思想狭隘、实际功利。当人们亦步亦趋地跟随着时代的滚滚潮流向前发展的同时，难免会被浑浊的泥沙所侵染。让他们做到纤尘不染，荡涤滚滚红尘中的尘埃，超凡脱俗，独立于尘世之外，未免有点苛刻。

但笔者也愿借拙作来劝慰所有的劳模及劳模的亲人们，依本人愚见，河套儿女不辞劳苦兴建黄河三盛公水利枢纽工程、开挖总干渠、开挖及扩建疏通总排干工程是他们自愿自发的行为，是他们用心血和汗水打造完成的，由此而凝聚形成的全民大会战精神是不朽的，精神永远大于物质的东西。精神是永恒的，物质是转瞬即逝的。精神是人类赖以生存的灵魂，是无比高尚的，是"高山仰止，景行行止"、让人敬仰的情感归依；而物质却是有形的，也是会随着时间的推移而灰飞烟灭的。

笔者走访的参加三大工程的建设者们在那样的艰苦环境下完成了河套地区人人都受益且给子孙后代带来福祉的伟大工程，他们的初衷也是为了河套这片热土，为了河套地区美好未来的发展。他（她）们憧憬与向往着八百里河套米粮川的美景能够给河套人民带来美好幸福的生活。所以，他们当年的付出是有价值的，也是无怨无悔的，他们的人格魅力是伟大的，道德情操是高尚的，是让河套人民所敬仰的、所尊崇的，河套人民将永远铭记在心！我们的后人不要、也不应该曲解了他们当年辛勤奋斗所期待的理想目标和价值取向。所以，依笔者所见，属于合情合理合法的全天下老百姓都能享受的如贫困户的最低生活保障，老年补助政策，养老、医疗保险等，河套人民要相信并依靠当地政府部门加以享受和解决，有不符合政策的行为要坚决拿起政策和法律的武器去维护自己的合法权益。

"但行好事，莫问前程。"您的付出迟早会散发出耀眼的光芒，您就真正成了毛泽东主席所倡导的"一个高尚的人，一个纯粹的人，一个脱离了低级趣味的人，一个有益于人民的人"。

一九七五年的一个夜晚，由当年在巴盟文化局创编室工作的李廷舫，后来成为活跃在巴盟、内蒙古文坛上的著名作家带领内蒙古自治区作家协会会员张长弓和贾漫、内蒙古大学的女作家温小钰、内蒙古师范学院的作家王志彬（笔名杉木）在呼和浩特市新城宾馆采访了当年的巴盟盟委书记李贵。李贵深情地介绍了疏通总排干的意义以及河套人民投入这一工程的极大热情。最后，李贵邀请各位作家到巴盟的总排干工地进行采访创作。

于是，两天以后，作家张长弓、温小钰、王志彬、《内蒙古文艺》编辑李玉兰、内蒙古人民出版社编辑黄彦一行五人来到巴盟，实地采访了总排干工地的施工情况，由李廷舫陪同采访。

采访人员和陪同人员分乘两辆汽车，先到工地最西端的杭后旗太阳庙公社，从那里的内蒙古生产建设兵团一师所属各团的工地看起，一路向东，晚上到达临河县份子地公社，即全盟总排干施工总指挥部所在地。

在份子地工地上，大家见到了后来成为著名表演艺术家的斯琴高娃，那时她是内蒙古歌舞团的报幕员。斯琴高娃和张长弓、温小钰认识，互相打着招呼。斯琴高娃介绍说，内蒙古歌舞团也过来演出。

总排干指挥部政治处主任郭子卿给大家介绍，不仅内蒙古歌舞团来了，巴盟歌舞团、晋剧团，还有七个旗县的乌兰牧骑都上来了，一百二十个电影队也上来了，连新华书店的人都背着流动书箱上来了，画家和摄影师也都上了工地……

笔者在四十年后的二〇一五年的夏季，在郭子卿老人的家里采访时，八十六岁高龄的郭老，耳朵虽然失聪了，但可以用写字板进行交流。郭老对当年总排干施工仍然记忆犹新，还是深情地讲述着那句话，让人倍感温馨。

采访人员经过五天的实地采访，最后议定要编写一本反映河套人民开挖总排干的报告文学集，让巴盟文化局创编室组稿。

当时的创编室，可以说是一九七八年恢复的巴盟文联的前身。接受这一任务后，杨若飞、李子恩、段祥武等都参加了采访和写作任务，李廷舫被指定为具体责任人。

李廷舫联系到了当时是巴盟交通局办公室主任，后来成为《巴彦淖尔报》报社总编辑的李廷岚，以便于联系交通工具下去采访；之后又找到了杭后广播站的张国斌和郭兆兴，他们又推荐了杭后召庙公社当年年仅十八岁的杨志金，三个人也加入到组稿的队伍中来；还联系上了生产建设兵团一师七团的新闻报道员马沛然；最后由李廷舫负责一路边采访、边组织采写人员。

巴盟盟委当时对征集出版这本书十分重视，盟委副书记康俊亲自参加审稿会，别人一篇一篇地念，他也是一篇一篇地听，然后讲意见。最后，从各地报上来的稿件中，选出了能代表各地开挖总排干情况的二十七篇稿件送内蒙古人民出版社审稿。不久，出版社来电话，要求巴盟去人，对稿件进行进一步的修改完善。

巴盟创编室的李廷舫、李子恩，临河县写作组的刘震久，解放军骑兵团的李春富，兵团一师十九团即乌梁素海渔场的女报道员方小翔组成了一个五人的编辑小组，住进了内蒙古人民出版社招待所进行修改完善稿件工作。

这二十七篇文章的作者中有专业作家、记者、干部、教师、农民，有兵团战士和下乡知青，还有内蒙古大学中文系几个来巴盟"开门办学"的学生，作者层面比较广。从地域层面讲，巴盟各旗县的稿件都有，涉及每个旗县的施工情况，反映了河套儿女艰苦奋斗的优秀品格和团结协作的精神风貌，这本书最后由内蒙古人民出版社编辑黄彦起书名为《河套川上铺彩虹》。

在这本书里，由于受当时政治的影响，不可避免地出现了当时流行的政治口号、时兴话语，还用黑体字体印刷出来，以引起人们对政治口号、毛主席语录的重视，行文风格也不可避免地受到了那个时期文风的影响。但这本书，作

为历史资料，是弥足珍贵的。

笔者怀着十分崇敬的心情拜读了当年的《河套川上铺彩虹》一书后，心潮澎湃，夜不能寐，思绪飞到了四十年前开挖总排干工地的施工现场。于是奋笔疾书，一气呵成，写下了读后感《万人奋战总排干》，在此摘录，以飨读者。

四十年后的今天，回眸当时轰动一时举全盟之力的大会战。虽然当时尚处在"文革"即将结束之时，但政治挂帅又是谁也不敢抗拒的行为准则。不能搞物质利激，抓当时所谓的"阶级斗争"与促生产革命同时进行。政治口号遍地打，舆论标语到处贴，但时间与历史为河套儿女治理盐碱的决心和信心做了见证。过激的政治口号敲击着人们紧绷的弦线，政治大帽子随时可能铺天盖地袭卷到某个人头上，阶级斗争天天讲，随时可能降临到身边。这让那些特别是当时成分不好的人们猝不及防，忐忑不安。

人们既群情激昂，又诚惶诚恐置身于大会战中，唯恐拖了政治挂帅的后腿，唯恐成了政治大口号的牺牲品。在过激的政治运动中，河套儿女改造家乡面貌的壮举撼动了山川日月，从卫星遥感俯瞰河套大地，跃入眼帘的是灌排纵横密如网，黄河之水灌良田。

四十年后，回眸当初四百余里的总排干工程在巴彦淖尔这片被誉为富饶的土地上形成车拉肩扛、锤飞担挑的劳动场面，外出民工挖排干是那时最流行的时髦语。家里的壮劳力宛如解放前国民党抓壮丁般都挤在了总排干的现场，与抓壮丁不同的是，这是河套儿女心甘情愿、自觉自愿的治理黄河行动，为的是自己的生存及造福子孙后代。

从搜集到的历史资料数据中，从兄长、父辈们以及经历过那场大会战人们的走访中，从他们耳熟能详的讲述中，也从我自打有记忆起，从我身边人们口口相传中，我得知了那场疏通总排干工程的声势浩大。

总排干沿线的所有农户的正房、凉房、粮仓、圈舍都挤满住下了挖排干的民工，大家与当年红军行军打仗一般打着铺盖卷便上了工地。女民工个个被称为"铁姑娘""钢媳妇"，巾帼不让须眉，争先恐后地活跃在总排干工地上。

开挖总干渠与总排干工程被人们视为那个时代的辉煌与荣耀。有的人由于种种原因没有上去总排干，就会觉得是一种遗憾甚至是人生的缺憾的事情内疚地谈起。而绝大多数参加总排干的人们谈起来开挖总排干，宛如当年红军爬雪山、过草地经历过二万五千里长征一般的自豪与兴奋。他们肩背冻块、担烂筹头、压断扁担、挖断铁锹把干得热火朝天，却又显得从从容容。留在人们心里的是那火热的战天斗地的劳动场面，耳边想起的是那激情的劳动号子声和工地现场那红旗迎风招展的猎猎声。

人生能有几次这样的感天动地的动人场面值得回味与咀嚼，让人心旌摇曳，热血沸腾，更让几代人都津津乐道……钢钎、铁锤、橇棍、筹头、担杖、雨靴以及渠坡、半渠坡、渠底，宛如蚁群般蠕动的人群成为那个时代的过来人永恒的记忆，定格在了他们激情飞扬、豪情绽放的岁月里。外出民工挖排干成为当时的流行色，而不是吃苦受累的代名词，考量着作为一个河套男儿的担当与职责。

倘若有哪个男儿没有外出挖排干，那人们对他的身体状况就打了折扣，画上了疑问。而不是对他的人格偷懒、矫情的简单评论，都会认为是身体欠佳而投去同情的目光善待的，而不是认为是头脑活络、机灵的投机分子。倘若真有那样行为的人，便成为人们茶余饭后的焦点议论话题，他会在人们的议论声中感到无地自容。

河套大地的哪个血性男儿愿意受到这样的指责与评论？就连能顶半边天的妇女也成了"走大渠"的人，这在河套大地上是破天荒的事件。"烧火剥葱，担柴送饭"也是妇女挖排干的一功而被人们传颂着。所以，河套大地挖排干蔚然成风是河套血性儿女共同书写的人生辉煌与骄傲。谁也不愿、也不肯去做逃兵和众矢之的认为是偷懒之人，这是人们宛如约定俗成一般共同遵守的准则。

那个时代参加过开挖总排干的人们，不管在何种场合，也不管岁月过去了多久，风干成了人们的记忆，只要有人提起或碰触到了开挖总排干这件事，总会勾勒起人们无尽的回味，让人情不自禁地去咀嚼一下开挖总排干的各种滋味，总会品咂一下那开挖总排干当中或喜悦、或疲惫、或苦辣的点点滴滴，更多的则是兴奋与自豪，让人们讲起来都滔滔不绝，不免手舞足蹈一番，一脸的骄傲与成就感写在了脸上，成为人们常说常新，永不觉得过时的永恒话题，也是时时在晚辈、亲

人朋友面前被提及甚至被戏谑为炫耀的沾沾自喜的自诩话题。

　　河套儿女开挖的"二黄河"总干渠，实现了灌溉良田达七百多万亩，开挖的总排干总长度达四百多里，年排水量达五亿立方米，实现了灌排配套，黄河水收放自如。

　　昔日走西口逃荒过来的人们，面对"野兔卧在红柳滩，野鸡飞在枳机滩"的八百里河套，何曾奢望一望无际的肥沃良田，只求一栖息之地能糊口度日便是万事大吉。哪曾想到今朝的河套大地灌排纵横，实现了机械化耕作，规模化经营，土地已明显让人们悠闲下来。

　　河套人已不再满足单纯依靠土地刨闹生活，淡季外出务工成为河套人气定神闲的额外收入来源途径。孩子大学毕业进城就业、创业，留守老人及妇女成为一大社会现象被河套的人们所尊崇。

　　土地让昔日面朝黄土、背朝天的河套人从日出而作、日落而息的辛勤耕作中解放出来，真正成了土地的主人。土地上种什么，农民说了算，也不用纳税，城乡二元结构被重新架构和肢解，土地向种粮大户、规模化农庄集中是大势所趋，人心所向，顺其自然。人们在富饶的巴彦淖尔大地上雄姿勃发，有尊严地幸福地生活着。这一切，只有身在河套大地，得益于肥沃的黄河水灌溉的河套人才会有身临其境的深切感悟。

　　被河套人尊称为"河神"的王同春，凭借的是个体不屈不挠的顽强拼搏精神，改造的也仅能是力所能及给周边地区带来福利的开渠行为，毕竟难抵集体的凝聚力量和团体的共同打造。总干渠与总排干大会战两次改天换地的改造，从而也有力地证明：人民，也只有人民，才是创造历史的真正动力。这是历史唯物主义真理伟大胜利的光辉见证。

　　总干渠的开挖，发生在二十世纪五十年代，参加过那场浩大工程的如旧也大多进入耄耋老年，甚至有的已作古。但四十年前开挖及扩建疏通的总排干，人们都历历在目，记忆犹新，仿佛一切如昨。

　　尽管那个时代留下的只有黑白照片和文字数据的记载，不像当今现代，琳琅满目的各种传媒手段铺天盖地，但那个时代留在人们心中的记忆却不可磨灭。通过那一个个感人肺腑的故事片断，一个个灯火通明的工地夜晚，那震天撼月的大锤锻打钢钎声，那响彻山河的"嗨哟嗨哟"的劳动号子声,那车水马龙、男女老少、人声鼎沸、红旗招展的劳动场面,那四百里工地,不是四百里工地灯火通明,而是八百里灯火通明,还有那为十五万民工碾米、磨面、拉柴、送饭、送炭的后勤保障人员的辛勤奉献,让我们去领略那河套川上铺彩虹的壮观吧!

盐碱化严重这一事实摆在河套人的面前,人们既敬畏又惶恐,忐忑不安地过着日子,等待着命运的安排。人们有苦熬的精神,有相信听天由命安排的唯心观点,甚至还有奢望、祈求老天爷保佑睁开眼睛降福祉的朴素心愿。但祈求河神的庇佑在远古时代都属天方夜谭,更何况是在人定胜天已大放异彩的今朝?要想改变盐碱化严重、排涝不畅的局面,只有依靠河套人勤劳的双手才能打造出属于自己的一片天地。

从留存下来的珍贵的历史资料中,从参加过疏通总排干大会战人们的描述中,我们看到了一幅那个时代的河套儿女为改变家乡面貌所呈现出来的气壮山河的壮美画卷。

虽然受当时的历史和传媒条件所限,不可能全方位、多角度、多手段地展现出当时沸腾的、动人心魄的劳动场面,当时的人工开挖也与现代的机械化操作不可同日而语,人工开挖总排干的望尘莫及,与现代新新人类谈及起来人工开挖总排干显得那么微不足道。但留在人们心中永远不可磨灭的是火热的战斗激情,以及凝聚在总排干工程中团结奋斗、艰苦创业、苦干实干的人民群众集体力量无比强大的精彩绽放。这是任何力量都不可以阻挡的滚滚历史洪流,宛如滔滔不绝的黄河水般势不可挡,一泻千里。

苦过,累过,流过汗,也流过血,甚至有的人献出了年轻的宝贵生命,但回味起那场气吞山河的大会战,从那个时代过来的每一个河套儿女都感到无比自豪,都感觉无悔于青春,无悔于人生,无悔于生于斯、养于斯的这片热土,面对已经治理好盐碱害,成为全国重要的商品粮油基地的这片黄天厚土,他们显得无比从容和淡定。

人生能有几回搏!从那个时代流血流汗、吃苦受累过来的河套儿女对人生的苦辣酸甜学会了以从容淡定的心态,笑对人生每一段艰难困苦的经历,甚至充满坎坷挫折、艰难磨难的岁月。什么苦没有吃过?什么罪没有受过?开挖总排干的河套健儿有理由自豪,但却从没有以此为资本而邀过功，他们追求平平淡淡才是真的生活状态。

艰难困苦，玉汝于成。对于经历过总排干大会战的人们来说，亲历亲为总排干是他们人生中一笔丰富的精神财富和物质财富。

物质财富毋庸讳言，无须炫耀，八百里年年丰收在望的大河套就是最好的见证。精神财富单从个人来说无与伦比，盆满钵满，足以惠及他的整个人生，福泽荫蔽他的子孙后代。那是一笔无形的资产，可供子孙承继，是古之圣贤所遵奉的"只给子孙留精神，不给子孙留物质"的传家之宝；从整体的力量来说，这种集体的凝聚力量无比强大，革命战争年代如此，和平建设时期也是如此。坚实地依靠群众，相信群众，走群众路线，密切联系群众，就会攻无不克，战无不胜！任何艰难险阻在强大的人民战争面前低头驯服，俯首帖耳。凝聚起的精神力量可撼动山川日月，从此凝结起来的全民大会战精神在河套大地家喻户晓，代代相传，发扬光大。

奋笔疾书，掩卷沉思，心情依然久久不能平静。十五万河套健儿开挖总排干矫健的身影宛如幻灯片般浮现在我的眼前。他们穿着破旧的棉袄棉裤，挥锹抡锤大干以后，汗流如注；他们穿着的红背心格外显眼，与总排干工地上迎风招展的红旗交相辉映，与电影里看到的开挖大运河、红旗渠的情景一样，犹如真实的画面在现实中再现，仿佛把自己也拉回到四十年前疏通总排干的会战之中，与河套儿女一起奋战在总排干的工地现场，为他们所激动，为他们所感动，为他们所兴奋，与他们一起欢呼雀跃，一起气吞山河，一起感召日月……

一个肩膀两只手，一根扁担两只筐，十五万人筑起长四百多里，挖土一万一千五百多方的浩大工程，河套儿女就是用这一副铁肩两只手，担出了总排干。人们计算过，如果把总排干里挖出的土一方方地连接起来，长达一万一千五百多千米，可以从祖国北疆的内蒙古草原到南国大门的海南岛铺个来回！疏通总排干实现了河套大地治理盐碱和防洪泄涝的双重功效，实现了黄河母亲河之水灌排的科学合理有效配套。

能不为之而荣耀吗？我为自己能成为河套大地的一员而荣幸；为自己的父辈、兄长们能自愿而豪迈地加入疏通总排干大会战的队伍而骄傲；为他们讲述总排干工地现场那一个个感人肺腑的故事而沉醉痴迷。我在心中无数次地描绘着总排干工地现场那彻夜灯火通明，人山人海，比、学、赶、帮、超的劳动竞赛场面。大兵团作战的互相配合、共同担当、携手并进的团结互助合作精神，让人们肃然起敬。为总排干河套健儿个个奋勇当先、不怕苦、不怕累的战天斗地的冲天干劲而鼓掌；为他们所表现出来的共产党员、共青团员、甚至还有十二岁的红小兵郝玉柱的高风亮节和高贵品德而喝彩，被他们的崇高的理想信念和高尚的道德情操而鼓舞！

当我翻阅历史资料，倾听那个时代的人们讲述万人奋战总排干大会战的点点滴滴，不可自拔地沉醉在对河套大地的美好憧憬里。只要万众一心、众志诚成，何愁未来的河套大地不会发生天翻地覆的变化？何愁巴彦淖尔不会跻身于最佳人居环境之地和幸福指数节节攀升之市……

让河套大地的每个人都有尊严地幸福地活着，是所有的河套儿女在新时期的共同责任和共同担当，共同肩负着打造属于自己的无比崇上的骄傲！

十五万人开挖总排干，虽然当时的劳动工具是简陋的，劳动效率也是低下的，表明了那个时代的生产力发展水平，但却丝毫不能低估代表生产力发展水平的生产关系。

生产力决定生产关系，生产关系又会反作用于生产力，生产力与生产关系的矛盾运动规律在总排干大会战中成功应用。十五万民工的冲天干劲反作用于劳动工具、生产技能落后的生产力，广大的十五万河套健儿就是推动生产力向前发展，提高生产效率的生产关系中最活跃的人的因素。人的因素在生产关系中又是起决定性的因素，决定着生产关系的发展方向。

总排干大会战中涌现出来的优秀共产党员、共青团员，还有红小兵的先锋模范作用以及各级领导干部的带头作用，就是生产关系中所讲的领袖人物在推动历史向前发展中的巨大作用。绝不能否认甚至低估领袖人物和各级涌现出来的劳模代表在开挖总排干中的巨大作用。

顶住各种压力，以巨大的政治勇气和胆略实施疏通总排干，时任盟委书记李贵就是杰出的代表。河套人民永远怀念他，会铭记他在疏通总排干中的杰出贡献。他以非凡的胆略和超人的智慧，以实践出真知的辩证唯物主义的观点，实践，实践，再实践，做出河套地区治理盐碱害，必须扩建疏通总排干的重大战略抉择！

现在回眸四十年前的这一伟大壮举，这是辩证唯物主义和历史唯物主义的真理在扩建疏通总排干中的成功实践和伟大胜利！

向四十年前开挖总排干的河套健儿们道一声你们辛苦了！虽然未能亲历亲为那场声势浩大的大会战，目睹十五万人大会战的壮观场面，未能身临其境去体验和感悟大会战中超出现代人难以想象的无比艰辛和艰难困苦，更无缘领略集体力量宛如蚂蚁搬家一样的异常强大，无与伦比！

四十年后去回眸那场大会战，作为一个局外人，总有"为赋新词强说愁"的感觉，正如董必武先生给昭君墓的题词"舞文弄墨总徒劳"的感触一样。多么华丽的辞藻，多么丰富的文字叠加，多么诱人的煽情修辞，都没有身临其境一扁担、一箩头、一铁锹、一钢锤来得真实，感触得淋漓尽致。

显然，四十年后的今天去回眸，未免有隔靴搔痒之感，再加上自身欠缺细腻感人的笔触，深感自己胆大妄为和自不量力，胆敢碰触四十年前曾经轰动河套大地的十五万人疏通总排干这样惊天动地的重大事件，唯恐玷污和亵渎了十五万河套健儿圣洁的灵魂和感召日月的高尚情操。但也抱着聊胜于无的心态诚惶诚恐地尝试着走进那场大会战中，哪怕撷取某一个片断，采摘下某一个花絮，都仿佛巾帼英雄走上总排干说下的铿锵豪迈的语言"烧火拨葱，也算一功"，暂且以初生牛犊不怕虎的勇气去和英勇的河套健儿对话吧。聊以慰藉那十五万人曾经付出的心血和汗水，或许能满足我这颗在作祟的虚荣心。试图走进英雄领地的自不量力，去肆意评说那场大会战的前因后果和高潮迭起。

那场大会战的艰辛和决策者抉择时的犹如蜀道之难的心境，只有亲自投身到大会战中的健儿们才会体验出甘苦寸心知的滋味。河套渠排密如网，滋润灌溉和排放盐碱的收放自如，只有生于斯、养于斯的河套大地的主人才会有痛彻心扉的感悟，才能深刻体会那场大会战的刻骨铭心。我只能是大言不惭地以"清风不识字，何必乱翻书"的虚荣心态，给自己的人生轨迹辅以佐料和营养，倘若能给予后人以资政和育人的效果，那将是一种恬不知耻的奢望。

鉴于此，我写下了上面的粗浅文字，聊表对四十年前十五万河套健儿扩建疏通总排干的敬意和崇敬之情，也算是对扩建疏通总排干的河套健儿缔造的伟大的大战总排干精神的初探吧，仅此而已！

诚然，大战总排干精神的博大精深、意义深远，绝非我的一篇拙作所能描摹和涵盖完整的，仅仅是宛如沧海一粟般在总排干大会战中寻觅到一粒水分子而已，其精髓已深深扎根在河套大地上，融入到河套儿女的血液和心田里了。

十五万河套健儿扩建疏通总排干的伟大壮举已成为一座不朽的丰碑巍然屹立在河套大地上，其缔造的伟大的大战总排干精神将在河套大地上生生不息，开花结果，繁衍绵延，福泽后代！

附 录

《河套脊梁》—— 一部民族精神的赞歌

—— 读长篇纪实文学《河套脊梁》

官亦鸣

这是一个阔步奋进的大时代，这是一个弘扬民族精神、振奋民族意识的时代，更是一个十三亿中国人奋发图强、复兴中华民族强国富民的伟大中国梦的大时代。

近读巴彦淖尔市青年作家李德军同志的长篇纪实文学作品《河套脊梁》一书，在巴彦淖尔市文艺舞台一片歌舞升平、风花雪月的氛围中，似一道闪光，刷新了巴彦淖尔市文坛沉闷的气氛。

长篇非虚构纪实文学《河套脊梁》一书，以纪实的手法，真实地记述了二十世纪六七十年代河套人民克服了天灾人祸和种种在现代人看来是无法想象和根本不可能实现的困难，硬是凭着一双双带疬的手，凭着一种创造幸福家园的信念和理想，在河套大地上，在阴山脚下，在那块肥沃的却是可望而不可即的土地上，生生地开挖出一条人工黄河——河套人亲切地称之为"二黄河"。而开挖二黄河——水利工程的正式名称是黄河总干渠，它的缘起是国家在二十世纪五十年代后期，为使黄河百害得到彻底的治理，变百害为富及黄河两岸的广大土地和生活在这块土地上的广大劳动大众。于是，国务院决定在黄河内蒙古巴彦淖尔盟三盛公段建成黄河上最大的集发电、灌溉、旅游、交通为一体的水利枢纽工程。开挖总干渠正是为了配套三盛公水利枢纽工程实施河套灌区一首制灌溉的总动脉。

在解决了河套土地灌溉后，紧接着相应的配套工程便是排水工程。于是从二十世纪六十年代起，断断续续直到七十年代河套人民硬是肩担背扛、锹挖锤砸建起了整个河套灌排配套的分支排干和总排干系统工程。

兴建三盛公枢纽工程，开挖总干渠，开挖及扩建疏通总排干，这是河套历史上的三大水利工程，也是最能体现河套人的民族精神，体现创建美好家园，实现富国强民梦，为后代子孙铺就幸福路的历史责任、社会担当——河套人的民族脊梁。她既是河套人民族精神的脊梁，也是河套农牧业经济全面发展的脊梁。

三盛公水利枢纽工程是在国家三年经济困难时期，国家许多大型项目纷纷下马，中苏关系恶化，原苏联撤走投资、专家，中国经济建设最为困难的大环境下，中国人接下了原苏联扔下的烂摊子，由我们自行设计、自行投资建设的大型水利工程。在资金、技术、经验、劳力都匮乏，甚至是人们连肚子也吃不饱的背景下，河套人民硬是在黄河上巍然矗立起了一座拦河大坝。

开挖总干渠，使之成为河套灌区的总动脉，开挖遍布河套大地如网络般的大小排干，最终汇成一条横跨整个河套的总排干。在那个年代，面对着衣不蔽体、食不果腹的基本生存条件，面对着恶劣的自然环境，面对着既无充足的资金、更无先进的施工设备，河套人民硬是肩挑手提，锹挖镐刨，凭着一颗创建幸福家园的理想信念，凭着一种社会担当，凭着为子孙后代改变贫穷落后面貌的历史责任，创建了河套历史上的奇迹，造就了"黄河百害，唯富一套"的历史。

巍巍阴山做证，滚滚黄河低吟，历史就是这样被一代代人用生命、鲜血和一双双勤劳的双手谱写着。历史从来就不是死去的过程，而现实又会成为过往的历史，而这过往的历史又被代代相传的文字所记述、传承，并融化在创建历史过程的精神血脉中，成为血脉相传、代代传承的民族精神。

《河套脊梁》一书，正是用文字记述了这样一件件过往的历史，为后人留下了一篇篇永恒的记忆。作品的意义远不在记述过往的历史，而是用文学的形式，真实地记述了这一伟大历史进程中的河套人的民族精神。

作者立图使人们从具体的历史语境中超拔出来，赋予它普遍性的人生哲理意味。作者展现给我们的不仅仅是从艰难困苦环境中生命坚守的形象写照，更多地是告诉人类在任何时候，面对艰难困苦时的生命态度。

纪实文学的生命是真实。为此，作者做了大量艰苦细致的搜集、整理当时各种工作的原始档案资料，走访了上至内蒙古水利厅领导部门，下至村社、农户和当年参与三大工程建设的、现在尚健在的且大都是古稀之年的老人和他们的后代世人。

作为一名文学工作者，这只是一个基础性的工作。当只有把自己和生活的土地紧紧地捆绑在一起，把作家的感情深深地融入这片土地上时，作品才有可

能深刻，才有可能有温度、接地气。

如果读者看到的只是真实，如果这种真实不能提供给读者深刻的人生感悟、庄严的责任意识；不能让人们看到其启迪意义和引示价值，那么纪实文学的真实便会失去了应有的审美价值和普遍的社会意义。

为此，作者面对那些参加三大工程建设的干部、职工和广大社员群众至今无怨无悔的坚守真诚，面对被采访对象以及他们的亲属朋友、儿女子孙的情感的真诚，作者毫无理由地坚守着一个作家的良知和真诚，使得作品所记述的每一个场景都真实感人。那一个个奋战的场面令人振奋，那一个个感人的镜头催人泪下。

作品虽是非虚构纪实文学作品，但却深深地融入了作者有限的生活阅历，深深地融入了作者敬畏自然、敬畏苦难的情感体验，融入了作者面对困难的心路历程和作家对审美理想的价值判断。

习近平总书记在文艺工作座谈会上语重心长地指出：繁荣社会主义文艺也要结合新的时代条件，传承和弘扬中华美学精神，使之与全民族共同美好追求和理想息息相关，共鸣共振。

讴歌高扬爱国主义，歌颂被广大人民群众认可的民族精神，是报告文学工作者义不容辞的责任。作者牢牢把握中国梦和民族精神的逻辑关联，通过真实记述河套人民在建设社会主义伟大中国梦的同时，也在记述创建自己幸福家园的责任意识、奋斗意识、献身意识；通过真实地记录他们战天斗地不畏艰难，冒着冰天雪地的严寒，在施工中发生的真实感人的故事，写实写活了具有时代意义的中国精神、民族精神，从而有力地告诉读者，这才是建设美好家园、实现中国梦的精神脊梁。

本书通过具体人物感人的叙述，从不同角度讴歌了他们爱国、忘我的朴素感情，敬业奉献的精神，善良真诚的精神品质和大美人性，这样的作品读来真实感人，给人感觉亲切贴近。正像习近平总书记所说的那样：像蓝天上的阳光、春天里的清风一样，能够启迪思想，温润心灵，陶冶人生，能够扫除颓废萎靡之风。

看看书中所描写记述的那些真实感人的人物吧：他们中有顶着"文革"政治风暴，敢于担当责任，一心为民，身先士卒，白天和民工一起奋战在渠壕中，晚上在民工窝棚中和大家一起啃着长馒头，总结探索工程进度的时任巴盟盟委书记李贵；有扩建疏通总排干工程上逝去的花季少年陈改玲；有为了支援总排干的施工，为了集体财产的利益而献出宝贵生命的十二岁的红小兵郝玉柱；有在总排干施工中背冻块献出宝贵生命的知识青年段德平；有磴口县在施工中"偷土"勇士的苏玉祥；有被民工们称之为"泥腿子书记"的徐秋生；有在总排干施工中有效保护右派分子子女的智者王盛华老人……不胜枚举。还有自始至终带领广大群众奋战在一线的各级党组织和基层党员干部，有水利科研工作者和各级干部、职工，有当地的解放军指战员，有街道居民、学校学生、工厂工人等。

报告文学是一种时代文体，这不仅表示它可以快速地反映时代生活，激扬时代精神，也意指着其写作应适应时代变化因时而进。正因如此，作者并不为报告文学的新闻性所困，而且着重从生活常态入手，从当事人的回忆中放大、还原了当时的场景。在记述一个个个体的经历中，更多地是展示着集体的力量、社会的力量。这样的写作调适了报告文学写作的公共性和个人性的关系，使得作品题材关涉社会大的存在。但写作文体的亲历实践，使得作品在公共写作中平添了个体生命的气息。

文章无形式，真实就好；生活无样板，努力定成功。本书作者是一名国家公务员，凭着对文学的爱好，凭着对社会的一份担当和责任感，同时，又具有被自治区宣传部、文联、作协开展的"深入生活，扎根人民"挂联体验活动的体验，这使作者能够有机会集中精力投入作品的走访采写创作中。作者在收集整理三大水利工程上百万字的历史资料的基础上，历时三年，创作浓缩成现在三十万字的长篇纪实文学作品。

值得关注的是，为了完成好作品的采写创作，作者还刻苦阅读了现、当代优秀的纪实文学作品，吸收和借鉴了名家名著作品的精髓，使得他对作品中人和事的把握从感性的理解上升到理性的层次。于是，作者在每章节的后面，加入了自己的点评和感悟，使得作品读起来感情色彩更浓；并且加入了河套地区的民歌俚语，加深了人们对河套风俗民情的了解和作品的生活气息……不难看出，作者在尽力地完善作品，使得作品充满了浓郁的泥土气味。

看似很平常的记述，有的甚至是极其平淡的生活常态、劳动场景，但读了让人会觉得是温暖的、真诚的。作者没有经过专门的文学写作训练，不是文学大家，也没有经过对纪实文学作品严谨架构能力的培养，更没有驾驭这种大型报告文学的经验，这使得作品看起来仍不够精练。一些人物的描写太过忠于历

史原貌，而忽视了感情深层次的挖掘，因而也不同程度影响了作为非虚构文学的文学性，这些都有待于在以后的作品创作中提高。

尽管作品还有许多值得提高的余地，但作品揭示了历史的意义，展示出了那个时代的风起云涌。作者所努力探求的是历史的深度，彰显的是文化的力量、民族精神的力量，讲述的是历史的一幕幕真相。

寻觅家园，探求文化，见证历史在一幅幅惊心动魄的历史场景中得到了精神的感召、心灵的洗礼，让读者和他一起守望、珍藏那具有时代烙印和文化意味的人生背景，这就是这部作品的意义。

我始终认为，一部好的作品基本感受就两点：真实、真情。

《文艺报》总编梁鸿鹰先生说：天是世界的天，地是中国的地。只有眼睛向着人类最先进的方面注目，同时，真诚地直面当下中国人的生存现实，我们才能为人类提供中国经验，我们的文艺才能多维度地认识当今的社会生活。

报告文学作为一种特殊的时代文体，全面把握、关照时代，讴歌真实感人、满蕴正能量的美好人性，弘扬时代精神，激发社会正能量。

作家李德军正是通过这部纪实文学作品告诉人们：历史上任何美好的时代、美好的生活都是千千万万像河套人一样的劳动人民用勤劳、智慧和双手创造的。人性中的正能量来自于坚定的信念和崇高的信仰，创建美好家园从来就是广大劳动人民的理想和信念。而这一切正是推动历史前进，推动社会进步，人类得以繁衍生息的血脉，也是一个民族共同的民族精神。

报告文学的真实性、新闻性、现场性，使得它比其他文学种类更需要接地气，更贴近现实。在当下最为明显的标志是对中国人追寻中华民族伟大复兴中国梦的书写。

《河套脊梁》一书正是基于这样一个契机，抓住了河套人民用血肉之躯构建美好幸福家园，用双手改变贫穷，从而使后辈儿孙走向富裕的这一主题，揭示出的这种民族精神从来就是河套人民的精神脊梁。这种精神脊梁使得千千万万河套人民焕发出了潜能、创造力和想象力。这在当下河套人民为实现"塞上江南，绿色崛起"的奋斗目标中仍不失为一种精神支柱和民族脊梁。

好的报告文学，当是时代的晴雨表。纪实文学《河套脊梁》一书所描述的爱国、创业、奉献、牺牲为主题的主旋律，也镌刻着作为一个爱国青年作家对于民族尊严与个人追求、历史与现实、人类与未来的精神拷问和哲学反思。

二十一世纪，新媒体对以纸质为代表的传统媒体的冲击与日俱增，以纸质媒体为载体的传统报告文学必须应对新媒体的挑战。我们的报告文学作家必须耐得住寂寞，经得住考验，一方面要努力向经典的报告文学学习，另一方面要下大力气丰富对现实的表现力。

我相信，长篇纪实文学《河套脊梁》一书的出版，一定会给巴彦淖尔市文学创作特别是报告文学的创作掀起一朵浪花的。

（官亦鸣，系巴彦淖尔市文艺评论家协会名誉主席）

后　记

在图书馆里浏览书籍时，我发现《河套川上铺彩虹》这本书。该书一九七六年由内蒙古人民出版社出版发行，我因好奇进而翻阅。

该书描写的是一九七五年河套地区十五万人会战总排干的长篇纪实通讯，我被该书里所描写和记录的总排干的历史事件所吸引、所感染。沉醉在书中所采写的二十七篇文章里，我几乎是一口气拜读完这本近二十万多字记录真实且感人肺腑的作品。这些故事就发生在河套大地上，发生在自己的身边，是鲜活的、有血有肉的十五万河套儿女开挖总排干、改造山川河流的伟大壮举。

这一发现，犹如哥伦布发现新大陆一般使我眼前一亮。"不是缺少美，只是缺少发现美的眼睛"，这一哲理掷地有声在我的心头重重一击，使我感慨万千，心潮澎湃，促使我要为总排干书写一笔，讴歌一把。我几乎也是一气呵成写出了《河套川上铺彩虹》纪实通讯的读后感《万人奋战总排干》。并且，在这篇读后感上自以为是、自作主张、毫不吝啬地把十五万河套儿女开挖总排干的行为称为"河套健儿"的所作所为。

之所以称河套儿女为"河套健儿"，是因为在当时全盟各旗县、公社、大小队、部队、机关、学校、医院、工厂等所有河套大地上身强力壮的男劳力，除留下生产队的饲养员、机关单位一两人值班外，几乎一涌而上全上了总排干工地。家里、队里只留下老弱病残，有的生产队"铁姑娘""钢媳妇"都上了工地。一句话，在河套大地上，只要是身体健康的人都奋战在了总排干的工地上，所以，称他们为"河套健儿"，自我感觉非常合适，犹如运动场上参加比赛的健儿一般。

《万人奋战总排干》这篇读后感受到自治区党委宣传部、自治区文联、自治区作家协会领导、老师的好评，同时，他们也中肯地提出了拙作中存在的不足之处，主要是作品虽有框架，但缺少有血有肉的内容，需要再深度地挖掘、采访，并加以完善。

有幸能得到自治区党委宣传、文艺战线的领导、老师等同仁们这样的评价，我已经是欣喜若狂了。二〇一五年至二〇一六年，自治区党委宣传部、自治区文联、自治区作协贯彻落实习近平总书记北京文艺座谈会讲话以及在中国文代会、作代会讲话精神，贯彻落实中宣部等五部委《关于开展"深入生活，扎根人民"主题实践活动的通知》精神，安排部署全区范围内的专业和业余作家开展"深入生活，扎根人民"主题实践挂联活动，我两次荣幸地被选派到河套灌域管理总局开展挂联深入生活体验活动。

在河灌总局挂联期间，我了解到扩建疏通的总排干是宛如人体静脉的排水系统，而总干渠是宛如人体大动脉的灌溉系统，龙头便是黄河三盛公水利枢纽工程，这样才能灌排配套结合。所以，我查阅了兴建黄河三盛公水利枢纽工程、开挖总干渠、开挖及扩建疏通总排干三大工程的历史资料，从泛黄的有的是手迹、有的是刻蜡板的油墨打印等珍贵的历史资料中，以及同样也是泛黄并且散发着霉味的当年报纸中，搜集了大量的、对于采写有价值的素材，使我对这三大工程有了更进一步的了解和认识。其中，有些素材还是这些事件的首次揭秘和披露。通过查阅和了解，我决定完成影响河套地区经济社会发展、给百姓带来福祉的这配套的三大工程的走访采写和创作。

此后，我便转入对这三大工程的深入实地采访之中。兴建三盛公水利枢纽工程和开挖总干渠发生在二十世纪，于一九五八年开始施工，距今近六十年的时光了。当年的建设者和劳动者大都是风华正茂、意气风发的小伙子，现在已进入耄耋之年的行列了，有的已经作古。所以，对当年建设者和劳动者的走访可以称为是对"抢救性"的历史事件的走访。一九七五年扩建疏通总排干距今也已过去了四十个春秋，当年的劳动者现大多已六十岁以上了。

接受挂联体验任务后，我一刻也不敢懈怠，决心不辱使命，完成好这三大工程的采写创作任务。按照三件大事件发生发展的先后顺序，寻找健在的当年的建设者进行采访。

首先，通过对三盛公水利枢纽工程的建设者及开挖总干渠的劳动者进行寻找走访，了解其施工的时代背景及建设情况。

采写三盛公水利枢纽工程和开挖总干渠事件，是在下榻的河灌总局下属的总干渠管理局第二分水枢纽管理所进行的。我每天伴随着总干渠里流淌着的滚滚的黄河水的波涛声入眠，欣赏着汹涌、咆哮，仿佛朝气蓬勃的棒小伙儿般的总干渠里的黄河水日夜向东流的迷人风采。

第二管理所新鲜的黄瓜、西红柿等时令蔬菜以及淳朴的风土人情滋润着我愚钝的才思，使我日夜畅游在浩如烟海的历史资料里，去采撷每一朵精彩的花瓣。

关于对一九七五年扩建疏通总排干的采访，是在巴彦淖尔市范围内的七个旗县区一个地区接着一个地区及河灌总局水利系统内深入下去进行的。笔者有幸还赶上了河灌总局下属的排水事业管理局在总排干四百里的沿线所、站的现场观摩活动，目睹了经过开挖、扩建疏通、世行贷款的配套完善建设，又经过排水人的精心维护、保养和管理的总排干发展、变迁的全貌。宏大、清新，宛如妙龄女子一般，具有现代排水功能的总排干的风貌展现在我的面前。

在寻觅的走访对象中，现已八十多岁高龄的郭子卿老人，当年兴建三盛公水利枢纽工程时还是有为青年，现如今双耳失聪，戴着耳机，我在巴彦淖尔市文广局退休的郭老的儿媳马爱梅处长的帮助下对其进行采访，用写字板进行交流。郭老是既参加了三盛公水利枢纽工程的建设，又参加了总排干的扩建疏通的老前辈。一九七六年元旦总排干工地上民工们能吃上饺子，就是郭老给当时的巴盟盟委李贵书记提出的建议。郭老谆谆教导笔者，有必要把这段历史记录下来，去教育青年，激励后人。

现已七十多岁且精神矍铄的乌拉特中旗德岭山公社原革委会主任的罗庆玉老人说，采写四十年前大战总排干精神，应该写上这样的两句话，一句是"河套人民万岁！"另一句是"巴彦淖尔人民永远不要忘记李贵书记！"

在对五原县开挖"二黄河"总干渠的"穆桂英"小组五姑娘之一的傅翠兰的采访中，我提出了一个在那样的艰苦环境下施工的女性方面的问题，你们作为女孩子是怎样处理每月的例假问题的？回答令人唏嘘不已，更令当今的新新人类"八〇后""九〇后"，甚至"〇〇后"不可想象，难以置信。

还有总排干工地逝去的花季少女陈改玲。她的哥哥陈志明四十年来一直婉拒各种采访，不愿触及心中隐隐作痛的伤疤，不愿让伤心的往事再次发酵！

还有十二岁的红小兵郝玉柱，在全盟总排干大会战中为集体财产而光荣牺牲的光辉形象不时闪现在我的脑海里。

还有在乌中旗施工时上山下乡的天津知青，不幸被爆破所伤而英勇牺牲的二十几岁的小伙子。

还有……

走访的每一个人物、事件，都激励着我为完成好河套地区这三大工程的采写创作不懈努力。要努力凝练他们奋斗的精神实质和价值取向，真实记录他们的创业史和奋斗史，用心描写他们的精神风貌和人格魅力，歌颂弘扬他们高尚的道德情操和不朽的奋斗精神，以激励河套儿女踏着他们的足迹不忘初心，牢记使命，继续前进。

在此，我也怀着无比崇敬的心情，虔诚地向所有在三盛公水利枢纽工程、开挖总干渠、开挖及扩建疏通总排干三大工程中献出宝贵生命的流散盲动人员、工人、民工、知青们说一声：逝去的灵魂永远不死，精神永存！这种信念将永远根植在亲人们思念的岁月里，根植在河套大地上，扎根在河套人民的心田里，逝去的灵魂、不朽的精神将成为永恒！

他们崇高的人格魅力和道德风范，鞭策着我这个想记录下这段历史的记录者，丝毫不敢偷懒与懈怠，唯恐失去本真与纯朴，唯恐辜负了他们的殷殷期许和逝去灵魂的最原始期盼！

在此次走访采写创作的过程中，我得到了巴彦淖尔市委宣传部、市文联和各旗县区党委宣传部、文联以及河灌总局及下属的总干渠管理局、排水事业管理局、所、站等有关部门领导和同志们的大力支持和全力配合。

市委常委、宣传部部长赵子斌对挂联采写创作河套地区的三大工程给予了高度关注，并给予充分肯定。市委宣传部副部长兼市文联主席白建军在我两次挂联期间的采写走访创作中全力以赴协调联系，提供极大的方便，并提出了富有建设性的意见和建议。河灌总局党委副书记赵远，人事处处长李忠文，科技文化处处长刘永河，总干渠管理局局长郑青山，排水事业管理局局长张浩文、副局长孟育川及河灌总局干部赵志刚、邢进芳、王瑞等领导同志，为我两次挂联采写创作提供了极大的便利条件和创作环境。特别是人事处处长李忠文同志，全力协调采写创作，细致入微地关注创作全过程。黄河管理工程局局长陈兴中、办公室主任邬小勇、副主任王飞前多方协调联系内蒙古水利厅，水利厅责成所属老干处、黄河工程局工会负责协调寻找联系走访对象，组织并租用会议室召开访谈会，促成了对当年三盛公水利枢纽工程建设者的"抢救性"走访，并且提供了珍贵的枢纽工程建设的原始照片。市委宣传部文艺科科长杨瑞璞、科员曹磊及各旗县区党委宣传部、文联等领导同志千方百计寻找联系走访对象。河灌总局及所属的总干渠、排水事业管理局、所、站等领导同志在联系走访、提供住宿交通工具、材料打印等方面提供了大量的帮助。巴彦淖尔市文艺评论家协会名誉主席、一直活跃在巴彦淖尔市及自治区文艺界开展文艺评论工作的官亦鸣老师，以古稀之年的高龄，两次对作品进行了审阅，提出了中肯的修改完善意见，并热情洋溢地为作品写出了文学评论。内蒙古著名作家李廷舫老师、巴彦淖尔市文联副主席阮持领、巴彦淖尔市文联调研员李玲、巴彦淖尔市作协副主席陈慧明、巴彦淖尔市评论家协会副主席余翠荣等都对作品创作提出了很

好的合理化建议和意见。

在走访采写创作过程中，有的领导、同志为此次采写创作寻找健在的当年的建设者、劳动者付出了艰辛的劳动，寻找的艰辛，无以言表。采写创作也以"知音难觅"和"踏破铁鞋"的执着精神进行，"众里寻他千百度"，因为选择的都是具有代表性、有经典故事的作为采访对象。有的领导、同志为走访采写创作奔走呼号，上下协调，多方联系。他们为完成好河套地区的三大工程的走访采写创作倾注了心血，付出了辛勤的汗水，在此，谨向他们致以诚挚的谢意！我的心中将无比珍视这份友谊！

作品几易书名，最后确定为《河套脊梁》。因为书中记录描写的三大工程是改变河套经济命脉的脊梁；书中所采写的人物是为建设河套做出卓越贡献的巴彦淖尔市各族人民都应该铭记的民族精神的脊梁，具有一语双关之义。

感谢书中的每一位采访对象，是你们丰富的人生、精彩的故事成就了这本拙作。感谢内蒙古自治区党委宣传部、自治区文联、自治区作协提供了两次"深入生活、扎根人民"挂联体验生活的平台，使我无琐碎之干扰，能潜心投入创作。感谢内蒙古自治区政府参事、内蒙古文联名誉主席巴特尔，对作品的电子版与文字版样书进行了两次认真阅读，提出了作品存在的问题，指出了修改完善的方向并欣然作序。感谢内蒙古自治区作协副秘书长赵富荣在作者挂联期间的极大关心帮助，在作品创作中提出了指导性的意见。感谢本书责任编辑王叶认真细致的编辑校对。感谢巴彦淖尔市书法家协会主席邢秀为拙作题写了书名。感谢巴彦淖尔市档案馆提供了原始的资料。感谢河灌总局档案馆、五原县档案馆提供了珍贵的原始照片。感谢帮助此书出版发行的许许多多的领导、朋友。我必将铭记领导、老师们甘为人梯的功德，也必将继续勤奋笔耕，努力再创佳绩，绝不辜负领导、老师们的殷切期望和精心培育！

由于水平有限，搜集、采访所限，疏漏之处在所难免，敬请读者批评指正。

作者

2017 年 12 月

参 考 文 献

1. 陈耳东.河套灌区水利简史.北京：水利电力出版社，1987.

2. 河套灌区总局.巴彦淖尔市水利志.临河：内部资料 ，2007.

3. 总干渠管理局.河套灌区总干渠志.呼和浩特：内蒙古大学出版社，1992.

4. 黄河三盛公水利枢纽工程志.呼和浩特：内蒙古人民出版社，1999.

5. 政协巴彦淖尔市委员会编辑.巴彦淖尔文史资料第二十四辑.临河：
   （内部资料），2012.

6. 陈慧明.一千里水路云和月.呼和浩特：远方出版社，2015.

7. 王伦平.自述生平.呼和浩特：内部资料 ，2013.

8. 内蒙古河套灌区灌溉排水与盐碱化防治.北京：水利电力出版社，1993.

9. 河套川上铺彩虹.呼和浩特：内蒙古人民出版社，1976.

10. 范长江.中国的西北角.成都：四川大学出版社，1937.

11. 肖亦农.毛乌素绿色传奇.呼和浩特：远方出版社 ，2012.

12. 巴彦淖尔市电视台拍摄制作电视纪录片.丰碑.临河，2012.